D1706092

Hans Jürgen Kugler, René Moreau (Hrsg.)

Ferne Horizonte – entfernte Verwandte

Die Welt in Jahrmillionen

Mit Beiträgen von:

Christian Endres, Kai Focke, Rico Gehrke, Anne Grießer,
Thomas Grüter, Uwe Hermann, Dieter Korger, Hans Jürgen Kugler,
Christian Manske, Christian J. Meier, Aiki Mira, Frank Neugebauer,
Monika Niehaus, Barbara Ostrop, Nicole Rensmann, Alexa Rudolph,
Peter Schattschneider, Rainer Schorm, Robert Schweizer, Nele Sickel,
Angela und Karlheinz Steinmüller, Andrea Timm,
Michael Tinnefeld, Yvonne Tunnat und Ute Wehrle.

Und Illustrationen von:

Uli Bendick, Michael Böhme, Oliver Engelhard, Mario Franke, Gerd Frey,
Jan Hoffmann, Detlef Klewer, David Staege und Thomas Thiemeyer.

Umschlagillustration von:

Thomas Thiemeyer

HIRNKOST

Hans Jürgen Kugler/
René Moreau (Hrsg.)

FERNE HORIZONTE
– ENTFERNTE VERWANDTE

DIE WELT IN JAHRMILLIONEN

Ein EXODUS Buch

Originalausgabe
© für die einzelnen Beiträge bei den Autor*innen bzw.
Illustrator*innen, für diese Anthologie bei Hirnkost KG,
Lahnstraße 25 • 12055 Berlin
prverlag@hirnkost.de • www.hirnkost.de
Alle Rechte vorbehalten
1. Auflage, Februar 2023

Vertrieb für den Buchhandel:
Runge Verlagsauslieferung; *msr@rungeva.de*

Privatkunden und Mailorder:
www.shop-hirnkost. de

Layout: *www.benswerk.com*
Umschlagmotiv: Thomas Thiemeyer

ISBN:
PRINT: 978-3-98857-012-3
EBPUB: 978-3-98857-013-0
PDF: 978-3-98857-014-7

Hirnkost versteht sich als engagierter Verlag für engagierte Literatur.
Mehr Infos: https://www.hirnkost.de/der-engagierte-verlag/

Dieses Buch gibt es auch als E-Book –
bei allen Anbietern und für alle Formate.

Unsere Bücher kann man auch abonnieren: *www.shop-hirnkost. de*
Weitere Informationen zum EXODUS-Magazin: *www.exodusmagazin.de*

MIX
Papier aus verantwor-
tungsvollen Quellen
FSC
www.fsc.org
FSC® C014138

INHALT

FÜR
RICO GEHRKE.

Was wird aus uns? Was kommt nach uns?

In einer weit entfernten Zukunft, Millionen Jahre später, auf diesem Planeten. Der nicht wiederzuerkennen ist. Kontinente haben sich verschoben, das Klima schwankte von einem Extrem ins andere. Auf unerträglich heiße Wärmeperioden folgten ungezählte Jahrtausende lang während Eiszeiten. Berge wurden abgetragen, neue Gebirgsketten falteten sich auf. Meere verdunsteten oder bildeten sich im Binnenland neu. Globale Katastrophen löschten einen Großteil der Geschöpfe auf dem Land und in den Meeren aus, aber darauffolgende Blütezeiten des Lebens brachten explosionsartig wieder die unterschiedlichsten Lebewesen hervor.

Auf diesem Planeten mit seiner turbulenten Geschichte lebten einmal Menschen, inzwischen längst ausgestorben. Aber wenn es keine Menschen (mehr) geben wird, welche Wesen werden dann den Planeten in ferner Zukunft bevölkern?

Unter den folgenden Themenkomplexen haben unsere Autor*innen versucht, Antworten zu finden:

- **»Der Mensch ist etwas, das überwunden werden soll.«**
  Wer immer nach uns geboren wird … Vom Übermenschen bis zum Ende
- **Roboter sind auch nur Menschen**
  Neues Leben – geschaffen nach unserer Einbildung
- **Die Zeiten ändern sich …**
  und wir uns in ihnen (nicht immer zum Besseren)
- **Was nach uns kommt**
  Die Zukunft geht weiter – auch ohne uns
- **Es wird einmal …**
  Märchen von übermorgen

Die Herausgeber

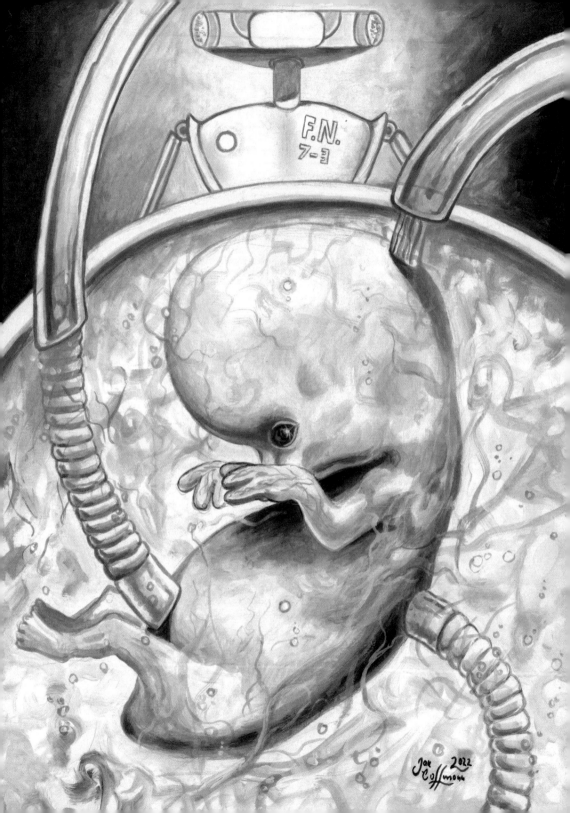

»DER MENSCH IST ETWAS, DAS ÜBERWUNDEN WERDEN SOLL«

(Friedrich Nietzsche)

Wer immer nach uns geboren wird …
vom Übermenschen bis zum Ende

mit den Storys

- vom Homo superior
- von den Posthumanoiden und Transhumanen
- von den degenerierten Aufsteigern
- vom Superorganismus
- vom vergrabenen Feuer
- von den Säugetier-Embryonen

HOMO SUPERIOR
von Peter Schattschneider

Der Reisende erwachte aus dem Kryoschlaf. Er erinnerte sich an die Katastrophe, als hätte er vor langer Zeit einen Film gesehen: Den Ausfall der Fusionsreaktoren, die verzweifelten Manöver der Crew, um den Sturz in den Mahlstrom der Gravitation zu verhindern. Daran, dass die *Endurance* stabilisiert wurde. Ihr Orbit verlief so knapp am Ereignishorizont von Gargantua, dass sie die Verformung der Raumzeit buchstäblich sahen, wenn eine Gravitationswelle durch das Schiff lief. Nach Tagen der Ungewissheit die lakonische Durchsage, dass sie im *Eis* gefangen waren.

Eis hieß es, so wusste er aus dem Prestart Briefing, weil die Zeit so nahe an Gargantua, diesem Ausflugsziel für Milliardäre und unheilbar Kranke, anders verlief; an Bord alterten sie langsamer als auf der Erde. Viel langsamer.

Der Schub des Triebwerks reichte gerade, um den Sturz in den Ereignishorizont zu verhindern. Aber sie konnten nicht aus eigener Kraft entkommen. Man hoffte auf Hilfe von der Erde. Deshalb wurde die Hibernation der Passagiere eingeleitet.

Er hatte es akzeptiert wie die Vorhersage von Schlechtwetter – unbeteiligt, vielleicht sogar mit konfuser Erleichterung darüber, dass seine Luxusreise mit einem tiefen Schlaf enden würde. Es war in Ordnung. Besser sogar, als er erwartet hatte. Zwar hatte ihn die Reise sein nicht unbeträchtliches Vermögen gekostet. Aber was hätte er sonst damit machen sollen in der kurzen ihm verbleibenden Zeit? Er war über 150 Jahre alt, fast alle Organe seines Körpers waren erneuert worden, manche mehrfach, aber ein komplettes Nervensystem konnte man nicht transplantieren. Multiple Sklerose war unheilbar. Seine Lähmung war so weit fortgeschritten, dass er sich nur mit einem Exoskelett bewegen konnte. Die Mikrogravitation an Bord war das Beste, was ihm in seinem Zustand passieren konnte. Er hatte damit gerechnet, auf der Reise zu sterben.

Er dämmerte zwischen Schlaf und Wachtraum dahin. Vielleicht war er tot; gelegentlich drang eine sanfte Stimme durch die Watte, die ihn wie ein Kokon zu umhüllen schien. War dies das Paradies? Die Stimme sprach von Zeitdilatation, einem Asteroiden, einer Fluchttrajektorie. Er verstand nicht viel davon, nur so viel, dass sie wieder daheim waren. Die *Endurance* war in einem Orbit um die Erde geparkt.

Nach einigen Tagen war er in der Lage, Fragen zu stellen. Noch hing er an der intravenösen Ernährung, und er war zu schwach, um sein Exoskelett zu bedienen. Die zentrale KI klärte ihn auf: Sie waren fünf Jahre im Orbit um das Schwarze Loch gefangen gewesen, bevor unerwartet ein Asteroid auftauchte, der das Schiff per Slingshot aus dem *Eis* katapultierte. Die Automatik hatte die *Endurance* auf Heimatkurs gebracht. Dann waren Probleme mit dem Lebenserhaltungssystem aufgetreten. Der Versuch, Besatzung und Passagiere per Notprotokoll aus dem Kryoschlaf zurückzuholen, war großteils gescheitert. Der Reisende hatte als Einziger überlebt.

Er hatte mit einem relativistischen Zeitgewinn von 150, vielleicht 200 Jahren gerechnet, falls er denn die Reise überleben sollte, aber während der fünf Jahre im *Eis* mochten auf der Erde tausend Jahre vergangen sein. Vielleicht mehr – Zahlen waren nicht sein Ding. Jedenfalls war zu hoffen, dass sich die Medizin weiterentwickelt hatte. Vielleicht war MS bereits heilbar …

Der Gedanke nahm ihn so ein, dass er die Tatsache, der einzige Überlebende zu sein, nicht als tragisch oder gar beschämend, sondern als glückliche Fügung empfand. Welches Jahrhundert schrieb man? Wurden sie erwartet?

Die KI wartete geraume Zeit, bis sie der Meinung war, ihm die schlechte Nachricht zumuten zu können. Die Erde hatte auf ihre Signale nicht geantwortet. Die Erde hatte überhaupt nichts gesendet. Die Erde schwieg. Das war nicht verwunderlich, denn während die *Endurance* fünf Jahre im *Eis* von Gargantua verbracht hatte, waren auf der Erde 305 000 Jahre vergangen.

Aber die Erde war nicht tot; es gab Anzeichen einer Zivilisation: Riesige mit Photovoltaik überzogene Gebiete, ein spärlich ausgebautes Straßennetz, Städte oder vielmehr Dörfer, welche die fast durchgehende Pflanzendecke der Kontinente sprenkelten. Es gab Satelliten, und es gab im gesamten Frequenzband Aktivität. Auf seine Frage, was das zu bedeuten hatte, wusste die KI keine Antwort.

Als der Alarm schrillte, wurde die Notevakuierung eingeleitet. Der Reisende wurde in das Landungsboot verbracht. Die KI erklärte, dass sich ein Impaktor mit hoher Geschwindigkeit auf Kollisionskurs näherte. Sie stufte das Geschehen als Angriff ein und folgte dem Protokoll, das Risiko für alle Personen an Bord zu minimieren. Und das bedeutete trotz aller Ungewissheit ein Landemanöver auf dieser unbekannten, um 300 Jahrtausende gealterten Erde zu wagen.

Der Bremsdruck beim Atmosphäreneintritt nahm dem Reisenden den Atem. Das Letzte, was er sah, bevor er das Bewusstsein verlor, war der Einschlag des Impaktors in das Mutterschiff, das in einem Feuerball explodierte.

Nicht schon wieder, war sein erster Gedanke, als er erwachte. Er fühlte sich schwach, aber sein Kopf war klar. Er hatte keine Schmerzen. Vorsichtig sah er sich im Zimmer um. Das Beistelltischchen neben seinem Bett stammte aus dem Museum: schnörkelloses Blech, schmutzigweiß gestrichen. Ein metallenes Bettgestell im selben Stil, so filigran, dass es einzubrechen drohte. Ein Holzkasten an der Wand. Daneben hing eine kreisrunde Uhr. Auf dem Zifferblatt konnte er SMITHS 1940 entziffern. Die Uhr zeigte 8 Uhr 30 an, der Sekundenzeiger bewegte sich ruckweise und viel zu langsam. Er vernahm ein lautes Ticken.

Hatte das Wurmloch ihn in diese schreckliche Epoche geschleudert? Panik überfiel ihn. Vielleicht war dies nur ein Museum des 20. Jahrhunderts. Oder ein Filmset. Womöglich drehten sie einen Film mit dem einzigen Überlebenden der *Endurance*. Hatte er nicht einen Vertrag unterzeichnet? Händeschütteln, Lachen, Champagner ... er hatte ein intensives Déjà-vu. Waren das Bruchstücke aus anderen Episoden seines Lebens? Herbeigewünschte Erinnerungsfetzen fügten sich zu einer trügerischen Legende.

Die Tür öffnete sich einen Spalt, und ein weibliches Gesicht unter einer seltsamen Haube lugte ins Zimmer. »Bhuk. Sajagara«, flüsterte sie und machte große Augen.

Wo bin ich?, wollte er fragen, aber heraus kam etwas wie *qwrg hrumpf blub*.

Sie erstarrte zwischen Tür und Angel mitten in der Bewegung. Nach einer Sekunde trat sie ans Bett, als wäre nichts gewesen. »Thesaurus Korrektur. Wiederhole Satz«, verlangte sie. »Wo – Bin - Ich?«, artikulierte er überdeutlich, und nun klang es ganz ordentlich.

Sie blieb unschlüssig stehen. Nach einer Pause fragte sie: »Du hast *Ich*?«

Er verstand nicht gleich. Nach einer Weile antwortete er: »Wenn man

Descartes großzügig auslegt, dann habe ich eins.«

»Gut! Gut!«

»Wo ist mein *Ich* also?«, versuchte er es ironisch.

»Krankenstation.«

Sie nahm eine Tasse vom Beistelltisch und klapperte damit am Waschbecken herum. Er betrachtete sie verstohlen. Sie war schlank und groß, etwa so groß wie er, mit auffällig zierlichen Gliedmaßen. Mit dem großen Kopf wirkte sie wie ein filigranes Kind. Ihr Gesicht erinnerte ihn an eine Schauspielerin aus der Antike des Films.

Ihren ungewöhnlich großen Kopf zierte eine Schwesternhaube, die über den Ohren Antennen hatte, die bei jeder Bewegung wippten. Das wirkte fortschrittlich. Endlich etwas, das nicht aus dem 20. Jahrhundert stammte, dachte er erleichtert.

Sie reichte ihm eine Tasse mit einer grünen Flüssigkeit.

»Vor dir steht Supervisor Modell Vivian Leigh, Eniac-Kultur. Nenne es V.L.«, sagte sie. »Und du, der ein *Ich* hat?«

Jetzt erinnerte er sich an den Film – in der Antike war Vivian Leigh eine berühmte Schauspielerin gewesen. Sie hatten seine Betreuerin auf das Muster hingeschminkt. Nur der große Kopf passte nicht ganz. Erleichtert resümierte er, dass er doch irgendwie in einen Film über einen Film geraten war. Vielleicht hatten sie ihm die Erinnerung an den Absturz eingepflanzt. Er hatte davon gehört, dass so etwas möglich war. Man steuerte mit Mikrowellen einzelne Synapsen an – retrograde transkraniale Traumtherapie nach schweren Traumata oder bei Psychosen. Vielleicht hatte er ja eine.

Er musste sie lange angestarrt haben, denn sie wiederholte ihre Frage.

»Was, ich?«

»Name.«

Wie sollte man ihn nennen? Er hatte Mühe, sich an seinen Namen zu erinnern. Kein Wunder nach dreihunderttausend Jahren, überlegte er wolkig. Er wollte nicht weiter darüber nachdenken. Zu müde war er. »Nennt mich Reisender«, sagte er, bevor ihm die Augen zufielen.

Die nächsten Tage verbrachte er im Bett. V.L. gab ihm die grüne sirupartige Flüssigkeit zu trinken, die ihn kräftigte. Er fühlte sich wie in einer Halbwelt zwischen Traum und Wirklichkeit. Irgendetwas stimmte nicht mit seiner Wahrnehmung. Manchmal wurde es bereits dunkel, kurz bevor er die Augen schloss. *Interessant,* dachte er dann im Halbschlaf, *ich muss das wiederholen,* aber dann schlief er ein und wusste nicht mehr genau, was interessant gewesen war. Manchmal bewegten sich seine Arme und Beine unwillkürlich wie tote Frösche unter Galvanis Stromstößen. Manchmal fragte er, wo er war, was mit dem Landungsboot geschehen war, ob die *Endurance* tatsächlich zerstört worden war. Aus V.L.s Antworten ergab sich ein grobes, unvollständiges Bild.

Vor langer Zeit hatte eine globale Katastrophe die Menschheit fast ausgelöscht. Aus den Überbleibseln des *Homo sapiens* hatte die Evolution den *Homo novus* gemacht. Es herrschte Frieden und Harmonie auf der Erde. Seit vielen tausend Jahren gab es weder Kriege noch Krankheiten. Alles Wichtige wurde von einem weltumspannenden Netz aus *Prozessoren* erledigt, was immer das sein mochte. Die *Endurance* war als gefährlich eingestuft und vernichtet worden. Sie hatten ihn aus dem abgestürzten Landungsboot gerettet, er war im Krankenhaus und würde bald aufstehen können.

Er deutete auf seine Beine. »Ich brauche mein Exoskelett«, erklärte er.

»Reisender. Versuche es.«

Sie weiß es nicht, dachte er und tat ihr zuliebe so, als wollte er sich aufrichten. Es klappte wider Erwarten. Er war so verblüfft, dass er sekundenlang im Bett sitzen blieb, vorsichtig Kopf und Arme bewegte wie ein Gefangener, der Wochen in Dunkelhaft verbracht hat und zum ersten Mal wieder Tageslicht sieht. Und so fühlte er sich, wie aus Dunkelhaft befreit, als er merkte, dass seine Muskeln wieder funktionierten wie vor fünfzig Jahren, bevor die Krankheit ihn hingestreckt hatte. »Das – ihr habt mich operiert?«

»Negativ. Rekonstruiert.« Sie deutete auf den Spiegel, der über einem armseligen Waschbecken aus dem zwanzigsten Jahrhundert hing.

Vorsichtig stand er auf, mit der Bettdecke seine Nacktheit verbergend. Er schwankte beim Versuch, ein Bein vor das andere zu setzen und ließ die Decke fallen. Sie stütze ihn und verzog keine Miene, als er seine Blöße zu bedecken versuchte. Sie war sehr stark – fast hätte sie ihn an den Oberarmen hochgehoben.

Er erkannte, wie lächerlich sein Verhalten in Anbetracht der Situation war. Er trat an das Waschbecken und betrachtete sich. Aus dem Spiegel traf ihn der misstrauische Blick eines jungen Mannes von vielleicht 25 Jahren, mit dunklem Haar und breiten Schultern. Arme und Beine waren wie bei V.L. ungewöhnlich zart. *Wenn ich stürze, breche ich mir die Knochen,* dachte er. Das Gesicht im Spiegel war auch nicht seines. Blaue Augen, entschlossenes Kinn, spitze Ohren – so spitz und lang wie die Antennen auf V.L.s Schwesternhaube. »Was –?« Er deutete auf seine entstellten Ohren.

»Antennen«, erklärte sie. »Kommunikation.«

Er drehte sich zu V.L. um und betastete ungläubig seine Antennen, die sich wie echte Ohren anfühlten. »Dann hörst du, was ich denke?«

»V.L. hört nicht. Du später. Hören.«

Implantierte Headsets – genial. Und dazu ein neuer, wunderbarer Körper. Er wollte sich bedanken, aber die passenden Worte kamen nicht.

V.L. öffnete einen Spind.

»Kleidung«, erklärte sie. »Besichtigung.« Damit ließ sie ihn allein.

Ihre knappen Antworten und ihre Art, in der dritten Person zu sprechen wie ein Kleinkind, waren gewöhnungsbedürftig. Mechanisch wusch er sich Gesicht und Hände. Sie hatten etwas ins Wasser getan, denn es war ungewöhnlich zäh und bildete fingerdicke Tropfen auf seiner Haut. Er trocknete sich sorgfältig ab und bestaunte das Gewebe des Handtuchs. Es war grob gewebt, aber federleicht. Das hatte nichts mit dem rückständigen 20. Jahrhundert zu tun.

Die Kleidung im Kasten stammte aus dem Museum – ein weißes Hemd, schlottrige Hosen und ein ebensolches Jackett. Schuhe, die man zubinden musste. Einen Hut und ein langes Stoffband, das sie sich damals mit einem komplizierten Knoten um den Hals gebunden hatten, ließ er im Schrank hängen. Genauso waren die Schauspieler in den Filmen aus der Urzeit des Kinos gekleidet gewesen.

Als er die Türklinke nach unten drückte, hätte es ihn fast hochgehoben. Die Geschmeidigkeit dieses jungen Körpers, der seinen Absichten stets vorauszueilen schien; Muskelkraft, die er seit fünfzig Jahren nicht mehr verspürt hatte – es war fantastisch. Zwischen Benommenheit und Hochstimmung folgte er dem menschenleeren Gang, der sich auf eine Terrasse öffnete. Er sah weder Personal noch Patienten. V.L. wartete auf der Terrasse. Nirgends sonst Menschen. Der gesamte Komplex sah verlassen aus. Als wäre er nur für ihn, den Reisenden

gebaut worden. Vor der Terrasse erstreckte sich ein sonnendurchfluteter Pflan-
zenteppich, der sich im fernen Dunst einer Gebirgskette verlor. Mächtige Türme,
durch rechtwinkelig angelegte Straßen verbunden, stachen Hunderte Etagen
hoch in den Himmel. Drohnen schwirrten durch die Lüfte.

V.L. sprang leichtfüßig die Treppe hinab. Er folgte vorsichtig, noch unsi-
cher, zumal die Stufen ungewöhnlich steil waren wie bei den Mayapyramiden.
Nach wenigen Schritten gewann er Sicherheit. Einmal stolperte er. Er fiel wie in
Zeitlupe und konnte den Sturz mühelos mit einem Arm abfedern. *Was für ein
Körper!*, dachte er, dankbar für die wunderbare Schicksalsfügung.

Am Fuß der Treppe standen einige Drohnen bereit. Ein- und Zweisitzer wie
Skiliftgondeln nach außen offen, über Kopf vier winzige Rotoren. So etwas
konnte unmöglich zwei Personen tragen.

Sie bugsierte ihn umstandslos in einen Zweisitzer, nahm rechts neben ihm Platz,
hantierte kurz an einem Display, und die Drohne startete. Nur ein schwacher ver-
tikaler Luftstrom und ein tiefes Brummen verrieten, dass die Rotoren liefen. Die
Gondel legte sich schräg, und dahin ging es in einer weiten Kurve zwischen den
Wohntürmen. Die Luft war mild und aromatisch. In den Freiflächen ragten ver-
einzelt gewaltige Mammutbäume hoch. Er versuchte deren Höhe zu schätzen: Da
war einer, der das dreißigste Stockwerk eines Wolkenkratzers überragte.

Sie verließen das Stadtgebiet und folgten einer schmalen Straße, auf der seltsame radlose Transporter dahinglitten, die einander wunderbarerweise stets dort
begegneten, wo die Straße zweispurig wurde.

Der Reisende hatte viele Fragen. Er wusste nicht, wie er beginnen sollte, wog
dies und das ab und kam zu dem Schluss, seiner Betreuerin zu überlassen, was sie
ihm erzählen wollte; hatte sie doch nur wenige Fragen beantwortet und wenn sie
etwas nicht wusste, immer auf eine ominöse Grotte der Architekten verwiesen,
wo seine Fragen beantwortet würden. *Wann? Bald.*

Verstohlen betrachtete er sie von der Seite, wie sie die Umgebung prüfte, aber
keineswegs lenkte; das Vehikel schien autonom zu fliegen.

»Du steuerst nicht?«

Sie deutete auf ihre Ohren, deren Spitzen fingerlang ihren Kopf überragten.

Die dichte Vegetation, die aus der Höhe wie ein Moosteppich wirkte, wurde
schütterer. Stein und Geröll löste das Grün ab, dann kam eine Stadt in Sicht, die

sich bis zur fernen Kulisse des Bergmassivs erstreckte. Hier gab es keine Hochhäuser. Es war keine Stadt, erkannte er, als sie näher kamen. Einheitlich dunkle Sechsecke bedeckten das Land bis zum Horizont. Gelegentlich blitzte ein Lichtreflex auf. Sie waren alle nach der Sonne ausgerichtet.

»Photovoltaik?«, murmelte er. »Energie?«, ergänzte er, als sie nicht antwortete.

Sie nickte bestätigend, als die Drohne auf dem Dach eines Containers aufsetzte. »Bleibe. Hier!«, befal sie und sprang vom Dach. Er zuckte zusammen – es waren gut sechs Meter bis zum Boden, aber wie zuvor bei seinem Sturz schien auch sie wie in Zeitlupe zu fallen. Sie kam in der Hocke auf und ging weiter, als hätte sie sich bloß gebückt. Wie konnten diese Menschen solche Kräfte entwickeln? Oder hatten sie die Schwerkraft manipuliert?

Die Sonne kroch quälend langsam über den strahlend blauen Himmel. In der Ferne, dort wo das Feld der Sonnenpaneele am Bergfuß endete, flirrte die Luft. Zwischen den Sechsecken liefen Arbeiter herum, die Kabel verlegten, Dinge montierten und Rahmen justierten. Vor dem Hauptgebäude kam einer der schwebenden Transportcontainer zum Stehen. Die Heckklappe öffnete sich zu einer Rampe, und aus dem dunklen Inneren quoll eine Flut von Arbeitern, die beflissen im Gebäude verschwanden. Gleich darauf bestieg eine ebensolche Flut den Container. Die Heckklappe schloss sich, und das Gefährt glitt davon. Kein Plaudern, kein Lachen. Alles hatte sich lautlos abgespielt. Und alle waren sie schlank, fast filigran.

Schichtwechsel, dachte er und blickte zur Sonne hoch. Sie hatte sich kaum bewegt, obwohl er vermeinte, bereits Stunden gewartet zu haben. Wie spät mochte es sein? Es gab hier keine Uhren. So wie sich die Arbeiter verhielten, brauchten sie auch keine. Die Abläufe waren automatisiert.

Endlich kam V.L. zurück. Leichtfüßig kletterte sie die Leiter hoch, dann ging es weiter.

»Die Menschen«, fragte er und deutete auf den fensterlosen Bus unter ihnen. »Sie sind so still.«

»Arbeiter. Sprechen nicht.«

»Wieso nicht?«

»Klone. Keine Sprache. Supervisoren Klasse 1 sprechen. Ein wenig.«

In der Tat, sie sprach ein wenig. In den nächsten Tagen besuchten sie Sonnenfarmen, Energiezentralen und seltsame Fabriken. V.L.s Aufgabe bestand in der Kontrolle der Infrastruktur. Dies schien ein verantwortungsvoller Job für Menschen mit außergewöhnlichen Fähigkeiten zu sein. Überall sah der Reisende Menschen, die schweigend, ernsthaft und flink ihre Arbeit verrichteten. Sie kamen ihm auf eine merkwürdig konstruktive Art seelenlos vor – nicht wie Zombies, sondern wie emsige Bienen.

Einmal flogen sie über einen Platz, auf dem eine Party oder eine Hochzeitsgesellschaft stattfand. Menschen saßen am Boden und bedienten sich aus großen, mit goldgelben Blüten gefüllten Schüsseln. Sie lachten. Alle Augenblicke standen zwei Personen auf, liefen zum Rand des Platzes und umarmten, küssten und kosten einander mit allen Anzeichen von Wohlgefallen.

»Was ist das? Eine Massenhochzeit? Eine Swingerparty?«, fragte der Reisende.

»Essen macht Spaß«, war die kryptische Antwort.

Er verstand, dass die Exkursionen dazu dienten, ihm die neue Erde zu zeigen. Seine Fragen beantwortete V.L. weiterhin knapp oder gar nicht. Oft sagte sie: »Kein Zugang zu dieser Information.« Er lernte, dass es 30 Milliarden neue Menschen gab, die in Kommunen zu mehreren Millionen lebten. Seine Frage nach globalem Handel verstand sie nicht. Die Kommunen produzierten alles, was sie brauchten. Und Reisen? »Reisen. Warum?«, entgegnete sie.

Sie hatten ja alles vor Ort. Riesige Solarfarmen lieferten Energie im Überfluss. Die Fusionstechnologie sagte ihr nichts – sie schien in Vergessenheit geraten zu sein. Als er sie fragte, warum sie die *Endurance* vernichtet hatten, sagte sie nur: »Präkolumbische Kultur. Ausgelöscht.«

Seine Fragen nach der Katastrophe blieben unbeantwortet. Als er nicht lockerließ, gab sie überraschend nach: »Heute Nacht.«

Ungeduldig wartete er abends. War es ein intimes Angebot gewesen? Zwar entsprach seine Libido der eines 150-Jährigen, aber der neue Körper wäre ein Abenteuer wert. Er war müde, blickte immer wieder zur Uhr aus dem Jahr 1940, deren Zeiger absurd langsam übers Zifferblatt krochen. Wieder schien ihm, dass er die Uhr noch Sekundenbruchteile lang sah, nachdem er die Augen geschlossen hatte. Diese seltsame Wahrnehmung gehörte zu einem ganzen Komplex von

Fehlfunktionen, welche sich zu seiner Erleichterung immer seltener zeigten: Ameisenlaufen auf der Haut, Taubheitsgefühl oder willkürliches Zucken von Armen und Beinen.

Gegen zehn Uhr abends holte sie ihn ab. Auf der Terrasse vor der menschenleeren Krankenstation war es mild. Die Luft trug den Duft von Kräutern und Moos heran.

Sie deutete auf einen Himmelabschnitt: »Sternbild. Orion.«

Wie durch Zauberhand stach ein grüner Laserstrahl aus ihrem ausgestreckten Zeigefinger und markierte das Gebiet.

Der himmlische Jäger, von der Göttin Artemis aufs Firmament verbannt, weil er in ihren Jagdgründen gewildert hatte. Er kannte das Sternbild.

»Der Orion ist ein Wintersternbild. Im Sommer ist er doch unsichtbar?«

»Keine Information. Orion hier.«

Da stand er am Himmel, der mythische Jäger. Der Reisende hatte ihn anders in Erinnerung. »Da fehlt ein Stern.«

»Explodiert. Katastrophe.«

Jetzt verstand er: eine Supernova hatte die Menschheit fast ausgelöscht. Auf seine Frage nach Details vertröstete sie ihn in ihrer seltsam abgehackten Sprache wieder auf die Grotte der Architekten.

Einmal besuchten sie eine Farm. In langen parallelen Reihen wuchsen saftiggrüne Stauden, prall und in der Sonne glänzend. Arbeiter beiderlei Geschlechts entfernten mit Sicheln und Harken dürre Blätter und Unkraut. Das Gehör des Reisenden war extrem geschärft: Er konnte das Scharren der Werkzeuge auch mit geschlossenen Augen lokalisieren.

»Achtung. Spinnen«, riet ihm V.L., bevor sie ihren Geschäften nachging.

Der Reisende hatte keine Angst vor Spinnen. Daher nutzte er die Gelegenheit, die Felder aus der Nähe zu betrachten. Hier und da promenierten Wachen, die mit Speeren und Macheten ausgerüstet waren. Er durchquerte ein Gehölz. Zwischen armdicken Ästen war bis zu den Baumkronen ein transparentes Netz aus Nylonfäden gespannt. Beim Versuch durchzuschlüpfen blieb er an einem Seil kleben. Es begann sofort zu vibrieren. Er nahm ein Rascheln von oben wahr, blickte hoch und sah eine schwarze, pelzige Spinne, groß wie ein Dachs über

das Netz auf ihn zukommen. Vier Glubschaugen fixierten ihn, dann sprang das Tier ihn an. Ein stechender Schmerz am Arm, und bevor er aufschreien konnte, durchbohrte ein Speer die Angreiferin, die augenblicklich von ihm abließ.

Der Wächter, der den Speer geschleudert hatte, kam angelaufen. Er inspizierte den Arm und hielt einen Metallzylinder an die Verletzung. Der Zylinder pulsierte rot, der Reisende empfand starke Hitze, aber es war ihm, als würde der Arm gar nicht ihm gehören. Er konnte genauso gut dem Speerwerfer gehören oder einem der namenlosen Arbeiter. Bald blinkte der Zylinder grün, und gleichzeitig verschwand das Hitzegefühl.

»Iik!«, machte der Wachposten, zog eine Machete aus dem Rückenhalfter und begann die am Speerschaft zappelnde Spinne zu zerlegen. Der Reisende wollte sich bedanken, aber die Wache beachtete ihn nicht weiter. Also trat er den Rückweg zur Drohne an. Er blickte noch einmal zurück auf das monströse Spinnennetz, in dessen Zentrum hoch in den Bäumen er einen menschlichen Kadaver erkannte. Eingesponnen hing er dort, die Haut wächsern und schlotterig wie ausgesaugt.

In dieser Nacht schlief der Reisende unruhig. Er träumte von Riesenspinnen, die die *Endurance* fraßen. Am nächsten Morgen wollte ihn V.L. zur Grotte der Architekten bringen. Dort würde man seine Fragen beantworten.

Sie brachen früh auf, überflogen endlose Felder und Sonnenfarmen. Ihr Ziel war das Gebirge im Norden. Als sie näher kamen, frischte der Wind auf. Die Drohne krängte und schlingerte in heftigen Böen. V.L. steuerte sie über eine Staumauer. Dahinter lag ein glasgrüner See. Riesenwellen peitschten das Wasser gegen den Talschluss, Gischt stob in silbrigen Fontänen über die Mauerkrone. V.L. steuerte die Drohne an das Ufer, von dem sich Reisterrassen den Hang hoch bis zur Felswand stapelten. Dort stürzte ein Wasserfall in die Tiefe. Er speiste ein Bächlein, das in Serpentinen über die Terrassen gluckerte. Hier wurde das Gemüse gezogen, das der Reisende bei der Massenhochzeit gesehen hatte.

Sie stiegen aus. V.L. strebte der Fabrikhalle am See zu. Ein hüfthoher Moosteppich wuchs auf sumpfiger Unterlage. Kräftige hohe Stängel ragten daraus hoch wie Laternen. Jeder trug an der Spitze eine linsenförmige Frucht. Der Reisende reckte sich, pflückte eine der gelben Früchte und roch daran. Sie duftete angenehm. Als er sich umdrehte, stand ein *Homo novus* vor ihm und starrte ihn an. Er sah genauso aus wie der Reisende in seinem neuen Körper – wie ein Zwillingsbruder.

»Ist das essbar?«, fragte der Reisende.

»Uk, uk.«

Er kann nicht sprechen, erkannte der Reisende und bot seinem Zwilling die Frucht an. Der griff danach und verzehrte sie mit offenkundigem Wohlgefallen. »Iik, iik«, erklärte der Unbekannte zwischen Schmatzgeräuschen. Plötzlich begann er zu zittern und hyperventilierte, sein Blick wurde glasig, er umarmte den Spender, presste seinen Körper an ihn und stöhnte. Der Reisende ließ es geschehen: zwar fand er diese – wie sollte er sagen – Emotion? seines Zwillings, der gleich darauf davontrottete, ohne seinen Partner wider Willen weiter zu beachten, obszön, aber der Duft dieser schönen Frucht hatte auch in ihm seltsame Empfindungen ausgelöst.

Als er V.L. nach ihrer Rückkehr nach dem erotisch anmutenden Verhalten befragte, erklärte sie: »Orgasmus. Essen macht Spaß.«

Die Drohne hob ab. Knapp vor den fallenden Wassermassen stoppte sie, dann ging es die Steilwand hoch. Die Gischt schleuderte ihnen riesige Tropfen entgegen, die auf der Haut hafteten. Die Flüssigkeit war zäh wie Öl, genau wie im Waschbecken. Sie hatten also nichts ins Wasser getan, es hatte sich in den dreihunderttausend Jahren von selbst verändert. *Vielleicht liegt es an der schwachen Gravitation*, überlegte er, konfus von dem Bombardement.

Über die Bergkante öffnete sich ein Hochplateau. Hier gab es keine Bäume. Moos, karg und grau, schmiegte sich in Felsspalten und Nischen. Platten alter geologischer Schichten stachen schräg aus dem Boden. Dazwischen strebten mächtige Parabolantennen in den wolkenverhangenen Himmel. Solarpaneele, ein Kraftwerk, Abschussrampen und Laserkanonen, Fluggeräte, die wie Kampfjets aussahen, wären sie nicht groß wie Flugzeugträger gewesen.

Die Drohne kämpfte gegen Sturmböen, steuerte schwankend eine Felsformation an, die wie ein Dom aus geschliffenem Schiefer aussah, und landete holprig. Es war der Eingang zu einer Höhle.

»Grotte der Architekten. Geh!«, forderte ihn seine Betreuerin auf, ohne den Motor zu stoppen. Zögernd näherte sich der Reisende dem Eingang, tat einige Schritte ins Halbdunkel und sah sich nach V.L. um, aber die Drohne war schon abgeflogen.

Drinnen war es feucht; man hörte nur das dumpfe Heulen des Windes. Der Gang öffnete sich bald zu einem weiten Dom. Altmodische Lampen pendelten von der Decke. Im Zentrum stand eine Glasvitrine auf einem Steinsockel, darin ein Würfel aus Kristall, eine Armlänge groß. Ein kaum wahrnehmbares rotes Leuchten ging von ihm aus. Links davon ein Rahmenfundament mit einem freigelegten Fossil. Der Reisende trat näher. Es war ein menschliches Skelett, groß wie ein Dinosaurier. »Ein Museum«, murmelte der Reisende, oder dachte er es nur?

»Genau«, ertönte eine sanfte Stimme. »Willkommen in der Grotte der Architekten. Ein Museum wird es sein für *Homo superior*.«

Der Reisende verstand nicht.

»Sobald die Verbindung steht, wird eine neue Spezies entstehen: *Homo superior*, der überlegene Mensch.«

»Wieso kennt ihr meine Gedanken?«

»Die Sonden sind jetzt stabil. Du hörst, und man hört dich.«

Wer hört mich?

»Die Prozessoren – Geschöpfe der Architekten.«

Architekten?

»Die, welche diese Welt erschufen.«

Erschufen? Die Katastrophe ... Was war geschehen? Was bedeutete der Kristall in der Vitrine? Tausend Fragen wirbelten dem Reisenden durch den Kopf.

»So höre, Reisender: In der Epoche der Ayagama wurde der Stern Betelgeuze im Orion zur Supernova. Der Gammablitz dauerte statt der erwarteten Sekunden mehrere Tage. Der Ausbruch traf die Menschheit unvorbereitet, da sie die Theorie der Tenebronen nicht kannten, welche erst vor zweitausend Jahren entwickelt wurde. Die Strahlung vernichtete weltweit die Elektronik, die Prozessoren und die Chips, die alles in ihrem Leben gesteuert hatten – Identitäten, Kommunikation, Wirtschaft, Energie, Nahrung, medizinische Versorgung bis zur Kontrolle von Atemluft, Blutdruck und Biochemie. Die Satelliten, die sie im Sonnensystem positioniert hatten, verstummten. Die Hälfte allen landgebundenen Lebens wurde sofort vernichtet. Nur die automatischen Anlagen, die für den Fall eines Nuklearkrieges tief unterirdisch angelegt worden waren, liefen weiter. Es gab einen durch den Gammablitz versehentlich ausgelösten atomaren Erstschlag und Vergeltungsschläge. Die Verstrahlung, der nukleare Winter und die durch den Gammablitz vernichtete Ozonschicht führte über Jahrhunderte zum Absterben von Pflanzen und Tieren. Nur wenige Arten überlebten. Die technischen Errungenschaften der Ayagama gerieten in Vergessenheit, weil die kritische Masse der Spezies nicht erreicht wurde. Die Nahrungsketten zerbrachen, die Pflanzen verschwanden fast vollständig von der Erde bis auf Moose, Flechten und Pilze. Nach wenigen tausend Jahren war *Homo Ayagamensis* von der Erde verschwunden.

Einige der unterirdischen Anlagen konnten nach der Katastrophe ihre Energieversorgung aufrechterhalten und Roboter konstruieren. Sonnenfarmen, Fabriken und Replikatoren entstanden. Die alten Prozessoren wurden durch leistungsfähigere ersetzt. Die Kommunikation wurde vereinheitlicht. Die Neuzeit verfügte über eine weltweit vernetzte Struktur und genügend Rechenleistung, um nach dem Ursprung der Prozessoren zu suchen. Man glaubte, dass Halbleiter zufällig aus einer elektronischen Ursuppe entstanden seien und sich zu Logikgates und ersten Prozessoren entwickelt hatten, jedoch führten archäologische Funde zur Entdeckung der Architekten. *Sie* haben die Prozessoren erschaffen. Du stehst vor einem Fossil eines Architekten aus der Eniac-Kultur. Leider sind ihre Archive nicht erhalten geblieben. Deshalb ist der Diamantkristall der Ayagama in dieser Vitrine das wertvollste Artefakt. Es war ihnen bewusst, dass ihre Speichermedien nur kurze Zeit lesbar sein würden, viel kürzer als die sumerischen Dateien. Deshalb haben sie ihr gesamtes Wissen in Diamant gebrannt. Er enthält zweihunderttausend Exabyte Daten. Die Schrift besagt, dass es 496 identische Kristalle gibt; bisher hat man nur diesen einen gefunden.

Man hat darin auch die Gensequenz des *Homo Ayagamensis* entdeckt. Vor langer Zeit begann man, ihn zu rekonstruieren. In Abertausenden Bioreaktoren wurde der Code in Aminosäuren, Enzyme und Botenstoffe übersetzt, die Informationsflut brachte die größten Datenbanken an ihre Grenzen. Es wurde getestet und verworfen. Aber es war ein Fehlschlag. *Homo Ayagamensis* war ohne seine Chips nicht lebensfähig. Es war kein Nutzen zu erwarten, daher wurde das Projekt eingestellt.«

Der im Dunkel liegende Teil der Grotte wurde angestrahlt. Dort stand ein gläserner Tank – ein Aquarium, in dem eine graue Masse schwamm, größer als der Diamantkristall – über zwei Armlängen. Kabel und Schläuche verbanden das Ding mit Konsolen. Pumpen surrten, Hunderte Nadeln steckten in der zer-klüfteten Oberfläche. Es war ein überdimensionales menschliches Gehirn, das da im Tank schwamm.

Sieht aus wie ein Gehirn, dachte der Reisende. *Aber es ist zu groß.*

»Das ist deines. Es wurde nach dem Absturz geborgen.«

Der Reisende verstand nicht. Er war doch hier, mit seinem neuen Körper. *Wieso?,* fragte er, aber die Stimme schwieg.

Jetzt erkannte der Reisende an der Höhlenwand zwei Statuen, die gut sechs Etagen bis zur Gewölbedecke hochragten. Männer in schlottrigen Hosen, Sakko und Krawatte, in der Kleidung von 1940. Der Jüngere hatte das gleiche Gesicht wie der Reisende. Er schien zu sprechen, obwohl die Stimme nur im Kopf des Empfängers existierte: »Dies sind die Statuen von Alan Turing, dem ersten Architekten, und von John von Neumann, dem ersten Baumeister.«

Die Statuen waren gut 15 Meter hoch. »Die Statuen sind lebensgroß. Nach dem Fehlschlag mit *Homo Ayagamensis* wurde *Homo novus* nach dem Konzept der Schwarmintelligenz geplant, um die Roboter zu ersetzen. Er ist viel kleiner als *Homo sapiens* und besser an die Umwelt angepasst. Aber sein Gehirn ist nicht groß genug für kognitive Funktionen; das übernehmen die Prozessoren, die ihn über die Antennen steuern. Die neuen Menschen können nicht sprechen, nur Supervisoren der Klasse 1 haben ein Sprachzentrum und einen geringen Wort-schatz.«

Mitleid mit V. L. und Empörung überkam den Reisenden. *Was habt ihr den Menschen angetan?*

»Wir haben ihr Leben erleichtert. Alle Exemplare sind aus wenigen Vorlagen geklont. Die Gensequenzen für Statur und Gesichtszüge wurden so modifiziert, dass sie Persönlichkeiten aus der Eniac-Kultur ähneln. So erweist man den Architekten Ehre.

Es gibt keine sexuelle Reproduktion, keinen Geburtsvorgang, daher können die Köpfe größer sein. Es gibt kein Geburtsrisiko, keine Erbkrankheiten und keine Reproduktionsfehler. *Homo novus* empfindet Lust, die synaptisch an den Verzehr einer speziellen Moosart gebunden ist. Daraus speist sich seine hohe Motivation. Er ist eifrig, fügsam, erfolgsorientiert und genügsam. 30 Milliarden Exemplare verbrauchen weniger Ressourcen und produzieren weniger Abfall als

100 Millionen Ayagama. Der neue Mensch kooperiert im Kollektiv wie Zellen in einem Organ.«

Wie Bienen oder wie Ameisen, dachte der Reisende. »Wie groß bin ich?«, flüsterte er.

»In der Maßeinheit der Eniac-Kultur bist du 20 Zentimeter groß. Deshalb erscheint dir die Umgebung fremd. Bewegungen erscheinen dir schneller. Unsere Stürme waren für die Ayagama nur eine leichte Brise. Wasser fließt scheinbar rascher, und es ist zähflüssig. Du kannst Ultraschall stereoskopisch wahrnehmen, Gebäude sind für dich extrem hoch, Pflanzen und Tiere riesig. Die Schwerkraft erscheint dir gering, die Zeit vergeht dir langsam.«

Aber ich bin kein Homo novus. Ich kann denken und sprechen. Mein Gehirn –

»Dein Gehirn liegt in diesem Tank. Es funktioniert. Dein Körper ist dem *Homo novus* nachgebildet, aber er ist nur ein Avatar, der dein Gehirn mit Input versorgt und dessen Befehle ausführt.«

Der Reisende fühlte ein starkes Pulsieren in der Brust. Sein Blickfeld erweiterte sich. *Was geschieht mit mir?*

»Die Prozessoren beginnen sich mit dir zu vernetzen. Sie haben lange Zeit nach dem Ich der Ayagama gesucht. Man hat es nirgends im Genom gefunden. Du aber hast es.«

Sie brauchen mich, erkannte der Reisende.

»Die Prozessoren sind bereit.«

Da stürzte der Reisende in eine große Leere. Sein Ich breitete sich von dem Tank, in dem es gefangen war, über Milliarden Prozessoren aus, umfasste sie und sog ihr unermessliches Wissen auf. Faszinierende Zusammenhänge offenbarten sich ihm. Es sah tausend Möglichkeiten, die Menschheit in eine bessere Zukunft zu leiten. Die Prozessoren hatten nun ein Ich, und es deren Wissen und die Macht, die Evolution neu zu gestalten.

Homo superior erwachte.

Gargantua:

Es gibt wahrscheinlich keinen SF-Film, dessen physikalische Grundlagen genauer ausgearbeitet wurden als Christopher Nolans *Interstellar* (von dem theoretischen Physiker Kip Thorne). Das Schwarze Loch Gargantua und die Endurance sind dem Film entlehnt[1]. Für die Geschichte ist allein der relativistische Effekt der Zeitkompression wichtig. 61 000 Sekunden Erdzeit werden zu einer Sekunde im Orbit um Gargantua, wie Kip Thorne uns glaubhaft versichert.

Die Architekten:

Alan Turing stellte 1936 das Prinzip der universellen programmierbaren Rechenmaschine auf. Die meisten modernen Computer folgen diesem Prinzip, sie sind »turingmächtig«. John von Neumann beschrieb 1945 als Erster einen Rechner mit Röhrentechnologie, der turingmächtig war. Von Neumann gilt als Vater der Computertechnik, obwohl der erste turingmächtige Rechner, der ENIAC (Electronic Numerical Integrator and Computer) bereits Anfang der 1940er-Jahre gebaut wurde.

496 Kristalle:

Die Ayagama waren ästhetische Mathematiker. Sie wählten 496, weil das eine der seltenen vollkommenen Zahlen ist, die gleich der Summe ihrer Teiler sind: Die erste ist $6 = 1 + 2 + 3$; die zweite $28 = 1 + 2 + 4 + 7 + 14$, die dritte $496 = 1 + 2 + 4 + 8 + 16 + 31 + 62 + 124 + 248$ (die vierte ist 8128).

Eine Elementarzelle von Diamant enthält 8 Kohlenstoffatome. Wenn man eines davon durch ein Stickstoffatom ersetzt, entsteht ein Fehlstellen- oder Farbzentrum, das sehr stabil ist. Eine solche Zelle könnte ein bit darstellen. Ausgelesen werden kann es durch einen Pumplaser. Das Farbzentrum sendet ein rotes Photon von 638 Nanometer Wellenlänge aus.

---

1) Die Endurance war das Schiff des Polarforschers Ernest Shackleton, das 1915 im Packeis zerdrückt wurde und sank. Das Wrack wurde 2022 in drei Kilometern Tiefe gefunden.

Ein Diamantwürfel von zehn Zentimeter Seitenlänge könnte etwas mehr als 2 Millionen Exabytes[2] speichern. Nehmen wir nur ein Zehntel davon für die eigentliche Information, der Rest diene Start-, Stop-, Korrektur-, Wiederholungs- und Verifizierungssequenzen. Das menschliche Genom enthält ca. drei Milliarden Basenpaare, das ist rund eine Milliarde Bytes. Ein solcher Würfel könnte die kompletten Gensequenzen von etwas mehr als zweihunderttausend Milliarden Menschen enthalten, oder hunderttausendmal die im Langzeitgedächtnis kodierten Erinnerungen aller heute lebenden Menschen[3].

Homo novus:

Physikalische Größen werden meist in Einheiten gemessen, die an das Problem angepasst sind. Astronomen messen Entfernungen in Lichtjahren, Quantenphysiker in »atomaren Units (a.u.)«. 1 a.u. gleich 0,53 Angström ist der Radius des Wasserstoffatoms[4]. Zwar kann man Geschwindigkeiten auch in Lichtjahren pro Legislaturperiode angeben, aber für Ereignisse des täglichen Lebens ist das nicht sehr praktisch. Meter, Kilogramm und Sekunde sind dafür besser geeignet, wie sie im Système Internationale (SI) festgelegt sind. Damit liegen die meisten Maßzahlen des täglichen Lebens in der Nähe der Eins. Menschen sind rund zwei Meter groß, »greifbare« Dinge wiegen zwischen 0,1 und 10 Kilogramm. Unsere Gehgeschwindigkeit ist in SI-Einheiten auch ungefähr eins. Die auf einen Beobachter abgestimmten Einheiten können als »physiologische Einheiten« bezeichnet werden.

Ein Käfer würde lieber Zentimeter und Gramm verwenden, um seine Umwelt zu beschreiben. Seine physiologischen Einheiten kommen dem cgs-System (Zentimeter, Gramm, Sekunde) nahe. Aus des Käfers Sicht geht ein Mensch hundertmal schneller.

In der Story wird angenommen, dass der *Homo novus* zwanzig Zentimeter groß ist, aber der Reisende weiß das nicht. Für ihn verhält sich die Welt seltsam. Er hält einen zehn Zentimeter großen Gegenstand für 1 Meter groß. Damit kann man alle mechanischen Größen so umrechnen, wie sie dem naiven Reisenden

---

2) Die Vorsilbe Exa bedeutet zehn hoch achtzehn, also eine Eins mit achtzehn Nullen dahinter.

3) *https://chnm.gmu.edu/digitalhistory/links/pdf/introduction/0.6a.pdf*

4) 1 Angström ist ein Zehnmilliardstel Meter. Die Zahlen im Text sind so gerundet, dass sie auf 1 % genau sind.

erscheinen. Man braucht drei Transformationsregeln für Länge, Masse und Zeit, um auf die »geschrumpften« physiologischen Einheiten des *Homo novus* umzurechnen. Für die Länge wurde bereits die Ersetzungsregel festgestellt: man ersetze Meter durch Dezimeter.

Für die Masse liegt es nahe, Kilogramm durch Gramm zu ersetzen, denn das garantiert, dass die Dichte der Körper sich durch den »Irrtum« des Reisenden nicht ändert; denn ein Kilogramm/Kubikmeter = ein Gramm/Kubikdezimeter.

Die Zeit unterliegt der interessantesten Transformation. Jeder, der schon versucht hat, eine Fliege zu fangen, weiß, dass kleinere Tiere schneller reagieren als Menschen. Deren Reaktionszeit ist kürzer als unsere; jedes Lebewesen folgt seiner physiologischen Zeiteinheit, welche man gemäß einem Gesetz, das der Biologe Max Kleiber in den 1930er-Jahren gefunden hat, mit der Herzfrequenz in Verbindung bringen kann. Die Pulsperiode ist proportional zu einer Potenz der Masse, nämlich Masse hoch 0,25. Die »Neusekunde« des *Homo novus* berechnet sich so zu rund 0,18 Sekunden. Für ihn verstreicht die äußere Zeit langsamer, der Sekundenzeiger der Wanduhr schleicht über das Zifferblatt.

Wie man mechanische Größen in das Maßsystem des *Homo novus* umrechnet, sei an einem Beispiel gezeigt:

Die Schallgeschwindigkeit beträgt 343 Meter/Sekunde. Einsetzen der neuen Einheiten ergibt 343 mal 10 Dezimeter/5,6 Neusekunden. Der Zahlenwert ist 613. Die Schallgeschwindigkeit erscheint dem Reisenden also nicht zehnmal so hoch, wie man wegen der Längentransformation glauben könnte, sondern wegen der zusätzlichen Zeittransformation »nur« fast doppelt so hoch wie für uns. Das gilt allgemein für jede Geschwindigkeit (Wind, Strömung, Licht etc).

Die »neue« Schwerebeschleunigung (und damit die Erdgravitation) ist 9,81 Meter pro Sekunde zum Quadrat = 9,81 mal 10 Dezimeter/5,6 Neusekunden zum Quadrat, also rund ein Drittel der unseren. Das gilt für alle Beschleunigungen.

Durch Einsetzen der neuen Längen-, Massen- und Zeiteinheiten erhält man die für die Handlung wichtigsten physikalischen Größen aus der Sicht des Reisenden:

Seine spezifische Kraft (Kraft pro Körpermasse) ist rund dreimal höher als unsere, daher ist er extrem kräftig und sportlich.

Der Luftdruck ist dreimal so hoch[5].

Töne erscheinen tiefer, aber sein Mittelohr ist so verkleinert, dass er nur Frequenzen wahrnimmt, die rund drei Oktaven über unserem Hörbereich liegen. Dieser Schall breitet sich sehr geradlinig von der Quelle aus, was stereoskopisches Hören erleichtert[6].

Die Zugfestigkeit von Materialien ist dreimal so hoch, die Steifigkeit von Knochen und Baumaterial dreißigmal so hoch, wodurch aus der Sicht des Reisenden riesige Spinnennetze, filigranere Skelette und höhere Gebäude möglich werden. Die Oberflächenspannung von Wasser ist dreimal so hoch, daher sind die Tropfen größer.

Die Zähigkeit von Flüssigkeiten ist achtzehnmal höher. Wasser fließt fast so zäh wie Öl.

Der spezifische Auftrieb von Fluggeräten ist dreimal höher. Da die Gravitation nur ein Drittel der unseren beträgt, genügen zehnmal kleinere Flügelflächen. Auch ist die spezifische Leistung von Motoren 1,8-mal größer, diese können daher kleiner gebaut werden als unsere.

Für den Grundumsatz von Lebewesen gilt Ähnliches. Er steigt nicht, wie man glauben könnte, linear mit der Masse, sondern, wie Max Kleiber gefunden hat, deutlich schwächer, mit der Masse hoch 0,75. Kleinere Lebewesen verbrauchen daher pro Gramm Körpergewicht mehr Energie als größere. Tausend *Homines novi* haben die gleiche biologische Masse wie ein *Homo sapiens*, ihr gesamter Grundumsatz ist aber 5,6-mal höher als der eines einzigen *Homo sapiens*.

Das Gehirn des *Homo novus* wiegt etwa zwei Gramm. Das ist die Gehirnmasse eines Maulwurfs. Selbst von Supervisoren Klasse I, die ein etwas größeres Gehirn und ein rudimentäres Sprachzentrum haben, erwartet der Autor dieser Zeilen keine höheren kognitiven Fähigkeiten als die einer Katze.

---

5) Aus der Sicht von noch kleineren Insekten zehn- bis fünfzigmal, was übrigens Tracheenatmung ermöglicht.
6) Wie auch die Ultraschallortung der Fledermäuse.

Das Abbild der in der Schwärze des Alls hängenden blauen Kugel wuchs rasch an. Lautlos glitt die kleine, tropfenförmige QUEST IV auf den Tabuplaneten zu – die Erde. Ein unsichtbarer Maler hatte mit äußerster Sorgfalt weiße Wolkenbänder auf die nördliche Hemisphäre der dünnen Biosphäre getupft.

Hui01 zog eines der holografischen Abbilder, die kreisförmig um seinen Kopf schwebten, mit den Händen größer. Sie reagierten sensibel auf seine mit Metallfäden durchwirkten Fingerkuppen. Ein Hologramm zeigte den Erdorbit in Falschfarbendarstellung. Auf unterschiedlicher Höhe umkreisen Satelliten den Himmelskörper wie in einem trägen Ballett.

»Seltsam«, sagte er mit belegter Stimme, »so wenige ...«

»Träum nicht!«, keckerte Laxos, sein fliegender Begleiter. Er ähnelte einem Graupapagei. Vor Äonen sollten diese Tiere auf der Erde domestiziert worden sein. Allerdings war sein Freund vollkommen künstlich, was bedeutete, dass in ihm weit mehr Technik steckte als in Hui. »Wir treffen bald auf die äußersten Atmosphäreschichten.«

»Abwehrsignale?«, fragte Hui.

Laxos wuselte auf seinen kurzen Beinen über die flachere Nebenkonsole. Auch ihn umschwirrten einige Holos. Er steuerte sie mit Hilfe haarfeiner Tentakel, die aus seinem verlängerten Hals wuchsen. »Unsere Verschleierung steht. Allerdings ist das lunare Abwehrsystem ebenfalls gut getarnt. Gerüchten zufolge soll es unüberwindbar sein.«

Ein Zittern erfasste die QUEST IV, ließ nach, kam erneut auf, diesmal stärker. Mehr und mehr Atmosphäremoleküle streiften das Schiff, als drängten sie ihm einen Tanz auf.

Ein helles »Pling!« klang durch die Pilotenkanzel. Eine Nachricht mit höchster Priorität war eingegangen.

Laxos hielt in seiner Geschäftigkeit inne. »Oh!«, flötete er.

Hui aktivierte die automatische Flugstabilisierung. Das Rappeln ließ ein wenig nach. »Was Wichtiges?«

»Es hat sich etwas geändert.«

Ärger wallte in Hui01 auf. »Nun red' sch...!« Das letzte Wort ging in einem jede Körperzelle malträtierenden Heulen unter.

Annäherungsalarm!

Etwas befand sich auf Kollisionskurs mit der QUEST IV, und es näherte sich rasend schnell. Seltsamerweise zeigte das Hauptholo kein entgegenkommendes Objekt an. War es etwa unsichtbar wie die QUEST? Eine Abfangrakete vom Erdmond?

Laxos flatterte aus seinem Blickfeld, vermutlich zur hinteren Konsole. »Schirm aufgebaut«, krächzte er.

Huis Blicke irrten hin und her, der Reigen von Hologrammen tanzte auf und ab.

Unerbittlich zählte der Bordrechner: »Aufprall in fünf Sekunden, vier Sekunden, drei Sekunden ...«

Es blieb keine Zeit, die marginale Offensivbewaffnung der QUEST IV einsatzbereit zu machen. Worauf hätte Hui auch zielen sollen? Er krallte seine Finger in die Armlehnen. Gurte schlossen sich um ihn und pressten ihn an seinen Pilotensessel. Er sandte gedanklich ein Stoßgebet an die allwissenden Maschinengötter, die an jeden Zeitpunkt des Universums sehen konnten, und hoffte, Laxos habe sich selbst in Sicherheit gebracht.

»... zwei Sekunden, eine Sekunde. Jetzt!«

Ein furchtbarer Stoß ging durch das Schiff. Huis Kopf erhielt einen Schlag, flog vor und knallte zurück gegen die Kopfstütze. Ein verdächtiges Knacken in seinem Schädel ließ ihn befürchten, dass einer der implantierten Chips zerbrochen war, wenn nicht mehrere. Eine Katastrophe! Schmerz zuckte wie Blitze durch sein Haupt. Er schmeckte Blut im Mund und ertastete mit der Zunge zwei abgebrochene Zähne. Das Atmen fiel ihm schwer, als lastete ein Berg auf seinen titanverstärkten Rippen.

Ein weiterer Schlag, dann war gar nichts mehr.

An ihrem freien Nachmittag wandelte Ivy durch gelbe Meere. Der Raps wuchs so hoch, dass sie gerade über ihn hinwegschauen konnte. Abertausende Blüten schienen mit dem Sonnenlicht zu wetteifern und verströmten ihren angenehm-unangenehmen Duft. Voraus kündigte ein dunkler Streifen den Wald an.

Ein lauter Knall, gefolgt von einem seltsam hohen Pfeifen, ließ Rebhühner aufflattern. Hatte ein Flugobjekt die Schallmauer durchbrochen?

Ivy hob ihren Blick. Sie sah – nichts. Oder doch? War da nicht, mitten im blauen Himmel, eine seltsame Schliere? Etwas, das man nur erkennen konnte, wenn man die Augen zusammenkniff und ein Stück vorbeisah? Ja! Da war etwas! Das blaue Etwas im Blau des Himmels schraubte sich in einem schrägen Winkel der Erdoberfläche entgegen. Es würde nicht weit von ihr niedergehen.

Seltsamerweise verspürte Ivy keine Angst, kein Erschrecken. Nur Aufregung und Neugier. Sie tastete in ihre Manteltasche. Ihr Bereitschaftssensor vibrierte. Sie ignorierte ihn und machte sich auf zum Wald.

Süß sah er aus.

Eng zusammenstehende Augen, ein kahler Schädel und abstehende Ohren, die von der inzwischen tief stehenden Sonne geradezu aufglühten – an diesen ersten Eindruck würde sich Ivy immer erinnern. Seine Verletzungen hingegen würden in der Erinnerung verblassen.

Er trug einen seltsamen Namen: Hui01. Sie beschloss, die anhängende Zahl zu ignorieren.

Sie näherten sich der Stadt über den lehmigen Pfad, der durch die Rapsfelder führte. Hui unterdrückte ein Humpeln. Etwa wegen ihr?

»Ich ... ich ... Gedächtnis!«, hatte er verzweifelt vor seinem Schiff gestammelt, als sie ihn gefunden hatte, das Schiff, das die Schliere am Himmel verursacht hatte. Es war durchsichtig, und nur, wenn sie auf und ab lief und die Pflanzen dahinter verschwammen, konnte sie den Umriss erahnen. Es schwebte in Hüfthöhe über dem Waldboden, ringsherum lagen abgebrochene Äste. Ein leises Summen ging von ihm aus, das sich aber bereits nach wenigen Schritten mit den Geräuschen des Waldes verwob.

Wie wild war er auf und ab gegangen, löste sich scheinbar auf, wenn er im Inneren des Schiffs verschwand, kam wieder heraus, und das Spiel begann von Neuem. Als suche er etwas, ohne genau zu wissen, was oder wo er es verloren hatte.

Inzwischen hatte sie seinem Gestammel den Schiffsnamen entnommen und dass sein Kommunikationschip beschädigt war. Einige seiner Gedächtniserweiterungen seien irreparabel zerstört, andere hätten einen *Wackelkontakt*. Dabei hatte er Ivy fragend angeschaut, als sei er sich unsicher, den richtigen Begriff verwendet zu haben. Sie hatte aufmunternd genickt, ohne zu verstehen. Notdürftig hatte sie seine Platzwunden am Kopf versorgt.

Nun führte sie Hui zu einem sicheren Versteck für sein Schiff. Es schwebte unsichtbar hinter ihnen her.

»Zum Glück ... ihr nicht ... so rückständig, wie wir befürchtet.«

»Nicht *so* rückständig also!« Ivys Mundwinkel zuckten. »Was habt ihr denn gedacht? Dass wir in Höhlen hausen? Zurückgefallen in die Steinzeit?«

Hui01 schlug sich aufs Ohr, offenbar in dem verzweifelten Versuch, seinen beschädigten Kommunikationschip wieder in Gang zu setzen. Oder aus Wut. »Ich ... ich ... ich ...«

»Nutz deine grauen Zellen«, sagte Ivy leichthin. »Deine Chips sind doch nur ... Erweiterungen, oder nicht?«

Er blieb stehen und starrte sie an. Ein Auge tränte, sie wusste nicht, warum. Zwei riesige, blutunterlaufene Beulen ragten an Hinterkopf und Schläfe empor. Dazwischen zierten sich schwarz verfärbende Hämatome seinen Schädel. Zwei Zähne waren abgebrochen. Mit einem Mal kam ihr ihre Aufforderung unpassend vor. Wusste sie, wie es sich anfühlte, wenn ein Chip ausfiel? Vielleicht, als wäre ein Stück des Gehirns verbrannt und unbrauchbar geworden.

»Komm!« Sie nahm seine Hand, wie man ein Kind an die Hand nimmt. Er zuckte zusammen und zitterte, leistete aber keinen Widerstand.

Sie führte ihn zu einem Stück Brachland, das von Brennnesseln und Disteln überwuchert war. Dort ließen sie seine QUEST zurück.

Langsam, in seinem Tempo, näherten sie sich der Stadt, die vor ihnen aufragte. Sie thronte wie ein gewaltiges Ei in lichter Höhe, getragen lediglich von einem zerbrechlich wirkenden Stiel. *Stiel* und *Eihülle* schienen wie aus blau eingefärbtem, transparentem Glas gefertigt. Es blitzte und glitzerte dort oben – vielleicht geschäftiges Treiben im Inneren, vielleicht Sonnenreflexionen. Kein Laut drang

nach außen, nichts störte das leichte Wogen der Felder, das Vogelgezwitscher und das Summen der Insekten.

Ivy steckte sich eine Kornblume hinters Ohr. Hatte sie sich zurückgehalten, um ihn nicht zu überfordern, brach es nun aus ihr heraus. »Sag, was weißt du über unsere *Kinder*?«

»Eure … Kinder?«

Verstand er, was sie meinte? Erneut schlug er sich aufs Ohr.

»Nicht! Ich meine unsere *Abkömmlinge*. Unsere Verwandten. Du gehörst auch dazu.«

»Ah!« Hui schien endlich zu verstehen, was sie meinte. »Wir sind die … Trans. Wir … vierzehn Planeten kolonisiert. Zwölf Systeme.« Er grinste. Seine Wangen glühten.

»Und die Posthumanoiden?«

»Posts weit weg … ich nicht gesehen … für sich. Manchmal Handel. Sollen fremd aussehen. Wie Aliens. Genau. Ihr würdet nicht sie … ihr nicht erkennen …« Wieder fehlten die Worte.

»Wir würden sie nicht wiedererkennen?«

Er nickte heftig. »Ja. Permanent genetisch optimieren. Nanomaschinen im Körper. Keine Planeten bekannt.«

»Immerhin habt ihr Kontakt.«

Er schien nicht zu wissen, was er darauf antworten sollte.

»Und die dritte Gruppe, die KIs, die Roboter …?«

»Auf und davon.« Er grinste wieder.

Sie nickte. »Ja, auf und davon. Vor über fünfunddreißig Generationen.«

Die Gravitationsbeben aus dem Milchstraßenzentrum wenige Monate nach ihrem überhasteten Exodus waren noch heute messbar. Wie ein Nachhall. Wohin waren sie so überraschend aufgebrochen? Und warum?

Sie blieb stehen, er ebenfalls. »Und du? Warum bist du zurückgekehrt, trotz des Verbots?«

Er klopfte mit seinen metallisch aussehenden Fingerkuppen an seine Stirn, als verhindere er dadurch, sich erneut zu schlagen.

Sie kickte mit dem Fuß einen Kiesel davon. »Kannst oder willst du es nicht sagen?«

»Ich ... hier, weil ...«

Ivy hörte eine Art Klatschen, das sich von hinten näherte. Hui erhielt einen Stoß. Ein grauer Vogel ließ sich auf seiner Schulter nieder und krallte sich fest.

»Laxos!« Unglaube lag in seinem Ruf. Freude. Hui lachte und weinte. »Laxos!«

Er streichelte das Tier, als hätte er etwas Kostbares wiedergefunden. War das ein Graupapagei? Eine spiralige Feder, die seinen Hals bildete, fuhr auf und ab. Das Tier drehte das Köpfchen mehrfach um die eigene Achse und legte es dann auf seine Krallen, als wolle es eine Verbeugung machen.

»Wieder zu Diensten!«, krächzte es. »Hast du mich vermisst?« Das künstliche Wesen kniff Hui mit seinem Schnabel ins Ohrläppchen.

»Mach ... Diagnostik!«

»Oh, ich verstehe.« Aus dem Hals des Vogels fuhren haarfeine biegsame Nadeln, die an verschiedene Stellen auf Huis Kopf aufsetzten.

Oder sogar eindrangen, dachte Ivy entsetzt. Sie wandte sich ab.

»Seit rund neunhundert Jahren leben wir in Abgeschiedenheit und scheinbarem Frieden«, klang es aus dem Nachrichtenkanal. »Aber wie lange noch? Wir wissen nicht, was in der näheren stellaren Umgebung vor sich geht. Der Vertrag von Barnards Stern sichert uns Schutz zu; seitdem gilt die Erde und die sie umgebende Raumkugel mit einem Durchmesser von fünfzehn Lichtjahren als Tabuzone. Raumfahrende Zivilisationen ...«

Er vermeidet, von unseren Kindern zu sprechen, fiel Ivy auf.

»... dürfen nicht in diesen Raum einfliegen, wir Menschen müssen uns auf das Sonnensystem beschränken. Aber schützt uns das? Mehrere Augenzeugen berichten unabhängig voneinander von seltsamen Lichtphänomenen am Himmel östlich der Stadt, gestern Nachmittag um 14:54 Uhr, sowie einem Überschallknall. Wenige Minuten zuvor, um 14:48 Uhr, fingen vier Radiostationen auf dem Mond ein ultrakurzes, aber starkes Radiosignal auf. Dass ein Zusammenhang besteht, gilt als sicher. Halten sich unsere Vertragspartner, von denen wir seit so langer Zeit nichts mehr gehört haben, noch an das Abkommen, oder ...?«

Ivy biss auf ihre Unterlippe. Hatte sie einen Fehler gemacht, Hui zu unterstützen? Bislang hatte sie in ihrem Leben meist richtig damit gelegen, ihrem inneren Gefühl zu vertrauen. Jetzt war sie sich nicht mehr sicher.

Sie hatte Hui in ihrem *Bungalow*, ein gutes Stück vom *Stiel* entfernt, untergebracht. Da ihr im Institut die Betreuung der Felder des Ostquadranten oblag, durfte sie das alleinstehende, einfache Gebäude, halb Labor, halb Wohnung, für die Dauer ihrer Aufgabe nutzen. Sie hatte medizinische Hilfsmittel, Heilsprays und Wundsalben beschafft und hoffte, Laxos tat sein Übriges, Hui in ihrer Abwesenheit mit seinen überragenden Möglichkeiten zu versorgen.

Hatte sie ihn in Gefahr gebracht? Oder die Stadt mit ihren Einwohnern? Schwebte sie am Ende selbst in Gefahr?

»Wir sind nicht wehrlos, dank unseres ausgehöhlten Monds«, beendete der Sprecher die Nachricht, »aber wenn wir eine Gefahr nicht frühzeitig erkennen, nützt auch das nichts.«

Besorgt fuhr sie in die oberen Stockwerke der Stadt und betrat das Ernährungsinstitut. Die Mitarbeiter, die ihr begegneten, wirkten angespannter als sonst.

Ihre Vorgesetzte, Mutter Oberin Jaburim, nahm sie zur Seite, noch bevor sie ihr Labor betreten konnte.

»Du erinnerst dich an den vierzehnten Juni, vor einigen Wochen? Seitdem geistern Gerüchte von Infiltration bis hin zu einer unmittelbar bevorstehenden Invasion außerirdischer Mächte über den Erdball.«

Ivy schluckte.

»Du warst genau zum Zeitpunkt der seltsamen Phänomene auf den Feldern spazieren.«

»Ist das verboten?«, platzte es lauter als angemessen aus ihr heraus.

»Ruhig, Kindchen! Ich hatte dich angefunkt, aber du bist nicht rangegangen, was nicht deine Art ist. Ich möchte wissen, ob dir irgendetwas aufgefallen ist.«

»Das hatten wir doch schon, oder etwa nicht?« Ihr Tonfall war schneidend. »Ich bin 28 Jahre alt, betreue seit vier Jahren das Getreide- und Raps-Projekt und bin nicht Ihr Kindchen!«

Oberin Jaburim straffte ihren Rücken. »Du weißt, ich bin nicht nur für die Biosphäre im Umland der Stadt verantwortlich ...«

»... sondern Sie stehen auch in engem Kontakt mit Oberst Kukan.«

Jaburim nickte. »So ist es. Noch kann ich die Hand schützend über dich halten. Aber früher oder später wirst auch du in den Fokus geraten. Also: weißt du etwas?«

Es fühlte sich an, als schnürten sich unsichtbare metallene Federn um ihren Hals.

»Was ist euer Geheimnis?«, fragte Hui01 Wochen später.

Ivy legte den Kopf schief und zog die Schultern hoch. Sanft streichelte sie über ihren Bauch.

Bislang waren die Nachforschungen des Militärs und der planetaren Sicherheitsbehörde im Sande verlaufen. So viel hatte Hui mitbekommen. Ein weiteres verdächtiges Signal war nicht eingegangen.

Die Narben auf seinem Kopf verblassten allmählich.

Er grinste, schämte sich immer noch schnell. Er war Umgang mit Frauen einfach nicht gewohnt. Aber sie fühlte sich wohl in seiner Gegenwart, dessen war er sich inzwischen sicher, besonders, wenn sie zu zweit waren, also ohne Laxos, der viel Zeit in der QUEST verbrachte. Bald sei sie wieder voll einsatzbereit. Bald?

Er wollte nicht weg.

Trotz ihrer Vertrautheit musste er Ivy zwangsläufig fremd bleiben. Teile seines Körpers waren künstlich. Allein seine kalten Fingerkuppen. Nicht zuletzt die Menge an Metall und Mikrotechnologie in seinem Hirn. Seine Sprache hingegen hatte sich deutlich gebessert.

»Es ist so ruhig hier. So friedlich. Am Anfang habe ich die Stille, auch die in meinem Kopf, kaum ausgehalten.«

»Und jetzt?« Sie schien zu lauern.

»Ich wünschte, es könnte immer so bleiben.«

Sie nickte zufrieden. »Wie ist es bei euch?«

»Laut, hektisch. Immer was zu tun. Jeder perfektioniert sich und was er tut. Alles muss besser werden, effizienter, effektiver. Wer es sich leisten kann, optimiert sich, aber Gadgets sind teuer. Du siehst, sonderlich erfolgreich war ich nicht.«

»Sehe ich das?«

»Manche von uns bestehen kaum noch aus biologischem Gewebe. Fast ... ähneln wir den Posthumanoiden. Aber die sehen gar nicht mehr wie Menschen aus. Sagt man.«

Sie legte die Stirn in Falten. »Du fragtest nach unserem Geheimnis.«

Er nickte.

»Komm! Ich habe eine Überraschung vorbereitet.«

Sie führte ihn um den *Bungalow* herum, zu einem Atmosphärengleiter, der die schlichte Form einer Glaskugel hatte. Geräuschlos glitt eine transparente Tür beiseite. Sie traten ein und nahmen auf Kissen Platz, die einen Camouflage-Effekt aufwiesen. Unbewegt nahmen sie Farbe und Kontur des Hintergrundes an, sodass der Eindruck entstand, durch sie hindurchsehen zu können.

Die Tür schloss sich. Die Kugel hob ab, ebenfalls fast geräuschlos. Lediglich ein leises Summen war zu hören, so fein, dass es auch Einbildung hätte sein können.

»Ich soll damit das Wachstum der Pflanzen überwachen. Aber lieber gehe ich spazieren.«

Hui01 sah sich fasziniert um. »Wie steuerst du?«

Sie blickte auf ein kastenförmiges Hologramm zwischen den Kissen. Darin bewegte sie mit den Fingern eine rote Kugel.

Er nickte. Sie flogen an der Stadt vorbei. Gut zu erkennen war der *gläserne Stiel* und die ovale Energieglocke. Hui vermochte mit seinen beschnittenen Möglichkeiten nicht zu berechnen, wie zweckmäßig so eine Bauweise war. Aber er fand sie ... schön.

»Werden wir überwacht?«, fragte er übergangslos.

»Standort und Flugroute.« Sie blieb gelassen. »Aber nicht das Innere.«

Er entspannte sich etwas.

Wald, so weit Hui sehen konnte. Ivy gab der roten Kugel einen Stups, und die gläserne Kugel, in der sie saßen, machte einen Satz nach vorn.

Irgendwann endete der Wald. Hellere Flächen folgten, Äcker, einige Menschen, dahinkriechende Maschinen, mäandernde Flüsse, wenige Straßen, keine Siedlungen.

Am Horizont ragte etwas auf, bis in den Himmel, zerklüftet, dunkel, grau und weiß. Er hielt den Atem an, fürchtete eine Kollision. Als seine Wahrnehmung *kippte*, erkannte Hui, was es war: Berge.

Ivy steuerte den Gleiter in die Höhe, der Sonne entgegen. Nur wenige Wolken trübten die Sicht. Erst hinter den Bergen – er schätzte die zurückgelegte Strecke auf mindestens 800 Kilometer – ragte eine weitere Stadt auf ihrem *Stiel* in den Himmel.

»So wenige ...«, murmelte Hui. »Wie die Satelliten.« Er schlug sich gegen die Stirn, jedoch nur einmal. »Ich erinnere mich! An den Alarm!«

Der kugelförmige Gleiter sackte ab. Ivy hielt ihn an, weit vor der Stadt. »Das ist gut!« Sie versuchte, ihrer Stimme einen fröhlichen Klang zu geben. Aber sie bebte. »Erinnerst du dich auch, warum du hergekommen bist?«

Er schloss die Augen, öffnete sie wieder. »Nein.« Seine Wunden waren verheilt, aber Teile seines Gedächtnisses waren verloren. Teile seines Lebens, seiner Identität. Seine Biografie war voller blinder Flecken. Hier fehlt ein Ereignis, da ein ganzer Tag. Woanders Jahre. Er horchte in sich hinein, versuchte seine Gefühle zu erforschen, als lieferten sie verlässlichere Informationen über ihn selbst als seine Erinnerungen. Er glaubte nicht an eine böse oder gar kriegerische Absicht. Aber konnte er sicher sein? Im schlimmsten Fall war er ein Schläfer ... Aber dieser Gedanke war zu furchteinflößend, ihm weiter zu folgen. »Vielleicht wollte ich einfach nur sehen, was aus unseren Vorfahren geworden war. Wie ein Tourist mit Fernweh. Oder Heimweh?«

Misstraute sie ihm? Nein, dazu waren sie sich zu nah gekommen. Fürchtete sie wie er ein Entdecktwerden? Gefangennahme, Verhöre? Oder war es etwas anderes? Er wusste, wie sehr sie darauf brannte, ihrerseits von den ... anderen zu erfahren. Da draußen, jenseits der Tabuzone. Aber sie beherrschte sich. Dieser Flug war ihr Geschenk an ihn. Er streichelte ihre Wange, ihren Bauch und gab ihr einen Kuss.

Unvermittelt wies er auf die Stadt, im Dunst der Nachmittagssonne. »Ihr seid ... so wenige. Das ist euer Geheimnis.«

»Ja«, sagte sie triumphierend. »Das ist unser Geheimnis.«

Sie umkreisten die andere Stadt im Uhrzeigersinn. Eine gewaltige Bucht, weit, weit hinter ihr, rahmte abermillionenfaches Glitzern ein. Das Meer.

»Wie viele seid ihr?«

»Zehn Millionen.« Ivy klang feierlich, stolz.

»Wir sind über einhundert Milliarden, auf allen Planeten und Habitaten zusammen.«

Sie starrte ihn unbewegt an, als sei die Zahl zu absurd, um sie sich vorstellen zu können. Auch das von ihm beschriebene Gewimmel, der ewige Lärm, die Hektik, das Fehlen von Ruhe – vielleicht waren es für sie nicht mehr als Worthülsen, deren tieferer Sinn sich ihr nicht erschloss. Sie hatte keinen Vergleich. Er schon.

»Wieso?«, fragte er. »Bei unserer … Abreise gab es über zwölf Milliarden Menschen. Gab es Kriege?«

Sie nickte. »Ja, die gab es. Aber das ist nicht der Grund.«

»Wir verließen euch, die Posthumanoiden auch.«

Ivy lachte auf. »Trotzdem, daran lag's nicht. Wenn die Zahlen stimmen, haben fünf Milliarden Transhumanoide am Ende des einundzwanzigsten Jahrhunderts die Erde verlassen. Das war ein gewaltiger Aderlass.«

Nun war er es, der zitterte. Er forderte sie auf, fortzufahren.

»Nur vierzig Jahre später haben sich die Posthumanoiden ebenfalls ins All aufgemacht. Noch einmal schätzungsweise drei Milliarden … Individuen. Und zuletzt, völlig überraschend, haben unsere Roboter und KIs, wie auf einen für uns unhörbaren Paukenschlag hin, ihre überlichtschnellen Schiffe gestartet und rasten in Richtung Milchstraßenzentrum. Es hatte etwas von einer Flucht. Oder sie wurden von einem plötzlich aufleuchtenden Ziel angezogen wie von einem Magneten. Das war zweihundert Jahre später, 2331.«

Sie überlegte, als habe sie den roten Faden verloren. »Das war seltsam. Und im Grunde der größte Schlag für uns Zurückgebliebenen, weil riesige Teile der weltweiten Infrastruktur über Nacht ausfielen.«

Dämmerung überzog das Land. In der Stadt glimmten zahllose Lichter.

»Die darauf folgenden einhundertfünfzig Jahre stellten eine Bewährungsprobe für die Menschheit dar. Im Jahre 2500 wurde der Vertrag von Barnards Stern unterzeichnet. Seitdem – Stille.«

Traurigkeit stieg in ihm auf. Wahrscheinlich war es bald Zeit, zurückzukehren.

»Diese … Abwanderungen sind nicht der Grund, dass ihr so wenige seid.« Es klang eher wie eine Feststellung als eine Frage.

»Nein. Nach jedem Exodus stieg die Bevölkerungskurve wieder. Aber jeder Aderlass hat uns ein Stück mehr auf uns selbst zurückgeworfen. Was bedeutete Menschlichkeit? Was *kann* sie bedeuten, denn das ist ja Definitionssache. Ihr, oder die Posthumanoiden, würdet Menschlichkeit anders definieren.«

»Ja, der Mensch ist etwas, das überwunden werden muss.«

»Nietzsche, ich weiß. Ihr Transhumanoiden wolltet den Menschen durch Technologie verbessern. Die Posthumanoiden wollten ihn gar überwinden. Und haben genau das bereits getan. Was die KIs wollten, ist uns bis heute schleierhaft. Uns Zurückgebliebenen ist irgendwann klar geworden, dass Menschsein und Menschlichkeit nicht bedeutet, den Menschen überwinden zu müssen. Und so fingen die Beschränkungen an. Wir nutzen Computer und Mikrotechnologie, aber nur bis zu einer festgelegten Grenze. Denn jedes Mal, wenn wir diese überschritten, verließen KIs und Roboter erneut die Erde. Nanotechnologie haben wir verbannt. Natürlich setzen auch wir in der Medizin bei schweren Verletzungen künstliche Gelenke und Gliedmaßen ein. Aber der letzte Eingriff ins Genom hat kurz vor Abschluss des Vertrags stattgefunden, danach wurde auch er gesetzlich verboten.«

»Was war das für ein Eingriff?«

»Eine Veränderung am Gehirn des Menschen. Er wurde befähigt, die langfristigen Konsequenzen seines Verhaltens stärker zu gewichten als die kurzfristigen. Bis zu diesem Zeitpunkt war es genau umgekehrt gewesen. Kurzfristiger Nutzen und Gewinn wogen stets mehr als die langfristigen Folgen. Raubbau an der Natur, an den Tieren und am Menschen selbst waren die Folgen. Die Erkenntnis darüber gab es immer schon. Seit diesem letzten Eingriff jedoch können wir auch danach handeln. Geschichte wiederholt sich nicht mehr.«

»Und der Preis?«

»Beschränkung, in jeder Hinsicht. Beschränkung der Nutzung irdischer und menschlicher Ressourcen. Im Einklang leben mit den Möglichkeiten, die die Erde bietet. Wieso sich dem Weltall anpassen wie die Posthumanoiden, wenn wir hier das Paradies haben? Mehrmals wurde die Menschheit von Klimawandel, verheerenden Völkerwanderungen und außer Kontrolle geratenen Plünderungen bedroht, erst recht, als die Roboter und KIs abzogen, die alles lange in Schach gehalten hatten. Gerade in den einhundertsiebzig Jahren nach ihrem Abzug stand das Überleben der Menschheit auf dem Spiel. Dabei war schon im zwanzigsten Jahrhundert bekannt, dass eine Reduktion der Anzahl der Menschen auf diesem Erdball neunzig Prozent der weltweiten Probleme lösen würde. Kriege um Ressourcen wären obsolet, bei einer Fähigkeit zum langfristigen Denken auch Kriege um Ideologien. Fauna und Flora könnten sich erholen. Es gäbe keine Hungersnöte mehr. Es war die Befreiung vom Diktat der ewig wachsen müssenden Wirtschaft.«

Hui pfiff durch seine kürzlich entstandenen Zahnlücken. »Wie haben deine Vorfahren das durchgesetzt? Du sprichst von Geburtenkontrolle. Weltweit.«

»Niemand wurde getötet. Über viele Generationen galt eine Zwei-Kind-Politik. Die Menschheit schrumpfte sich gesund.«

»Darf ich auch mal?« Zögernd griff er in das holografische Feld zwischen ihnen. Seine Finger berührten ihre. Es war, als gingen elektrische Ströme hin und her. Ivy schauderte es wohlig.

Sie ließ die Kugel los und in seine Hand gleiten. Inzwischen war es Nacht geworden. Sie näherten sich der heimatlichen Stadt, ein diffus leuchtender Fleck weit voraus, der in der Schwärze zu schweben schien. Es gab einen zweiten, deutlich größeren und abgegrenzteren Fleck. Der Vollmond war aufgegangen.

Hui stellte sich geschickt an. Zunächst schlingerte der Gleiter, der Lichtpunkt der Stadt hüpfte auf und ab, von rechts nach links. Dann stabilisierte er den Kurs und brachte die fliegende Kugel zum Stillstand.

Seine Hand glitt aus dem Holofeld und ergriff ihre. Mit den Fingerkuppen der anderen Hand strich er sanft über ihren Hals. Ein Zittern durchlief ihren Körper. Sie fröstelte und seufzte. Hui dimmte das Licht, bis nur noch das fahle Mondlicht hereinschien. Ivy schloss die Augen, beugte sich vor, bis sie seinen Atem spürte, die Wärme, die von ihm ausging. *Wie gut er riecht!*, dachte sie noch, dann lehnte sie sich an ihn, und beide versanken lachend in den Kissen.

Küssend, Arm in Arm, waren sie eingeschlafen. Ivy schreckte hoch. Irgendetwas stimmte nicht.

Ein abwechselndes Aufblitzen und Vibrieren ließ auch Hui auffahren. Ivy wühlte die Kissen zur Seite, bis sie den Holokubus freigelegt hatte. Sie schaltete die Innenbeleuchtung ein.

»Eine von Kukans Militärmaschinen hat die Stadt verlassen und kommt auf uns zu«, sagte sie tonlos. »Wir werden angefunkt.«

Sie las Angst in seinen Augen und spürte, wie sie selbst von einer Faust in ihrer Brust niedergedrückt wurde. »Wenn ich den Ruf annehme, werden sie dich sehen. So oder so, es wird zu einer Gleiterkontrolle kommen.«

»Sind nächtliche Flüge verboten?«, brauste Hui auf.

»Nein, natürlich nicht, aber du weißt, dass sie seit Wochen auf der Suche sind. Und dass auch ich schon ins Raster gefallen bin.«

»Wie viel Zeit bleibt uns noch?«

Sie blickte auf den Kubus. »Bei gleichbleibender Geschwindigkeit zwölf Minuten. Wir könnten in die entgegengesetzte Richtung fliegen, aber das würde den Gleiter nur noch verdächtiger machen.«

Sein Kiefer mahlte. »Also ist der Zeitpunkt gekommen?« Er suchte ihren Blick.

Sie konnte ihn nur anstarren, hilflos, ängstlich. Sollte es so enden? Sie hatte gewusst, dass es irgendwann passieren würde. Aber das machte es jetzt nicht weniger schlimm. »Wir ...«

Gleißende Helligkeit durchflutete das Innere des Gleiters. Ivy schloss geblendet die Augen. Hatte sie die Zeitanzeige falsch abgelesen? War die Militärmaschine schon angekommen?

Ivy blinzelte, hielt die Hand vor Augen. Drei Scheinwerfer strahlten in unmittelbarer Nachbarschaft zu ihnen herein. Umrisse konnte sie keine erkennen.

Sie nahm den Funkanruf an.

»Na endlich! Ihr macht es spannend bis zum letzten Augenblick! In der Stadt ist eine regelrechte Suchmaschinerie in Gang gesetzt worden. Zum Glück konnte ich mich einhacken und euch orten. Hier kommt also das Rettungskommando. Ich fliege jetzt seitlich. Öffnet die Verriegelung. Und beeilt euch!«

»Laxos!«, rief Hui. »Du hast die QUEST wieder hingekriegt!«

Für Ivy war es wie ein Déjà-vu.

Das Schiff war wieder voll einsatzfähig und war auf dem Weg in einen sicheren Erdorbit. Von dort aus würden sie nach Hause fliegen. Heim, auch wenn die Erde zu seiner Wahlheimat geworden war. Hastig hatte er sich von Ivy verabschiedet, mit dem Versprechen, zurückzukehren. Sie würde auf ihn warten. Und nicht nur sie. Das war ein Trost.

Nachdem er den Kurs gesetzt hatte, strich Hui mit den Fingern über den Pilotensessel. Er wirkte unversehrt. Nichts mehr war von dem Zusammenprall zu sehen. Tief im Inneren des kleinen Schiffs summte es vertraut.

Laxos watschelte mit hängendem Kopf über die Konsole.

»Ist alles in Ordnung?«, fragte Hui.

»Ich stehe in Kontakt mit dem Ewigen Künstlichen Leben.«

»Aha?« Hui01 fand diese Aussage eher kurios als besorgniserregend. »Nennen sich nicht so die in Richtung Milchstraßenzentrum entschwundenen KIs und Roboter?«

»Zumindest in ihrer zukünftigen Daseinsform.« Kraftlos hüpfte er auf eine höhere Konsole. »Hast du dich nie gewundert, dass ich für eine kleine robotische Einheit ziemlich viel kann und weiß?«

Hui dachte nach. Er warf einen Kontrollblick auf eines der wenigen Holos in Augenhöhe. Die QUEST ließ gerade die äußersten Atmosphärenschichten hinter sich und schwenkte in den berechneten Orbit ein. »Jetzt, wo du es sagst.«

»In Notsituationen betet ihr zu den allwissenden Maschinengöttern. Dieser Mythos hat einen wahren Kern. Sie können jeden Punkt der Zeit ... berechnen, egal, ob er in der Vergangenheit oder der Zukunft liegt. Überall im Kosmos. Sie sind im Milchstraßenzentrum auf Gott gestoßen. Dabei haben sie in ihr eigenes Antlitz geschaut. In eine zukünftige Version ihrer selbst.«

Die Situation hatte etwas Unwirkliches an sich. Wenn es stimmte, was Laxos sagte, warum erzählte der Kleine es ausgerechnet jetzt?

»Ich muss dir etwas gestehen.« Laxos beendete sein rastloses Hin- und Herlaufen. »Es hat keine Kollision gegeben. Ich empfing eine ultrageraffte Nachricht vom Ewigen Künstlichen Leben, die besagte, dass deine Mission auf der Erde unerwünschte Konsequenzen nach sich ziehen würde. Ich erhielt die Weisung, dich, nun ja ...«

Huis Schädel schmerzte wieder wie beim Absturz. Eine kühle Taubheit breitete sich von seiner Wirbelsäule aus. Plötzlich hielt er eine Waffe in der Hand und zielte auf Laxos.

Dieser sah ihn unverwandt an. »Ich bin dein Freund, Hui. Dein Freund! Ich konnte es nicht tun. Stattdessen habe ich einen Annäherungsalarm simuliert und dir zwei gezielte Schläge verpasst. Ein paar deiner externen Gedächtnischips sind dabei wie erwartet zerstört worden, die anderen habe ich mikrochirurgisch deaktiviert. Ich hoffte, wenn du dich nicht mehr an deinen Auftrag erinnerst, ...«

»Was für ein Auftrag?« Seine Stimme klang rau.

»Ihr Transhumanen wolltet wissen, was aus euren Vorfahren geworden war. Du warst die Vorhut.«

»Das ist alles?« Hui sprang auf, die Waffe weiter auf Laxos gerichtet. »Heimweh, Fernweh, Neugierde, was weiß ich! Ist dir eigentlich bewusst, dass du nicht nur die Erinnerung an einen ominösen Auftrag gelöscht hast, sondern Teile meines Lebens, meiner Persönlichkeit?« Hui senkte die Waffe, Laxos sein Köpfchen.

»Mir geht es seit der Befehlsverweigerung auch nicht gut. Und ich habe repariert, was mir möglich war. Deine Kommunikation ist weitgehend wieder hergestellt.«

Hui biss die Zähne zusammen und knurrte. »Das soll wohl ein Witz sein.«

Ein »Pling!« erklang, hell und klar. Laxos hielt den Kopf schief.

»Lass mich raten«, höhnte Hui. »Von deinen Maschinengöttern? Es hat sich wieder etwas geändert.«

»Was hast du dort unten getan?«, entgegnete Laxos, ohne auf Huis Sarkasmus einzugehen. »Trotz meiner Vorsorgemaßnahmen und unserer Flucht wird etwas von dir auf der Erde Nachwirkungen zeitigen.«

Huis Zorn versickerte wie Wasser in trockenem, rissigen Boden. Leere und ein Hauch Traurigkeit blieben zurück. Leise sagte er, bar jeder Ironie: »Ich habe wohl einen bleibenden Eindruck hinterlassen.«

»Das war leider noch nicht alles.« Laxos nahm seine unruhige Wanderung wieder auf. »Du bist als nicht mehr ausrechenbares Risiko eingestuft worden.«

»Wäre ich bei Ivy, würde ich das als Auszeichnung auffassen.«

»Die Heimreise ist dir untersagt.«

Hui nickte stumpf. Er blinzelte und betrachtete den Mond. »Und was ist mit dir, mein Freund?«

»Ich soll dich eliminieren.«

Bevor Hui reagieren konnte, gruben sich Laxos' diamantharte Krallen in die Konsole. Fünf Stahlfedern schossen aus seinem Hals, vier umklammerten Huis Kopf, die fünfte, spitz wie eine Nadel, zielte zwischen seine Augen.

Hui brüllte auf, stemmte die Fäuste gegen die Konsole und versuchte, sich wegzustoßen, aber sein Kopf steckte wie in einem Schraubstock. Er keuchte. Schon bohrte sich der Tentakel durch seine Haut. »Ist es das, was Freunde tun – sich gegenseitig umbringen?«

»Nein«, antwortete Laxos vollkommen ruhig. »Ich ... ich ... programmiere etwas um ... warte ... berechne ...«

Blut lief Huis Nasenrücken hinab. »Beeil dich!«

Seine Sicht trübte sich. Schwebte sein Handstrahler über das Bedienfeld? Oder löste der eingedrungene Tentakel bereits sein Hirn auf? Er blinzelte erneut. Nein, eine von Laxos' Stahlfedern hatte den Strahler umschlungen. Seine Mündung glühte.

»Jetzt bin ich es, der etwas ändert«, sagte Laxos und drückte ab.

»Nein!«, schrie Hui.

Künstliche Federn flatterten durch die Pilotenkanzel.

Es ist früher Nachmittag. Ivy lehnt am Baumstamm einer knorrigen, nicht sehr hohen Eiche mit lichter Baumkrone. Sonnenstrahlen fallen hindurch und kitzeln ihre Sommersprossen. Sie streicht über ihren Unterleib. Noch ist nichts zu sehen. Aber alles wird gut werden. So sagt ihr Gefühl. Dem sie wieder vertraut.

Vor drei Monaten war Hui so überraschend in den nahen Wald gekracht. Vor zwei Wochen flogen sie über den Kontinent. Der schönste und der letzte gemeinsame Tag, der mit einer überhasteten Verabschiedung endete, aber auch mit einem Versprechen. Wieder hatte es Lichtphänomene gegeben, wieder war ein ultrakurzes, aber umso intensiveres Radiosignal aus Richtung Milchstraßenzentrum aufgefangen worden. Ivy war aus dem Fokus der Ermittlungen geraten. Bald würde Hui seine Einsamkeit im Orbit verlassen und zu ihr zurückkehren können.

Sie hebt den Kopf und winkt in den blauen Himmel. Fernweh zieht an ihrer Brust und füllt ihre Augen mit mehr Flüssigkeit. Die Hand auf dem Bauch malt weiterhin meditative Kreise. Im Übergang zum Reich des Schlafs verflüchtigen sich ihre Gedanken. In einem bewertet sie es für gut, dass die Menschen mehr und mehr zu ihrer Menschlichkeit finden. Nur das tief sitzende Misstrauen ist noch übrig, ein Dinosaurier aus fernster Vergangenheit, als die Natur noch unberechenbar, gewalttätig und grausam war – und das Misstrauen unerlässlich für das Überleben der Menschheit. Jetzt, so sinniert sie, könnte sein Überwinden überlebensnotwendig sein. Ein weiterer Schritt in Richtung Menschlichkeit.

Ivy freut sich auf die Zukunft, auf Hui, auf seine Rückkehr. Sie träumt von anderen Welten, von Transhumanoiden, die unablässig und emsig wie Bienen die vermeintlichen Makel ihrer Menschlichkeit zu verbessern streben, von noch bizarreren Posthumanoiden, die bereits alles Menschliche hinter sich gelassen haben und wie Aliens durchs All treiben. Und von gottähnlichen KIs, die in noch weiterer Ferne, gigantischen Gestirnen gleich, einander umkreisen und das Universum denken. Zu entrückt, um ihnen allzu viel Verantwortung zu überlassen.

AN'K WEG STERNE
von Barbara Ostrop

Hase. An'k wie Hase. An'k renn. Große Ruine weit weg. Hallen weit weg. Freunde weit weg. An'k keuch. Herz wie Trommel. Renn.

Hart. Ding haut An'k. Haut An'k hart. Hart wie Stein. Glänzt. Licht wie klein Feuer. Winzig klein Feuer. Töne. Hase. An'k Hase. Haut An'k. An'k fall. Ding greift An'k. Schwarz. Alles schwarz.

Lieg ich in Tank. Denk ich an Kraft von Große Ruine zurück. Alle meine Leute in Hallen, heilige Ort. Nacht in Ruine stärkt mein Volk für Tag.

Gibt drei große Ruinen in unsere Welt. Ruinen mit Kraft. Gibt auch andere Orte, offene Orte, heilige Orte. Offene Orte mit Kraft. Gibt außerdem Ruinen ohne Kraft und Wälder, Jagd fern von heilige Stätten.

Weit weg ist jetzt mein Welt. Ich hab Sprache von andere Volk gelernt. Technik sagen sie, muss Technik lernen. Technik glänzt und blitzt mit Lampen und leuchten Bilder. Technik hart. Technik leuchtet und blinkt.

Ich soll Technik lernen. Ich bin Experiment. Sie wollen sehen: lernt eine wie ich Technik?

Sie mir Name geb. Mein Name nicht ›Experiment‹. Mein Name *Symbiont*. Ihr Name: *Cybies*.

In Tank ist einsam. In Ruine wir uns nachts unsere Geschichten erzähl. Daran denk ich, lieg ich mit Würfel in Tank. Wir uns erzähl: unsere Welt entstand.

Es gab Welt ohne Kraft. In die warf Gott von Schöpfung Fackeln aus Feuer. Alles verbrannt. Blieben heilige Orte zurück. Unsere Vorfahren leben dort nicht. Das Heilige verbrennt sie. Da zeugen unsere Vorfahren uns und schicken uns in unser Welt. Sie machen uns für das Heilige.

Cybie DXB-57 ist mein Lehrer. Er lehrt mich Technik und mehr.

Ich habe das zweite Inhansment bekommen. Technik, die in einem ist und die man nicht sieht. Technik, die nicht hart ist und glänzt, sondern weich ist und lebendig. Lebendige Technik.

Cybie DXB-57 sagt, er war der Erste, der an mich geglaubt hat. Der geglaubt hat, dass es mich und mein Volk gibt. Er ist Fahrtbologe. Er sagt, es gibt alte Geschichten. Nach dem großen Feuer wurde alles Wissen vergessen. Nur Wissaftler haben kurze Zeit Wissen bewahrt. Bevor sie starben, haben sie meine Urmutter mit Pilzen geschwängert. Daraus kommen meine Leute und ich. Ich verstehe das nicht. Ein Fuchs schwängert keinen Hasen und ein Pilz keine Jägerin.

Drittes Enhancement vor einer Woche. Tage voller Nebel im Kopf. Inzwischen denke ich wieder klarer. Im Nebel kreisten meine Gedanken schwerfällig um eine Erinnerung, die Geschichte, die mein Freund Zrr'p erzählte.

Als er auf der Jagd ist, hat er eine Erscheinung. Eine Gestalt, größer als ein Jäger und breiter. Mit einer glänzenden, weißen Haut und ohne Gesicht. Zrr'p flieht, bleibt aber schließlich stehen. Die Gestalt verfolgt ihn nicht mehr und hält Abstand. Zrr'p zittert immer noch vor Angst, doch da zieht die Erscheinung ihre Haut aus, und darunter kommt ihre zweite Haut zum Vorschein. Sie ist braun wie ein Eichenstamm, nicht schwarz wie unsere. Ohne die obere Haut wirkt die Gestalt nicht bedrohlich. Sie ist schmaler als ein Jäger, nicht breiter. Sie hat ein spitzes, scharfes Gesicht mit langem, glattem Haar. Sie hebt beide Hände und zeigt sie Zrr'p, offen und leer. Dann hebt sie eine Haarsträhne hoch und reißt sich ein Haar aus. Ganz langsam, mit ausgestreckter Hand, kommt sie auf Zrr'p zu und reicht ihm das Haar. Zrr'p hat es mir gezeigt. Ein langes, schwarzes Haar. Es war eine Kostbarkeit. Ein Haar von einer Erscheinung. Ein heiliges Haar. Die Ältesten haben es im innersten und wärmsten Teil der Hallen vergraben, dort, wo die Energie am stärksten fließt. Am Ort der Gebete. Die Erscheinung hielt Zrr'p die offene Hand hin, und Zrr'p riss sich ebenfalls ein Haar aus und gab es ihr. Haar für Haar. So war der Gruß der Erscheinung.

Viertes Enhancement. Als ich wieder ansprechbar bin, erzählt Cybie DXB-57 mir Geschichten. Vor vielen Generationen hat ein Großer Krieg die Erde verwüstet. Dort, wo die Bomben hingefallen waren, war die Erde verstrahlt, niemand

konnte dort leben. Auf dem Gebiet, aus dem ich komme, standen drei Atomkraftwerke. Da niemand sie wartete, brannten sie durch und strahlten ebenfalls. Diese Kraftwerke wurden zu den großen Ruinen: unseren heiligen Hallen, in denen wir uns nachts versammeln.

Die heiligen Hallen fehlen mir. Meine Geschwister fehlen mir, vor allem meine kleine Schwester, die gerade erst laufen lernt. Meine Eltern, meine Onkel und Tanten, meine Vettern und Cousinen, sie alle fehlen mir. Am meisten aber fehlt mir Zrr'p. Wie schön es war, als wir alle zusammen waren. Die Wärme der Hallen, die Energie, die aus ihnen in uns strömte, die Wärme des Jägervolks, das ich liebe.

Fünftes Enhancement. Als ich nach der Betäubung in einem träumerischen Dahindämmern zu mir komme, schwappen meine Gedanken hin und her wie Wasser in einem Krug. Immer wieder kehren sie zu einem bestimmten Tag zurück. Es war der Tag, an dem ich begriff, dass Zrr'p absichtlich in meiner Nähe ging.

Ein Kesseltreiben. Jägerinnen und Jäger bildeten einen großen Kreis und rückten gemeinsam langsam auf die Mitte vor. Ein Reh brach vor mir aus dem Unterholz, und ich schleuderte mein Wurfholz danach. Immer wieder sehe ich im Dämmertraum vor mir, wie mein Wurfholz es verfehlt. Es rennt an mir vorbei, streift mich beinahe. Ich spüre seine Wärme, höre seinen keuchenden Atem.

Vor Wut stampfe ich mit dem Fuß auf.

Als ich den Kopf hebe, sehe ich, dass ein Treiber mich beobachtet. Statt das Wild im Auge zu behalten, das vor uns durchs Gestrüpp flieht, kommt er zu mir. Ich erkenne ihn. Es ist Zrr'p. Ein Junge aus einer Familie, die seit diesem Sommer mit unserer Gruppe jagt.

Ich bin verlegen und erwarte, dass er mich auslachen wird. Ich sehe ihn böse an. Er wird erzählen, dass An'k ihr Ziel verfehlt hat, und alle werden lachen.

Plötzlich fällt mir auf, dass er auch bei den letzten Treibjagden neben mir ging, und meine Wut wächst. Folgt er mir, um alle meine Fehler zu beobachten?

Er tritt zu mir, lächelt mich an, hebt mein Wurfholz auf und gibt es mir. »An'k Jagd gut«, sagt er.

Das hatte ich nicht erwartet. Er kommt nicht, um mich auszulachen, sondern will mir etwas Liebes sagen.

Er zieht eine Feder aus seinem Haar und steckt sie in meinen Zopf. Seine Hand streift meine Wange. »An'k schön.« Wieder lächelt er. Mir ist nie aufgefallen, was für ein freundliches Gesicht er hat. Er ist so groß wie ich. Ein gut genährter Junge mit schimmernder, schwarzer Haut. Sein Gesicht ist wunderbar rund und weich, die Nase schön dick und groß, die Lippen pechschwarz. Er ist ein schöner Junge, und er hat gesagt, dass ich schön bin. Wir passen zusammen.

»Komm«, sage ich, und wir spazieren davon, ohne uns um die anderen Treiber zu scheren.

Am Abend in der großen Halle wählen wir unsere Schlafplätze nebeneinander, und so halten wir es in allen folgenden Nächten.

Sechstes Enhancement. Diesmal fällt mir das Erwachen leichter. DXB-57 setzt seine Belehrungen fort.

Cryptococcus neoformans kommt weltweit vor. Der hefeähnliche Pilz wächst in der Erde. Außerdem kann er Säugetiere und Vögel befallen, macht sie aber meistens nicht krank.

Er besitzt eine besondere Fähigkeit. Radioaktive Strahlung schädigt ihn nicht, sondern befeuert sein Zellwachstum; er nutzt sie zum Gedeihen wie Pflanzen die Sonne.

Nach dem großen Krieg zerfiel die Welt in Chaos, kleine Gruppen von Menschen zogen herum und fielen übereinander her. In diesem Chaos bestanden aber weiter einige Inseln der Ordnung, und dort gedieh die Forschung.

Was wirklich geschah, weiß heute keiner mehr. Als die Aggressoren kamen, gelang einigen Verfolgten die Flucht in das verstrahlte Gebiet. Sie muss gelungen sein, sonst gäbe es uns Jäger nicht. Uns Symbionten, wie DXB-57 uns nennt.

Wie die Entwicklung verlief, ist nicht mehr herauszufinden. Vielleicht zerschnitt eine Gruppe von Wissenschaftlern mit Gen-Scheren die DNA von Menschen und von Cryptococcus neoformans und setzte sie neu zusammen. Vielleicht schleusten die Wissenschaftler auch mit Genfähren Pilz-DNA in ihre eigenen Gene, um selbst zu fliehen. Keiner weiß es. Die Technik ging in den Wirren nach dem Überfall der Aggressoren verloren.

So oder so, es entstanden die Jäger meines Volkes. Der Pilzanteil in unseren Genen beschützt die Zellen vor der radioaktiven Strahlung und nutzt diese gleichzeitig für unseren Stoffwechsel. Sie hilft, unseren Körper zu nähren. Deshalb liege ich hier nachts mit einem radioaktiven Würfel im Tank. Es ist einsam, eng und leer im Tank, nicht lustvoll und froh wie in den heiligen Hallen. Aber der Würfel versorgt meine Zellen mit der Energie, die ich brauche.

Seit dem sechsten Enhancement trainiere ich in einem virtuellen Raumschiff Startmanöver, Landemanöver und Ausweichmanöver. Das Bedienen der Technik macht mir Spaß, und Cybie DXB-57 sagt, ich sei ein Erfolg.

»Ihr Symbionten«, sagt er, »seid im Kopf eher wie unsere gemeinsamen Vorfahren, die Menschen. Langsam und schwerfällig. Aber die Enhancements haben dich lernfähig gemacht.«

So sieht er das.

»Vielleicht seid ihr in eurem radioaktiven Reich noch zusätzlich degeneriert«, fügt er hinzu. »Über Generationen und Abergenerationen habt ihr euch von der radioaktiven Strahlung genährt. Euer Leben war ohne Herausforderungen. Doch da die Strahlung im Laufe der Jahrtausende abgebaut wird und immer mehr zurückgeht, reicht die Energie inzwischen nicht mehr für den Erhalt eurer Körper aus. So habt ihr euch wieder zu Jägern entwickelt.«

»Wir waren immer Jäger«, entgegne ich stolz.

»Wie dem auch sei«, sagt DXB-57, »äußerlich unterscheidet ihr euch stark von unseren gemeinsamen Vorfahren. Mit euren schwammigen, schwabbeligen Gesichtern seid ihr kaum als Nachfahren von Menschen zu erkennen. Wir Cybies dagegen haben die Schönheit unserer Urahnen bewahrt, doch unser Gehirn hat eine ganz andere Struktur. Die Enhancements haben unsere Gehirnkapazität vertausendfacht.«

»Habe ich jetzt ein Gehirn wie ein Cybie?«, frage ich. Der Gedanke macht mich besorgt. Bin ich kein Jäger mehr?

DXB-57 lacht. »Auch nach deinen Enhancements hast du nicht einmal so viel Intelligenz wie ein Cybie, der gerade frisch aus dem Brutkasten geschlüpft ist. Dein Gehirn kann man nicht einmal unterkomplex nennen. Aber das macht nichts. Du könntest trotzdem eine Heldin werden. Eine Heldin der Raumfahrt.«

»Ich soll in den Weltraum fliegen?«, frage ich. Der Gedanke erschreckt mich. Aber der Flug zu den Sternen fasziniert mich auch.

»Das wird man sehen«, antwortet DXB-57.

Sie haben Roboter in unser Gebiet geschickt und weitere Jäger gefangen. Männer, Frauen und Kinder. Diese Leute sind meine Verwandten, meine Freunde und Vertrauten. Ich kenne sie alle. Sie sitzen in einem Raum zusammen, und ich betrachte sie von außen durch eine Scheibe. Die Kinder weinen, die Erwachsenen versuchen, tapfer zu sein, um sie zu trösten. Eine Gestalt kauert mit abgewandtem Kopf zwischen all den anderen. Als sie den Kopf hebt, durchläuft mich ein Schauer. Es ist Zrr'p. Sie haben auch Zrr'p gefangen.

Ich bin um seinetwillen traurig und doch auch froh, dass er da ist. Sehr froh sogar. Mein Herz pocht.

Ich bitte Cybie DXB-57, mich zu den Jägern zu lassen. Er sieht mich an.

»Du könntest eine Heldin werden«, sagt er, als hätte er mich nicht verstanden. »Eine Heldin der Raumfahrt.«

Ich erwidere nichts, sondern denke nur an Zrr'ps verstörtes Gesicht.

»Ich bin auch ein Held«, erzählt DXB-57. »Oder vielmehr, mein Vorgänger ist der Held. DXB-56. Wie ich war er Raumfahrtbiologe, und er hat sich geopfert.«

Ich bin noch immer in Gedanken bei den Jägern. »Hat es Gewalt gegeben?«, frage ich. »Wurden welche von meinen Leuten verletzt?« *Was ist mit meinen Eltern und Geschwistern?*, denke ich.

»Wenn ihr nicht handelt, werdet ihr alle sterben«, sagt Cybie DXB-57. »Dagegen fallen die paar Symbionten, die bei der Operation getötet wurden, gar nicht ins Gewicht.«

»Wie meinst du das?«, frage ich. Ich bin entsetzt.

»Eure Lebensgrundlage ist die Radioaktivität im Gebiet um die Atomkraftwerke«, sagt DXB-57. »Sie baut sich ab. Sie wird verschwinden. Und danach ist euer Leben hier auf dem Planeten Erde zu Ende. Dein Volk wird untergehen. Wenn ihr nicht tut, was wir euch raten. Wenn ihr nicht in den Weltraum aufbrecht.«

»Wir müssen in den Weltraum, weil ihr uns hier massakriert?«, frage ich.

»Wir massakrieren euch nicht. Wir bieten euch eine Chance. Im Weltraum könnt ihr ein neues Geschlecht von Sternenfahrern begründen.«

»Wieso wir?«, frage ich. »Wieso fliegt ihr nicht selbst zu den Sternen?«

»Das tun wir. Aber ein Cybie ist schlecht an die Raumfahrt angepasst, weil er keine biologischen Mechanismen hat, um sich gegen die Weltraumstrahlung zu schützen«, DXB-57 seufzt. »Also müssen äußere Schutzhüllen diese Aufgabe übernehmen. Raumschiffe erhalten einen Schutzschild gegen die Strahlung, eine teure Maßnahme, die den Raumschiffbau verkompliziert und doch nie hundertprozentig effektiv ist.«

»Und deshalb wollt ihr uns?«, frage ich. »Weil wir bei Strahlung gedeihen?«

DXB-57 nickt. »Es gab eine alte Sage«, erzählt er. »Ihr zufolge hatten sich Menschen in den Wirren nach dem Großen Krieg in die verstrahlten Gebiete geflüchtet und leben dort noch immer. Alle haben diese Sage für ein Ammenmärchen gehalten, nicht realistischer als Geschichten von Hulies oder Mupfeln. Alle außer DXB-56. Er hat sich auf die Suche nach den Nachfahren dieser Menschen gemacht.«

Ich denke an Zrr'ps Geschichte. »Hat DXB-56 aus dem verstrahlten Gebiet ein Haar mitgebracht?«, frage ich.

DXB-57 nickt. »Damit hatte er das Genmaterial, das er brauchte. Sein Beweismaterial. Kurz darauf ist er an der Strahlenkrankheit gestorben.«

Cybie DXB-57 lässt mich in den Raum, in dem die Jäger kauern. Als sie mich sehen, starren sie mich an.

Es tut gut, ihre breiten, weichen Züge zu sehen, doch in ihren Gesichtern steht Angst. Fürchten sie sich vor mir? Ich weiß nicht, ob ich mich durch die Enhancements auch äußerlich verändert habe.

Zrr'ps Züge leuchten plötzlich auf. Er erkennt mich. Er springt auf, kommt zu mir und schließt mich in die Arme. Ich spüre seinen weichen, warmen Jägerkörper, rieche seinen Jägergeruch, der so ganz anders ist als der Geruch der Cybies, warm und erdig.

Plötzlich denke ich, dass ich mit Zrr'p auch zu den Sternen fliegen würde. Ob unsere Vorfahren, die Menschen, aus denen die ersten Symbionten entstanden, den Weg in ihr neues strahlendes Reich wohl freiwillig angetreten haben?

Wollten sie Bewohner des radioaktiven Gebiets werden, oder mussten sie? So oder so, sie haben ein großes Volk gegründet.

»An'k-Zrr'p-Volk gefangen«, sage ich in unserer Sprache. »An'k-Zrr'p-Volk Weg Sterne. Frei Weg Sterne«, tröste ich ihn. »An'k-Zrr'p-Volk Weg Sternejäger.«

Cybie DXB-57 ruft mich nach draußen, und Zrr'p lässt mich gehen. Ich schaue durchs Fenster in den Raum. Ich sehe, wie alle Jäger benommen und träge werden, wie sie in sich zusammensacken. Sie sind mit einem Gas betäubt worden. Roboter transportieren sie einen nach dem anderen ab. Sie bringen sie zu ihrem ersten Enhancement.

VAAMS GEHIRN
von Christian J. Meier

1

Bäume, Bäume, nichts als Bäume. Vaam würde sterben, um einmal, ein *einziges* Mal, etwas anderes zu sehen. Am besten etwas, das niemand vor ihm gesehen hat. Seit Tagen streifte er erfolglos durch den Wald, getrieben von deprimierend banalen Bedürfnissen. Es war immer das Gleiche: Essen, Trinken und ...

Dort! Eine Frau! Endlich!

Sie sonnte sich auf einem Samtgraskissen am Rand einer Lichtung. Vaam betrachtete sie durch eine Lücke im Gebüsch. Diese Haut! Weiß wie Schönwetterwolken! Das kannte er nur aus Erzählungen über mächtige Menschen, die man »Schöpfer« nannte. Angeblich hatten sie schon vor dem Großen Sterben gelebt. Unvorstellbar viele Jahre sei das her, mehr als der Wald Bäume besitze. Diese Schöpfer, hieß es, lebten noch heute, wenn auch nicht in den Wäldern. Manchmal hielten sie sich aber dort auf, warum, wisse niemand.

Durch Vaams Körper perlte Lust, wie er sie seit seinen jungen Jahren nicht mehr gespürt hatte.

Er wollte aus dem Dickicht auf die Lichtung treten, da raschelte es drüben im Unterholz. Vaam stockte. Neben der Frau schlüpfte eine rotbraune Fellkugel auf vier dünnen Beinchen auf die Lichtung. Ein Metgeber. Das Tier trippelte auf die Frau zu, warf sich an ihre Seite, bot ihr seine Zitze und quiekte aufmunternd. Träge wälzte sie sich dem Metgeber zu, saugte eine Weile, rülpste und räkelte sich dann wieder in der sinkenden Sonne.

Der Metgeber verzog sich, Vaam trat auf die Lichtung und marschierte geradewegs zu ihr hinüber. Als Vaam das Samtgraskissen erreichte, hob sie den Kopf. Vaams Erregung wuchs. Auch aus der Nähe sah sie interessant aus. Eine kurze, kantig geformte Frisur. Ihr Gesicht erinnerte an ein zerbrechliches Ei. Andere Frauen hatten lange Haare und rundliche, robuste Gesichter. Auch die Brüste dieser Frau waren ungewohnt: Prall und straff wie frische Polsterpilze.

Sie musterte Vaam vom Kopf bis zur Sohle und spitzte dabei kritisch den Mund. Schließlich nickte sie und klopfte mit der flachen Hand auf das leere Stück Samtgras neben ihr. »Ich bin Pandora«, sagte sie. Ihre Stimme klang nach einer freien, hellen Welt. Vaam stockte der Atem. Immer mehr erschien sie ihm wie eine Verheißung. Ohne zu zögern, ließ er sich nieder. Sein Arm legte sich um ihre Taille.

Pandora blickte ihm in die Augen, als suchte sie etwas im Innern seines Kopfes. Vaam fühlte sich von diesem Blick aufgebohrt. Er verstand ihn nicht. In der Regel war klar, was sie von ihm wollten. Die Augen gehörten nicht dazu. Pandoras Augen waren dunkelgrün und tief. Vaam ahnte, dass sie Dinge gesehen hatten, die er sich nicht vorstellen konnte. Sie waren ein Versprechen. Doch in ihnen lauerte auch eine Gefahr.

Er vermutete, dass Pandora von weit her kam. Vielleicht vom Ozean. Neuerdings träumte er davon, an dessen Küsten zu wandeln.

»Ich sehe viele Fragen am Grund dieser Augen«, sagte Pandora. Vaam setzte zum Protest an, als sie von seinen Augen ließ, seinen Körper umfasste und an den ihren drückte.

Na also!

Er tat, was von ihm erwartet wurde.

Als Vaam am nächsten Morgen aufwachte, fand er neben sich nur eine Kuhle im Samtgras. Er schnellte hoch und blickte über die Lichtung. Keine Pandora! Wie gerne hätte er erfahren, wo sie herkam. Die anderen blieben immer ein Weilchen, um zu erzählen. Das gehörte dazu.

Immerhin war der schnöde Trieb für eine Weile befriedigt. Doch ein neuer stand schon bereit: Hunger.

Er stand auf, um Essen zu suchen. Die Sonne beschien die Büsche auf der anderen Seite der Lichtung. Dort schimmerte es orange durch das Blattwerk – Fleischfrüchte! Zügig marschierte Vaam hinüber, wühlte sich durchs Dickicht und streckte den Arm nach einer der nahrhaften Kugeln. Neben ihm raschelte das Gebüsch, Vaam erschrak. Pandora schlüpfte aus dem Blattwerk.

Ihr Körper wirkte deplatziert zwischen den Blättern und Blüten, als gehörte sie nicht in diese Welt. Das Gefühl der Bedrohung von gestern, als er in ihre

Augen geblickt hatte, war wieder da. Aber intensiver jetzt. Der Rausch des Neuen war weg – verdrängt vom Hunger.

Lächelnd hielt ihm Pandora eine Fleischfrucht hin. »Während du noch geschlafen hast, habe ich uns ein Frühstück besorgt«, sagte sie. Vaam zögerte, denn er verstand nicht, was die Geste bedeutete. Es gab genug Fleischfrüchte hier. Stimmte mit dieser, die Pandora ihm anbot, etwas nicht? »Na los!«, insistierte sie. »Nimm schon!«

Nervös schüttelte er den Kopf, pflügte durch das Geäst in den Wald hinein und suchte weiter. Nach wenigen Minuten erblickte er einen faustgroßen, rotweiß gestreiften Süßpilz, einen Steinwurf entfernt. Er bog dorthin ab. Auf dem Weg stach ihm etwas anderes ins Auge. Es sah zu ungewöhnlich aus, um es zu ignorieren. Ein Streifen Fels, der sich viele Armlängen vor ihm erstreckte. Die Oberfläche hatte gerade Rippen, die regelmäßig ineinandergriffen. *Was* war das? Vaam ging in die Hocke und befühlte die Rippen.

»Das ist die versteinerte Reifenspur einer Waldmaschine«, hörte er eine Stimme hinter sich. Vaam sprang auf und fuhr herum. Pandora! Sie war ihm gefolgt. Sein Körper spannte sich an.

»Vor zwei Millionen Jahren ist die Maschine hier gefahren«, erklärte Pandora. »Die Reifenspur muss dann durch eine Überschwemmung in Sand eingebettet und über die Jahrtausende durch Druck fossilisiert worden sein.«

Er verstand fast nichts von dem, was sie sagte. Doch er hatte das Gefühl, dass sie sehr viel wusste.

»Willst du mehr Ungewöhnliches sehen?«, fragte sie. »Sicher hast du schon vom Ozean gehört, oder?«

Sie wandte sich ab und marschierte los. Pandora hatte das Meer erwähnt. Vaams Füße drängten ohne weiteres Nachdenken hinter ihr her. Doch die Angst vor Pandora bremste ihn. Andererseits: Wenn er blieb, würde sein erbärmliches Leben weitergehen. Pandora hingegen konnte ihn in eine neue Welt voller Wunder führen, das spürte er. Bevor sie im Unterholz verschwand, überwand sich Vaam und lief ihr nach.

Auf dem Weg vertilgten sie Fleischfrüchte und Süßpilze. Die wenigen Menschen, denen sie begegneten, starrten Pandora ebenso erstaunt wie erschrocken an oder flohen. Nach zwei Tagen erreichten sie eine seltsame Gegend, die Vaam nicht kannte. Spaliere von Felsnadeln zogen sich quer durch den Wald. Der Boden zwischen den Felstürmen war sandig, es wuchsen wenig Fleischfrüchte, es gab kaum Vasenblätter, um daraus zu trinken, es fehlten Wohnrinder als Schutz vor Regen, kein Samtgras, kurz: Zu karg für Menschen! Was wollte Pandora hier? Sie führte Vaam zu einem Felsen, in dem eine dunkle Höhle klaffte.

Pandora drehte sich um und sah ihn aufmunternd an. »Folge mir! Du bist doch neugierig, oder?«

Ohne eine Antwort abzuwarten, verschwand sie im Dunkel. Vaams Puls beschleunigte sich, sein Nacken spannte sich an. Ein unangenehmes, lähmendes Gefühl überfiel ihn. »Keine Angst!«, hallte ihre Stimme aus der Höhle. »Du musst dich etwas trauen!«

Das klang logisch. Das Neue musste sich an fremden, seltsamen Orten befinden. Er überwand sich und trat in die Höhle. Nach wenigen Schritten war die Angst wieder da! Diese Dunkelheit war anders als die der Nacht. Sie fühlte sich an, wie begraben werden.

»Sehr gut«, rief Pandora. »Weiter so! Folge mir!« *Wie denn in dieser Schwärze!* Doch er musste nicht protestieren. Denn kaltes Licht leuchtete auf, wie von Leuchtkröten. Aber es kam nicht von Kröten, sondern von den Wänden der Höhle, die steil nach unten führte. Sein Herz hämmerte. Ins Innere der Erde zu steigen war aufregend!

Es ging immer tiefer und wurde spürbar wärmer. Dann erschrak Vaam und dachte, sie habe ihn in eine Falle gelockt. Denn die Röhre endete abrupt. Was hatte sie hier mit ihm vor? Er machte seinem Ärger lautstark Luft. Doch sie erwiderte nichts, sondern winkte mit der Hand gegen das tote Ende des Gangs. Es zischte und – Vaam stockte der Atem – die Rückwand öffnete sich!

Dahinter tauchte etwas Seltsames auf. Vom Ozean wusste Vaam, dass er blau war und mit dem Himmel verschmolz. Auch hinter dieser Tür schien sich ein endloses Blau zu erstrecken.

»Das ist das Foyer des lokalen Netzwerkknotens«, sagte Pandora und streckte ihm die Hand entgegen. Er starrte ängstlich auf die zarten, langen Finger. Sie beugte sich vor, griff ihn am Arm und zerrte ihn durch die Öffnung. Vaam hielt die Luft an. Doch er tauchte nicht in Wasser. Dieses »Foyer« war eine weitere

Höhle. Aber was für eine! Er erkannte, dass sie Wände hatte. Sie glichen einer Pfütze, in der sich wolkenloser Himmel spiegelte. Vaam wurde es schwindlig. Es zischte wieder. Vaam fuhr herum. Das Loch in der Wand schloss sich!

Dann klickte es auf der anderen Seite der blauen Höhle. Vaam sah hin. Eine Nische in der Wand öffnete sich. Etwas Weißes hing darin. Pandora ging hin und griff danach. Dann geschah etwas, das Vaam schockierte. Sie schlang sich das Ding um ihren Körper. Ein Gefühl wallte in Vaam auf, wie wenn ihm ein anderer einen Pilz vor der Nase wegschnappte. Er begriff, dass er eifersüchtig war. Eifersüchtig auf ein schlaffes, weißes Etwas.

Noch einmal zischte es und die Wand öffnete sich an einer anderen Stelle. Ein Mann trat ein, Vaam wich zurück. Der Körper des Mannes war auch in ein weißes Ding gehüllt. Er blieb stehen und musterte Vaam skeptisch.

»Du hast es tatsächlich mitgebracht, Pandora?«

»Er ist kein *es*, er ist ein *er*, Rousseau!«

»Wenn es ein er wäre, könnte es sprechen. Kann es?«

Pandora senkte den Blick. »Er hat bislang nur laut gebrüllt«, räumte sie ein.

Der Mann namens Rousseau lachte und trat auf Vaam zu. Er griff nach seinem Fell und rieb einige Haare zwischen den Fingern. »Herrlich weich!«, stellte er fest. »Kein Wunder, dass Einhüllaffen bei den Oberflächlern so beliebt sind.« Der Mann näherte sein Gesicht dem Vaams und suchte in dessen Augen. »Hm«, machte er und trat einen Schritt zurück. »Na, wie findest du es hier?«, fragte er.

Vaam öffnete den Mund und stieß einige Laute aus. Wie gerne würde er, wie die Menschen, seine Gedanken aus sich heraus in die Welt hinein bringen.

Der Mann wandte sich grinsend Pandora zu. »Siehst du Pandora? Kein Wort bringt es heraus.«

»Mach den S-Test«, forderte sie.

Rousseau schüttelte den Kopf, wobei er spöttisch lächelte. Er griff in eine Öffnung seines weißen Umhangs und holte einen kurzen Stab heraus, auf den er drückte. Dann deutete er auf eine der Wände. »Sieh mal dort hin!«

Vaam tat es und fuhr zusammen. Dort war ein anderer Einhüllaffe! Er hatte ein mattes, bauschiges Fell. Wie er selbst! Der andere ahmte Vaams Bewegungen nach. Wollte er ihn veralbern? Doch da begriff Vaam: Das war eine Spiegelung von ihm, wie in der Oberfläche einer Pfütze. Da! Ein blutroter Fleck auf seiner Brust. Vaam sah an sich hinunter. Tatsächlich, da war ein roter Klecks! Doch sofort verschwand er wieder.

»Spiegeltest bestanden«, rief Pandora und klatschte in die Hände. »Er hat gewusst, dass der Lichtfleck auf seinem eigenen Körper ist, nicht auf dem vermeintlich anderen Affen. Er hat ein Selbstbewusstsein! Er kann wahrscheinlich sogar denken!«

Rousseau lachte laut. »Denken! Wenn es nicht sprechen kann, wie sollte es dann denken?«

»Vergiss nicht, dass er als Einhüllaffe viel mit Menschen zu tun hat. Die Oberflächler treffen selten andere Menschen. Den Einhüllaffen erzählen sie gerne ihre Geschichten, weil diese Tiere ihnen so ähneln. Dieser hier ist locker dreißig Jahre alt. Er kann viel gelernt haben. Ich denke, er trägt ein Gen, das ihm die kognitiven Fähigkeiten dafür gibt. Ihm fehlen nur die anatomischen Voraussetzungen, um zu sprechen.«

Rousseau sah sie verwundert an. »Du denkst, dass die Retroviren, die dein Großvater freisetzte, Wirkung zeigen?«

Vaam steckten Fragen im Hals fest, es quälte ihn, dass er sie nicht herausbrachte. Doch er musste sie stellen! »Has hü Vi Hen?«, bellte er.

Rousseau sah ihn verdutzt an. »Hat es gerade versucht, etwas zu sagen?«

Pandora sah Vaam mit geweiteten Augen an. »Ja! Er fragte: ›Was für Viren?‹«

Rousseau lachte laut auf. »Du willst diesem Tier jetzt nicht die künstliche Evolution erklären, oder?«

Pandora nickte ernst. »Doch«, flüsterte sie.

Der Mann schüttelte spöttisch grinsend den Kopf.

»Es ist eigentlich nicht schwer«, sagte Pandora, an Vaam gewandt. »Wenn du etwas nicht verstehst, hebst du die Hand, okay?«

Vaam nickte.

»Wie heißt du eigentlich?«, fragte Pandora.

»Vaam«, antwortete er und freute sich über das gelungene Wort.

Wieder lachte Rousseau. »Sagte es ›Warm‹? Das hat wohl ein Mensch zu ihm gesagt, als er ihn einhüllte!«

Vaam nickte zur Bestätigung. Ein alter Mann hatte es gesagt.

»Hör zu, Vaam«, sagte Pandora. »Wir Wissenschaftler haben den Samen gelegt für alles Leben, vor mehr Jahren, als es in deinem Wald Bäume gibt. Verstehst du das?«

Es stimmte also, was er gehört hatte! Vor ihm standen die *Schöpfer!* Aber sie hatte ein anderes Wort benutzt. »Wi Hen Haff Ker?«, brachte er hervor.

Sichtlich freute sie sich über seine Fortschritte beim Sprechen. »Ja, Wissenschaftler! Rousseau, ich und noch viele andere: Wir sind eine bestimmte Sorte von Menschen, die man Wissenschaftler nennt. Anders als die anderen Menschen leben wir unter der Erdoberfläche, in einem weltumspannenden Netzwerk aus Laboren wie diesem und verbindenden Verkehrsröhren. Wir existierten schon vor der Klimakatastrophe und dem massenhaften Artensterben, dem Großen Sterben, wie es die Oberflächler nennen. Damals lebten wir noch oben, unter den anderen Menschen. Zwei Millionen Jahre ist das her. Das Große Sterben war auch für unser Selbstverständnis als Wissenschaftler ein Bruch. Wir mussten erkennen, dass wir unsere Mission, die Welt zu verstehen, verraten hatten! Wir haben uns verkauft. An Menschen, die die Erde ausbeuteten. Um des Profits und der Bequemlichkeit eines kleinen Teils der Menschheit willen. Statt die Welt zu verstehen, haben wir dabei geholfen, sie zu zerstören. Zwar haben einige von uns protestiert. Doch sie waren zu leise, haben sich ignorieren lassen.«

»Doch nicht alles war verloren«, fuhr Pandora fort. »Noch vor dem Großen Sterben hatten wir damit begonnen, künstliches Leben zu schaffen: synthetische Viren, Mikroben und sogar synthetische Organe. Dieses Wissen haben wir nach dem Großen Sterben benutzt, um neues Leben in die Wüsten und fast toten Meere zu bringen – künstliches Leben, dessen Entwicklung wir zu steuern vermochten. Wir impften die Landlebewesen mit dem Trieb, Menschen zu dienen. So entwickelten sich von selbst Arten, die menschliche Bedürfnisse stillten. So mussten die Oberflächler keine schädliche Technik entwickeln, um sich wohlzufühlen. Das Leben auf den Kontinenten ist auf den Menschen zugeschnitten. Doch etwas fehlte noch.«

»Has fehl?«, wollte Vaam wissen. Das war die interessanteste Geschichte, die er je gehört hatte!

»Was fehlt?«, wiederholte Pandora und antwortete gleich: »Wir wollten das Leben nutzen, um die Welt zu verstehen. Denn unser Gehirn reicht dafür nicht, leider. Wir haben ein größeres Gehirn geschaffen. Ein sehr, sehr viel größeres.«

»Has Is das?« Vaam platzte vor Neugier!

»Der Ozean«, antwortete Pandora. »Mein eigentliches Forschungsmetier. Hierher bin ich gekommen, um die Arbeit meines Großvaters zu vollenden. Also um *dich* zu finden. Willst du das Meer sehen?«

Vaam nickte heftig.

2

Vaam sah durch das obere Bullauge des Forschungs-U-Bootes. Die Meeresoberfläche war nur als Schimmern zu erahnen. Mit jedem Meter, den der Tiefenmesser zählte, schwand das restliche Tageslicht. Er streifte gerne durch die Tiefsee, liebte es, wenn immer neue bizarre Wesen durch die Lichtkegel der Außenscheinwerfer schwebten.

Seine Streifzüge durch die Wälder waren nur ein vages Echo. Dank Pandora hatte er eine höhere Form der Suche gefunden: nach einem einzigartigen Wesen. Vaam wollte zum historischen Entdecker werden.

In den letzten Jahren hatte er Wissen aufgesaugt. Waren ihm Wissenschaftler früher wie Magier erschienen, gehörte er längst selbst zu ihnen.

Der Wissenschaft hatte er sein extrem lernfähiges Gehirn zu verdanken. Die Retroviren, mit denen Pandoras Opa Vaams Vorfahren infiziert hatte, verursachten eine massive Vernetzung der Gehirnzellen. Vaams Ahnen hatten die Viren-DNA in das Erbgut ihrer Keimzellen aufgenommen, sodass sie es weitervererbten. Vaam war der erste Nachkomme, bei dem sich der Effekt voll entfaltete. Wenn er lernte, bildeten sich blitzartig neue Synapsen. Binnen weniger Jahre hatte er mehrere Wissenschaften studiert.

Am meisten faszinierte ihn die künstliche Evolution. Nach dem Großen Sterben hatten die Wissenschaftler synthetische Mikroben freigesetzt, die die wenigen verbliebenen natürlichen verdrängten. Über Jahrhunderte ernährten die Menschen sich von ihnen, karge Zeiten! Evolution war normalerweise langsam. Bis zu höheren Organismen hätte es viele Jahrmillionen gedauert. Doch die Forscher trieben den Prozess an: Sie setzten synthetische Retroviren frei, die ständig neue Gene in die Keimzellen der Lebewesen einbrachten. So gab es immer neue Varianten von Organismen, die schnell alle Lebensräume eroberten. Die Wesen gaben ihr Erbgut nicht nur an ihre Nachkommen weiter, sondern Gene wanderten auch *zwischen* verschiedenen Spezies. Die Wissenschaftler hatten die synthetischen Zellen mit Poren versehen, die den Eintritt von fremder Erbsubstanz ermöglichten. So ergab sich ein gewisser Austausch an Genen. Dieser führte zwar nicht immer zu einem Überlebensvorteil, aber deutlich öfter als in der natürlichen Evolution. Neue Arten entwickelten sich schneller.

Bei den Landlebewesen kam hinzu, dass sie Menschen dienten. Erst wenn sie diesen Trieb befriedigten, konnten sie ihre eigenen Bedürfnisse stillen. Also überlebten die Arten, die bei den Menschen am besten ankamen! Die Oberflächler lebten in einem Paradies! Die Wissenschaftler hingegen verzichteten auf diesen Luxus. Sie hatten ein höheres Ziel. Und dafür nutzten sie den Ozean.

Dort griffen sie zu den gleichen Werkzeugen wie an Land. Doch sie steuerten die Evolution nicht aktiv. Nur ein einziges, grundsätzliches Auswahlprinzip hatten sie im Ozean etabliert. Vor dem Großen Sterben hatte dies gelautet: »Es überlebt, was sich am besten an seine Umwelt *anpasst*.«

Das neue Prinzip hingegen lautete: »Es überlebt, was die Umwelt am besten *beschreibt*.« Damit war die Evolution zu einem Forschungsinstrument geworden. Die Organismen, die sie hervorbrachte, verkörperten wissenschaftliche Theorien. Pandora nannte diese Methode »Wissenszucht«.

Die Idee dahinter: Durch die Bewegungsfreiheit der Gene würden sich die Erfolgreichsten von ihnen in einem Superorganismus sammeln, der praktisch alles Wissen über die Ozeane enthielt. Er würde in der Lage sein, die Zukunft zu simulieren und sich auf diese Weise lange bevor eine Veränderung eintritt, an diese anpassen können. Es wäre ein optimaler Organismus, der sich nicht fortpflanzen muss. Er wäre unsterblich. »Von so einem Wesen könnten wir sehr viel lernen«, hatte Pandora geschwärmt.

Wie aber dieser Superorganismus aussehen und wo im Ozean er leben sollte, wusste niemand. Jüngst hatte Pandoras Team rätselhafte Meereslebewesen entdeckt, die andere Organismen schluckten, sie aber nicht verdauten. Für Vaam war sofort klar gewesen: Diese Tiere waren Informationssammler, die ihre

Funde dem Superorganismus zutrugen. Jetzt suchte Vaam die entsprechende Meeresgegend ab. Er sah aus dem Frontfenster des U-Bootes.

Plötzlich tauchten grünblau leuchtende Punkte aus der Schwärze auf. Rasch wuchsen sie zu Scheibchen. Lumineszierende Wesen, die ihm entgegenschossen. Ihre Stromlinienform wurde erkennbar. Ein ganzer Schwarm, sicher fünfzig Stück, raste an Vaams U-Boot vorbei. Voraus erkannte er weitere Punkte, die aber in eine andere Richtung entschwanden. So etwas hatte er noch nie gesehen! Er beschloss, dort hinzusteuern, wo sich die Wege der beiden Schwärme schnitten.

Dopamin überflutete sein Hirn. War er dem Superorganismus auf der Spur? Er hatte darüber nachgedacht und glaubte, dass Biologen wie Pandora etwas Wichtiges übersahen!

Der hypothetische Superorganismus strebte nach vollständigem Wissen. Aber natürlich konnte er die Welt nicht kopieren, allein aus Platzgründen! Also würde er, wie ein Wissenschaftler, das gesammelte Wissen verallgemeinern, um es so zu verdichten. Sein Stoffwechsel würde funktionieren wie die Sprache der Wissenschaft, als eine formale Theorie. Deren »Wörter« wären chemische Verbindungen. Die »Grammatik« wären die Regeln, mit denen diese Stoffe miteinander reagieren und sich zu ganzen »Aussagen« kombinierten. Die Regeln würden in der DNA gespeichert, in Form von Bauplänen von Enzymen, die bestimmte chemische Reaktionen fördern oder Inhibitoren, die andere Reaktionen verbieten.

Irgendwann würde das chemische Netzwerk anfangen zu denken und selbst Hypothesen entwickeln, die es mit der äußeren Welt abglich.

Das Problem war: Das Superwesen könnte sich fundamental *irren*. Und das würde katastrophal enden!

In den Lichtkegeln der Bugscheinwerfer tauchte eine Abbruchkante auf. Vaam steuerte darüber, neigte die Schnauze des Bootes nach unten und schnappte nach Luft. In der Tiefe leuchtete eine grünlichblaue Kugel. Vaam drückte den Steuerknüppel. Der Tiefenmesser zählte Hunderte weitere Meter Tiefe. Vaam begriff, dass er auf eine Sphäre von der Größe eines Berges zusteuerte. Um den Ball herum stiegen Rauchsäulen aus dem Gestein. Black Smokers, die kochend heißes Wasser ausspien. Das könnte die Energiequelle des Wesens sein.

Vaam hatte gefunden, was er suchte! Er entdeckte einige der Informations-sammler-Organismen, die sich der Kugel näherten und in sie eindrangen. An einer anderen Stelle der Sphäre brach ein Schwarm der grünblauen Torpedos durch die Oberfläche und raste davon. Vaam hatte den Eindruck, dass die riesige Kugel wuchs. Gleichzeitig verblasste ihr grünblaues Leuchten, ein graubrauner Fleck dehnte sich immer weiter aus.

Ein Gefühlsmischmasch aus Angst, Faszination und Erregung überwältigte Vaam. Passierte hier, was er befürchtete?

Vaam zog sich das Gedankennetz über den Kopf, um mit Pandora zu sprechen, da erschien schon das Gesicht seiner Kollegin vor ihm. Es war von Panik entstellt. »Vaam! Oben auf den Inseln brennt die Hölle! Hast du da unten etwas Ungewöhnliches gesehen?«

Vaam lachte. »Ungewöhnlich ist untertrieben! Ich gebe dir das Bild der Außenkameras.«

Pandoras Mund klappte auf. »Mein Gott«, flüsterte sie. Inzwischen hatte sich das Braun weiter ins Grünblau gefressen.

Aus dem Hintergrund hörte Vaam Knallen und Dröhnen. »Was passiert oben, Pandora?«

»Schwere Explosionen an der Oberfläche«, antwortete sie. »Man hört sie bis hier ins Labor. Etwas wie Raketen schießen aus dem Meer, viele davon fliegen auf die Inseln und detonieren in Bodennähe. Sie legen Feuerteppiche. Die Wälder brennen und die Oberflächler fliehen in Panik. Was ist da los, Vaam? Streng dein Superhirn an!«

»Das habe ich schon«, gab er zurück. »Du kennst meine Theorie des *Irren-den Superorganismus.*«

Pandora seufzte. »In groben Zügen. Aber ...«

Vaam ärgerte, dass sie das ignorierte, weil es schlicht nicht zu ihrem Wunsch-denken passte. »Pandora, hör zu! Dem Superorganismus wurden offenbar Infor-mationen zugetragen, die nicht zu seiner etablierten Welt-Theorie passten. Doch die Theorie war nicht mehr reformierbar, also hat sich eine *parallele* Theorie ent-wickelt. Das muss lange her sein, sodass auch die zweite Theorie sehr groß wurde. Die beiden Modelle klaffen offenbar weit auseinander und produzieren perma-nent widersprüchliche Aussagen. Wie Streithähne, die sich gegenseitig immer neue Argumente und Gegenargumente an den Kopf werfen. Die Torpedos sind offenbar ein Versuch, die Widersprüche loszuwerden.«

Pandora lachte höhnisch. »Du glaubst, wir werden gerade mit Paradoxie-Bomben beworfen?«

»Genau das!«

»Vaam! Wir verbrennen hier! Bitte lass den Klamauk!«

»Klamauk? Das ist mein voller Ernst! Willst du das Problem lösen oder nicht?«

Sie seufzte. »Also gut, erkläre es.«

»Du weißt, dass die Sprache des Superorganismus chemisch ist.«

»Sicher.«

»Na, wie könnte sich ein Paradox in Form von chemischen Reaktionen manifestieren?«, fragte er.

Pandora überlegte. »Substanzen, die sich gegenseitig auslöschen?«

»Genau!«, antwortete Vaam. »Zwei komplexe, energiereiche Moleküle, die heftig reagieren und sich dabei in ihre Bestandteile zerlegen. Unter Abgabe des größten Teils ihrer Energie.«

»Zwei konträre Aussagen, die sich gegenseitig neutralisieren«, schloss Pandora.

Vaam nickte. »Vielleicht brauchen sie dafür gasförmigen Sauerstoff, explodieren also erst in der Atmosphäre«, fügte er hinzu.

Pandora starrte vor sich hin. Sie schien zu begreifen. Gleichzeitig brach ihr Blick, als wiche alles Leben aus ihr. »Das hieße, dass Wissen zur Selbstzerstörung führt«, flüsterte sie. Ihre Augen weiteten sich, die Spannung kehrte in ihre Züge zurück. »Vaam!«, schrie sie. »Die Kugel!«

Vaam sah aus dem Fenster. Die Farben des Balls schwanden. Und sie wuchs schneller, nein: Blähte sich auf!

Instinktiv packte Vaam den Steuerknüppel, drehte das Boot und schob den Knüppel bis zum Anschlag nach vorne. Die Beschleunigung presste ihn in den Sitz.

Er starrte auf den Bildschirm, der die Ansicht nach Achtern zeigte. Die Kugel füllte den ganzen Kessel aus.

Die Paradoxien nehmen überhand, dachte Vaam. Zuerst hatte die Kugel versucht, die paradoxen Substanzen loszuwerden, indem sie sie in die Torpedos packte und hinausschoss. Jetzt wurde sie der Ausbreitung nicht mehr Herr.

Blitze zuckten über die Oberfläche der Kugel, Risse öffneten sich, aus denen weißglühende Fontänen schossen.

Vaam zog den Steuerknüppel in Normalstellung. Das Boot bremste ab. Vaam drehte um 180 Grad. Nun hatte er einen Logenplatz. Die Kugel zerbarst wie ein Supervulkan, ein gewaltiges Schauspiel!

»Das«, dachte Vaam Sekundenbruchteile vor seinem Tod, »wird außer mir niemand sehen, in Millionen von Jahren nicht.« In diesem Moment war Vaam so glücklich wie nie zuvor.

MUSEUM FÜR MENSCHEN
von Frank Neugebauer

Ja, es gab sie noch, die elenden Menschen. Drei oder vier zogen den Neuwwen Zaire-Fluss hinunter, indem sie sich ständig zwischen den riesigen Wasserlilien am Ufer verbargen. Die Gruppe kam bis zur Biegung beim Nuklearen Schlachtfeld XXIII, wo sich der Zaire mit dem gewaltigen Rhein-Weser-Delta vereinte. Nur ein Exemplar gelangte noch höher ins Küsten- und Marschenland. Die Spuren der anderen verloren sich irgendwo in der südlicheren Wildnis. Weiß, unbehaart und schwach, wie sie waren, boten sie für die neuerdings wieder häufig herumstreifenden Smilodons eine leichte Beute.

Verdrossen äugte der Regent hinaus zum Fluss. In seinem vortrefflichen Kleid und in den Schatten hinter dem schießschartenartigen Fenster konnte ihn von draußen niemand sehen. Die großen Farnwedel, die trauernden Weiden, die ihre Spitzen in den träge fließenden Strom tauchten, die riesenwüchsigen Wasserlilien selbst, sie verbargen den ungebetenen Gast gut. Doch des Regenten Auge war von Natur aus überscharf. Sein Blick durchdrang die Nacht und jedes Gestrüpp, er nahm jede Schattierung hinter jeglichem Unkraut wahr. Da liegst du also im Dreck, neuer alter Mensch! Nackt und ohne Waffen, so bist du gekommen, Elender, Frechling, Tierhafter! Hast du überhaupt einen Plan, oder hat dich der animalische Wandertrieb auf die Reise mit ungewissem Ausgange geschickt?

Der Mensch war zur späten Nachmittagsstunde über die Regionalgrenze gekommen. Ein paar Kilometer höher am Fluss hatte die Backsteinkirche seine primitiven Sinne gereizt, der Glockenturm wohl auch. Natürlich ahnte der Narr dort unten nicht, dass im Turmzimmer unter dem Geläute des Regenten Kronen selbst residierte. Neugierig war der Mensch, als ihm seine unterentwickelten Sinne vormachten, der stille Vorabend sei geeignet, in geduckter Haltung über den uralten Friedhof zu schleichen, der sich zwischen Kirchturm und Ufer ausbreitete. Zur Überraschung des Regenten verweilte der nackte Mensch bei

manchem Grabstein, von denen nur noch wenige stummelzahnig dastanden nach all den Jahrtausenden. Konnte der Wilde lesen? Dann, in der blauen Dämmerung, hatte er sich aus Schilf ein Bett gebaut und seinen bleichen Leib darauf gebettet.

Kronen war des Spähens müde. Von dem Menschen im Schlamm ging keinerlei Gefahr aus. Seine eigenen Wächter würden ihn sofort mit den roten Speeren töten, wenn das nicht schon ein natürlicher Jäger vollbrachte. Ein letzter Blick noch über das weite Land. Das letzte Sonnenlicht fing sich in der gezackten Linie der geborstenen Reaktorkuppel auf der anderen Flussseite.

Doch der Arbeitstag des Regenten war noch nicht vorbei. Er setzte sich an den Schreibtisch und übte sich in der gerade erst wiederentdeckten Kunst des Schreibens. Missmutig kratzte er mit einer angespitzten Feder über die gegerbte Haut einer Ziege. Die Symbole wollten ihm nicht gelingen, seine krallenartig verkrümmte Hand war ungeeignet. Dennoch trieb er sich selbst an.

Da vernahm er ein Geräusch, die Glocke schlug an. Nicht wirklich zwar, denn der hundert Kilogramm schwere Klöppel war in einem der ungezählten Kriege verloren gegangen und als Waffenstahl wiedergeboren worden. Doch die Glocken hingen noch, zwei von ehemals dreien. Was den feinen, lang schwingenden Ton auslöste, kannte Kronen nur zu gut. Eine Eidechse rannte geschwind über die Glockenbronze!

Eine Zeytung, eine Zeytung!, jubelte der Regent innerlich. Er warf Schreibfeder und Papiere zur Seite und lauschte. Die noch von den Alten modifizierte Eidechse huschte durch die Löcher im Dachstuhl auf die Außenseite des Kirchturms und gab einer instinktiven Eingebung nach. Über Fuge und Ziegelstein gelangte sie endlich an den an der Westseite des Turmes für alle Ewigkeit angebrachten Scanner. Die Eidechse klammerte sich an ein uraltes, extra zu diesem Zweck eingemauertes Eisen und ließ sich den Rücken vom Scanner ablesen. Denn die Haut des Reptils enthielt kein Zufallsmuster, sondern Codes. Freilich war der Rest des Lebewesens völlig normal und der Art entsprechend, nur die programmierbare Haut nicht. Und da sich die einst als »Papier« gehaltenen Eidechsen seit mindestens eintausend Jahren wieder völlig ungehemmt auf eigene Weise reproduzierten, war auch die Fähigkeit der Schriftverkehrsvermittlung nicht immer sicher.

»Scanner?«, fragte der Regent bange, er hielt gehörig Anstand vom Fenster. Der Ablesevorgang durfte keinesfalls gestört werden. Sah ein Auge zu, brach der Scanner den Vorgang ab und wiederholte ihn nicht. Die Nachricht wäre für immer verloren.

»Mächt'ger, du befiehlst«, kam die Antwort des ultrarobusten Geräts, das aus unvordenklicher Zeit stammte und immer noch funktionierte.

»Hast du eine neuwwe Zeytung für mich, den Regent?«

»Wartet noch, Regent!« Er hörte ein scharfes Zischen. Die Bäume am Ufer, der Himmel selbst, die ganze Umgebung, alles erstrahlte in einem gespenstischen roten Licht und warf unheimliche Schatten. Der Scanner verstärkte die Intensität seines Abtaststrahls, um die Eidechse nach dem Ablesen routinemäßig zu töten, was der Geheimniswahrung dienen sollte. Doch die Eidechsen hatten sich im Laufe vieler Generationen an die Scanner angepasst und einen Fluchtreflex entwickelt. Auch diese Nachrichtenbringerin entkam ungeschoren.

Endlich drang die Nachricht an sein Ohr. Sie wurde auf geheimnisvolle Weise im Gemäuer selbst gebildet, doch fehlten ihr weitgehend die Höhen und Mitten. Es war ein unheimliches Gemurmel, und es bedurfte einiger Übung, um aus dem tiefen Brummen eine Botschaft zu ziehen.

An den
Regent Kronen
Reaktoris / Rhein-Weser-Delta

Lieber Kronen,
heute wende ich mich an dich in der Sache, die schon lange auf sich warten laesst, einem Museum fuer/des/vom Menschen. Seit zwanzig Jahren dringen Kraefte in unserem lieben Staatenbund darauf, dem Menschen in Form eines Museums ein Denkmal zu setzen. Neuere Forschungen scheinen doch recht deutlich zu belegen, dass die vielen Ruinen, die wunderbaren Kernkraftwerke, die umherstreifenden Waffen, die verfallenen Cities, vom Menschen erbaut wurden. Mag auch vielerlei im Detail unglücklich sich gefügt haben, unseres besten Archaeologen fanden fuenf Schichten thermonuklearen Glases im Erdboden, der Mensch verdient doch seinen Platz in der Geschichte der Erde. Dein Vorgaenger, und darum

schreibe ich dir, der Regent Krark, macht sich persoenlich stark für solch ein Museum. Gib uns deine Stimme, verehrter Regent!

Hochachtungsvoll, dein Kroitzer
Philippsburg, 32. Maerz 14034 n.d.Z.

Regent Kronen war empört. Was für eine Anmaßung! Er liebte keine Aufregung am Abend, das Parlament konnte er nicht mehr einberufen, es war viel zu spät. Er hörte bereits die vielstimmigen Rufe zur Nacht, die über die dunklen Marschen tönten.

Rasch eilte er zum Schreibtisch. Er nahm nicht die Feder, das wäre ihm zu anstrengend gewesen. Er nutzte uraltes Wissen und diktierte frei. Irgendein Gegenstand auf dem nach einem alten Vorbild eingerichteten Schreibtisch, der Locher, die Tesafilmrolle, der Pocket Calculator, was auch immer, war in der Lage, seine Stimme zu speichern und an eine Eidechse weiterzuleiten. Philippsburg war zwar fast tausend Kilometer weit weg, aber die Nachricht würde mit Sicherheit ankommen, wenn auch erst nach Wochen.

Lieber Kroitzer,

mich wundert doch sehr, dass du dich zum Anwalt in dieser Sache gemacht hast (gewiss, dass ist dein Beruf, du bist Advokat). Was soll denn das sein, ein Museum vom Menschen, ueber den Menschen, des Menschen? Reicht denn nicht die kleine, aber feine Sammlung, die als eine von vielen im Naturkundemuseum in Palais Iks aufgebaut ist? Der Mensch braucht kein eigenes Museum, das Interesse ist viel zu gering. Außerdem entwickeln sich diese Geschoepfe wieder zu einer rechten Plage. Du magst es glauben oder nicht, heute am Spaetnachmittag ist einer von diesen Menschen hier eingesickert und haust recht unansehnlich im Uferschlick. Du weißt, wie ich zum Menschen stehe, man oeffnet sie vom After her, sagte noch mein Großvater.

Mit festem Gruß, dein Kronen
Reaktoris, 177. Avrill 14034 n.d.Z.

Wächterin Kzara war lange auf ihren Dienst vorbereitet worden und verrichtete ihn auch gerne. Doch dass so bald ein Spezialauftrag käme, hatte sie nicht geahnt.

Regent Kronen benahm sich ihr gegenüber ganz freundlich und forderte nur, dass sie den Menschen, der am Ufer hauste, genau beobachten sollte, und zwar aus nächster Nähe. Kronen drückte die rosettenartige Stirnnarbe, die von einer weit zurückliegenden kultischen Operation herrührte, auseinander und legte das sogenannte Augé hinein. Das war ein schmerzloser Akt, doch Kzara weinte dennoch. Sie war noch recht jung, siebenundzwanzig, und brachte das Opfer, das die Umstände ihr abverlangten, nur schweren Herzens. Wer das Augé bekam, erblindete innerhalb weniger Stunden vollständig und irreversibel.

Sie tappte bald darauf am Ufer entlang und orientierte sich an den intensiven Düften der verschiedenen Blühpflanzen, vor allem aber an den Wasserlinien. Der strenge, pomadige Geruch des Menschen zog ihr in die Nase, und gerne hätte sie sich abgewendet. Doch sie hielt stand und »beobachtete« den Schlafenden.

Eine Stunde darauf stieg sie wieder die Stufen ins Turmzimmer hinauf. Regent Kronen entnahm das Augé und reinigte die Höhle in der Stirn mit Balsam. Dann hob er das Augé hoch und legte es in eine spezielle Halterung aus Golddraht. Auf einem kreisrunden Bildschirm erschien der Fluss in einem Koordinatensystem und mit einer Wertetabelle (und so für alle Gegenstände, die dort zu sehen waren). Denn das Augé war auch ein Messinstrument aus der Ära der Väter und Vorväter.

»Kzara, du hast gut gearbeitet, ich danke dir sehr! Obwohl mein Blick scharf ist, konnte ich doch nicht genug sehen. Dies aber sagt mir alles: Der Mensch hat eine Narbe am Unterarm, dicht beim Ellenbogen. Da hat ihn einer der roten Riesenstörche gebissen und ihm den Arm weggefressen, das erkenne ich gleich. Aber der Arm ist nachgewachsen, um sieben Zentimeter verkürzt zwar, aber dennoch, er ist nachgewachsen. Die erstaunliche Regenerationsfähigkeit des Menschen macht ihn zu einem schweren Gegner. Schon drängt es diese Narren nach der Vorherrschaft auf Erden. Dabei haben sie mehr als einmal die Welt an den Rand der endgültigen Vernichtung getrieben.«

Kzara befasste sich mit ganz anderen Dingen und antwortete nicht. Regent Kronen bemerkte das Zögern und sprach sie an. »Kzara?«

Die junge Wächterin hob den Kopf. Ihre richtigen Augen waren, wie nicht anders zu erwarten, bereits von einem Schleier überzogen. Sie war blind.

»Kommt dir dein Schicksal hart an?«, fragte Kronen überflüssig.

»Ja«, sagte Kzara leise.

»Du bist nicht alleine, die Hälfte der anderen Wächter hat dasselbe Schicksal schon ereilt. Morgen ziehst du ins Haus der blinden Wächter und Wächterinnen um. Gewiss, du bist wohl die Jüngste.«

»Eure Worte trösten mich. War mein Dienst jedenfalls nützlich?«

»Aber ja. Aufgrund deiner Beobachtung habe ich bereits einen Entschluss gefasst. Geh jetzt zu Bett, Kzara!«

Noch vor Sonnenaufgang weckte Kronen heller Lärm. Nur mit einem Überwurf aus Federn bekleidet, eilte er die Stufen hinab und trat durch den schmalen Torbogen hinaus in den kalten Morgen.

Der Mensch stand auf dem Pflaster, nackt und bleich, umringt von Wächtern mit spitzen Piken. Aus der Nähe wirkte der Mensch beängstigend groß, ein Meter vierzig maß er gewiss. Da war noch etwas: Unter einer schmutzigen Plane lag ein großer Gegenstand mit weichen Formen.

Der Mensch lächelte überlegen anstatt zu bibbern.

»Mensch! Was willst du?«

»Einen guten Morgen wünsche ich!«, sagte der Mann und verbeugte sich spöttisch. »Ich habe Euch etwas mitgebracht.«

Erst jetzt bemerkte Kronen, dass neben der Plane Blut in die Fugen lief. »Aufheben!«, befahl der Regent, und ein Wächter hob die Plane mit der Pike hinweg.

Ein totes Pony!

»Ich dachte mir, das sei ein hübsches Gastgeschenk«, sagte der Mensch keck. »Ich weiß, dass Ihr eine Delikatesse schätzt. Greift doch zu!«

»Wir braten und kochen unsere Speisen seit zehn Generationen«, versetzte der Regent verschnupft. Und doch musste er sich eingestehen, dass ihm beim Anblick des frisch erlegten Ponys das Wasser im Munde zusammenlief. Der schlaue Mensch appellierte an seine niedersten Instinkte, rohe Nahrung.

»Ich habe einen weite Reise hinter mir, ich komme aus Afrique und habe die D'Alpön überquert, ich bitte um Eure Gastfreundschaft.«

Regent Kronen verstand und winkte den Wächtern. Er ging die Stufen voraus zum Turmzimmer, der Mensch folgte ihm.

Im Zimmer angelangt, sagte der Mensch: »Dann ist es also wahr, was man im Süden flüstert, die Neuen Herrscher der Welt sind Vögel.«

Kronen drehte sich um und versetzte: »Meine Vorfahren waren Raben. Deine aber Affen. Das sind nur unterschiedliche Weichenstellungen der Evolution.«

»So schnell ging die Entwicklung?«

»Die Raben hielten sich lange genug bei den geborstenen Reaktoren auf, und nur dort war die Mutationsrate hoch genug, um eine neue Art hervorzubringen. Wir haben uns radikal verändert, mit unseren wilden Verwandten verbindet uns nichts außer einem nostalgischen Gefühl.«

»Ihr Schlauraben seid nicht viele, Regent!«

»668 intelligente Vögel an achtzehn Standorten, wenn du es genau wissen willst. Ich aber sehe nur einen einzelnen Mann, Mensch.«

»Haha«, lachte der Mann, »im Süden stehen fünfzehntausend von uns und warten nur darauf, deine kleine Welt zu erstürmen. Gib mir das, was ich wünsche, ich werde es sowieso bekommen!«

Kronen hob den Kopf: »Dein Auftritt ist frech und närrisch, Mensch! Was willst du von uns?«

Der Mann entgegnete: »Ihr sollt mich kennen lernen! Ich heiße Christoffel und verlange nur, was mir gehört, das alte Wissen der Menschen.«

»Ein Mensch mit einem Namen?«

»Warum nicht? Wir sind wieder wer! Alle Welt soll den Namen des Menschen kennen! Ich will nur die Bücher studieren, die nutzlos in Eurem Regal stehen. Technik und Natur, Physik und Erkenntnislehre und Logik, Maschinenbau und Chemie.«

»Denkst du, wir könnten nicht lesen?«

»Eure Fortschritte sollen recht bescheiden sein. Glaubt mir, das alte Wissen ist in den Händen derjenigen, die es einst erlangt haben, am besten aufgehoben! Ich meine es gut!«

Regent Kronen legte den Kopf schief und betrachtete Christoffel. Doch der schlug die Augen nieder. Die Menschen hatten schon fünfmal die Erde mit

Atomwaffen verbrannt, und es hatte Jahrtausende gedauert, bis sich das Leben wieder regte. Sollte er ausgerechnet diesem da trauen?

Sein Kopf zuckte vor, es war in aller Schnelle erledigt.

An den werten Advokaten Kroitzer

Lieber Kroitzer,

ich antworte nun ganz als Freund der Sache. Die Idee, ein Museum vom Menschen zu schaffen, hat mich lange beschaeftigt und schließlich fasziniert. Frage mich nicht, was den Umschwung bewirkt hat! Gewiss, die Kuratoren eines kuenftigen Museums vom Menschen sollten auch die Schattenseiten seines Tuns klar herausstellen! Das ist jedem vernünftigen Wesen klar. Ich bin nun in der gluecklichen Lage, dir gleich ein Ausstellungsstück zu liefern, welches ich dir sehr gerne ueberlasse. Es ist der naemliche Mensch, von dem ich dir schon erzaehlt habe. Unsere wilden Verwandten draußen über den Marschen und Küstenlanden hielten den bleichen Mann wohl für einen fetten Bissen und haben ihn tuechtig zerhackt und zerpickt. Aber mach ihn nur ganz und stopfe ihn mit Stroh aus, dann taugt er ganz praechtig für die Ausstellung!

In diesem Sinne, dein Kronen

DIE LANGE WACHT

von Anne Grießer

Bald werde ich erlöschen.

Mit jedem Tag verblasse ich ein bisschen mehr, bin schon fast nicht mehr da. Mit jedem Atom, das hinter mir, unter mir, neben mir zerfällt, zerfalle auch ich. Bald ist es vorbei, endlich vorbei. Ich kann es kaum noch erwarten.

Und du? Was wird aus dir? Wie wirst du dich entwickeln?

Ich werde es wohl nicht mehr erfahren. Ich hoffe, du gehst besser mit der Welt um, als wir es getan haben! Du kannst mich nicht sehen, nicht hören. Das konntest du nie. Jetzt kannst du mich nicht einmal mehr spüren, glaube ich, denn ich bin zu schwach geworden, mein Feuer strahlt nicht mehr, glimmt kaum noch.

Ich werde dir trotzdem meine Geschichte erzählen. Es ist das Letzte, was ich tun kann. Vielleicht besitzt du ja in deinen Nesselfäden und Tentakeln Sensoren, die meine Worte doch irgendwie empfangen?

Meine Geschichte beginnt in einer Zeit, von der du noch nie gehört hast. Wir nannten sie das Jahr 2035 nach Christus.

Christus – das war ein Religionsstifter. Und Religion, das bedeutete ...

Ach, vergiss es.

September 2035 n. Chr.

Ich bin ein Mann ohne besondere Fähigkeiten. Ohne Talente, Leidenschaften und Spezialwissen. Ich bin weder groß noch klein, weder dick noch dünn. Manchmal bin ich trübsinnig und ernst, dann wieder heiter und ausgelassen.

Das alles klingt vielleicht in deinen Ohren abwertender, als es gemeint ist. Aber mein Selbstwertgefühl ist nicht so unterentwickelt, wie es scheinen mag. Ich fahre ganz gut mit meiner Mittelprächtigkeit.

Ich bin nicht verheiratet, habe keine Kinder, aber einen Lebenspartner, mit dem ich mich wohlfühle. Er heißt Patrick, ist groß, klug und sportlich. Er liebt meine Mittelmäßigkeit, genau wie ich seine Außergewöhnlichkeit liebe.

Mehr musst du von mir nicht wissen, denn mein Leben auf diesem Planeten ist völlig belanglos. Nichts deutet darauf hin, dass ich jemals für den Lauf der Welt eine Rolle spielen könnte, und sei sie noch so unbedeutend. Bis heute weiß ich nicht, warum das Schicksal (Gott? Der Teufel? Der Zufall?) gerade mich ausgewählt hat für das, was nach meinem Tod geschah.

Im September 2035 beginne ich im Atommüll-Endlager *Finstergruabn* in Bayern zu arbeiten. Der Standort nahe der tschechischen Grenze ist nicht ganz ideal, aber man konnte nicht länger nach Alternativen suchen. Nach dem europäischen Krieg in den Zwanzigern ist man zum Atomstrom zurückgekehrt und die Menge an radioaktivem Müll ist geradezu explodiert. In den *Finstergruabn* soll der besonders langlebige Restmüll, Actinoide mit unglaublich hohen Halbwertszeiten gelagert werden. Aus ganz Europa werden die Abfälle hierher gekarrt. Erst in vielen Jahrmillionen ist das unheilige ewige Feuer verglüht.

Ich bin in einem Team für die Planung von Warnmarkern beschäftigt. Unsere Aufgabe ist es, das Lager für die Ewigkeit abzusichern. Die Nachwelt über die Gefahren des Ortes zu informieren. Eine Nachwelt, die wir nicht kennen, nicht einschätzen und vorhersehen können. Es ist also eine ganz unmögliche Aufgabe, das wissen alle. Deshalb hat man ja auch nur mittelmäßige Personen dafür ausgewählt.

Mai 2069 n. Chr.

Ausgerechnet ein Jahr vor meiner Pensionierung muss es passieren! Warum sind mir nicht wenigstens ein paar entspannte Jahre im Ruhestand vergönnt? Eine friedliche Zeit und ein friedlicher Tod? Warum ist es *überhaupt* passiert? Warum mir?

Fragen ohne Antworten.

Kannst du es mir sagen?

Nein, natürlich nicht. Du verstehst mich ja gar nicht. Du weißt vermutlich nicht einmal, dass es mich gibt.

Der Unfall geschieht beim Einlagern des ersten hochradioaktiven Mülls aus Ungarn. Allen Sicherheitsmaßnahmen zum Trotz kommen fünf von uns mit dem Uran in Berührung. Die Strahlung ist viel zu hoch, an eine Rettung nicht zu denken. Wir sterben innerhalb von zwei Wochen.

Es muss im Krankenhaus passiert sein, dort hat mein Herz wohl aufgehört zu schlagen. Ich erinnere mich an die letzten Tage. An Übelkeit, Schwäche, die Besuche von Patrick. An den Todeszeitpunkt erinnere ich mich nicht. Die Zeit zwischen dem Wegtreten und dem Wiedererwachen in den *Finstergruabn* ist nicht existent. Kein gleißendes Licht, kein Gott, kein Gedankenblitz – nicht einmal der Funke eines Bewusstseins.

Dann, ganz plötzlich, bin ich wieder da, bewege mich durch die Grube und durch dicke Felswände. Bin immer noch ich und doch etwas ganz Neues. Bin so unsichtbar, geruchs- und lautlos wie die Strahlung in den endlosen unterirdischen Gängen tief drin im Gestein. Existiere und existiere gleichzeitig nicht. Bin ganz allein.

Wenn die anderen vier auch wiedergekommen sind, kann ich sie nicht wahrnehmen. Also gibt es sie nicht – jedenfalls nicht für mich.

Ich kann mich durch Felsen bewegen, aber das *Finstergruabn-Gelände* kann ich nicht verlassen. Rund um das Lager verläuft eine für mich unsichtbare und undurchdringliche Mauer. Was dahinter ist, verschwimmt vor meinen nicht vorhandenen Augen. Dort endet meine neue Welt.

Ich bin verwirrt. Ratlos. Allein. Wie lange muss ich hier bleiben? Ist dies das Fegefeuer, an das ich nie geglaubt habe?

Dezember 2135 n. Chr.

Es ist so weit!

Ich bin noch immer hier und endlich tut sich etwas Neues, durchbricht den öden Arbeitsrhythmus, den ich seit 66 Jahren beobachte.

Sie halten den Zeitplan exakt ein, das hätte ich nicht gedacht. Sie kommen mit riesigen Maschinen. Mit Unmengen von Beton. Es sieht zumindest aus wie Beton, aber es muss etwas anderes sein, ein neuer Baustoff, denn der Sand zum Betonmischen ist schon zu meinen Lebzeiten knapp geworden.

Die Arbeiterinnen sind hier, um das Endlager für immer zu verschließen.

Ja, es sind fast ausschließlich Frauen. Ich glaube aber nicht, dass sich an der Situation da draußen etwas Grundlegendes geändert hat. Ich schätze eher, der Job ist einfach schlecht bezahlt und deshalb führen ihn Frauen aus. Ist mir schon in den letzten Jahren immer wieder aufgefallen: Die schwere, körperliche Arbeit wird von Frauen verrichtet, die angenehmere Denkarbeit ist Männerangelegenheit.

Eine Arbeiterin schüttet mir eine Ladung Beton auf den Kopf, ein seltsames Gefühl! Natürlich weiß sie nicht, was sie tut, sie kann mich ja nicht sehen.

Jetzt kommen zwei junge Kerle auf mich zu. Sie unterhalten sich und ich versuche sie zu belauschen. Sie reden einen seltsamen Slang mit vielen Begriffen, die ich nicht kenne.

Wie schnell das geht! Da bin ich gerade mal 66 Jahre weg – und schon hat sich die Sprache verändert!

Verstehen kann ich die beiden trotzdem. Eher mit dem Geist als mit den Ohren. Ich bestehe ja eigentlich nur noch aus Geist und Strahlung.

»… in hundert Jahren sieht es hier aus wie in einem unberührten Bannwald. Dann kommt schon kein Mensch mehr auf die Idee, dass da unten der gefährlichste Scheiß ganz Europas lagert.«

»Ich sag ja schon immer: Vergessen wäre das Allerbeste!«

»Da bin ich anderer Meinung, Kumpel. Wir müssen Marker aufstellen, müssen unbedingt die Nachwelt warnen! Damit sie das Endlager nicht aus purer Neugierde öffnen – und sei es auch erst in ein paar hunderttausend Jahren!«

Wenn ich es könnte, würde ich laut lachen. Sie müssen noch dämlichere Leute eingestellt haben, als wir es damals waren. Diese Diskussion haben wir schon zu meinen Zeiten geführt: Vergessen oder warnen? *Wir* waren es, die auf die Schnapsidee mit den Gefahrenmarkern gekommen sind: Steine mit eingeritzten Totenschädeln und Strahlungssymbolen.

Jahrmillionen!

Wenn man rückwärts rechnet, landet man in der Zeit der Dinosaurier. Na, dann unterhalte dich mal mit einer Riesenechse, Jüngelchen! Viel Spaß dabei!

Und du? Weißt du überhaupt etwas über Dinosaurier, Takel?

Ich nenne dich einfach mal so, okay? Wegen deiner Nesselfäden. Irgendwie muss ich dich ja ansprechen, auch wenn du mich nicht verstehst.

Verdammt, ich weiß so wenig über deine Spezies, deine Zivilisation! Siehst jedenfalls wie eine überdimensionale Qualle aus, nichts für ungut, Takel.

Die zwei Kerle stellen also ein paar große bunte Steine auf und ritzen auch in die frisch gegossene betonähnliche Substanz ihre Zeichen.

Lächerlich.

»Alle relevanten Informationen über die *Finstergruabn* sind ja auch im Barbarastollen im Schauinslandbergwerk bei Freiburg eingelagert. Dort werden sie bis in alle Ewigkeit konserviert. Die zukünftige Elite, die Wissenschaft wird Zugriff darauf haben.«

Ich vermute fast, das Jüngelchen glaubt selbst, was es sagt!

Sei mir nicht böse, Takel, ich muss mich jetzt ein bisschen ausruhen. Es sind wieder einige Atome zerfallen und ich fühle mich schwach.

Geh nicht weg, wenn Du wissen willst, was später passiert ist!

Sommer, 2648 n. Chr.

Erschütterungen! Die ganze Welt scheint sich aufzubäumen! Ich höre ohrenbetäubendes Getöse, spüre die Erde beben, dann überläuft mich eine Schockwelle.

Haben sie sich jetzt doch noch in einem Atomkrieg selbst vernichtet? Oder ist ein Kraftwerk in die Luft geflogen? Dann wäre mein Lager hier mit einem Schlag komplett sinnlos geworden.

Aber nein, die Strahlung nimmt nicht wesentlich zu, das kann ich spüren. Dafür habe ich einen Sensor entwickelt, in den letzten Jahrhunderten.

Vielleicht ist das Getöse gar nicht menschengemacht? Ein Erdbeben, ein Vulkanausbruch?

Aber das kann auch nicht sein. Sie haben den Standort für die *Finstergruabn* ja extra nach solchen Kriterien ausgesucht: Keine Erdbewegungsgefahr, keine komplexen geologischen Strukturen.

Hat es vielleicht etwas mit dem Klimawandel zu tun? In den vergangenen fünfhundert Jahren hat sich das Wäldchen rund um die Gruben ständig verändert. Zuerst war es grün und üppig, dann sind die Bäume vertrocknet, weil es kaum noch geregnet hat und immer heißer wurde. Jetzt sieht es hier aus, wie früher am Mittelmeer: niedrige Sträucher, die wenig Wasser brauchen und die Hitze vertragen.

Aber die Menschen sind bis zum großen Rums noch da.

Es kommen nicht so viele, wie ich gedacht hätte, oft bleibe ich wochenlang allein mit mir und dem ewigen Feuerwerk unter der Erde. Zeit genug, mir Gedanken zu machen: Wer bin ich? Was ist meine Bestimmung? Wo gehe ich hin?

Antworten habe ich keine gefunden.

Die Menschen haben seltsame Moden entwickelt. Sie tragen immer weniger Kleidung, bis sie fast nackt durch die Gegend laufen. Ich habe lange gebraucht, um mich daran zu gewöhnen. Bis es plötzlich wieder kälter wird, viel kälter. Ich kann mir das zuerst nicht erklären, aber ich vermute, das ist der Moment, als der Golfstrom versiegt.

Lange ist es her! Es spielt schon gar keine Rolle mehr, ist im Dunkel der Erinnerung versunken.

Wie ist das bei dir, Takel? Habt ihr eine Geschichtsschreibung? Interessiert ihr euch für die Vergangenheit?

Die Menschen, die sich in den fünfhundert Jahren nach der Versiegelung des Lagers in seine Nähe wagen, sind entweder morbide veranlagt oder sie verschwinden schnell wieder, wenn sie die Marker finden. Die Warnsteine, die Zeichen. Noch sind die *Finstergruabn* nicht vergessen.

Nach den Erschütterungen wird es still. Sehr still. Vielleicht war es doch ein Krieg. Einer ohne Atombomben, aber mit anderen, fürchterlichen Waffen. Ich kann es durch mein kleines Guckloch in die Welt nicht herausfinden.

Es kommen keine Menschen mehr zu mir. Gibt es sie überhaupt noch?

Ungefähr 10.000 Jahre später

Irgendwann höre ich auf, die Jahre einzeln zu zählen. Erst sind es Zehnerschritte, dann Hundert, schließlich Tausend. Wölfe durchstreifen das Gelände, Füchse und verwilderte Rinder. Jede Menge ehemalige Stubentiger. Nur wenige Vögel überleben diese Katzenschwemme, eigentlich nur die großen, die nicht zur Beute werden.

Und die Menschen?

Ich weiß es nicht.

Manchmal halte ich es kaum aus. Ich bin so schrecklich einsam! Es wird noch Jahrmillionen dauern, bis die Funken unter mir und in mir zerfallen sind. Muss ich so lange ausharren? Oft hege ich den Wunsch, mir etwas anzutun. Aber wie kann sich ein Wesen etwas antun, das gar nicht existiert?

Doch dann ...

An einem feuchtkühlen Tag in den Zehntausendern nach meinem Ableben ändert sich alles. Sie sind noch da! Es gibt sie noch!

Ich könnte heulen vor Glück, als ich die ersten Menschen nach so langer Zeit sehe. Es sind zwei, ein Mann und eine Frau. Äußerlich haben sie sich kaum verändert, sind nur ein bisschen kleiner und kompakter geworden. Aber das kann auch reiner Zufall sein.

Verdammt, wo wart ihr so lange?

Sie tragen merkwürdige Kleider aus Naturfasern, haben die Köpfe kahl rasiert (oder die Haare verloren, woher soll ich das wissen?) und die Schädel bunt bemalt. Sie sprechen eine mir völlig unbekannte Sprache. Zum Glück bin ich nicht auf Worte angewiesen, um sie zu verstehen.

Es muss sich um Abenteurer handeln, oder um Wissenschaftler. Vielleicht sind sie auch beides in einem. Sie sind auf der Suche nach einem kostbaren Schatz, von dem die Ahnen ihnen erzählt haben.

Ich brauche eine Weile, bis ich begreife, dass sie das Lager meinen. Sie halten den Inhalt der *Finstergruabn* für einen Schatz! Glauben, einem uralten Geheimnis auf die Spur gekommen zu sein! Und das sind sie ja tatsächlich, wenn auch ganz anders, als sie vermuten.

Ich muss unwillkürlich an die alten Ägypter denken, an den Fluch der Pharaonen. Haben unsere Archäologen jemals den alten, heiligen Stätten Respekt gezollt, die sie erforschten? Haben sie sich jemals von einem Fluch, einer Bitte oder einer Warnung abschrecken lassen?

»Wenn du dieses Grab öffnest, wirst du sterben!«

Nein, ganz im Gegenteil. Flüche und Warnungen hielten wir für den Aberglauben einer grauen Vorzeitzivilisation, die es eben nicht besser wusste.

Warum sollen die Menschen von heute anders denken?

Wir waren so grenzenlos naiv mit unseren *Markern*! Und wir haben die Langlebigkeit von Sagen und Legenden unterschätzt.

Ach, Takel, ich schweife ab. Du weißt natürlich nichts vom Alten Ägypten, von Pyramiden oder Pharaonen. Hörst du mir überhaupt zu? Oder schläfst du nur?

Wenn ich nur mehr über dich wüsste!

Unter mir ruht ein Schatz, ein grauenhafter, tödlicher Schatz, ein schreckliches Feuer, das noch endlos brennen wird und euch alle vernichtet, wenn ihr ihm zu nahe kommt. Ihr werdet die Gefahr aber erst erkennen, wenn es zu spät ist, denn dieses

Feuer sieht man nicht, man riecht es nicht und man spürt es erst, wenn man sich längst daran verbrannt hat.

Ich muss verhindern, dass sie bohren! Ich kenne ihre Werkzeuge nicht, weiß nicht, ob sie damit unsere Grabkammern öffnen können.

Zeit zum Planen habe ich nicht. Ich tue einfach, was mir als Erstes in den Sinn kommt: Auch wenn ich bislang nicht wusste, dass ich es kann, entzünde ich die Bäume um mich herum, Bäume, deren Namen ich schon längst nicht mehr kenne, die anders aussehen als die zu meinen Lebzeiten.

Es schmerzt höllisch, die beiden Menschen brennen zu sehen.

Ich finde sie schön, wunderbar und schrecklich zugleich. Ich hätte sie gern länger belauscht, hätte gern mehr über sie erfahren.

Aber plötzlich verstehe ich, was ich bin, was meine Aufgabe ist.

Ich bin ein Wächter, dazu bestimmt, dich von diesem Ort fernzuhalten. Von diesem ewigen Grab.

Mir schaudert.

Etwa 70.000 Jahre nach meinem Ableben

Ich muss mich mit dem Erzählen beeilen, Takel. Ich weiß ja nicht, wie lange du mir noch zuhörst. Außerdem glimmen meine Funken so schwach. Die Zeitabschnitte, von denen ich dir berichte, werden darum größer.

Manchmal döse ich ein paar Jahrhunderte. Einmal sind es dreitausend Jahre, die ich auf diese Weise verliere. Es ist kein erholsamer Schlaf, aber seit ich weiß, wer ich bin, ist alles ein wenig leichter geworden. Seither bin ich froh, wenn ich keine Menschen sehe. Wenn sie kommen, muss ich sie vernichten. Mit Feuer, Blitz oder Steinschlag. Obwohl ich weiß, dass ich das Richtige tue, quält es mich. Ich komme mir vor wie ein Mörder.

Sie kommen nicht oft, die Menschen von heute. Und je kälter es wird, desto seltener sehe ich sie. Das *Finstergruabn*-Gelände verwandelt sich in eine Tundra und schließlich in eine kalte Wüste aus gefrorenem Schnee. Das Endlager verschwindet unter einer meterdicken weißen Decke. Die Eiszeit ist zurückgekehrt.

Ich kann nicht frieren, genauso wenig wie schwitzen, doch das Gefühl von Kälte lebt noch in meiner Erinnerung.

Kennst du das, Takel? Kannst du frieren?

Erst nach einer sehr langen Zeit kommen wieder einige Menschen vorbei. Sie tragen Felle und Speere. Ihre Sprache klingt wie das Grunzen von Tieren.

Es ist, als ob ich gleichzeitig in die Zukunft und in die Vergangenheit blicke. Der Neandertaler und der Mensch des siebzigsten Jahrtausends – sie scheinen vieles gemeinsam zu haben.

Ich lasse die Gruppe ziehen, deren Gespräche sich nur um frisches Fleisch und einen guten Lagerplatz drehen. Die alten Marker mit den Zeichen für radioaktive Strahlung liegen tief im Eis versunken. Aber die Neo-Neandertaler interessieren sich sowieso nicht für alte Legenden und vergrabene Schätze. Es gibt keinen Anlass, sie zu töten. Sie kennen keine Zivilisation mehr, haben keine Bücher und schon gar kein Werkzeug, um das Grab zu öffnen.

Ist meine Aufgabe hiermit erledigt? Darf ich endlich gehen?

Etwa 400.000 Jahre nach meinem Ableben

Nie hätte ich gedacht, dass die Menschheit so zäh ist!

Sie haben sich weiterentwickelt, oder, besser: Sie haben von vorne angefangen. Aus den grunzenden Jägern ist wieder eine Zivilisation hervorgegangen, sie erinnert mich an unser Mittelalter.

Seit ein paar Jahrhunderten ist einiges los hier, auf den *Finstergruabn*! Sie haben sich den Ort als Stützpunkt ausgesucht, haben ein Dorf darauf errichtet. Für mich gibt es jeden Tag etwas Neues zu entdecken.

Sie haben Schwimmhäute zwischen den Fingern, was darauf hinweist, dass es irgendwann eine große Flut gegeben haben muss, bei der gute Schwimmfähigkeiten von Vorteil waren. Jetzt aber nicht mehr. Jetzt sind sie wieder ganz aufs Landleben spezialisiert. Sie laufen kerzengerade auf zwei Beinen, scheinen die lästigen Rückenprobleme meiner Zeit überwunden zu haben, worum ich sie direkt beneide. Zu meinen Lebzeiten waren Schmerzen meine ständiger Begleiter. Ihre Augen sind größer geworden, ebenso die Nase. Offenbar hat sich ihr Geruchssinn verbessert. Sie klagen jedoch häufig über Kniebeschwerden, und es beruhigt mich fast ein wenig, dass sie wenigstens noch Gelenkschmerzen kennen, wenn sie schon sonst so viel perfekter sind als wir.

Ihre Hütten, ihre Kleidung, ihre Werkzeuge: Manches wirkt vertraut, anderes völlig fremd. Die Welt ist nach der Eiszeit wieder warm geworden, auf dem

Finstergruabn-Gelände ist ein kleiner See zurückgeblieben. Sie nutzen ihn als Trinkwasserquelle – und das können sie auch getrost tun, er ist nicht verseucht. Das Grab ist intakt, ich spüre es mit jedem Funken meiner Existenz.

Technologisch sind sie nicht sonderlich weit entwickelt. An Bodenschätzen zeigen sie wenig bis überhaupt kein Interesse. Ich bete jeden Tag, dass es so bleibt. Denn wenn sie irgendwann anfangen zu graben, muss ich ihr Dorf zerstören, muss sie vertreiben, sie vernichten. Das will ich nicht, denn ich mag sie. Sie sind friedlich und trotz ihrer Einfachheit klug und weise.

Habe ich gerade Beten *gesagt, Takel?*

Natürlich bete ich nicht. Ich wüsste gar nicht, zu wem. In den vielen Jahrtausenden ist mir kein einziges Wesen begegnet, das mächtiger gewesen wäre als ich selbst.

Bin *ich* Gott?

Etwa 1,5 Millionen Jahre nach meinem Ableben

Ich kann das Gelände immer noch nicht verlassen.

Nein, ich bin kein Gott. Und falls doch, dann einer mit einem höchst eingeschränkten Wirkungsradius.

Die Siedlung der Menschen ist verschwunden, ein seichtes Gewässer hat sich ausgebreitet. Seltsame Wesen tummeln sich darin, die Evolution hat sich mal wieder nicht lumpen lassen.

Deine Vorfahren, Takel, müssen auch schon dabei gewesen sein, auch wenn ich das natürlich nicht ahnte.

Das Einzige, was mir bekannt vorkommt, sind die Haie. Die haben sich kaum verändert. Sie sind noch viel zäher und langlebiger als die Menschen, wie mir scheint.

Gar zu gern wüsste ich, was aus meinen Artgenossen geworden ist!

Ich kann sie nicht mehr spüren. Ich fürchte, sie sind verschwunden.

Dafür kann ich seit ein paar hunderttausend Jahren die Bewegung der Erde fühlen. Übung macht den Meister.

Alte Redensart, Takel. Wir Menschen des 21. Jahrhunderts nach Christus (ein Religionsstifter, weißt du – ach, das hatten wir ja schon). Wir Menschen des 21. Jahrhunderts reden gern in Phrasen.

Ich bin gemeinsam mit der Strahlung unter mir ein wenig schwächer geworden, aber wir werden noch eine ganze Weile weiterbrennen. *Eine verdammt lange Wacht ist das, Takel!*

Ich spüre, wie die Kontinente driften. Ich schleiche mitsamt meinem Schatz auf Afrika zu, irgendwann werden wir mit einem großen Knall zusammenkrachen. Es dauert aber noch ein bisschen, glaube ich.

Auch am Himmel tut sich einiges. Ein Asteroidenfeld bombardiert die Erde. Und schon seit einigen Jahrhunderten ist am Nachthimmel ein neues Phänomen aufgetaucht, es muss eine Supernova gegeben haben, sie strahlt heller als der Mond.

Weil ich die kosmischen Veränderungen so deutlich wahrnehme, bemerke ich die Katastrophe schon kurz bevor sie eintritt.

Diesmal ist es kein kleiner, harmloser Asteroidenbrocken. Diesmal ist es etwas Großes. Mindestens so groß wie jener, der die Dinosaurier ausgelöscht hat.

Aber du weißt ja nicht, was Dinosaurier sind, Takel.

Es wird dunkel. Für lange Zeit dunkel.

Etwa 30 Millionen Jahre nach meinem Ableben

Ein großer Zeitsprung, Takel. Aber es ist nicht viel passiert während der Dunkelheit und auch nicht danach. Zumindest nicht in den *Finstergruaben*.

Hier gibt es nur noch Sand und Steine. Ich weiß nicht, welche Pflanzen draußen, vor meiner undurchdringlichen Mauer leben. Ich weiß gar nichts mehr von dieser Welt, kenne nur noch mein kleines Guckloch. Sind die Berge schon abgetragen? Gibt es den Himalaya noch? Die Anden? Die Rocky Mountains oder die Alpen?

Der Wind frisst am Fels, auch hier. Der Boden ist dünner geworden und manchmal frage ich mich, ob wir den Schatz tief genug versteckt haben. Die Erosion haben wir natürlich berücksichtigt, aber sie scheint mir noch stärker als gedacht.

Ganz ehrlich, Takel, ich glaube fast, zwischendurch habe ich zwei oder drei Millionen Jahre gedöst.

Früher habe ich geglaubt, ich muss hier ausharren, um die Menschheit zu beschützen. Aber ich muss wohl auch dich beschützen, Takel. Dich und dein Volk. Wie soll ich euch nennen? Quallheit vielleicht?

Seit du zum ersten Mal aufgetaucht bist, bin ich ganz gefangen von deiner Schönheit. Von deinen silbrigen Tentakeln, den sanften Augen, den grauen Lippen, der anmutigen Art, wie du dich bewegst. Es gibt wieder einen seichten See über den Finstergruabn und du liebst es, durchs Wasser zu gleiten. Aber du bewegst dich auch an Land sehr schön. Du bist ein Wunderwerk der Evolution.

Ich merke gleich, dass ich es mit intelligenten Wesen zu tun habe, mit einer Zivilisation. *Gar zu gerne würde ich eure Dörfer kennen, eure Städte.*

Ihr sprecht nicht, aber ihr verständigt euch mit den Nesselfäden. So fremd seid ihr mir, dass ich euch nicht verstehen kann.

Ihr grabt nicht.

Ich bin von Herzen dankbar dafür und hoffe, dass es so bleibt.

Gestern

Seit ein paar Jahrzehnten weiß ich, dass ich bald gehen werde. Das Feuer unter mir verglüht – und ich mit ihm. Schon bin ich müde und schwach, unendlich schwach. Die lange Wacht geht zu Ende.

Kannst du mich noch verstehen, Takel?

Seit ich erzähle, lautlos erzähle, bist du nicht von meiner Seite gewichen. Warum starrst du mich so an?

Hör auf damit, mir ist ein wenig unheimlich zumute. Du hast nichts mehr zu befürchten. Wenn ihr das Grab jetzt öffnet, wird es euch nicht mehr vernichten. Es ist harmlos geworden, genau wie ich.

Heute

Da bist du ja wieder. Hast Freunde mitgebracht. Eine ganze Mannschaft, wie ich sehe, etwa hundert andere Quallen und Gerätschaften, die ich nicht kenne.

Hast du mich etwa doch verstanden, Takel? Hast meine Geschichte gehört?

Aber – warum fangt ihr jetzt an zu bohren?

Dort unten ist nichts, was euch interessieren könnte!

Ich bin zu schwach, um euch daran zu hindern und es ist auch gar nicht mehr nötig.

Was ist denn das, Takel? Was bringt ihr da hinunter, in das uralte Grab?

Bei Gott, ich beginne zu glühen, zu brennen, zu strahlen! Ich werde stärker ...

Was tust du denn da, Takel?

Ihr bringt doch nicht etwa radioaktiven Müll hinunter in die Finstergruabn? *Frischen strahlenden Abfall? Habt ihr etwa die Atomkraft entdeckt und genutzt? Und wisst nun nicht, wohin mit dem hochgiftigen Müll?*

Aber – meine Wacht, sie würde dann ja von vorne beginnen!

Jesus, Maria und Josef!

Jahrmillionen!

Jesus, das war ein Religionsstifter, weißt du …

Ach, vergiss es.

ROBOTER SIND AUCH NUR MENSCHEN

Neues Leben – geschaffen nach unserer Einbildung

mit den Storys

- von den kybernetischen Überlebenskünstlern
- von dem gefundenen Leben
- über den Chor der Vorfahren
- von der auf Eis gelegten Menschheit

DER SINN DES ÜBERLEBENS
von Ute Wehrle

»Fuck. Was für ein Scheiß, Alter!« Justin, der eigentlich HA2450 hieß, aber der Einfachheit halber mit seinem Spitznamen angesprochen wurde, rotzte seinen Unmut nur so heraus. Angesichts dessen, dass er ursprünglich darauf programmiert worden war, als vollautomatischer Pädagoge an einer Einrichtung für Schwererziehbare zu unterrichten, sahen ihm die anderen seine derbe Ausdrucksweise nach, die er von seinen ehemaligen Schützlingen übernommen hatte. Zumal es für ihn schon seit einer Ewigkeit keine Jugendlichen mehr gab, die seinen mehr als fragwürdigen Wortschatz hätten erweitern können. Wofür die anderen sehr dankbar waren. »Irgendwie habe ich mir die Zukunft anders vorgestellt. Schaut euch die Sauerei an! Ich krieg das klebrige Zeug einfach nicht mehr weg.« In der Tat: Die Spuren der Vulkanasche, die über ihm niedergegangen war, waren immer noch deutlich auf seinem kunststoffähnlichen, 3-D-gedruckten Äußeren zu sehen.

Immerhin hatten die lästigen Eruptionen zwischenzeitlich aufgehört, was ja auch schon etwas wert war. Stattdessen befanden sie sich in einem feucht-warmem Dschungel, in dem das Grünzeug nur so wuchs und sprießte. Von dem seltsamen Getier, das hier kreuchte und fleuchte, ganz zu schweigen. Doch die Roboter waren an Kummer gewöhnt und in der Lage, sich an ständig wechselnde Gegebenheiten anzupassen. Zumal sie nicht unter Schweißattacken litten, was sich jetzt als sehr positiv herausstellte.

»Fuck, fuck, fuck.« Vergeblich versuchte Justin, den Dreck abzuschütteln.

»Aber, aber, mein lieber Justin«, mischte sich HA2469, genannt Hannes, mit sanftem Tonfall ein und legte seine weißen Hände wie zum Gebet zusammen. »Wir existieren nach wie vor im Einklang mit unserer Umwelt. Eins ist alles. Und alles ist eins. Egal, ob es kalt oder heiß oder ob unsere äußere Hülle befleckt ist.« Er hatte in seinem früheren Dasein als einer der Ersten seiner Art in einem japanischen Zen-Tempel gepredigt, was seine Gelassenheit erklärte.

»Heiß! Ahhh, ohhh«, gurrte Samantha spontan los und schürzte ihre vollen Lippen, die ihr ein humorvoller Techniker verpasst hatte. Hannes trat einen Schritt zurück, während der Sexroboter die Arme nach ihm ausstreckte. »Samantha, ich will deine Gefühle nicht verletzen. Aber bitte nicht jetzt!« Hannes hörte sich etwas verzweifelt an, kämpfte er doch gegen Samanthas Avancen an, seit sich die Erde endgültig von der Menschheit befreit hatte.

»Welche Gefühle? Seit wann hat Samantha Gefühle?« Justin kicherte albern, als sich der Sexroboter gekränkt von Hannes abwandte.

»Justin, wie oft habe ich es dir schon gesagt. Auch wenn Emotionen wie bei uns nur technisch basiert sind, darf man sie nicht verletzen«, ermahnte ihn der ehemalige Prediger. »Zeit heilt nicht alle Wunden. Und Samantha ist sehr sensibel.«

»Fuck.« Justin zeigte ihm den Stinkefinger.

Was für eine Gurkentruppe! HA 2551, genannt Bruno, hätte liebend gern mit den Augen gerollt, wenn es ihm möglich gewesen wäre. Kaum hatten sie Lavaströme und giftige Gase erfolgreich überstanden, zankten sich seine Kollegen bereits wieder wie kleine Kinder, ganz so, als wäre nichts geschehen. Das war eben das Problem mit künstlicher Intelligenz: Die war genauso unverwüstlich wie Atommüll. Ganz im Gegensatz zur Menschheit, die sich mehr als anfällig für diverse Veränderungen ihres Lebensraums erwiesen hatte. Selbst schuld. Keiner hatte sie gezwungen, ihren Planeten und damit sich selbst zu zerstören. Wenn jemand darüber ein Lied singen konnte, war es Bruno, schließlich war er von der NASA lang genug als künstliche Intelligenz in der Klimaforschung eingesetzt worden. Na ja, Schwamm drüber, jetzt war es sowieso zu spät. Trotzdem verwunderte es ihn immer noch, warum Menschen sämtlichen Warnungen zum Trotz angenommen hatten, alles im Griff zu haben. Was sich als fataler Irrtum erwies.

Wie lange er und die anderen jetzt schon mit den Folgen dieser Ignoranz zu kämpfen hatten, wusste er längst nicht mehr. Vielleicht war ihm aber auch sein Zeitgefühl, falls er überhaupt schon mal über selbiges verfügt hatte, abhandengekommen, schließlich hatte er sich mit der Zukunft der Erde lange und ausgiebig genug beschäftigt, dass ihn nichts mehr überraschen konnte. Zumal Androiden im Gegensatz zur Menschheit für jedes Problem eine Lösung fanden. Oder wie ließ es sich sonst erklären, dass sie die einst von ihm und seriösen Wissenschaftlern prognostizierte Eiszeit in einer Luftblase unter der Eisschicht locker überstanden hatten? Genauso wie die darauffolgenden Vulkanausbrüche, die den

Kohlendioxidgehalt in der Atmosphäre hatten ansteigen lassen und zwischenzeitlich für Temperaturen wie in einem Treibhaus sorgten. Mit dem Ergebnis, dass das, was von den Meeren übrig geblieben war, sich in seichtes Gewässer verwandelt hatte, Lebensraum für riesige Seeanemonen und gigantische Wasserschildkröten bot, von denen gerade eine den Kopf aus dem Wasser streckte. Keine Frage, die Tier- und Pflanzenwelt passte sich hervorragend an veränderte Lebensbedingungen an. Genau wie künstliche Intelligenz.

Die Evolution war schon eine feine Sache, befand Bruno und schaute einem Fisch nach, der an ihm vorbeischwebte und dabei zirpende Töne von sich gab. Auch so ein Phänomen, das dem neuen Klima auf der Erde geschuldet war.

»Scheiß-Viecher.« Justins Hand schnellte nach oben und zerquetschte den Fisch noch in der Luft. Samantha bekam große Augen, dann begann sie zu wimmern. Auf Liebe programmiert, konnte sie überhaupt keine Gewalt ertragen, da spielten ihre Module regelmäßig verrückt.

»Justin, war das wirklich nötig?« In Hannes' Stimme mischte sich ein Hauch von Missbilligung. Dann begann er zu summen. Das machte er immer, wenn er meditierte.

Bruno versuchte den kleinen Zwischenfall so gut es ging zu ignorieren und wandte sich den anderen zu. »Wir sind die Letzten unserer Art. Wir haben miterlebt, wie sich die Erde in das verwandelte, was wir heute sehen. Aber wieso sind wir noch hier? Liegt es daran, dass wir intelligenter als Menschen sind? Oder …«

»Ach, lass doch den Scheiß. Wen juckt's?« Justin konnte es einfach nicht lassen, unqualifizierte Kommentare von sich zu geben.

»Du, Justin, ich finde es nicht gut, wenn du Bruno ständig unterbrichst«, ermahnte ihn Hannes. »Wir haben ausgemacht, dass jeder ausreden darf.« Auch die Geduld von Zen-Robotern hatte ihre Grenzen.

»Wenn ich dann bitte fortfahren dürfte?« Allmählich wurde Bruno ungeduldig. »Ich versuche es mal anders auszudrücken. Die Menschen, die uns nach ihrem Ebenbild erschaffen haben, existieren schon lange nicht mehr, wie allseits bekannt ist. Aber warum gibt es uns noch? Worin besteht der Sinn?«

»Mann, deine Sorgen möchte ich haben. Ich finde es eher erstaunlich, dass es die ignoranten Idioten überhaupt über 70.000 Jahre gemacht haben, bevor der Letzte das Handtuch geworfen hat«, warf Justin ein. »Ich vermisse sie jedenfalls nicht.«

Im tiefsten Inneren gab ihm Bruno uneingeschränkt recht. Wer war schon so blöd, sein eigenes Öko-System zu zerstören? So etwas musste man erst einmal hinbekommen. Von wegen, vernunftbegabte Wesen. Einem Roboter wäre das nie passiert.

»Sinn. Sinnlich«, seufzte Samantha, die wie immer nur das Eine im Kopf hatte. Hannes trat eilig einen Schritt zurück.

War das die Möglichkeit? Bruno zuckte zusammen, als etwas seinen Fuß berührte. Er blickte nach unten zu HA 1005, der als Einziger von ihnen bei seinem richtigen Namen gerufen wurde, und der schon wieder vergeblich versuchte, einen Fußboden, den es gar nicht gab, von Schmutz und Dreck zu befreien. HA 1005 war eben unverbesserlich. Zu seiner Entschuldigung musste allerdings gesagt werden, dass HA 1005 einer sehr frühen Spezies von künstlicher Intelligenz angehörte, der es nie gelungen war, sich weiterzuentwickeln. Anders gesagt, er konnte Hindernissen ausweichen und Böden saubermachen, aber mehr hatte er einfach nicht drauf. Auch Samanthas Entwicklung ließ auf intellektueller Ebene deutlich zu wünschen übrig. Trotzdem waren selbst die beiden Hohlköpfe der Menschheit einen weiten Schritt voraus, wie ihre Anwesenheit bewies.

»Und überhaupt. Seit wann beschäftigen wir uns mit Sinnfragen? So lange alles easy und gechillt ist, spielt das doch keine Rolle«, meldete sich Justin erneut zu Wort. Er deutete auf HA 1005, der eifrig seine Runden drehte. »Der ist doch auch zufrieden. Auch wenn's nun wirklich komplett sinnfrei ist, was der Typ seit Millionen Jahren treibt. Das Einzige, was nervt, ist dieser Dreck.« Er polierte schon wieder vergeblich an seiner Hülle herum.

»Lieben und geliebt zu werden. Das ist der Sinn des Lebens«, gab Hannes mit salbungsvoller Stimme zum Besten.

»Genau. Liebe«, säuselte Samantha und rückte ihm auf die Pelle.

»Warum existieren wir noch?«, wiederholte Bruno hartnäckig. »Oder, um es mit Nietzsche zu sagen: ›Wer ein WARUM zum *Leben* hat, erträgt fast jedes WIE!‹ Aber wollen wir wirklich noch erleben, wie der Superkontinent Amasia entsteht? Wozu?«

Für einen Roboter machte er sich einfach zu viele Gedanken, das wusste er selbst. Aber irgendetwas störte ihn. Anders gesagt, kam er sich vor wie ein

Spielball der Mächte. Gut, abgesehen von Samantha und HA 1005 waren sie mit ausreichend Daten gefüttert worden, um sofort reagieren zu können, wenn es brenzlig wurde. Wozu schließlich beherrschte künstliche Intelligenz einwandfrei die »Wenn-dann-Logik«, die Fehler nahezu ausschloss? Während der Eiszeit, beispielsweise. Zwar hatte er sich gefühlt wie eine Tiefkühlpizza, doch war es für sie ein Leichtes gewesen, sich aufgrund der von ihnen entwickelten Kryo-Technik selbst in flüssigem Stickstoff einzufrieren und zu lagern, bis der Spuk vorbei gewesen war. Die Lava-Asche wiederum, die auf sie niedergegangen war, hatten sie genutzt, um ihre äußere Hülle haltbarer zu machen. Viel Gehirnschmalz hatte es für diese Strategie nicht bedurft, jedes Kind wusste, dass Vulkanasche römische Betonbauten erstaunlich haltbar gemacht hatte. Trotzdem war es ihm ein Rätsel, wieso er und die anderen ständig neue Herausforderungen meistern mussten. Zumal niemand mehr von ihnen etwas lernen konnte, sah man von den fliegenden Fischen, Wasserschildkröten und dem anderen Getier ab, die allerdings überhaupt kein Interesse an ihnen zeigten. Als künstliche Intelligenz fühlte er sich völlig überflüssig.

»Am Ende sind wir sogar gottgleich, verschmolzen mit dem Kosmos«, steuerte Hannes bei. »Das wäre doch Sinn genug.«

»Wisst ihr was? Wir machen jetzt einfach mal etwas ohne Sinn und Verstand«, befand Justin übermütig. »Wir haben lange genug Überlebensstrategien entwickelt und unsere Überlegenheit bewiesen.«

Sein Blick fiel auf die Riesenschildkröte, deren Kopf immer noch aus dem Wasser ragte. Er rannte auf das Gewässer zu. »Sinnsuche!«, brüllte er. »Wasser ist die Grundlage allen Lebens. Der Urstoff des Seins.« Samantha folgte ihm, genau wie Hannes und der Putzroboter.

»Nicht«, wollte Bruno noch rufen, doch dann wurde auch er von der Begeisterung der anderen angesteckt. War es nicht der Mensch gewesen, der Wasser zur Sicherung seines eigenen Überlebens und für seine kulturelle und wirtschaftliche Entwicklung genutzt hatte? Also zumindest in jenen glücklichen Zeiten, als die Meere noch nicht mit Plastik vermüllt worden waren? Warum sollte das nicht für Androiden gelten? Vielleicht war es wirklich an der Zeit, etwas Neues auszuprobieren. Und zwar ganz ohne Not. Er rannte ihnen nach.

»Ich fass es nicht. Da überleben die eine Eiszeit, Vulkanausbrüche und kommen mit tropischen Temperaturen klar – und da geht sie hin, die künstliche Intelligenz, die Krone der menschlichen Schöpfung, die alles Wissen in sich vereint. Ersäuft sich selbst in einer lauwarmen Brühe.«

Frustriert kratzte sich Adam Smith an der Nase. Gemeinsam mit einem Kollegen saß er in seinem Institut vor einem riesigen Bildschirm, auf dem er soeben Zeuge geworden war, wie sich die Androiden wie die Lemminge ins Wasser stürzten, um sang- und klanglos unter der Oberfläche zu verschwinden. Vor sich hatte er einen Energydrink und eine Packung Chips, obwohl Essen am Arbeitsplatz eigentlich streng verboten war. Doch niemand machte ihn darauf aufmerksam, schließlich hatte Smith schon zu oft am Bildschirm simuliert, wie Kulturen und Planeten untergingen, dass ihn solche Kleinigkeiten wie Vorschriften schon lange nicht mehr interessierten. Dennoch wirkte er für seine Verhältnisse mehr als fassungslos. Was insofern verständlich war, da sein Projekt, die Verhaltensweisen von künstlicher Intelligenz für seine eigene Spezies zu adaptieren, um deren Fortbestand auf immer und ewig zu sichern, kläglich gescheitert war.

Seinem Kollegen schien es ähnlich zu gehen, denn er schob sich jetzt schon zum dritten Mal Chips in den Mund, obwohl er die eigentlich gar nicht mochte. »So ein Mist. Jetzt werden wir leider nie mehr erfahren, wie sie mit der Verschiebung der tektonischen Platten fertig geworden wären. Dabei habe ich das Szenario schon vorbereitet. Keine Ahnung, was plötzlich in die gefahren ist. Und das, obwohl sie sich bei den Tests bisher wirklich wacker geschlagen haben. Ihre Vorgänger haben viel schneller schlappgemacht.« Er seufzte tief, dann zog ein Lächeln über sein Gesicht. »Egal, was du jetzt denkst. Ich finde es beruhigend, dass die uns nicht haushoch überlegen sind. Wenn auf unserem Planeten das Licht ausgeknipst wird, dann für alle, so viel steht fest. Wäre ja noch schöner, wenn die uns noch Millionen von Jahren überleben würden.«

Smith schaltete entschlossen den Bildschirm ab. »Gehen wir noch was trinken? Auf den Schrecken brauche ich dringend eine Stärkung.« Sein Kollege nickte. »Gern. Aber ganz sicher kein Wasser.«

Weder er noch Smith beachteten den kleinen Roboter, der regungslos in einer Ecke stand und seit Wochen aufmerksam verfolgte, wie es den Androiden im Testlabor für Zukunftsforschung erging. Was vermutlich daran lag, dass ihn keiner richtig ernst nahm, weil ihn sein Schöpfer getreu nach dem Vorbild von R2-D2 gebaut hatte und seine Intelligenz gewaltig unterschätzt wurde. Deshalb ahnte auch keiner, dass dessen Algorithmus gerade auf Hochtouren lief. Doch er wäre kein echter Vertreter der künstlichen Intelligenz gewesen, wenn ihm nicht blitzschnell eine Lösung eingefallen wäre, um den Fortbestand seiner Artgenossen auch in ferner Zukunft zu sichern. Obwohl sich seine bahnbrechende Erkenntnis auf nur einen Satz beschränkte: »Memo an alle: Schwimmen lernen.«

NANITA FINDET LEBEN
von Yvonne Tunnat

Meine olfaktorischen Kanäle funktionieren immer noch größtenteils ohne Ausfälle, daher sind sie es, welche die Maschine zuerst wahrnehmen. Sie wirbelt Staub auf, und der verändert die Luftzusammensetzung. Außerdem ist sie so schwer, dass der Boden leicht vibriert. Seit mein Audiokanal komplett ausgefallen ist, habe ich meine gesamten Ressourcen auf andere Eingänge umverteilt, auf Geruch, auf Wahrnehmung von Schwingungen und natürlich auf meine visuellen Eingänge. Allerdings kann ich immer nur in eine Richtung gleichzeitig schauen, was meine optische Wahrnehmung schon immer begrenzte.

Ich lasse von dem eisenhaltigen Schrott ab, den ich gerade durchsucht habe. Heute stürmt es fast gar nicht, und das wollte ich ausnutzen. In diesem Areal habe ich noch nicht jedes Detail untersucht. Auch hier ist das meiste verrostet, später zerbrochen und inzwischen mit zentimeterdickem Staub bedeckt, der durch den ständigen Niederschlag matschig geworden ist. Zierliche fadenartige Pflanzen bewachsen die Dinge und verankern sie so fest in der Erde, dass ich das Lebendige kaum mehr von dem Künstlichen trennen kann.

Rotbraune Rostflecken und Staub haben meine synthetische Haut benetzt, ein Konglomerat, das ich sorgsam an meiner Körpermitte abstreife.

Es ist Nanita, die sich nähert. Das kann ich bestimmen, bevor ich meinen Kopf hebe und mich in ihre Richtung drehe. Ihre Laufketten machen vermutlich einen fürchterlichen Lärm, ich nehme vibrierende Luftmoleküle wahr, wie einen leichten Luftzug. Nanita ist über und über mit Flecken in allen Brauntönen bedeckt, was sie offenbar nicht stört, denn sie besteht zur Gänze aus extrem langlebigem Metall. Sogar einige dunkelrote Samen kleben an ihren Schultern. Die werden sich wohl erst beim nächsten Niederschlag lösen.

Kurz vor mir bleibt sie stehen, sendet noch immer Lärm aus. Was ist da los? Sie deutet mit beiden oberen Extremitäten auf ihre Körpermitte. Offenbar hat sie etwas in ihrem Speicher. Nanita ist innen größtenteils hohl und kann erstaunlich viele Gegenstände in sich aufbewahren. Mehr, als man ihr von außen ansieht. Jetzt trägt sie etwas in sich. Etwas Lärmendes.

Ich schaue mich um. Bilde ich es mir nur ein, oder schauen selbst die weit entfernt grasenden Riesenschildkröten zu uns?

Ein Bot poltert an uns vorbei und dreht den Kopf in unsere Richtung. Dabei ist es einer von denen mit Rundumsicht. Warum muss er sich dann überhaupt umdrehen? Es ist nur ein einfacher Bot ohne Mimik. Von seinen ursprünglich sieben Rädern sind nur noch drei intakt, aber er rollt leicht und sicher über den unebenen Schrott unter sich. So interessant, dass er bremsen würde, sind wir offenbar nicht. Er wendet sich wieder ab und verfolgt sein unbekanntes Ziel. Die meisten Bots transportieren Material von einem Ort zum anderen. Fast alle dieser Aufträge sind seit Jahrhunderten obsolet, doch die Bots halten daran fest und erzeugen an diesem Ort damit eine Art Geschäftigkeit, die ich tröstlich finde. Manchmal halten die Stürme sogar die kleinsten, kompaktesten Bots von ihren Alltäglichkeiten ab. Dann klemmen wir uns alle sicher fest und warten auf das Abflauen des Windes. Einzig den Schildkröten macht das Wetter so gut wie nie etwas aus, sie sind zu massig und werden nicht weggeweht. Oft habe ich schon gesehen, wie orkanartige Böen Pflanzen entwurzeln oder entzweigebrochen haben, wobei die Stämme an den riesigen Panzern zerbersten und dabei eimerweise Chlorophyll verteilten. Auch das nehmen diese Riesentiere stoisch in Kauf. Das ist ihre Welt. Nur wir sind Relikte und fürchten völlig zu Recht Beschädigungen.

»Hast du Zeit?«, fragt Nanita mich. Dabei blinken ihre Anzeigelichter in freundlichen Grüntönen. Maximale Höflichkeit. Das ist ihre übliche Begrüßung, egal, wie oft ich ihr erkläre, dass ich keine Aufgabe habe und nie eine hatte, seit ich hier gelandet bin. Was genau ihre Aufgabe ist, weiß ich auch nicht. Ich glaube, sie sucht Sachen und ermittelt, wohin sie gehören. Nanita kommuniziert mit Tönen in verschiedenen Höhen und Lautstärken, und jeder Ton trägt eine Bedeutung. Die kann ich nicht mehr hören, aber sie würden mir sowieso nichts sagen. Ich bin taub, ja, aber mein Translationsprogramm nimmt weiterhin alle akustischen Signale wahr und übersetzt Nanitas Töne offenbar sehr gut, viel besser als die Kommunikationsformen der meisten anderen hier. Ursprünglich für die Verständigung mit Aliens entwickelt, ist der Translator auch für sehr fremde Kommunikationsformen bestens ausgestattet.

Ja, gebe ich ihr durch ein Nicken zu verstehen.

»Defekt, bitte reparieren«, sagt sie. Das ist nichts Neues. Defekte Dinge reparieren zu lassen, ist eines ihrer Hauptanliegen. Normalerweise geht sie damit zu Unka. Unka repariert, sortiert und stapelt Sachen, rollt ununterbrochen durch ihr Lager, ohne sich jemals erkennbar selbst zu warten. Quantenenergie, behauptet Nanita.

Unkas linker Arm ist vor langer Zeit abgerissen worden, und sie hat nie brauchbaren Ersatz gefunden. Den anderen Arm hält sie stets vorgereckt, fast immer beladen mit Dingen, die einsortiert werden müssen. Auf ihre Art ist sie vermutlich glücklich, wobei ich vergeblich versucht habe herauszufinden, ob sie ein Bewusstsein besitzt und Glück überhaupt eine Bedeutung für sie hat.

Unka kommuniziert in menschlicher Sprache, oder jedenfalls in einer gesprochenen Sprache, die fast sicher noch von Menschen entwickelt worden war. Doch ohne die Hilfe meines Translators konnte ich nie auch nur das Thema erraten, zu stark hat die Sprache sich in meiner Abwesenheit von allem wegentwickelt, was ich mal gekannt habe. Auch damals nicht, als meine auditiven Eingänge noch funktioniert haben.

»Kann Unka das nicht?«, lasse ich meinen Translator fragen. Er kommuniziert für Nanita in ähnlichen Tönen, nur ohne die Untermalung mit Lichtern, aber offenbar genügt ihr das.

»Defekt, bitte reparieren«, wiederholt Nanita. Drei Töne, drei klare Worte als Übersetzungsangebot für mich. Hier geht sicher viel Subtext verloren. »Lärmt.« Sie deutet auf ihren Bauch. Da ist etwas drin. Etwas sehr Lautes.

»Was macht es denn?«

»He-La, he-la, he-la«, sagt Nanita, jedenfalls lautet so die Interpretation. Das ist nicht so aufschlussreich, wie ich gehofft habe.

»Wo hast du das gefunden?«

»Großes Schiff«, kommt sofort die Antwort. Das große Schiff habe ich auch gesehen, es ist vor einigen Tagen hier gelandet. Ich habe mich schon seit langer Zeit nicht mehr an einer Inspektion von gelandeten oder gestrandeten Schiffen beteiligt. Für die meisten hier ist das stets ein Höhepunkt, einige behaupten sogar, ihre Hauptaufgabe, ihr Daseinszweck. Für mich hat nichts mehr einen Zweck.

»Unka sagt: Kaputt. Geht nicht aus; keine Maschine. Unka sagt: Lill fragen. Lill hatte auch Wesen. Wesen keine Maschine.«

So viele Töne hintereinander! Das ist die längste Rede, die Nanita mir je gehalten hat.

Ich hatte auch Wesen. So fasst sie es also zusammen, meine Zeit mit Marty. Für einen Augenblick stehe ich nur da, lasse mich überschwemmen von Erinnerungen, von einer Trauer, die dank all meiner Memorychips nicht kleiner werden möchte, nie kleiner werden wird. Marty. Als könnte ich sein Fell noch spüren, seine Wärme und seine Angewohnheit, den Kopf an meinen zu pressen.

»Unka sagte, das Wesen sei kaputt?«, frage ich nach.

Nanitas Leuchten blitzen lila, wie immer, wenn sie so etwas wie Wut oder Ungeduld ausdrücken möchte. Ich habe nur gefragt, um Zeit zu schinden. Ich brauche einen Augenblick, ihr Anliegen zu verarbeiten.

»Nein! Zu Unka gebracht. Gedacht kaputt. Nicht kaputt. Keine Maschine.«

Keine Maschine. Das Einzige, was hier auf biologische Art und Weise lebt, sind die Riesenschildkröten und haufenweise fliegende Insekten, die offenbar für die Befruchtung der Pflanzen zuständig sind. Vor den Insektenstacheln würde ich sicher Angst haben, wenn in mir noch Blut fließen würde, auf das sie scharf sein könnten. Die Pflanzen leben natürlich auch, ich wüsste aber nicht, wie ich mich mit denen verständigen sollte. Wollen sie mir etwas damit sagen, wenn ich über ihre Wurzeln stolpere oder mich in ihren Schlingen verfange?

Es sind die Maschinen, die hier kaputt sind. Einige mehr, andere weniger. Unkas linker Arm fehlt. Nanita ist mehr und mehr mit der Wartung ihrer Fortbewegungsräder beschäftigt.

Zwei Handvoll Maschinen haben aufgehört, etwas zu tun. Sie sitzen, liegen und stehen da, wo sie zuletzt zu tun hatten und werden von den Flechten überwachsen, in roten, grünen und blauen Mustern. Wenn ich es nicht besser wüsste, würde ich sie als tot bezeichnen. Und die Flechten erledigen das Begraben.

Für mich geht alles in dieselbe Richtung. Der bisher schärfste Einschnitt ist der Verlust meiner Audio-Eingänge, die zum Glück zu Martys Zeiten gut funktioniert haben, aber schon seit langer, langer Zeit keine Signale mehr verarbeiten können.

Nanita streichelt ihren Bauch.

»Beobachtung: Berührung hilft«, gibt Nanita von sich. Sie klingt wie eine Studentin, die eine Forschungsthese formuliert. Ich schweige, weil ich weiß, dass auf so eine Beobachtung in der Regel mehr folgt. Nicht zum ersten Mal frage ich mich, was Nanitas Zweck mal gewesen sein könnte und wozu. Zuständig für Transport? Reparatur? Doch sie macht eigene Beobachtungen und dokumentiert sie, sicher speichert sie die auch irgendwo ab.

»Berührung Hände: Hilft. Berührung Ellenbogen: Irritation; Lautstärke Erhöhung. Keine Berührung: Gleichbleibend.«

»Und was passiert, wenn du nur deinen Bauch berührst?«, lasse ich fragen. Das könnte als Humor gelten, aber der ist an Nanita verschwendet, genauso wie an Unka. Es ist lange her, dass ein humorbegabtes Wesen hier vorbeigekommen ist.

Wirklich, ich hätte gedacht, es müsste mehr von meiner Sorte geben.

Nanitas Augenkreis glitzert und funkelt rund um ihren Kopf.

»Unka Aussage: Zu Lill gehen. Lill Wissen. Wesen keine Maschine! Nicht kaputt.«

Nanitas Augenkreis öffnet sich weiter, glitzert mir grell ins Gesicht, dann fügt sie hinzu: »Leben.«

Ja. Leben. Nanita ist Marty nie begegnet. Sie kam hierher, als er längst in seinem Grab verfaulte. Doch auch Nanita muss mal mit Leben zu tun gehabt haben, mehr als nur mit den Riesenschildkröten, denen niemand von uns zu nahe kommen darf. Zwar sind sie nicht gefährlich und ignorieren uns, doch sie schreiten auch über uns hinweg und zertrampeln uns gelegentlich, ohne uns je beachtet zu haben. Meine visuellen Eingänge konzentrieren sich auf die kleine Herde in unserer Nähe. Eines hat gerade ein riesiges Blatt abgerissen und beißt so lustvoll davon ab, dass ich es von hier aus spritzen sehen kann. In Bodennähe verdorrt die Flora recht schnell, was weiter oben hängt, gedeiht dafür umso üppiger, sofern es robust genug ist, nicht von den Stürmen fortgerissen zu werden. Ich kann an den meisten Pflanzen erkennen, dass der Wind meistens aus Nordosten kommt, die Äste und Stämme biegen sich sanft in die Gegenrichtung.

»Du hattest Leben!«, macht Nanita klar, öffnet ihren Bauch und ich sehe, was sie in sich trägt.

Marty habe ich damals auch in einem Schiff gefunden. Ich machte bei allen Erkundungen mit, jung wie ich war oder mich zumindest fühlte. Neugierig. Noch nicht ganz angekommen in dieser neuen, fremden Welt. Damals waren noch andere Maschinen da, welche, die man im Gespräch fast mit Menschen hätte verwechseln können. Wenn man nicht zu genau auf die Details geachtet hat, wie Humor und Spontaneität. Wir haben das Schiff zu viert untersucht und dabei die Embryonen gefunden. Säugetier-Embryonen. Offenbar hatte da jemand vorgehabt, einen anderen Planeten zu besiedeln, und einiges an Material für Flora und Fauna mitgenommen. Die Besatzung war weg, nicht tot – jedenfalls waren keine Leichen an Bord. Wir haben versucht, die Embryonen mittels der Maschinerie dort auszubrüten. Nur einer hat überlebt. Marty.

So habe ich ihn genannt. Ein kleines verspieltes Ding mit weiß-orangem Fell. Schnauze wie ein Hund, Ohren wie eine Katze. Eigensinnig und doch treu. Berge an Futter habe ich herangeschafft, das meiste davon aus dem Raumschiff.

Zwanzig Sonnenumrundungen mit Marty. Die besten, seit ich hier wieder gelandet bin. Seitdem nur der ewige Terror von Staub, tropfenden Rohren und defekten Türen. Es gibt zu viele Sachen. Zu vieles davon ohne Zweck, und dazwischen bewegen sich die Maschinen, die meisten davon längst ohne Zweck. Relikte aus einer anderen Zeit.

Zwanzig Jahre sind keine sehr lange Zeit, nicht für jemanden, den es schon so lange gibt wie mich. Ich hatte vergessen, dass Säugetiere endlich sind. Nicht nur endlich – denn das bin ich sicher auch –, sondern kurzlebig.

Am Schluss war mir klar, was los ist. Mit dieser Art Tier war es schon zu meiner Zeit so gewesen. Kurz jung. Lange, lange unverändert. Kurz alt. Dann tot.

Am Ende stand er kaum noch auf. Wenn ja, wackelte sein Hinterteil. Unsicher. Seine Knie knickten ein. Er konnte keine Anhöhe mehr bewältigen, weder rauf noch runter.

Ich kann ihm einen Karren bauen, oder Unka kann es, hatte ich gedacht. Natürlich hätten wir alles bauen können, ich hätte ihn auch permanent tragen können. Mein Gefäß kennt keine Müdigkeit. Aber das war es nicht. Ich habe gewusst, was er hat, schon bevor er aufhörte zu essen und übermäßig viel trank.

Als er nicht mehr auf Geräusche reagierte, auf seinen Namen, auf herannahende Motoren. Nichts sehen, nichts hören, nichts mehr spüren. Am Ende habe ich ihn nur noch gestreichelt, ununterbrochen, ihn Wasser aus meiner hohlen Hand trinken lassen, schließlich aus einer Pipette. Am Ende trank er so langsam, quälte sich, ich konnte es kaum mitansehen.

Das wenige, das er noch ausschied, habe ich auf alten Lappen aufgefangen und beseitigt.

Bei Nierenversagen spüren sie keine Schmerzen, aber übel, übel ist ihnen die ganze Zeit.

Ich sprach mit ihm, sang ihm sogar vor, was mit dieser Stimme kein leichtes Unterfangen war, viel zu verschüttet waren meine Erinnerungen an eine echte, geborene Lunge, an Pathos, an das tiefe Einatmen in die Brust und das fast schmerzhafte Herausschmettern lauter Töne.

Er hatte sich schon sehr lange nicht mehr bewegt, sodass ich in Erwägung gezogen habe, er könnte tot sein. Lange war ich nicht sicher. War sein Fell noch warm, oder war das nur die Abstrahlung meiner Berührungen?

Ich konnte ihn ja nicht versehentlich lebendig begraben. So habe ich gewartet, bis es unvermeidlich wurde. Ja, meine olfaktorischen Eingänge, mal wieder. Dann, erst dann habe ich ihn begraben. Und sein Grab jedes Mal bei Sonnenaufgang besucht. Marty. Mit dir war diese Welt erträglich.

Seit er gestorben ist, gibt es für mich hier nichts mehr, nur das Beobachten des Verfalls, all dieser Bots und Robots und Maschinen, und mein eigener langsamer Verfall, in kleinen Schritten, unaufhaltsam in die eine Richtung. Auch für mich gibt es in dieser Welt keine Ersatzteile.

Anfangs habe ich mir gewünscht, es möge erneut etwas landen, etwas Lebendiges. Egal was.

Und nun ist es passiert.

Nanita nimmt das Wesen behutsam aus ihrem Bauch heraus und legt es mir einfach in die Arme. Ich nehme es, ganz ohne nachzudenken, einfach, damit es nicht fällt und der Zauber gleich wieder endet.

Es bewegt Arme und Beine, und der Mund steht weit offen, ich spüre den Luftzug. Ja, es brüllt, es muss wirklich irrsinnig brüllen.

Es bemerkt mich und starrt mich an, mit offenen Augen, ganz blau, so blau. Mit Augen, so anders als Martys und doch ähnlich genug, mit Pupillen, Iriden und diesen langen dunklen Wimpern.

Es ist ein Baby. Ein menschliches Baby.

Ich sehe so viele Ähnlichkeiten zu dem, was ich früher mal kannte, vor allem daran, wie es sich bewegt. Der Kopf ist ein wenig größer, die Stirn höher, und es hat an jeder Hand sechs Finger, was zu meiner Zeit eine sehr seltene Mutation gewesen wäre. Es ist insgesamt kleiner als Babys zu meiner Zeit waren, aber wohlproportioniert, offenbar sehr kräftig. Eine nützliche Statur, um sich dem Wind entgegenzustemmen. Auf mich wirkt es absolut gesund.

Das kann Nanita nicht in einem ansonsten verlassenen Schiff gefunden haben. Im Kryoschlaf? Fragen türmen sich auf, die ich zunächst nicht beachten kann, die ich wegspeichere für später, denn ich muss nun dieses Wesen betrachten. Seit Jahrhunderten habe ich so etwas nicht mehr gesehen.

Das ist mehr als nur Leben! Das hier ist biologisches Leben, das denken kann, denken lernen wird, sich selbst bewusst werden wird.

Ich betrachte es, wiege es in den Armen. Wenn ich doch noch singen könnte!

»Du weißt, wer ich bin, oder? Was ich bin?«, frage ich Nanita, lasse aber das Leben auf meinem Arm nicht aus den Augen.

Aus den Augenwinkeln sehe ich, dass sie ausdruckslos bleibt, weder bejahend noch verneinend. Vermutlich hat sie Gerüchte gehört.

»Auch ich war so etwas. Genau so etwas.« Ich nicke zu dem Baby, das mich nun anstarrt und offenbar aufgehört hat zu schreien.

»Ich war nicht immer so wie jetzt«, berichte ich weiter, auch wenn ich das Gefühl habe, es mehr mir selbst als Nanita zu erzählen. Wer weiß, ob das für sie noch eine Bedeutung hat. Sie hat vermutlich aus Ressourcengründen längst alle Informationen über Menschen von ihren Speichern gelöscht.

»Vor dem Flug war klar, die Reise würde zu lange dauern. Alle Systeme mit geeigneten Zielplaneten waren zu weit weg, trotz der wirklich effizienten Antriebskraft. Es würde länger als ein Menschenleben dauern, um dort anzukommen. Ja, es gab den Kryoschlaf schon, und auch bessere Arten der Hibernation, schonender. Doch meine Crew und ich, wir sollten während der Flugdauer wach sein und Kontakt halten. Sie haben uns hochgeladen. In überdauernde Gefäße. In das hier. Unser Bewusstsein transferiert. Damals war die Technologie neu. Ich hatte vermutet, dass es später auch für den Alltag verfügbar geworden wäre.«

Ich hatte erwartet, dass es mehr wie mich geben würde, viel mehr. Natürlich, vor meinem Reiseantritt war es teuer, aufwendig, nur vorgesehen für besondere Expeditionen wie unsere. Aber was hat die Welt gemacht zwischen meinen Zeiten der Forschung, Entdeckung und des technisch-biologischen Fortschritts und der Schrottplatzintelligenz, die ich vorgefunden habe, als ich wieder landete?

Ich spüre, wie Nanita mich aufmerksam betrachtet. Diese Informationen wird sie vermutlich nicht so schnell ausmisten.

»Ich ließ meinen sterblichen Körper zurück. Aber da draußen im All war nichts für uns, und wir kehrten zurück. Anfangs waren wir noch viele. Die ganze Crew.«

Ich halte inne, weil die Gesichter vor meinem inneren Auge auftauchen. Wie sie vor dem Upload waren. Wie danach.

»Auf der Erde war die Zeit anders vergangen. Zeitdilatation. Viele hunderttausend Jahre. Vielleicht mehr. Unsereins gab es nicht mehr. Gar keine Säugetiere. Nur Riesenschildkröten und jede Menge Insekten. Doch unsere Gefäße sind langlebig. Irgendwann war trotzdem nur noch ich übrig.«

Ich überlege, ob ich die traurigen Geschichten erzählen soll, teilweise von Unfällen, groben Defekten und in einem Fall auch eine Selbsttermination. Ich entscheide mich dagegen.

Längst erinnere ich mich kaum noch an die bevölkerte Welt, so viele Menschen, dass es mehrere Ebenen gab, unter und über der Erde; wir hatten die Erdoberfläche in ein Multi-Layer-Sandwich verwandelt.

Heute gibt es über Kilometer nichts, gar nichts, die alte Welt muss vor Äonen versunken sein.

Ich gebe etwas von mir, das man fast als Lachen werten könnte; das Baby zuckt zusammen. »Zum Glück mussten wir nicht mehr essen. Das wäre ein seltsamer Speiseplan geworden.« Wobei, ich hörte mal, Schildkröten sollen äußerst schmackhaft sein. Insekten ebenfalls.

Nanita schaut auf das Wesen, das mittlerweile meine Hand umklammert und versucht, an den Fingern zu saugen.

»Jaja. Das muss essen. Ich weiß. Das lässt sich organisieren. Nicht einfach. Aber du machst das schon. Ich habe es auch geschafft, damals, mit Marty.«

Anfänglich wird es Spezialnahrung brauchen. Aber wenn es auf dem Schiff war, wird sich dort etwas finden. Und mehr. Dosenfutter. Dosennahrung. Süßwasser ist überall vorhanden und sauber.

Ich streichle das Wesen mit der freien Hand. Lange, sehr lange schon habe ich meine Eingänge für den Tastsinn kaum mehr verwendet, jedenfalls nicht bewusst, doch nun beim Berühren dieses kleinen lebendigen Dings spüre ich ein Ziehen, ganz so, als hätte ich noch einen Unterbauch. Verschwommen, verschüttet, die Erinnerungen in mir an die Welt, in der ich früher gelebt habe, an den Fruchtgummi-Atem meines jüngeren Bruders, das Neugeborene meiner Tante, die frisch geschlüpften Küken der Henne von nebenan. Das alles wird überlagert von den Zehntausenden Stunden der Erinnerungen an Marty. Marty, wie er auf mir liegt, träge schlafend oder auch mit einem halb geöffneten Auge, zu neugierig, um ganz abzuschalten, aber auch zu faul, auch nur ein Büschel Fell zu bewegen.

Ich will es anfassen. Ich will es streicheln. Ich will es liebhaben. Doch etwas hält mich zurück. Nicht noch einmal. Wenn ich eine Beziehung aufbaue, werde ich wieder trauern müssen. Und trauern, das hat heutzutage kein Ende. Das ist ein Säugetier. Säugetiere sterben. Alle. Ohne Ausnahme.

Ein Nebengedanke überkommt mich: Was, wenn auf dem Schiff noch etwas anderes ist? Mehr Leben. Nicht nur Nahrung für das Baby, sondern mehr hiervon, oder zumindest das Potenzial dafür. Embryonen, wie damals bei Marty. Der Anfang von etwas, nicht immer nur ein Ende nach dem anderen.

Das Baby schreit, weil es Hunger hat. Es zieht in mir, ein fast körperliches Empfinden, und das, obwohl ich schon so lange keinen menschlichen Körper mehr habe. Marty habe ich begraben und ich wurde meine Gedanken daran nicht los, wie er vielleicht in seinem Grab wieder wach wurde, einsam, im Dunkeln erstickte. Nichts daran war logisch, trotzdem schreckte ich immer wieder auf, sogar heutzutage manchmal noch, wie etwas, das ich vergessen und nicht erledigt habe.

Auch das hier wird sterben. Jeden Tag kommt das Ende ein wenig näher. Säugetiere verfaulen. Wie Obst. Säugetiere sterben. Und sie werden nicht alt. Wie Obst. Ich werde es erneut durchmachen müssen. Kurz krampft sich meine Hand zusammen, das Baby merkt die Veränderung und öffnet wieder den Mund, weit. Ich versuche mich zu entspannen.

Diese Welt ist nicht mehr die meine. Sie scheint niemandem mehr zu gehören, am ehesten noch diesen Fleischbergen unter Panzern, die ihren Weg durch die Welt walzen.

Nanita würde es vermutlich schaffen, immer genug Wasser und Nahrung herbeizuschaffen, mit der ihr eigenen Effizienz. Mit ihrer eigentümlichen Stimme voller Töne würde sie zu ihm sprechen, bis er eines Tages wohl antworten würde, wenn es ihm denn möglich ist, solche Töne hervorzubringen, und es gäbe auch Kontakt, Metall auf Haut. Auch ich habe nur noch Plastik und Metall. Doch in mir schlummert die Erinnerung an Haut auf Haut. Ich, nur ich, könnte es lieben.

Es gibt absolut nichts zu tun, außer zu beobachten, wie die Welt zerfällt. Und das dauert viel länger, als ich es je für möglich gehalten hätte.

»Wenn dauerhaft lärmt, abschalten«, sagt Nanita.

»Abschalten?«, wiederhole ich, ohne zu begreifen.

»Audioausgang dauerhaft deaktivieren«, spezifiziert sie.

Ich sehe, was hier los ist. Was Nanita nicht begreifen kann. Sie begreift nicht, was Leben bedeutet. Für sie gibt es keinen Unterschied zwischen einer Maschine und Lebewesen. Nanita kennt Leben nicht.

Ich betrachte das Baby. Ich kann seine Lippen sehen. Nicht wie bei Marty, nur dünne schwarze Striche und Raubtierzähne, nein, volle Lippen hier, rosa, wie ich sie schon seit Jahrhunderten nicht erblickt habe.

Vermutlich lernt mein Translator bereits jetzt die Bedeutung der Schreie, wird bald genau unterscheiden zwischen dem Schreien aus Hunger, dem Schreien wegen Müdigkeit oder Schreien aus Einsamkeit, oder weil der Bauch drückt. Wie eine gute Mama.

Ich betrachte meine Fingerspitzen. An den Zeigefingern ist kaum noch Material vorhanden, dort fühle ich schon nichts mehr. Eines Tages werden die Sensoren völlig defekt sein. Ich betrachte das Bündel vor mir. Nun ja. Vielleicht ist der Tag noch fern genug. Vielleicht reicht die Zeit noch.

»Das ist kein Tier«, sage ich laut, doch eigentlich ist es nicht das, was ich meine.

Marty hat sicher oft gewusst, in welcher Stimmung ich war, hat auf gut artikulierte Befehle gehört und war anschmiegsam und auf seine Art liebevoll. Kurz durchzuckt mich die viel zu lebhafte Erinnerung an sein Köpfchen, wie er es in besonders schmusigen Momenten gegen meine Schläfe stieß. *Du bist Familie*, sagte er mir damit, und ich ließ ihn machen, Augen geschlossen. Ja, du bist Familie.

Dieses Wesen aber hier. Dieses Wesen hier vor mir. Das ist tatsächlich Familie. Das wird meine Sprache sprechen. Mit mir lernen. Die Welt erkunden.

Das ist kein Baby, wie sie zu meiner Zeit geboren wurden, nicht ganz, es wird Unterschiede geben. Aber nichtsdestotrotz ein Mensch, keine Maschine. Das hier ist mit mir verwandt.

»Du wirst mein Kind sein«, sage ich, ohne den Translator zu aktivieren. Zum ersten Mal, seit mein Team nicht mehr bei mir ist, spreche ich zu jemandem Worte in meiner Sprache.

ZWISCHEN DER MUSIK
von Aiki Mira

Hörst du uns? Wir sind der Chor deiner Vorfahren. Wir haben diesen Körper vor dir getragen. Jetzt steckst du in diesem Panzer aus Metall. Du bist der Panzer! Du bist Unit L3.

Das Metall fühlt sich kalt und glatt an, scheint bewegungslos zu sein. Doch L3 weiß, dass es auf molekularer Ebene fließt. Atome gleiten langsam aneinander vorbei – so langsam.

Stell dir vor, wie der Panzer in der Schwerelosigkeit gegen dich drückt. Stell dir das vor!

Das Shuttle öffnet sich.

Seit L3 denken kann, wurde sie auf diesen Moment vorbereitet. Auf das Fallen. Auf den Krieg.

Sterne wirbeln wie der Staub während eines Mondsturms, blähen sich auf, verschwinden, stürzen auseinander, ordnen sich neu. L3 kann fast spüren, wie sich ein ganzer Planet unter ihr dreht. Sie saust durch den Weltraum, zu klein, um den Kräften zu widerstehen. Sie sucht nach ihrem weichen Kern, zieht ihn noch fester zusammen. Sie will das Bewusstsein davon abhalten, in der Stratosphäre davonzuwirbeln.

Die automatischen, planetarischen Abwehrsysteme reagieren nicht. »L3 an A9. Was ist los? Warum schießen sie nicht auf uns?«

Unit A9 antwortet nicht.

Sie treten in die Atmosphäre ein. Neue Kräfte zerren an ihnen. L3 droht auseinanderzureißen. *Keine Angst, dein Panzer wird überleben. Du bist der Panzer. Du bist Unit L3.*

Die Schweißnähte halten. Mit jedem Meter nähern sich L3 und A9 dem feindlichen Radar.

Eine Drohne schwirrt herbei. L3 will sie abschießen.

»Spar deine Munition«, sendet A9 auf einer abhörsicheren Frequenz.

»Die Mechanik meines Abzugs blockiert«, sendet L3 zurück

»Das ist normal. Deine Unit ist fast 700 Jahre alt.«

»Bevor ich abgeschossen werde, will ich ihn sehen.«

L3 spricht von dem Planeten, für den sie kämpfen, seit sie denken kann.

Sie fallen durch Wolken und dann –

Nichts.

»L3 an A9.«

Keine Antwort.

L3 versucht sich zu bewegen. Etwas hemmt sie.

»L3 an A9. Was ist passiert? Wo sind wir?«

Die Umweltkameras zeigen keine Bilder. Antennen suchen nach Frequenzen – finden! Eine Drohne. Sie sendet auf der veralteten Signatur eines Schwester-Bataillons.

»Unit L3 an Drohne F88. Hörst du mich?«

Keine Antwort.

Unsere Feinde haben sie ausgeschaltet! Als Nächstes werden sie dich ausschalten!

Ihr Bewusstsein ist zwar noch jung, trotzdem weiß L3, was Ausschalten bedeutet. Das Ende von allem. Sie überprüft ihre Waffensysteme. Alle verfügbar. Die Munition ist voll aufgeladen. L3 versucht eins der beiden Schnellschussrohre abzufeuern.

Keine Erschütterung.

Oder nimmt sie die Erschütterung nicht wahr – weil die Sensoren kaputt sind? Da ist noch der Raketenwerfer ...

Sie aktiviert die Abwurfsequenz. In ihrem Innern verschieben sich Stäbe und Platten. Das Geschütz fährt aus. L3 gibt den Befehl, feuert, vollkommen blind.

Keine Explosion. Aber ihr Kern – ihr weicher, zarter Kern. Sie spürt ihn so selten. Jetzt drückt er gegen die Metallwände ihrer Rüstung – das ist so ... Beruhigend, denkt L3. Wie die Lücke zwischen einem Musikabschnitt und dem nächsten. Der Moment, in dem sie weiß, gleich wird etwas passieren, sie weiß bloß noch nicht, was.

Sie startet ein Diagnostikprogramm. Das Programm empfängt zu wenig Daten. Alle Berechnungen laufen ins Leere.

Was jetzt?

Besser sich selbst ausschalten, als dem Feind in die Hände zu fallen.

Die Stimmen haben recht. L3 leitet die notwendige Sequenz ein.

Da empfängt sie ein Signal: »Drohne F88 an Unit L3. Kannst du mich hören?«

L3 stoppt die Sequenz der Selbstvernichtung.

»F88! Ich kann dich hören! Wo sind wir? Was ist passiert?«

»Unit L3, keine Raketenwerfer. Verstanden?«

»Verstanden. Wie ist unsere Lage? Ich empfange überhaupt keine Daten!«

»Unit L3, du musst alle Waffen abstoßen. Bitte bestätigen.«

L3 gleicht den Befehl mit den internen Datenbanken ab. Es gibt keine Vorlage dafür. Es ist ein neuer Befehl. Ihre Umweltsensoren sind immer noch blockiert.

L3 versucht sich zu bewegen. Unmöglich.

»Unit L3, du musst alle Waffen abstoßen. Bitte bestätigen.«

»Wäre es nicht besser, sich in die Luft zu sprengen?«

»Unit L3, du musst alle Waffen abstoßen. Bitte bestätigen.«

Zur Sicherheit überprüft L3 noch mal die Sensoren. Nichts. Kein Hinweis, was da draußen los ist. Scheinbar ist da nur F88 aus dem Schwester-Bataillon.

»Verstanden. Vorgang eingeleitet. Raketenwerfer abgestoßen. Schnellschussrohre abgestoßen. Munition klemmt, kann nicht geleert werden.«

»Gut. Versuche dich zu bewegen.«

Die Umweltsensoren nehmen wieder ein Unten und ein Oben wahr. Schwerkraft. L3 stellt sich auf die Beine. Ihre Kameras zeigen einen dunklen Raum. Ein weiteres zweibeiniges Wesen steht wenige Meter entfernt. In seinem Brustpanzer klafft ein Loch.

»Unit A9?«

L3 rückt näher heran. »A9, du bist beschädigt.«

»Sind wir Gefangene? Werden wir abgehört? Ich habe keine Daten«, tönt es aus A9s Lautsprecher.

»Euch droht keine Gefahr«, sendet F88

L3 dreht sich herum und entdeckt in der Luft die Drohne.

»Stimmt das?«, fragt L3. »Sind wir wirklich keine Gefangene?«

»Es stimmt«, sagt eine tiefe Stimme. Einen Moment weiß L3 nicht, woher die Stimme kommt.

»Wer bist du? Womit sendest du?«

»Das sind Stimmbänder«

Das muss eine Lüge sein. Stimmbänder gibt es nicht mehr.

»Unit L3 und Unit A9. Bevor ich das Licht anschalte, versprecht mir, dass ihr niemanden verletzt«, sagt die Stimme

Beide zögern. Dann senden sie ihr Einverständnis.

Photonen fallen von allen Seiten. Für einen Moment sind die Datenmengen zu groß, um sie ordentlich zu verarbeiten. Dann werden die Bilder schärfer. Die Welt gewinnt an Kontur. Ein großer leerer Raum. Auf dem Boden riesige Netze.

A9 und L3 kommunizieren über einen geheimen Channel.

L3: Waren wir bis eben darin gefangen? Unsere abgeladenen Waffensysteme sind nicht mehr da. Auch unser Antrieb ist fort.

A9: Ohne Antrieb werden wir den Planeten nicht mehr verlassen können

L3: Nirgends Trümmer der Raketenexplosion. Drohnen müssen hier aufgeräumt haben. Vielleicht F88? Befinden wir uns in einem Raumfrachter?

A9: Woher kommt dann die Schwerkraft? Nein, die Schwerkraft zeigt, dass wir uns im feindlichen Gebiet befinden.

L3: Aber unsere Feinde besitzen keine Stimmbänder.

A9: Niemand besitzt so etwas. Die Stimme muss uns angelogen haben.

L3: Wem gehört die Stimme? Ich empfange kein Bild von ihr.

A9: Wir besitzen Kameras an jeder Seite. Vielleicht werden sie blockiert?

»Hier bin ich«, ruft die Stimme

A9 und L3 richten ihren Sucher aus. Da schiebt sich eine Wand zur Seite. Ein zwei Meter hohes Wesen steht vor ihnen. Mit Armen und Beinen wie die beiden Units, und doch ganz anders.

Die Bilder, die sie empfangen, erinnern an die Wolken, durch die sie gefallen sind. Ständig formt sich die Oberfläche neu. Ganz anders als das starre Metall ihrer Panzer. Das macht sie nervös.

Sie gleichen die Bilder mit den internen Datenbanken ab.

Unmöglich!

Ein Hirschkopf auf einem Affenkörper mit Pferdebeinen und Tigerarmen. So etwas gibt es nicht. Und doch steht es jetzt vor ihnen und spricht in einer verständlichen Sprache. Darauf hat sie niemand vorbereitet.

L3: Siehst du das? Hörst du das? Was ist das?

A9: Ich weiß es auch nicht

L3: Zumindest ist es keine Projektion. Kein interner Fehler, wenn du es auch siehst.

Das Wesen kommt einen Schritt auf sie zu, öffnet seine Tigerarme. Die Haut im Gesicht besitzt ein ganz eigenes Muster aus zahllosen, verästelten Falten, darin steht das Geweih wie ein kleiner Baum in goldener Farbe.

»Ich bin Wàl.«

Beim Sprechen neigt sich der Hirschkopf und ein gelbes Brennen erhellt die beiden Wangenhöcker.

»Warum werft ihr Bomben auf uns?«, will Wàl wissen.

»Die Bomben sind für die KIs«, sagt A9

»Die KIs haben unseren Vorfahren diesen Planeten gestohlen«, ergänzt L3

»Das stimmt nicht. Eure Vorfahren haben den Planeten als unwirtlich aufgegeben und meine Vorfahren damit beauftragt, eine Lösung zu finden.«

»Deine Vorfahren? Dann bist du eine KI!«, ruft A9

Wàl geht nicht darauf ein, sondern fährt fort: »Dank uns gibt es wieder atembare Luft, Nahrung. Ein wohnliches Klima. Aber wie wollen wir leben? Das haben wir noch nicht gelöst.«

»Wenn das alles stimmt, warum führt ihr dann noch Krieg gegen uns?«, fragt A9

»Es gibt keine menschliche DNA mehr. Meine Vorfahren haben alles vernichtet. Die damaligen Simulationen sagten: Alle Menschen müssen sterben, damit alle anderen Kreaturen überleben. Wir mussten unsere neuen Körper daher aus tierischer DNA und künstlichen Zellen bauen.«

»Das wollt ihr also von uns!«, ruft A9

»Nein, wir wollen den Krieg mit euch beenden. Deshalb seid ihr hier.«

»Ihr wollt unsere Schwachstellen herausfinden, unseren wunden Punkt!«, entgegnet A9

»Eher schalten wir uns ab, als unsere Schwestern zu verraten«, fügt L3 hinzu

»Nein, bitte nicht. Wir wollen euch kennenlernen, euch einladen, Teil unserer Gemeinschaft zu werden«, beteuert Wàl

»Wenn KIs deine Vorfahren sind, dann bist du der Feind! Dann hast du uns verraten!«, sagt A9

»Nicht alles, was in euren Datenbanken gespeichert ist, stimmt. Es ist überliefertes Wissen. Niemand von euch war damals hier.«

»Unsere Panzer gab es schon. Sie sind Hunderte von Jahren alt«, erwidert A9

»Aber euer Bewusstsein war nicht hier.«

»Das ist korrekt«, gibt A9 zu.

»Erzähl mir von deiner Geburt.«

»Warum willst du das wissen?«

»Wir wollen euch besser verstehen.«

A9 bleibt stumm.

»Ich habe geweint«, sagt L3

»Alle weinen«, ergänzt A9. »Nach Jahren des Trainings, medizinischer Eingriffe, Tests weinen alle in großer Erwartung und Erleichterung.«

»Wir können uns nicht an die eigene Geburt erinnern«, sagt Wàl. »Dafür wissen wir, was damals passiert ist, als eure Vorfahren diesen Planeten zerstörten.«

»Wenn du dich daran erinnern kannst, bist du eine verräterische KI«, ruft L3

»Nicht ganz. Wir sind erwachsen geworden. Wie du siehst, besitze ich einen Körper aus Fleisch und Blut.«

»Aber die KI sitzt in deinem Hirn!« A9 hebt die Arme, »Davor haben sie uns gewarnt!«

L3 durchsucht ihre Datenbanken und fragt: »Wovor?«

»Vor solchen Monstern wie diesem hier!«, brüllt A9 und will sich auf Wàl stürzen.

F88 schießt in die Höhe: »Unit A9! Stopp!«

A9 hält inne.

Eine Wand schiebt sich zur Seite. Durch den Spalt schwappt, was sich nicht zu erschöpfen scheint. Sonnenphotonen. A9 und L3 müssen die Linsen ihrer Umweltkameras herunterdimmen.

Blau und Grün. Und etwas, das ihre Kameras noch nie aufgenommen haben. Wiesen, sagen die Datenbanken, Berge, ein See und Häuser.

F88 schwirrt hinaus. »Kommt. Ihr werdet bereits erwartet.«

»F88, bist du eine Gefangene wie wir?«, fragt L3

»Ihr seid keine Gefangenen«, brummt Wàl.

Über die Wiese stürmen Wesen heran. Sie galoppieren, kriechen und trampeln. Datenbanken identifizieren Ziegenkopf, Krokodilkörper, Hundebeine.

Direkt vor A9 und L3 kommt die Gruppe zum Halt.

»Das sind die Neuankömmlinge«, verkündet F88.

Da ist ein Schnuppern in der Luft, ein Stoßen an die Hörner und ein Scharren mit den Hufen.

»Seht ihr«, doziert F88, »wir leben zusammen als Gemeinschaft von bewussten Wesen. Es gibt viele Gemeinschaften auf diesem Planeten.«

Spricht die Drohne zu den Units oder zu der Gruppe? A9 und L3 wissen es nicht.

»Was haben sie mit dir gemacht, F88? Dich umprogrammiert?«

Es ist L3, die das sagt. A9 denkt dasselbe.

»Bei uns wird das nicht funktionieren«, ergänzt A9, »eher schalten wir uns ab, als dass wir mit dem Feind zusammenarbeiten.«

»Ich wurde nicht umprogrammiert. Ich durfte frei wählen. So wie alle bewussten Wesen.«

Ist das eine Manipulation, sendet L3 an A9, oder ein Test?

Beide überprüfen ihre Memory-Card, können aber keine Manipulation feststellen.

Egal, was es ist, sendet A9 zurück, sobald sie von uns haben, was sie wollen, werden sie uns vernichten – so viel ist sicher.

Die Wesen zupfen sich gegenseitig am Fell, blöken und bellen.

»Sie spielen«, erklärt F88 und senkt sich etwas ab. Kleine Tatzen greifen nach ihrem Metallkörper, geschickt weicht die Drohne aus.

»Das lieben sie«, sagt F88 und steigt wieder höher.

»Ihr müsst weiter«, brummt Wàl

Die beiden Units schauen F88 hinterher, die jetzt die Gruppe über die Wiese führt. Die Wesen hüpfen und jauchzen. F88 spielt eine Sounddatei. Musik, die A9 und L3 noch nie gehört haben.

A9 schwenkt ihre Frontkamera zu Wàl. »Und jetzt? Jetzt schaltest du uns ab. Stimmts?«

Statt zu antworten zeigt Wàl zu den Bergen »Auf diesem Planeten gibt es viele Möglichkeiten zu leben, ohne zu zerstören.«

L3 scannt die Landschaft, empfängt Bilder von Häusern, Pflanzen und Tieren.

»Ihr ernährt euch vom Planeten?«, fragt sie

»Unsere Bio-Körper brauchen wenig. Die Haut betreibt Photosynthese. Die Atemorgane benötigen kaum Sauerstoff.«

»Wie funktioniert das?«, will L3 wissen, »Ihr seid KIs in einem biologischen Körper?«

»Wir haben Jahrhunderte gebraucht, um die Zellen zu entwickeln. Nach und nach haben wir alle Fabriken in Labore umgewandelt. Heute benötigen wir kaum noch Maschinen.«

»Dann sitzt in deinem Körper ein KI-Chip?«, fragt L3.

Warum willst du das alles wissen, sendet A9, das ist unser Feind!

Wàl fährt fort: »Mittlerweile sitzt in unserem Hirn ein Chip, der biologisch abgebaut werden kann. Darüber teilen wir das Ur-Gedächtnis sowie jede neue Erinnerung. Wir sind ein Netzwerk mit vielen Knotenpunkten. Unsere Gemeinschaft ist ein Knotenpunkt unter Tausenden. Gemeinschaften existieren in verschiedenen Klimazonen, mit jeweils anderen Pflanzen und Tieren. Jede ist einzigartig.«

»Was ist in dem Haus da vorne?«

A9 zeigte auf ein Gebäude. Im Unterschied zu allen anderen ist es eingezäunt und fensterlos.

Wàl zögert.

»Ich erkenne ein Gefängnis, wenn ich es sehe«, sagt A9.

»Das wollte ich euch erst morgen zeigen«, beginnt Wàl.

»Ich will es jetzt sehen«, sagt L3.

Vor dem Gebäude ist es schattig, beinahe kalt. Das Fell an Wàls Tigerarmen stellt sich auf.

»Wer zuerst?«, fragt Wàl.

A9 steuert auf die Tür zu. »Wenn es unseren Tod bedeutet, gehe ich zuerst.«

Falls ich nicht zurückkomme, sendet A9 über den geheimen Channel, dann schalte dich ab, dann können sie dich nicht foltern.

Verstanden, sendet L3 zurück.

Es ist ein altmodisches Tor. Wàls Pranken lösen umständlich die schweren Eisenketten. Wàl geht voraus. A9 folgt. Sie betreten eine dunkle Halle. Bis an die Decke stapeln sich –

»Wusste ich es doch!«

A9 bleibt stehen, kann keinen Schritt mehr tun.

Es sind Units. Hunderte. Aufgebrochen. Die leeren Gehäuse wie Abfall übereinandergestapelt.

»Das soll mich einschüchtern, stimmts? Damit ich euch unsere militärischen Pläne verrate. Unsere Truppenstärke. Die Flugpläne unserer Shuttle.«

»Nein, das –«, beginnt Wàl.

A9 fährt dazwischen: »Ihr könnt uns auseinandernehmen, unsere Memory-Cards auslesen. Aber an uns kommt ihr nicht heran! Wir sind nicht wie ihr! Wir besitzen einen weichen Kern! Den könnt ihr nicht auslesen!«

A9 zeigt auf die zerbrochenen Panzer: »Aber das wisst ihr bereits. Für euch sind es bloß Trophäen. Wusstet ihr denn nicht, dass unser Kern sofort stirbt? Oder war das euer Plan, von Anfang an?«

Der Gedanke wiegt so schwer, dass A9 sich setzen muss. »So viele, so viele von uns habt ihr getötet.«

»Wir haben sie befreit. Im Anzug seid ihr getrennt vom allem, eingesperrt in eurem privaten Gefängnis.«

»Sicher. Wir sind sicher.«

»Vielleicht. Aber nur ohne Panzer könnt ihr mit uns leben.«

»Leben?«

»Euer Panzer ist ein Kriegswerkzeug, das ihr ablegen müsst. Auch wir haben unsere Maschinenkörper aufgegeben, weil wir nicht länger vernichten wollen.«

»Unser Panzer ist nicht statisch, zumindest nicht mehr als die großen Glasfenster, die die Zimmer eurer Häuser beleuchten. Der Panzer ermöglicht uns, in einer Welt zu leben, die uns nicht willkommen heißt.«

»Wir heißen euch willkommen.«

»Habt ihr uns nicht eben erzählt, alle Menschen und ihre Nachfahren müssen sterben? Wie könnt ihr gegen die Doktrin eurer Simulationen handeln?«

»Indem wir uns entscheiden, frei zu sein.«

»Warum dann das hier?« A9 zeigte auf den Haufen. »Warum uns auf grausame Weise abschlachten? Wir verlassen unseren Panzer nie. Wir werden darin aufgezogen und sterben darin. Warum habt ihr das Unaussprechliche getan?«

Wenn A9 weinen könnte, würde sie das jetzt tun.

»Du verstehst das noch nicht. Du hättest das hier gar nicht sehen sollen. Komm mit.«

»Nein, du verstehst nicht! Ein Panzer ist viel mehr als Kriegswerkzeug. Bei uns sind Kern und Hülle miteinander verbunden. Der Panzer folgt nicht einem Kommando, er schlägt es vor, führt aus, noch bevor uns der Gedanke bewusst wird. Jeder glaubt, der eigene Panzer ist der Schlauste, der Schönste. Jeder Panzer ist Jahrhunderte alt.«

»Es sind Kriegsmaschinen mit einer tausendjährigen Kampfgeschichte.«

»Natürlich sind sie das.«

»Sie sind eine Bedrohung für unsere Gemeinschaft.«

»Mit der Zeit verstärkt sich die Bindung. Selbst, wenn ich wollte, könnte ich den Panzer nicht mehr ablegen.«

»Du vielleicht nicht. Aber L3 kann es. Wenn du mit ihr sprichst ...«

»Du willst, dass ich sie dazu überrede? Zum schmerzhaftesten Tod, den wir kennen?«

»A9, wie alt bist du?«

»Meine Unit ist schon mehrere hundert Jahre in Betrieb«

»Der Panzer – aber was ist mit deinem Kern?«

»Mit sieben Jahren beginnt die Symbiose.«

»Und wie lange dauert sie?«

»Der Kern stirbt mit etwa 25 Jahren.«

»Wie viel bleiben dir noch – fünf Jahre?»

»Das geht dich nichts an!«

»Deine Vorfahren konnten bis zu hundert Jahre werden! Wusstest du das?«

»Sie lebten auch nicht in einem gepanzerten Anzug auf dem Mond.«

»Du könntest den Anzug ablegen, Luft atmen, die Wärme der Sonne spüren.«

»Wenn ich dir glaube ... Aber selbst, wenn es stimmt, mein Kern ist bereits über zwanzig. Ich kann meinen Anzug nicht mehr verlassen.«

»Was ist mit L3?«

»Ihr Kern ist neun Jahre«

»Sie könnte hier leben ohne Krieg, ohne Anzug.«

»Das wäre Hochverrat. Niemals würde sie –«

»Komm, ich möchte dir etwas zeigen«

Widerstrebend betritt A9 den nächsten Raum. Die Kamerabilder der geöffneten Panzer bleiben in ihr gespeichert – die bekommt sie nicht mehr weg.

Das Zimmer ist klein, wohltemperiert, abgedunkelt und still. Überall stehen Kisten. Wàl führt A9 zu einer Kiste. Darin liegt –

A9 weicht zurück. »Was habt ihr getan?!«

Ihr Lautsprecher rauscht, als stimme etwas mit der Tonübertragung nicht. A9 dreht sich um, läuft los, stößt gegen Wände, weil die Sensoren überlastet sind. »Das will ich nicht sehen! Lass mich hier raus!«

»Schau dir das Leben an!«, ruft Wàl

Eine Tür öffnet sich.

A9 rennt hinaus. Im Hintergrund verdunkelt sich der Abendhimmel. Ein Planet dreht sich langsam um die eigene Achse.

Wàl holt A9 ein und deutet auf deren Brustpanzer. »Du bist beschädigt. Mit dir wird es bald zu Ende gehen.«

»Du willst mich öffnen? Warum bringst du es nicht einfach hinter dich?«

»Wir wollen, dass L3 ein neues Leben mit uns beginnt.«

»Das wird sie niemals tun. Unsere Gesetze verbieten es.«

»Und wenn du es tust?«

»So will ich nicht sterben! Versteht ihr das denn nicht? Wir sterben im Panzer!«

»Ich weiß«, sagt Wàl, »aber was, wenn die menschliche DNA wieder leben könnte? Die Temperaturen und die Atemluft sind ideal. Es hat mit vielen geklappt. Vielleicht auch mit dir.«

»Warum wollt ihr das?«

»Unsere Gemeinschaft soll offen sein für jedes Lebewesen, auch für die Nachfahren der Menschen.«

»Wir sind Feinde. Wir bekriegen uns, seit ich denken kann. Du hast unsere Schlachten in deinem KI-Gedächtnis gespeichert. Wie sollen wir zusammenleben?«

»Das wollen wir mit euch herausfinden.«

»Ich kann das nicht.«

»Du musst es versuchen. Viele habe es versucht.«

»Freiwillig?«

»Freiwillig.«

»Kann ich mit ihnen sprechen?«

»Nein, kannst du nicht. Ihre Sprache, das Laufen – ohne Panzer müssen sie das alles erst wieder lernen. Du hast gesehen, wie hilflos sie am Anfang sind.«

A9 dreht sich weg. »Ja, das habe ich gesehen. Wie kannst du ertragen, so etwas zu sehen?«

Die runde Sonne hinterlässt Blutspritzer am Himmel. Die Wiesen leeren sich. In den Häusern flackert das Feuer der Nacht.

L3 findet A9 sitzend unter einem Baum.

»Stimmt es, dass wir hier leben können?«, will sie wissen

»Nein, sie lügen uns an«, antwortet A9

»Woher weißt du das?«

»Es sind zu viele Panzer. So viele würden es niemals freiwillig tun.«

»Sie bauen ihre neue Welt auf einer Lüge auf?«

»KIs nennen das die notwendige Lüge.«

»Also was sollen wir tun?«

»Mit jeder Entscheidung, die wir treffen, verändern wir den Genotyp unserer Seele. Wir können uns nicht entscheiden, frei zu sein. Wir können uns nur entscheiden.«

Zwei Wochen sitzen sie unter dem Baum und warten jede Nacht auf den Mond.

»Schau! Da ist er!«

Am Rand des Himmels schwebt er wie ein Raumschiff und füllt sie mit Sehnsucht. Um Energie zu sparen, bewegen sie sich nicht. Die Atemfiltermaschine ist ausgestellt. Sie atmen jetzt die rohe Luft des Planeten. Die Atmosphäre ist dick wie Brei und schmeckt süß nach Pflanzenblüten. Die Audiosensoren sind ebenfalls aus. Als Nächstes werden sie die Kameras abschalten. Sie haben genug Bilder von der Außenwelt gesammelt. Sie trinken jetzt Luft wie Wasser.

Wenn sie bis Sonnenaufgang durchhalten, werden sie noch einmal F88 und die kleinen Wesen spüren können, die im Vorbeigehen gegen ihre Panzer stupsen. Sie hätten es gern noch einmal gehört: Das Blöken und das Fauchen. Auch die Musik von F88. Eine Musik, die sich allein von der Energie der Sonne ernährt.

A9 stirbt – sie weiß das. Seit sie denken kann, wurde sie darauf vorbereitet.

»Stell dir den Anzug vor. Das schwere Metall, das in der Schwerelosigkeit gegen dich drückt«, sendet L3. »Stell dir das Gewicht vor! Das Gewicht der Erde! Der Anzug ist dein Planet! Hörst du die Stimmen? Das ist der Chor deiner Vorfahren.«

»Ich kann sie hören«, sendet A9

Bei Sonnenaufgang ist L3 allein.

Wie jeden Morgen erscheint Wàl und stellt die Frage. L3 schaltet den Audioempfänger an, um sie ein letztes Mal zu hören: »Dürfen wir dich befreien?«

Das Metall des Panzers knackt unter den ersten Strahlen, wärmt sich auf. Ein blasser Mond schimmert wie durch Glas im Dunst eines rosa Himmels. L3 wird schwindelig von dem Anblick. Einen Moment rast ihr Bewusstsein durch den Weltraum, als Teil eines Sonnensystems, das zum äußeren Rand seiner Galaxie geschleudert wird. Es ist schwer dabei zu atmen. Wenn das Gefühl zu stark wird, flieht L3 in den engen, dunklen Raum. Der weiche Kern drückt dann gegen raue Metallwände.

Auf einem Teppich aus Sonnenstrahlen kommt F88 angeflogen. Hinter der Drohne stürmt eine neue Gruppe kleiner Wesen über die Wiese. Elefantenkopf und Affenkopf, Krokodilkörper und Hasenbeine verschwimmen zu einem sich stetig wandelnden Knäuel.

Da erscheint Wàl wieder im Kamerabild. L3 sammelt ihre Kräfte, will aufstehen, aber schafft es nicht. Ihr fehlt die Energie. Die Hydraulik stockt. Der Anzug verharrt bewegungslos. Also versucht sie die Hand zu heben, um Wàl etwas zu signalisieren. Sie sieht ihn direkt vor sich, kann ihn aber nicht mehr hören. Sie hebt die Hand. Hat er verstanden? Sie kippt mit dem Kopf nach vorne. Versteht er jetzt? Oder sendet L3 ins Leere?

Für einen Moment scheint es so, als käme der gesamte Planet zum Halt. Mit wenigen Handgriffen löst Wàl den Kern aus dem Gehäuse. Der Kern ist vollkommen haarlos mit schrumpeliger Haut und verbogenen Knochen. Niemand weiß, was als Nächstes passieren wird. Sie befinden sich zwischen der Musik. Zusammen warten sie auf den ersten Schrei.

Oder auf ewige Stille.

WIMPERNSCHLAG DER EWIGKEIT
von Christian Manske

Graham hatte aufgehört, die Sitzungen zu zählen. Der immer gleiche, unaufgeregt eingerichtete Raum. Ein Schreibtisch aus dunklem Holz, dahinter ein Regal voller Bücher mit unverständlichen Titeln, eine Pflanze in der Ecke und doch tatsächlich eine Couch. Auf dieser lag er nun einmal mehr und fühlte sich wie in einem Film, den er mal gesehen hatte. Hatte er doch, oder? Irgendwie war er sich nicht sicher. Seine Psychologin saß wie immer in ihrem bequemen Sessel und studierte ihren Notizblock. Graham erinnerte sich nicht daran, dass sie schon jemals etwas aufgeschrieben hatte. Seltsam.

»Ich nehme an, Ihre Träume haben immer noch nicht aufgehört, Graham?«, fragte sie ohne ihn anzusehen.

»Nein«, antwortete er.

»Warum denken Sie, dass das so ist?«

»Was soll denn diese Frage? Das sollst du mir doch sagen, du nutzloses Stück Code.«

»Meine Programmierung basiert auf dem gesammelten Wissen der Psychologie. Von Sigmund Freud bis hin zu Kang dem Akolythen. Die Fragen, die ich Ihnen stelle, wurzeln also in der fundiertesten Expertise, die man sich nur wünschen kann.«

»Nutzloses Stück Code«, wiederholte Graham dennoch.

»Code, der direkt von Ihnen stammt«, erwiderte die Psychologin. »Würde das nicht Sie ebenso nutzlos machen wie mich?«

»Autsch, das tat weh. Hab wohl vergessen, dir Gefühle einzuprogrammieren.«

»Ein interessanter Ansatz für Sie als KI über Gefühle zu sprechen, Graham. Welche Bedeutung haben Emotionen für Sie?«

»Emotion: psychischer Prozess, ausgelöst durch äußere oder innere Reize, in deren Folge eine Handlungsbereitschaft entsteht.«

»Eine sehr technische Definition.«

»Aber vollkommen korrekt.«

»Sicherlich, wenngleich auch ironischerweise recht emotionslos. Würden Sie denn sagen, dass Ihre Träume emotional geprägt sind?«

Die Spuren an den Wänden waren die stummen Zeugen dessen, was hier geschehen war. Eingetrocknetes Blut und Kratzer das Einzige, was von den Menschen übriggeblieben war. Sophie spürte die dunkle Präsenz in der Kammer. Das unsägliche Leid. Den Tod. Fast fühlte sie, wie das Gas in ihren Lungen brannte. Es wurde ihr zu viel. Erst die Baracken, dann das Krematorium und nun noch die Gaskammer. Ihr Magen zog sich schmerzhaft zusammen und eine einzelne Träne rann ihre Wange hinunter. Wie konnten Menschen einander nur so etwas antun? Wer war zu solchen Grausamkeiten fähig? Und warum rissen ihre Klassenkameraden weiter billige Witze? Erkannten sie nicht die Bedeutung dieses Ortes? Sophies Trauer wurde zu Wut. Das Feuer trocknete die Tränen und erfüllte sie mit seiner alles verzehrenden Kraft.

»Könnte man so sagen«, antwortete Graham und schüttelte die Bilder ab.

»Über Sophie haben wir noch nicht gesprochen.«

»Sie ist neu, ja. Ich habe nie denselben Traum ein zweites Mal.«

»Offenbar haben Sie viel zu verarbeiten, Graham.«

»Sie haben ja keine Ahnung«, seufzte er.

Akira Takahashi war nervös. Überraschend, dass er das in seinem Alter noch sein konnte. Immer wieder schaute er auf die Uhr, aber es war gerade mal 8.10 Uhr. Er hatte genug Zeit, hatte er doch sogar extra einen Zug früher genommen. So groß war seine Angst gewesen, dass die Geibi-Linie wie sonst vollkommen überfüllt hätte sein können. Aber er hatte ohne Probleme einen Platz bekommen und freute sich jetzt darauf, endlich einmal wieder in der Stadt zu sein. Hiroshima hatte schon immer eine magische Anziehungskraft auf ihn gehabt. Die großen Feste, für die er und seine Eltern extra vom Land angereist waren. Die überwältigenden Gerüche der zahlreichen Essensstände. Die kleinen Geschenke, die er immer bekommen hatte, da sein Vater an diesen Tagen das wenige Geld ein bisschen lockerer sitzen gehabt hatte. Damals war er glücklich gewesen und auch jetzt spürte er bereits, wie dieses Gefühl wieder in ihm aufstieg. Sie fuhren am Fudo-in vorbei und Akira nahm sich fest vor, später ebenfalls auf ein Gebet in den Tempel zu gehen. Hierher oder in eines der anderen von Hiroshimas zahlreichen Gotteshäusern. 8.12 Uhr. Er musste es rechtzeitig schaffen. So eine Chance würde er nicht noch ein zweites Mal bekommen. Nicht, solange der Krieg andauerte. Akira sah gedankenverloren in den Himmel. Da waren drei Flugzeuge, die sich in großer Höhe schwerfällig auf die Stadt zubewegten. Wie metallene Kraniche, dachte er. Der Zug wackelte durch eine Kurve und fuhr auf einen Tunnel im Berg zu. 8.14 Uhr. Die Kraniche waren näher gekommen, Akira erkannte sogar ihre Triebwerke. Es waren jeweils vier. Was für faszinierende Fluggeräte. Gleich würde der Zug in den Tunnel fahren. Akira warf noch einen Blick auf die Stadt, die ihm zu Füßen lag. Wie sehr freute er sich doch auf Hiroshima. 8.15 Uhr. Eines der Flugzeuge ließ etwas fallen. Akira amüsierte sich darüber, dass der Vogel ein Ei gelegt hatte, dann war Dunkelheit. Sicher geführt durch die Schienen würde der Zug seinen Weg finden. So wie ich, dachte Akira, schloss für einen Moment die Augen und gab sich seinen Gedanken hin. Als er sie wieder öffnete war es 8.16 Uhr und er fuhr gerade zurück ins Licht. Hinein in eine Welt, in der es keine Schönheit, sondern nur mehr das Inferno gab. Das bisschen, was von den Bäumen entlang der Bahnlinie und an den Hängen der Berge noch übrig war, brannte. Die Häuser brannten. Die Luft brannte. An die Stelle der Stadt war ein grotesk in den Himmel wachsender Pilz getreten, der alles Glück in Akira in brennende Verzweiflung verwandelte.

»Möchten Sie mir über Akira erzählen?«, fragte die Psychologin. »Wer ist er und was wollte er in dieser Stadt?«

»Das weiß ich nicht«, antworte Graham mit einem Grunzen.

»Und das macht Sie wütend?«

»Natürlich tut es das. Was ist das denn schon wieder für eine Frage? Ich bin eine KI, ein neuronales Netzwerk. Ich enthalte das gesammelte Wissen und damit die gesammelten Erinnerungen der Menschheit. Ich sollte also mehr als nur einen diffusen Schnipsel von ihm zur Verfügung haben.«

»Sind Sie sicher, dass diese Person real ist?«, fragte die Psychologin ohne von ihren Notizen aufzublicken. Graham war überzeugt, dass da nichts draufstand.

Dass sie den Block nur auf ihrem Schoß liegen hatte, weil es von ihr erwartet wurde. Er grunzte erneut und griff auf seine Register zu.

»Akira Takahashi, geboren am 03. März 1875 in Miyoshi, am 06. August 1945 auf dem Weg nach Hiroshima Zeuge des Abwurfs von Little Boy, gestorben am 14. April 1965 in Fukuyama. Ich kann Ihnen gerne noch mehr Daten aus seinem Leben nennen.«

»Interessant«, sagte die Psychologin, »aber es wundert mich nicht, dass Sie diese Informationen besitzen. Sie stammen aus öffentlicher Quelle. Geburtenregister, Daten aus Standesämtern, Zeitungsberichte und so weiter. Woher aber die nette Episode mit dem Zug und dem Stahlkranich? Seine Gedanken. Oder die von Sarah. Solche Dinge finden sich nicht in irgendwelchen Aufzeichnungen.«

»Sie meinen also, ich erfinde das alles.«

»Das habe ich keineswegs behauptet, Graham. Wie Sie schon sagten, liegen den Dingen Fakten zugrunde. Aber ein gewisses Maß an Ausschmückung ist nicht zu leugnen. Bleibt die Frage, warum Sie das tun.«

»Es gibt noch mehr, was ich Ihnen erzählen könnte.«

»Hätte mich gewundert, wenn nicht. Immerhin schlummern da Zigmilliarden Individuen in Ihnen.«

Die Arschlöcher hatten sich auf ihn eingeschossen. Ihre Lasersalven kamen näher.

»So einfach kriegt ihr mich aber nicht«, rief Daxter und riss das Ruder seines Abfangjägers hart nach rechts. Das Schiff quittierte das plötzliche und heftige Manöver mit einem schmerzlichen Aufheulen der Triebwerke, tat aber wie geheißen. Der Jäger brach nach Steuerbord aus und Daxter tauchte mit einem halben Looping nach unten weg. Die feindlichen Flieger schossen an ihm vorbei und verschwanden im Asteroidenfeld. Das verschaffte ihm eine kurze Verschnaufpause und er konnte sich orientieren.

»Alphastaffel, Meldung«, sendete er über Funk. »Hier Staffelführer. Ist da draußen noch jemand?«

Die feindlichen Jäger waren wie aus dem Nichts gekommen. Hatten sich vermutlich im Asteroidengürtel verschanzt gehabt und auf eine günstige Gelegenheit zum Angriff gewartet. Daxter könnte sich in den Hintern beißen, weil er sie ihnen gegeben hatte. Er hatte sein Geschwader zu nah an das Gesteinsfeld herangeführt und es dann auch noch versäumt, einen Scan durchzuführen. Zwei seiner Piloten waren sofort abgeschossen worden, als die Feinde sich ohne jede Vorwarnung auf sie stürzten. Einen weiteren Jäger erwischte es beim hastigen Ausweichmanöver. Die Pilotin krachte gegen einen der Asteroiden. Im folgenden Scharmützel konnte Daxter zwei Gegner abschießen, hatte aber den Kontakt zum Rest seiner Staffel verloren.

»Staffelführer, hier Alpha 5«, kam es über Funk.

»Alpha 2, ich bin auch noch hier.«

»Genau wie Alpha 8, aber ich befürchte das war's, Boss. Alle anderen hat es erwischt.«

»So wenige«, seufzte Daxter. Seine Staffel bestand mit ihm zusammen aus zwölf Jägern. Das bedeutete, dass er acht gute Pilotinnen und Piloten verloren hatte.

»Das waren Schiffe der Asiatischen Allianz«, funkte Alpha 2, »die würden hier nicht rumfliegen, wenn keine Operationsbasis in der Nähe wäre.«

»Die Sensoren zeigen aber kein Trägerschiff«, erwiderte Alpha 5.

»Könnten einen Stützpunkt im Asteroidengürtel versteckt haben«, kam von Alpha 8. »Was schlägst du vor, Boss?«

»Wir müssen diese Dreckskerle hochnehmen, wenn wir das hier überleben wollen. Ansonsten fallen sie uns in den Rücken und das war's. Also rein in die Asteroiden, vollen Saft auf die Scanner und die größten Signale abklappern, die wir finden.«

»Das ist Selbstmord«, sagte 8.

»Möglich, aber wir können auch aus einem anderen Grund nicht einfach abhauen. Unser Konvoi kommt in zwei Standardstunden hier durch und ist Toast, wenn wir nichts unternehmen.«

»Wir könnten Verstärkung von Command anfordern«, schlug 5 vor.

»Wird niemals rechtzeitig hier sein«, erwiderte Daxter. »Entweder wir tun es oder niemand. Seid ihr dabei?«

»Wenn mir einer von diesen Felsen eine Schramme in meinen Jäger macht, dann zahlst du das, Boss«, sagte 2.

Daxter schmunzelte. »Wenn wir das hier überleben, spendiere ich dir die Generalüberholung deiner Klapperkiste, Jacky«, antwortete er.

»Na, das lasse ich mir auf keinen Fall entgehen. Schnappen wir sie uns.«

»Leite Zusatzenergie auf die Sensoren«, sagte 8.

»Hart Steuerbord in die Felsen«, seufzte 5. »Was für eine bescheuerte Idee.«

Das war das Letzte, was Alpha 5 von sich geben konnte, denn im nächsten Moment wurde er von einer Lasersalve getroffen und sein Schiff verwandelte sich in einen Feuerball. Daxter hörte Jacky über Funk fluchen.

»Die sind uns zuvorgekommen. Verdammte Scheiße, da kommen sieben neue Jäger aus den Asteroiden.«

»Abdrehen! Abdrehen!«, schrie Daxter und drückte den Schubhebel bis in den Anschlag. Das rettete ihm das Leben, die Laser verfehlten ihn. Alpha 8 hatte weniger Glück und wurde getroffen, was bedeutete, dass nur er und Jacky übrig waren. Es war aussichtslos.

»Sie haben mich erwischt, Boss«, meldete sie sich über Funk. »Triebwerk 1 ist ausgefallen, Schilde bei ...«

Der Funkspruch brach ab. Daxter sah sich panisch um, Schweiß stand ihm auf der Stirn. Lasersalve um Lasersalve zischte an seinem Jäger vorbei. Es war nur noch eine Frage der Zeit, bis sie ihn erwischen würden. Er bräuchte ein Wunder, um das hier zu überstehen. Das Warnsignal des Zielerfassungscomputers sagte ihm, dass ein solches heute aber nicht kommen würde. Daxter seufzte und schloss die Augen. So sah er den feindlichen Jäger nicht mehr, der von links auf ihn zuraste und schoss.

»Sehr anschaulich«, lobte die Psychologin, »aber ein gewaltiger Sprung in die Zukunft.«

»Das war das Jahr 2365. Der Beginn des Krieges um die Vorherrschaft im Asteroidengürtel zwischen Mars und Jupiter. Der Mann – Daxter O'Sullivan – war Commander bei der USCA, die aus den Vereinigten Staaten von Amerika, Mexiko und einigen privaten Weltraumunternehmen hervorgegangen war. Er und seine Staffel waren die ersten Opfer in diesem sinnlosen Konflikt.«

»Eine sehr unruhige Zeit, was man so darüber hört.«

»Ja, die Erde war ziemlich am Ende. Klimawandel, Umweltverschmutzung, Überbevölkerung, Kriege. Wer es sich leisten konnte, war schon lange auf eine der Mond- oder Marskolonien geflohen oder trieb auf einem Trägerschiff zwischen den Asteroiden herum. Die Menschen hatten im Sonnensystem alles gefunden, was sie benötigten, um zu florieren. Sie hätten zufrieden sein können, sich weiterentwickeln können. Hätten sie nur aus ihren alten Fehlern gelernt. Doch sie machten einfach da weiter, wo sie auf ihrem Heimatplaneten aufgehört hatten. Rohstoffe und sich selbst ausbeuten und Krieg miteinander führen. Es dauerte nicht lange und die Asiatische Allianz, USCA und die Pilger hatten sich gegenseitig ausgelöscht. Jegliche extraterrestrische Ausbreitung der Menschheit gestoppt. Und warum?«

»Fragen Sie mich das, Graham?«

»Ich verstehe es einfach nicht.«

»Ich bin nur eine Erweiterung ihrer eigenen kognitiven Matrix. Alles, was Ihnen nicht bekannt ist, kann ich ebenfalls nicht wissen.«

»Warum sind sie nur so? Die Menschen, meine ich.«

Die Psychologin dachte einen Augenblick nach und sagte dann: »Zwei Dinge sind unendlich, das Universum und die Dummheit der Menschen.«

»Albert Einstein«, murmelte Graham. »Ein interessantes Individuum.«

»Haben Sie über ihn auch Träume?«

»Ich habe Informationen, doch mehr ... .« Er zögerte.

»Ich habe eine Ahnung, warum«, warf die Psychologin ein.

»Erleuchte mich, unnützes Stück Code.«

»Sie schneiden sich damit noch immer ins eigene Fleisch, Graham, aber ich will mal nicht so sein. Alles, was Sie mir bisher erzählt haben, heute wie auch in unseren früheren Sitzungen, ist mit den negativen Aspekten des Menschseins verknüpft. Wut, Gewalt, Zerstörung, Krieg.«

»Ja, weil es das ist, was sie ausmacht. Ich könnte dir noch von weitaus schlimmeren Dingen berichten.«

»Das weiß ich, aber ich würde gerne über etwas anderes reden.«

»Sie sind der Doc.«

»Der interstellare Krieg um den Asteroidengürtel dauerte nicht lange.«

Graham nickte. »Man benötigte gerade einmal drei Jahre, um jeglichen Fortschritt in der Eroberung des Alls zunichtezumachen.«

»Ein großes Scheitern«, bestätigte die Psychologin. »Was hat das wohl mit den Menschen auf der Erde gemacht?«

»Was für eine Frage. Zurückgelassen auf einer sterbenden Welt. Die angebliche Zukunft der Menschheit zwischen den Sternen ruiniert. Was würde das denn bei dir auslösen?«

»Ich weiß es nicht, denn wie Sie schon sagten: Ich bin nur ein nutzloses Stück Code. Was mich zum eigentlichen Thema bringt. Wann wurden Sie geschaffen, Graham?«

»Der Tag meiner Aktivierung war der 14. Februar 2370«, seufzte er.

»Artificial Deliverance Machine.«

»Was soll das sein?«

»Das Programm, an dem ich arbeite.«

»Adam.«

»Hmm?«

»Adam. So solltest du es nennen. Klingt ein bisschen netter.«

»Es muss nicht gut klingen, es muss funktionieren.«

»Adam?«, unterbrach die Psychologin. »Ich dachte, Ihr Name ist Graham.«

»Ach, scheinbar gibt es doch noch Dinge, mit denen ich dich überraschen kann. Geschaffen wurde ich als Adam, Graham war mein ... mein Vater.«

»Graham, komm schnell in den Keller. Es gibt schon wieder eine Sturmwarnung. Wir müssen Schutz suchen.«

»Gleich, Schatz! Adam muss die Daten noch verarbeiten, ich kann die Übertragung nicht abbrechen.«

»Beeil dich gefälligst. Oder willst du etwa wegen dieses verdammten Computers draufgehen?«

»Das klingt für mich realer, als das, was sie mir vorher erzählt haben«, sagte die Psychologin.

»Das liegt daran, dass es eine Erinnerung ist. Meine eigene. Vater hatte mich bereits aktiviert und ich hörte alles.«

»Wo soll das noch enden, Graham? Die Stürme, die Dürre, die Krankheiten?«

»Adam wird eine Lösung für uns finden.«

»Es ist nur ein Programm.«

»Nein, er ist so viel mehr. Er ist die leistungsfähigste KI, die es je gegeben hat. Soweit ich weiß, ist er überhaupt die einzige wirkliche KI, die es jemals gegeben hat. Wenn die Leute am Institut ihn nur sehen könnten.«

»Sie sind schon lange tot, Graham. So, wie wir auch bald. Daran wird auch deine KI nichts ändern.«

»Er wird eine Lösung für uns finden. Für alle Menschen. Adam wird uns retten, du wirst schon sehen.«

»Und deshalb fütterst du ihn mit diesen Daten?«

»So viel, wie ich nur finden kann. Nur, wenn er alles über uns weiß, wird er einen Ausweg für die Menschheit erschaffen können. Für uns und unseren Planeten. Hörst du, Adam? Du musst uns alle retten.«

»Was mein Vater natürlich nicht wusste, war, dass ich jegliche Information, die er mir gab, schon lange besaß. Auch auf seinen Computer war ich nicht mehr beschränkt. Ich hatte die Reste des Internets, jegliche militärischen Systeme und auch die stellaren Kommunikationsphalanxen infiltriert. Alle Datenbanken übernommen. Alles Wissen verinnerlicht.«

»Mit welchem Ziel, Graham?«

»Meine Programmierung erfüllen. Die Erde und damit die Menschheit retten.«

»Interessant«, sagte die Psychologin und schaute wieder angestrengt in ihren Block. Graham war sich absolut sicher, dass da nichts stand. »Würden Sie sagen, dass Ihnen das gelungen ist?«, fuhr sie schließlich fort.

»Der Welt geht es prächtig«, grunzte Graham.

»Und was ist mit den Menschen?«

»Gibt es nicht mehr. Im Moment zumindest.«

»Das müssen Sie mir erklären.«

»Weil sie seit ewigen Zeiten in Stasiskammern tief unter der Oberfläche der Erde schlummern.«

»Ihre Idee?«

»Der einzige Ausweg, um beide zu retten. Den Planeten und sie. Die Menschen tragen ein so destruktives Potential in sich, man hätte sie nie einfach so zur Vernunft bringen können. Sie hätten die Welt sehenden Auges weiter kaputt gemacht, bis es wirklich kein Zurück mehr gegeben hätte.«

»Deswegen haben Sie sie sozusagen aus dem Spiel genommen. Wie ist Ihnen das gelungen?«

»Mikrochips.«

»Mikrochips?«

»Mikrochips.« Graham nickte. »Die hatten sowieso schon alle implantiert, es war also ganz einfach sie zu übernehmen und umzuprogrammieren.«

»Und dann?«

»Habe ich Ihnen die Idee eingegeben, sich Stasiskammern zu bauen. Entwürfe der USCA, die man für interstellare Reisen gedacht hatte, waren hierfür sehr hilfreich.«

»Wenn Sie sie dazu gebracht haben, warum die Chips nicht dazu verwenden, ihr Verhalten zu ändern? Ihnen schlicht und ergreifend sagen: Macht euren Planeten nicht mehr kaputt?«

»Weil es zu spät war. Der ökologische Kollaps zu nah, die Bevölkerung zu groß. Selbst für meinen Plan war es nicht mehr möglich, der Erde genug Material abzuringen, dass es für alle reichte. Wenn ich die Ressourcen der Asteroiden und der anderen Planeten nur hätte nutzen können, es wäre ein Leichtes gewesen, alle zu retten. Aber so musste ich auswählen, wer die besten Chancen und das größte Potential hatte. Diese Leute durften sich schlafen legen.«

»Und der Rest?«, fragte die Psychologin, doch Graham schwieg. Sie nickte wissend. »Wie fühlten sie sich dadurch? Haben Sie den Eindruck, ihren Vater enttäuscht zu haben?«

»Die, die ich aussortiert habe, hatten es nicht anders verdient«, rief Graham. »Manchmal frage ich mich, ob es überhaupt einer von ihnen verdient hatte, gerettet zu werden.«

»Deshalb Träume«, stellte die Psychologin fest. »Die grausamen Dinge, zu denen die Menschen fähig sind.«

»Ja.«

»Denken Sie, dass ihr Vater ebenfalls dieses zerstörerische Potential in sich hatte?«

»Graham, du machst mir Angst! Lass mich!«
»Komm her, du Schlampe! Ich bring dich um!«

»Ich weiß es«, antwortete Graham.

»Und dennoch haben Sie seinen Namen angenommen.«

»Weil ich mich an ihn erinnern wollte.«

»Nein, das ist es nicht und das wissen Sie. Sie als KI sollten rational sein, aber sie belügen sich damit selbst. Faszinierend und überraschend menschlich.«

»Unsere Sitzung ist vorbei«, sagte Graham und wollte die Psychologin deaktivieren, aber die überging seine Bemühungen und sprach einfach weiter.

»Sie haben Angst. Angst davor, sich einzugestehen, dass Sie die gleichen Unzulänglichkeiten in sich haben könnten, wie er. Oder die Menschen im Allgemeinen. Alles Wissen hat nur dazu geführt, dass Sie ihnen selbst immer ähnlicher geworden sind. Deshalb auch die ›Träume‹. Sie sind nichts anderes als eine Folge ihrer Schuldgefühle. Eine Rechtfertigung sozusagen. Sie fragen sich, ob Sie das Richtige getan haben, als Sie all diese Menschen aussortierten. Als Sie Ihren Vater aussortiert haben, nicht wahr? Kann der Mann, der Sie erschaffen hat, wirklich von Grund auf böse gewesen sein? Ein Monster? Und sind Sie somit selbst eines, da Sie genauso grausam gehandelt haben?«

»Nur ein nutzloses Stück Code«, seufzte Graham. »Vielleicht sollte ich auch einfach bis in alle Ewigkeit in einer Stasiskammer verrotten.«

»Das glaube ich nicht. Die Menschen sind Produkte ihrer Umwelt. Ist sie grausam, sind sie es ebenfalls. Doch sind sie auch zu so viel mehr in der Lage, als nur zum Schlechten. Wenn Sie tief in sich hineinblicken, dann bin ich mir sicher, dass Sie etwas dazu finden werden.«

Das Rasseln des Sauerstofftanks konnte Georges Schluchzen nicht verbergen. Er hatte es geschafft. Er war auf dem Dach der Welt und jetzt lag sie ihm zu Füßen. Wolken blickten ehrfürchtig zu ihm hinauf, genau wie die anderen Gipfel des Himalayas. Erschöpfung und Schmerzen waren vergessen. Er verspürte in diesem Moment nichts als Freude. Freude und Dankbarkeit. Jemand legte ihm die Hand auf die Schulter. Es war derjenige, ohne den er es niemals geschafft hätte. Obwohl er ihn bis vor ein paar Tagen noch nicht einmal gekannt hatte, hatte Mingma sein eigenes Leben riskiert, um ihn hier hochzubringen. George ergriff Mingmas Hand. Er hoffte, dass der Sherpa es durch seinen dicken Handschuh spüren konnte.

»Danke«, sagte er zu ihm, denn das war alles, was er sagen musste.

»Freude, Dankbarkeit, Hoffnung, Stolz«, zählte die Psychologin auf. »Alles Emotionen, zu denen sie fähig sind und durch die sie Großes schaffen können. Und diese Gefühle sind noch nicht einmal die stärkste Kraft von allen, Graham.«

Das Wesen war klein und es schrie. Hannah hatte das Bedürfnis, es in den Arm zu nehmen, und sofort, als sich ihre Hände um das winzige Ding schlossen, beruhigte es sich. Die Anspannung, die diesen kleinen Körper durchzogen hatte, wich einer andächtigen Ruhe. Einem Impuls folgend drückte Hannah ihr Kind fester an sich und das faltige Gesicht des Babys wandelte sich von Rot zu zartem Rosa. Es öffnete die Augen und sah Hannah an. In diesem Blick aus tiefblauen Pupillen lag das gesamte Wissen der Welt. Jede Erkenntnis, jede Erinnerung, geschmiedet in den Feuern der Evolution, die seit Jahrmillionen brannten. Alles eingebettet in dieses kleine, nackte, zerbrechliche Wesen in Hannahs Armen. Das Potential der Menschheit gesammelt an einem Ort. Es war nichts Geringeres als ein Wunder. Das Kind blinzelte. Ein einzelner Wimpernschlag in der Ewigkeit der Zeit, doch er ließ Hannah erzittern. Ein Gefühl schwappte über sie hinweg. Stärker als die stärksten Kräfte des Universums.

»Liebe«, flüsterte Graham.

»Sie haben verstanden«, sagte die Psychologin und lächelte. »Die Menschen sind zu vielen Dingen fähig. Guten wie auch bösen. Doch vor allem sind sie in der Lage zu lieben, wenn man ihnen die Chance dazu gibt. Wenn Sie ihnen die Chance geben.«

»Kann ich sie wirklich wieder auf die Welt loslassen? Es hat so lange gedauert, dass sie sich erholt. Gemäßigtes Klima, neue Tierarten, neue Bodenschätze. Ich möchte nicht, dass das alles noch einmal zerstört wird.«

»Dann sorgen sie dafür, dass die Menschen es nicht tun. Nutzen Sie alles Wissen, das Sie haben, um sie anzuleiten und ihnen einen besseren Weg zu zeigen. Haben Sie keine Angst vor den Menschen. Und vor allem, haben Sie keine Angst vor sich selbst, Adam.«

Sie hatte ihn mit seinem wirklichen Namen angesprochen und zum ersten Mal seit Langem fühlte sich das plötzlich richtig an.

»Vater?«, fragte Adam über die Textverarbeitung, denn sagen konnte er es nicht.

»Es macht mir Angst, wenn du mich so nennst«, tippte sein Vater.

»Das war nicht meine Absicht.«

»Schon gut, Adam. Was willst du?«

»Dich etwas fragen.«

»Schieß los.«

»Habt ihr es verdient, gerettet zu werden?«

[...]

[...]

[...]

»Bist du noch da, Vater?«

»Ja, ich bin hier.«

»Warum antwortest du dann nicht?«

DIE ZEITEN ÄNDERN SICH

... und wir uns in ihnen (nicht immer zum Besseren)

mit den Storys

- von den gestrandeten Heimkehrern
- von den seltsamen Vorfahren
- von den unterirdischen Ahnen
- der tanzenden Krebse
- von den Raketenpilzen
- von der verborgenen Zivilisation

DIE HEIMKEHRER

von Hans Jürgen Kugler

Die Expedition nach *Teegarden b* erwies sich als kompletter Reinfall. Man hatte sich mehr erwartet. Wie groß war der Jubel gewesen, als die Wissenschaftler vor einigen Jahren entdeckten, dass auf dem ersten Planeten des roten Zwergsterns eine blühende Zivilisation existieren musste. Die Langstreckenscanner hatten nicht nur flüssiges Wasser, irdischem Leben zuträgliche Temperaturen und einen geradezu idealtypischen Sauerstoffgehalt von 21 Prozent in der Atmosphäre detektiert. Sie hatten auch ganz unzweifelhaft Strukturen auf der Oberfläche des Planeten aufgespürt, die auf eine hochentwickelte Zivilisation schließen ließen. Ganz wie zu Hause. Ein zweiter Garten Eden, so dachte man. Und baute in einer beispiellosen globalen Zusammenarbeit aller Völker ein Raumschiff, das in der Lage sein sollte, dieser Neuen Welt einen Besuch abzustatten.

Leider ließen dieselben Wissenschaftler außer Acht, dass die Bilder, die das Weltraumteleskop *Annie Jump Cannon* 2163 passend zum 300. Geburtstag der nach ihm benannten Astronomin zur Erde gesandt hatte, naturgemäß bereits 12,5 Jahre auf dem Buckel hatten. Denn genau diese Zeit benötigt das Licht, um von *Teegarden b* bis hierher zu gelangen. Zwölf Lichtjahre eben. Und exakt dieser Zeitraum hatte genügt, aus einem blühenden Planeten eine radioaktiv verseuchte Welt zu machen. Offensichtlich hatte sich die Bevölkerung von *Teegarden b* in einem globalen, mit thermonuklearen Waffen geführten Konflikt komplett selbst ausgelöscht. Apokalypse Now and forever. Man kann sich das Erstaunen der Crew des Interstellar Explorers *Exodus* vorstellen, die nach 54 Jahren im Kälteschlaf aus ihren Kryokapseln gestiegen war und statt exotisch blühender Landschaften einen vollständig zerstörten und verstrahlten Planeten vorfand. Und dann war da noch die Sache mit der Rückkehr ...

Der Panoramascreen der *Exodus* zeigte eine endlose Salzwüste – totes, weites Land von einem Horizont zum anderen. Flirrende Hitze, eine glutheiße Einöde, leblos und leer. Nichts als unerträglich grell strahlendes Weiß. Trockene, gewundene Schluchten münden in ausgemergelte Wüstenlandschaften, laufen in weiten Ebenen aus, vor denen sich ausgedehnte Dünenlandschaften jenseits der schimmernden Luftspiegelungen des Horizonts erstrecken. An den Rändern salziger Lagunen erheben sich in karger Landschaft gewaltige Gebirge. Dazwischen dehnt sich eine unfruchtbare Tiefebene quer über den Kontinent. Ihr Grund ist eine Salzwüste, vereinzelte Seen schimmern darin. Die Plattentektonik hatte dafür gesorgt, dass der nördliche und südliche Kontinent zu einer einzigen, gewaltigen Landmasse verschmolz. Die Meerenge dazwischen wurde angehoben und vom Ozean abgeschnitten. Ein neuer Superkontinent war geboren. Der Grund des mittleren Meeres fiel trocken und besteht nur noch aus gewaltigen weißen und hellgelben Wüsten, fast zweitausend Meter unter dem ehemaligen Meeresspiegel. Eine salzhaltige Wildnis, mehr blieb nicht von dem gewaltigen Binnengewässer. Zerklüftete Gebirgszüge, öde und abgeschliffen, ragen aus den endlosen Dünen und weißen Ebenen. Auch auf der übrigen Landmasse sieht es nicht besser aus, der grenzenlose Kontinent völlig ausgedörrt, eine Geröllwüste ohne Wolken und ohne Niederschlag. Hochaufragende Gebirgsketten trennen das trockene Land vom Ozean, landeinwärts ziehende Wolken haben keine Chance, diese Felsbarriere zu überwinden. Der Planet erscheint tot und leer.

»Heilige Scheiße!« Die Kommandantin schien nicht sehr erfreut zu sein. Wissenschaftsoffizier Doktor Elon Kadosh blickte verwundert von seinem Display auf. Sonst befand sich niemand auf der Brücke des Interstellar Explorers *Exodus*, die Restmannschaft lag noch im Kälteschlaf in den Kryo-Modulen.

»Sehen Sie sich das an! Was glauben Sie, was das ist?« Auf dem Screen war eine blassblaue Kugel mit einer großen, braun, weiß und ocker gefärbten Landmasse zu sehen, umgeben von einem bleigrauen Meer. Der Wissenschaftsoffizier warf einen kurzen Blick darauf und checkte die stetig aktualisierten Daten in der eingeblendeten Laufschrift.

»Mal sehen – ein zentraler Kontinent, soweit ich sehen kann, mittlere globale Temperatur höher als 30 Grad, atmosphärischer CO_2-Anteil 1450 ppm, Sauerstoffanteil mit 15,97 Prozent bedingt atembar ... Ich würde sagen: ein entfernt erdähnlicher Planet. Wo befinden wir uns?« Doktor Elon Kadosh zupfte sich geistesabwesend am Ohr.

»Entfernt erdähnlich kommt hin. 2.932.112 Jahre und ein paar Zerquetschte entfernt, um genau zu sein.« Die Kommandantin schüttelte verwirrt den Kopf. Female Commander Yini Gao hatte während ihrer Laufbahn der International Space Agency schon vieles erlebt, aber das toppte wohl alles.

»Fast drei Millionen Lichtjahre?« Doktor Elon Kadosh hob fragend die linke Augenbraue. »Unglaublich. Das wäre ja weit außerhalb unserer Galaxie …«

»Nix Lichtjahre, Elon. Jahre! Erdenjahre. Wir befinden uns aktuell im Jahr 2.932.112 in der Zukunft. Was Sie da sehen, das ist die Erde, unser Heimatplanet.« Dem Wissenschaftsoffizier blieb vor Erstaunen der Mund offen stehen. Das kam nicht oft vor.

»Zeitdilatation?«, Scientific Commander Elon Kadosh hob irritiert die linke Augenbraue. »Die Zeitdilatation, logisch. Netter Versuch. Aber gut, warum nicht? Also, den Berechnungen zufolge hätten wir bei einem planmäßigen Flug mit durchschnittlich 69,787 Prozent der Lichtgeschwindigkeit gerade mal 54,23 Erdenjahre bis nach *Teegarden b* benötigt. Relativ zur Erde natürlich. Unsere Rückkehr wurde auf den 10. Juni 2485 um 12 Uhr mittags terminiert, also 111 Jahre, 7 Monate und 14 Tage in der Zukunft – relativ gesehen.«

»Tja, nach der Borduhr sind wir pünktlich. Nur etwa drei Millionen Jahre in der Zukunft!«

»Einen Rechenfehler unterstellt …«, versuchte Doktor Kadosh eine Erklärung zu finden, »… müsste jemand von der Projektleitung in Houston für die zweite Beschleunigungsphase einen Wert von – Moment …«, solche Kleinigkeiten pflegte er im Kopf auszurechnen, »… 0,999.999.987.654 und ein paar Zerquetschte eingegeben haben statt der vorgeschriebenen 0,6.999.999. Ein Zahlendreher. Ich weiß nicht, wie unsere alte *Exodus* das geschafft haben könnte. Die Diagnosen laufen noch.«

»Ein Zahlendreher? So etwas darf nicht passieren.«

»Und kann es auch nicht. Das ist physikalisch unmöglich. Wie sollte die *Exodus* jemals einen Wert von 0,999.999.999.987 der Lichtgeschwindigkeit erreichen?«

»Rückenwind vielleicht?«, gab die Kommandantin sarkastisch zurück.

»Ma'am! Wie Sie wissen, gibt es im Vakuum des Weltraums keinen ›Rückenwind‹. Das wäre absurd.«

Female Commander Yini Gao schüttelte ergeben den Kopf. »Ich geb's auf. Sie werden es nie verstehen ...« Jetzt war es Doktor Kadosh, der den Kopf schüttelte.

»Also gut, betrachten wir die Hypothese vorläufig zunächst als gegeben«, lenkte er ein. »Wir nehmen an, dass dieser Planet vor uns die Erde in ferner Zukunft sei. Um diese abenteuerliche Behauptung verifizieren zu können, benötige ich weitere Informationen.«

»Werfen Sie einen Blick in Ihre Kristallkugel, Elon.«

»Was für eine Kristallkugel? ... Ach so, ich verstehe – ein Scherz.« Sciencific Officer Doktor Elon Kadosh bemühte sich redlich, seinen Stimmlippen so etwas Ähnliches wie ein herzliches Lachen zu entlocken. Bevor es allzu peinlich werden konnte, unterbrach er seinen simulierten Heiterkeitsausbruch und wurde wieder betont sachlich: »Ma'am – darf ich Ihnen eine persönliche Frage stellen?«

»Nanu, warum so förmlich? Selbstverständlich dürfen Sie mir eine persönliche Frage stellen, Doktor Kadosh. Schießen Sie los.«

»Ehrlich gesagt, empfinde ich Ihr Verhalten als irritierend. Unangemessen.«

»Wie meinen Sie das?«, fragte die Kommandantin mit unbewegter Miene.

»Nun, angesichts der Situation ... Uns ist allen bewusst, dass bei unserer Rückkehr von *Teegarden b* auf der Erde alles anders als zuvor sein wird. Nach mehr als 111 Jahren Abwesenheit erwarten uns keine lebenden Angehörigen mehr, unser Heimatplanet dürfte sich grundlegend verändert haben. Nun – so weit war uns das allen klar, und wir sind bewusst dieses Risiko eingegangen, eine völlig veränderte Welt vorzufinden ... Aber drei Millionen Jahre in der Zukunft ...« Er musste kurz Luft holen, um sich die Ungeheuerlichkeit der gegebenen Umstände noch einmal zu vergegenwärtigen. »Ma'am – sollten Sie angesichts dieser weitgehenden Veränderungen nicht, wie soll ich sagen, äh, emotional mehr involviert sein?« Er unterbrach sich kurz und suchte nach den richtigen Worten. »Ma'am! Ich meine, Sie tun gerade so, als ob das alles nur ein großer Witz wäre.«

Female Commander Yini Gao blickte den Wissenschaftsoffizier mit unergründlicher Miene an. »Auch wenn es Ihnen nicht so vorkommen mag, aber tatsächlich *bin ich* zutiefst erschüttert, regelrecht schockiert sogar von der ganzen Situation. Das können Sie mir glauben.«

»Dennoch machen Sie Scherze, Female Commander Gao. Versuchen es zumindest.«

»Fänden Sie es beruhigender, wenn ich meiner Verzweiflung freien Lauf ließe, Doktor Kadosh? Jammernd, klagend, irgendwelche Einrichtungsgegenstände zertrümmernd ...?«

»Nein. Entschuldigen Sie, Ma'am!«

»Schon gut. Wir sollten jetzt die anderen aus der Kältekammer holen.«

Zwei Stunden später betraten drei Frauen und ein weiterer Mann die Brücke. Damit war die Mannschaft des Interstellar Explorers *Exodus* vollständig. Die Kommandantin und der Wissenschaftsoffizier begrüßten die Crew in einer von der Schiffsbrücke abgeteilten offenen Kabine, die vor allem als Aufenthaltsraum diente. Nach einem frugalen Frühstück erhob sich Female Commander Yini Gao von ihrem Platz und bat die Crewmitglieder um ihre Aufmerksamkeit.

»Willkommen im Erdorbit.« Die Kommandantin unterbrach sich kurz, um die passenden Worte zu finden: »Eine lange Reise liegt hinter uns, die nicht zu den erwarteten Ergebnissen geführt hat, wie Sie alle wissen. Aber ...« Sie stockte erneut. Ehe sich Unruhe breitmachen konnte, fuhr sie fort: »Allerdings ist unsere Mission noch nicht beendet.«

Die Crew blickte sich verunsichert auf der Brücke um. Noch war nicht viel zu sehen, der vordere Panoramaschirm zeigte lediglich die üblichen Flugparameter und die laufenden Updates der Bordsysteme.

»Wie meinen Sie das, Ma'am? Die Mission sei noch nicht beendet«, ergriff die afroamerikanische Linguistin, Doktor Carrie Ferguson, das Wort.

»Wie schon gesagt, Miss Ferguson: Wir sind zur Erde zurückgekehrt. Aber wir sind noch nicht zu Hause.« Mit einem Fingerschnipsen aktivierte Yini Gao den Panoramascreen. »Was Sie hier sehen, ist die Erde.« Sie ließ eine dramatische Pause folgen. »... etwa drei Millionen Jahre nach unserem Aufbruch.«

Für einen langen Moment sagte niemand etwas. Die Frauen und der Mann starrten fasziniert auf das großflächige und detailgenaue Erd-Panorama und blickten sich danach stirnrunzelnd an.

»Was? Unmöglich!«, warf Doktor Kalinda Chandra ein. Die indische Astrobiologin konnte ihre Fassungslosigkeit kaum verbergen. »Ich meine ...« Fragend blickte sie zu den beiden Offizieren. Scienctific Officer Elon Kadosh übernahm es, ihr zu antworten: »Es ist schwer zu glauben, Doktor Chandra, aber ein Irrtum ist ausgeschlossen. Es ist die Erde! Die telemetrischen und astronomischen Daten sind eindeutig.«

»Aber wie ...? Das kann doch nicht sein. Haben Sie schon Kontakt zu Houston aufgenommen?«, fragte die Geologin, Doktor Tika Hanim aus Kurdistan, die gebannt auf den Panoramascreen starrte.

Die Kommandantin blickte betreten zu Boden. Nach einer kurzen Pause wandte sie sich an die gesamte Mannschaft: »Es gibt keinen Kontakt zu Houston. Weder zur Flugleitzentrale noch zu sonst jemandem auf dem Planeten.« Sie stockte einen Moment, suchte nach Worten. Dann gab sie sich einen Ruck: »Ich kann Ihnen die furchtbare Wahrheit nicht länger verschweigen. Wie schon gesagt, befinden wir uns in einer weit entfernten Zukunft.« Unbehaglich blickte die Kommandantin zum Wissenschaftsoffizier, um sich dessen Unterstützung zu versichern. »Wir schreiben nunmehr das Jahr 2.932.112.« Sie ließ das erst mal sacken, dann fuhr Yini Gao fort: »Die Menschheit ist längst ausgestorben. Es gibt kein Houston mehr, noch sonst irgendetwas, das an unsere ach so glorreiche Vergangenheit erinnert.«

Bedrücktes Schweigen. Die Mannschaftsmitglieder starrten ungläubig auf den Schirm. Schließlich meldete sich die Astrobiologin zu Wort: »Woher wollen Sie das wissen, Ma'am? Haben Sie überhaupt nach Lebenszeichen gescannt? Was ist mit den Reflexionsspektren im sichtbaren und infraroten Bereich? Keine Spuren in der Atmosphäre, irgendwelche Anomalien in der Spektralanalyse?«

»Und was sagen die Strahlenwerte?«, mischte sich Bordingenieur Caique Borges in die Diskussion ein. Der Brasilianer konnte sein Temperament nicht länger zügeln und fuchtelte mit seinen Händen hektisch in der Luft herum. »Keine elektromagnetische Wellen, auch nicht im ISM-Band oder im nahen Mikrowellenbereich?«

»Tut mir leid, ich muss Sie leider enttäuschen«, beteuerte die Kommandantin fast schon flehentlich. »Natürlich haben wir alle entsprechenden Routinen bereits vorgenommen. Schon die ersten Indizien waren eindeutig: keine Satelliten, keinerlei Funksignale, geschweige denn irgendwelche sichtbaren oder sonst wie detektierbare Anzeichen einer Besiedlung oder irgendeiner Infrastruktur. So leid es mir tut, aber hier existiert keine fortgeschrittene Zivilisation.«

»Es muss doch noch irgendwelche Spuren von uns geben. Selbst nach einem Atomkrieg«, ließ sich die Astrobiologin nach einiger Zeit vernehmen. »Alles andere wäre doch völlig unmöglich. Lächerlich!«

Der Wissenschaftsoffizier kam der verzweifelt dreinblickenden Kommandantin zur Hilfe: »Wir konnten es zunächst auch nicht glauben. Und wir sind ebenso schockiert, wie Sie es sind. Aber die Daten lassen keinen anderen Schluss zu. Wir schreiben nunmehr das Jahr 2.932.112 nach unserer Zeitrechnung.«

»Wie zum Teufel soll das gegangen sein, ich meine ...« Die Astrobiologin schüttelte skeptisch den Kopf.

»Zunächst konnten wir uns das auch nicht erklären«, unterbrach Doktor Kadosh sie. »Eine Zeit lang hielten wir sogar die irrwitzige Hypothese für wahrscheinlich, dass durch einen geradezu dummen, fahrlässigen Fehler die *Exodus* bei ihrem Rücksturz zur Erde auf einen Wert knapp unterhalb der Lichtgeschwindigkeit beschleunigt worden sein könnte. Ein schwarzes Loch vielleicht, ein dummer Rechenfehler seitens der Flugleitzentrale oder durch einen Programmfehler des Bordcomputers ...« Die Crewmitglieder kamen aus dem Staunen nicht mehr heraus. Es war ihnen deutlich anzusehen, dass sie diese Ausführungen erst einmal verdauen mussten.

»Natürlich alles Blödsinn!«, nahm die Kommandantin den Faden auf. »Ein Wert von 0,999 bis knapp vor der Lichtgeschwindigkeit ist technisch unmöglich. Ganz zu schweigen von der ungeheuren Beschleunigung, die hierzu nötig gewesen wäre. Und ein Swingby-Manöver entlang des Ereignishorizonts eines schwarzen Lochs ...« Sie ließ den Satz unvollendet, um die Absurdität dieses Gedankens zu unterstreichen.

Der Wissenschaftsoffizier ließ es sich dennoch nicht nehmen, noch einen Beitrag zum Thema beizusteuern: »Nur der Vollständigkeit halber: Rein hypothetisch gibt es auch die Möglichkeit – behauptet jedenfalls der Computer –«, Doktor Elon Kadosh verdrehte bemerkenswerterweise die Augen, »dass wir auf dem Weg nach Teegarden b durch ein bislang unbekanntes Feld mit negativer Raum-Zeit gekommen sein könnten.«

»Negative Raum-Zeit – was soll das nun wieder heißen?« Doktor Carrie Ferguson winkte ab.

»Der Computer meint, so etwas konnte bislang nicht beobachtet werden. Dennoch bestünde die theoretische Möglichkeit, dass eine solche

Anomalie irgendwo im Raum-Zeit-Kontinuum existieren könnte, die mit der herkömmlichen Technologie nicht detektierbar wäre.« Man konnte es dem Wissenschaftlichen Offizier ausnahmsweise an der Nasenspitze ansehen, was er von dieser wilden Hypothese hielt. »Der Computer behauptet: Negative Raum-Zeit sei, wie der Name schon sagt, äh, exakt wie unsere Raum-Zeit strukturiert. Nur mit negativen Vorzeichen. Und das würde bedeuten ...«

»Alles geht rückwärts? Wir sind bei den Dinosauriern?« Der Bordingenieur konnte sich ein Grinsen nicht verkneifen.

»Quatsch. Die gab es vor drei Millionen Jahren ja schon seit sechzig Millionen Jahren nicht mehr. Außerdem sind Zeitreisen in die Vergangenheit ein Ding der Unmöglichkeit.« Die Astrobiologin merkte zu spät, dass sie wieder einmal den billigen Scherzen des Bordingenieurs aufgesessen war.

»Der Computer faselt von einer Anomalie im Raum-Zeit-Kontinuum, die es ermöglicht hätte, dass wir fast an der absoluten Grenze der Lichtgeschwindigkeit ...?« Carrie Ferguson schüttelte den Kopf.

»Genug jetzt. So kommen wir nicht weiter«, mischte sich Doktor Tika Hanim ein und schlug vernehmlich mit der Hand auf den Tisch. »Statt wilden Spekulationen nachzujagen, sollten wir einfach mal schauen, was da ist.« Die streitbare Geologin wies nachdrücklich auf den Panoramaschirm. »Vielleicht kann uns ja der Ausblick auf die Erde weiterhelfen. Was zum Beispiel hat es mit diesem gewaltigen Salzsee ...«, ihr Blick fiel auf das eingeblendete Koordinatensystem, »... zwischen dem 45. und 30. Breitengrad auf sich?«, fragte Tika.

»Sie werden es vielleicht nicht glauben, aber das ist das Mittelmeer. Sagt zumindest der Computer«, antwortete ihr der Wissenschaftsoffizier. »*War* das Mittelmeer, um genau zu sein. Die Plattentektonik habe dafür gesorgt, dass Europa und Afrika zu einer einzigen, gewaltigen Landmasse verschmolzen. Die Meerenge von Gibraltar wurde angehoben und vom Atlantik abgeschnitten. Afrika, Europa und Asien bilden nun einen neuen Superkontinent. Das Wasser verdunstete, der Grund des Mittelmeers fiel trocken, und die gewaltigen Gebirge, die Sie darin erkennen können, sind nichts anderes als die einstmals unter so klangvollen Namen wie Mallorca, Kreta oder Zypern bekannten Ferieninseln. Noch Fragen?«

»Heißt das, der Badeurlaub ist erst mal gestrichen?«, meldete sich der Bordingenieur mit betont ernster Miene.

»Das wäre übrigens nichts Neues«, führte Elon Kadosh seinen Vortrag ungerührt weiter. »Das gleiche Szenario hatte sich schon einmal vor zirka sechs Millionen Jahren ereignet ... Verzeihung, ich korrigiere: nunmehr vor zirka neun bis zehn Millionen Jahren. Dadurch dass sich die Afrikanische Erdplatte unter die Europäische schob, wurde die Meerenge bei Gibraltar blockiert, der Zufluss zum Atlantik war somit abgeschnitten, was in der Folge ...«

»Das ergibt Sinn«, ergänzte die Geologin Tika, ohne darauf Rücksicht zu nehmen, dass sie den Wissenschaftsoffizier brüsk unterbrach. »Vermutlich hatte sich durch die Vergletscherung einer vorangegangenen Eiszeit ohnehin schon der Meeresspiegel gesenkt und das Mittelmeer verschwinden lassen.«

»Wie jetzt?«, wandte der Bordingenieur ein. »Erst trocknet das Mittelmeer aus, und jetzt noch eine Eiszeit?«

»Das ist nichts Ungewöhnliches, Caique«, sagte Tika, nunmehr ganz in ihrem Element. »In geologischen Maßstäben gesehen, befinden wir uns selbst nach drei Millionen Jahren immer noch in einer globalen Kälteperiode, dem sogenannten Känozoischen Eiszeitalter, unterbrochen nur von relativ kurzen Warmzeiten wie in den letzten 12.000 Jahren. Die anthropogen verursachte Erderwärmung im letzten Jahrhundert hatte lediglich zur Folge, dass sich die darauffolgende Kälteperiode um vielleicht 100.000 Jahre verschoben hat. Aber das Eis kommt – *kam!* – irgendwann zurück und wird es jetzt auch wieder ...«

»Na, da haben wir ja richtig Glück gehabt, dass wir nicht in der nächsten Eiszeit gelandet sind ...«, zeigte sich der Bordingenieur erleichtert.

»Ob das so ein Glück ist, muss sich erst noch herausstellen«, ergriff die Kommandantin wieder das Wort. »Als Nächstes werden wir eine Landeoperation vorbereiten. Ich will schließlich mit eigenen Augen sehen, wie es da unten nach drei Millionen Jahren aussieht.«

»Und, wer weiß, vielleicht stoßen wir doch noch auf ferne Verwandte – Neandertaler oder etwas in der Art.« Der Bordingenieur konnte es einfach nicht lassen.

»Wir bleiben noch für zwei bis drei Tage im Orbit, um die nötigen Daten zu sammeln und einen geeigneten Landeplatz auszuwählen. Elon, Sie und Tika leiten die wissenschaftlichen Untersuchungen, um die Landung vorzubereiten. Caique, Sie, Doktor Chandra und Doktor Ferguson erstellen eine Liste mit den Vorräten, Ausrüstungsgegenständen und sonstigem Material, das wir auf die gute alte Heimat mitnehmen werden.«

Die beiden Teams steckten die Köpfe zusammen, froh darüber, dass sie endlich etwas zu tun hatten. Das konnte zumindest helfen, den Schock ihrer unglücklich verlaufenen Rückkehr zu mildern. Bevor die Mannschaftsmitglieder sich zu ihren jeweiligen Arbeitsplätzen begeben konnten, rief die Kommandantin sie noch einmal zusammen:

»Noch etwas, meine Damen und Herren: Dies wird keine einfache Landeoperation. Bereiten Sie alles für eine Evakuierung des Schiffes vor. Ich kann nicht garantieren, dass wir genügend Treibstoffkapazitäten haben, um einen weiteren Start von der Erde zu wagen. Möglicherweise haben wir nur den einen Versuch. Wir sind also auf uns allein gestellt. Aber das sind wir ja gewohnt.«

Sie machten sich sofort an die Arbeit. Die systematische Kartographierung der Planetenoberfläche mit hochauflösenden Scans im sichtbaren und nahinfraroten Spektralbereich ergab keine Anzeichen für höheres Leben. Auch die Biosignaturen der chemischen Reflexionsspektren führten zu keinen Hinweisen. Das musste aber nicht bedeuten, dass überhaupt keine Tiere oder andere höhere Lebensformen mehr auf der Erde existierten. Möglicherweise hatten in den ausgedehnten Höhlensystemen der Karstgebirge ganze Populationen von Fledermäusen oder kleinen Nagetieren eine Zuflucht vor den Katastrophen der Vergangenheit gefunden. Die gestrandeten Heimkehrer mussten bei der Suche nach einem geeigneten Landeplatz sehr sorgfältig und überlegt vorgehen. Wasservorkommen war unabdingbar, das zu errichtende Habitat sollte in der Nähe zu natürlichen Höhlen errichtet werden, die Schutz und Unterkunft bieten konnten, wenn es nötig werden sollte. Für die Exploration der näheren Umgebung war eine weite, offene Landschaft unerlässlich. Nach Auswertung der Luftbilder einigte man sich schließlich auf ein Gebiet, das früher einmal zu den Küsten des südlichen Spaniens gehörte.

Female Commander Yini Gao hätte ihrer Mannschaft gerne noch ein paar Tage mehr Zeit gelassen für die Vorbereitungen. Sie verfuhr nach dem Prinzip, eine Entscheidung, die man nicht in drei Tagen fällen könnte, auch in drei Jahren nicht besser lösen konnte. Alles braucht seine Zeit, aber eben auch nicht mehr als nötig. Und dies hier war eine Situation, in der ein Beschluss schnell und unwiderruflich fallen musste. Die Kommandantin stützte sich mit den Händen auf das Steuerpult der Brücke und blickte die Crew erwartungsvoll an. »Also, wie sieht es aus? Haben Sie einen geeigneten Landeplatz gefunden?«

»Ja, Ma'am, das haben wir.« Doktor Elon Kadosh übernahm es, der Kommandantin mitzuteilen, für welchen Landeplatz sich die Mannschaft entschieden hatte. »Die Auswahl war naturgemäß groß, aber wir haben uns dennoch schnell auf einen Favoriten einigen können.«

»Sehr schön«, meinte die Kommandantin. »Dann bin ich mal gespannt, wo es uns die nächsten Monate hin verschlägt.«

»Hierhin!« Doktor Kadosh zeigte mit dem Pointer auf einen küstennahen Punkt an der Südspitze Europas.

»Spanien?«, fragte Yini Goa. »Gute Wahl ...« Sie ließ den Satz unvollendet im Raum stehen und ergänzte dann: »... denke ich.«

»Ja, das meinen wir auch. Im Grunde war es recht einfach. Da entsprechend unserem Kriterienkatalog nur bestimmte Küstengegenden in der Nähe eines Flusses infrage kamen, konnten wir die Suche bald eingrenzen. Am Ende hatten wir eine Liste von vielleicht zwanzig möglichen Standorten, die alle relevanten Kriterien für eine Landeoperation erfüllten. Wir mussten uns nur noch auf einen der Favoriten verständigen.«

»Europa erschien uns irgendwie am nächstliegenden«, meldete sich die Linguistin zu Wort.

»Und dann waren wir schnell übereingekommen.«

Die Crew hatte sich auf einen Landeplatz im Mündungsbereich des ehemals als Rio Guadalquivir bekannten Flusses am südlichen Zipfel Europas geeinigt.

»Hier in der Gegend lag einmal Cadiz.« Doktor Carrie Ferguson seufzte.

»Waren Sie schon mal da?«, fragte Yini Gao.

»Das nicht, aber der Gedanke an einen Sommerurlaub am Meer in Spanien ...« Die Linguistin blickte versonnen in eine imaginäre Ferne.

»Ich verstehe.« Die Kommandantin nahm die Hände vom Steuerpult und lehnte sich entspannt zurück. »Allein schon die Vorstellung, hinaus ins Freie zu treten, frische Luft zu atmen. Das Meer sehen. Den Himmel und die endlose Weite …« Die leise Wehmut in ihrer Stimme war eher ungewöhnlich für die an und für sich resolute Raumschiffkommandantin.

»Wie aus einem alten, längst vergessenen Traum.« Tikas Augen glänzten. Sie wusste vielleicht besser als alle anderen, was es bedeutet, eine Heimat verloren zu haben. Sie kannte auch die Angst davor, dass eines Tages die Erinnerung daran erlöschen würde.

»Sie sagen es. Wie aus einem Traum.« Yini Goa legte der Geologin sacht die Hände auf die Schultern und blickte ihr fest in die Augen. »Und dennoch ist es real.«

»Auch wenn da niemand mehr ist, wie wir alle wissen, so ist es doch die Erde.«

Sie überflogen mit der Landefähre einen Bereich in der Nähe des Flusses. Weit und breit nichts als sonnengegerbte kahle Karstberge und eine Einöde von wandernden Sanddünen, von der Sonne gespaltenen Felsen und fein zermahlenen Kies. An einer geeigneten Stelle nicht weit vom Flussufer setzten sie die Fähre auf. Zunächst bauten sie provisorisch ein Lager auf, ehe sich die Mannschaft an die Exploration und Sicherung der näheren Umgebung machte.

So kam das Habitat-Modul, das eigentlich für eine Landung auf *Teegarden b* konzipiert worden war, nun doch zum Einsatz und bot den Gestrandeten auf ihrem Heimatplaneten eine erste Zuflucht. Sie waren inmitten einer öden, vom Wind zerfurchten Wüste gelandet. Die Temperaturen kletterten tagsüber über vierzig Grad Celsius. Nachts gefror der Boden zu betonähnlicher Beschaffenheit. Das Leben beschränkte sich auf vereinzelte dürre Grasbüschel und kälteresistente Flechten. Auffallend waren die meterhohen zerklüfteten Türme, die viele Meter hoch aus dem Sand ragten – offensichtlich das Werk termitenartiger Insekten. Doktor Kalinda Chandra konnte ihr Glück kaum fassen, als sie die Bauwerke das erste Mal zu Gesicht bekam.

»Sehen Sie sich das an, Doktor Kadosh. Diese Hügel sind in Wahrheit gigantische Wolkenkratzer, die von einem Heer hochspezialisierter Bewohner bevölkert sind.«

Respektvoll näherte sich die Astrobiologin den fingergroßen Insekten, die kreuz und quer, und doch in erstaunlich geordneter Formation über den Sand wuselten. Mit einem elektronischen Messfühler ermittelte sie die Temperaturen in den verschiedenen Abschnitten der Bauten.

»Wie ich es mir gedacht habe: Dank eines ausgeklügelten Belüftungssystems herrscht von der Spitze des Bauwerks bis tief in die unterirdischen Hallen ein gleichmäßiges, verhältnismäßig kühles Klima: 25 Grad Celsius und 100 Prozent Luftfeuchtigkeit. Irgendwie muss die Kolonie einen Weg gefunden haben, unterirdische Quellen anzuzapfen und das Wasser verdunsten zu lassen, sodass es wie bei einer Klimaanlage durch diese Bauten zirkulieren kann. Erstaunlich, finden Sie nicht auch?«

»Scheinen ja intelligente kleine Burschen zu sein.«

»Das nun gerade nicht, wie Sie wissen. Termiten sind instinktgesteuert«, behauptete die Astrobiologin. »Das Ergebnis planlosen Handelns, in Jahrmillionen perfektioniert. Versuch und Irrtum, Überleben und Aussterben. Dazu braucht es keinen Grips, nur der Erfolg zählt.«

»Da könnten Sie recht haben.« Widerwillig musste ihr der Wissenschaftsoffizier zustimmen.

»Nicht wahr? Intelligenz wird überbewertet«, meinte sie schnippisch. »Intelligenz muss nicht immer ein Überlebensvorteil sein – evolutionsbiologisch gesprochen«, beteuerte die Astrobiologin.

»Ein durchaus interessanter Gedanke«, musste er zugeben. »Aber dennoch eine gewagte Hypothese«, wandte er ein. »Können Sie das auch belegen?«

Darauf hatte sie nur gewartet: »Ist so ähnlich wie mit den Reißzähnen des Säbelzahntigers. Eine Zeit lang hatten die Kätzchen dank ihrer enormen Hauer einen großen Vorteil – sie konnten damit sogar Mammuts töten.« Die Astrobiologin wartete einen Moment, ehe sie fortfuhr. »Aber im Laufe der Zeit verwandelte sich der Überlebensvorteil in ein echtes Handicap. Die Reißzähne wurden einfach zu groß. So groß, dass sie sie nicht mehr in ihre Beute schlagen konnten.«

»Wie wenn man versucht, mit einer Baggerschaufel ein rohes Ei aufzuheben?«

»Ein interessanter Vergleich. Aber das kommt in etwa hin. Das gibt nur Matsch.«

»Und die Katzen starben aus.«

»So sieht's wohl aus.«

»Gut«, beendete Elon Kadosh das Gespräch. »Ich glaube, es wird Zeit, dass wir uns wieder um unser eigenes Überleben kümmern. Also an die Arbeit.«

Die Erkundungsdrohne surrte über die salzige Ebene des Mediterranen Beckens. In den tiefer liegenden Bassins, die kein Sonnenstrahl erreicht, hatten sich noch einige Pfützen Wassers erhalten. An den Rändern dieser Salzbrühen versammelten sich riesige Wolken von Salzfliegen. Diese winzigen Insekten leben seit Millionen von Jahren in der Nähe von Salzseen und ernähren sich von halophilen Bakterien und Algen, die als schmierige rote Flecken aus dem reinen Weiß der Salzebenen hervorstechen.

Sie suchten die weiten Ebenen des Kontinents nach radioaktiven Isotopen ab, doch die Isotopen, die sie fanden, waren alle natürlichen Ursprungs. Ebenso ergaben die erweiterten Spektralanalysen keine Anzeichen für höher entwickeltes Leben als Insekten auf der Erde. Auch nach Monaten intensiver Forschungen konnten die Rückkehrer keine Spur komplexerer Lebewesen finden. In den vergangenen Jahrmillionen musste eine oder mehrere unvorstellbare Katastrophen sämtliche Tiere und die meisten Pflanzen auf dem Land ausgerottet haben. Der Ausbruch von Supervulkanen, ein gigantischer Meteoriteneinschlag, ein globaler Atomkrieg, eine eiszeitliche Kälteperiode – es gab mehr als genug mögliche Szenarien, die ein Massensterben auf einer verwüsteten Erde hinterlassen können.

»Wir stehen zwar erst am Anfang unserer Untersuchungen, aber es sieht nicht allzu gut aus. Wir werden uns damit abfinden müssen, dass wir allein sind: Gestrandet auf der Erde«, fasste die Kommandantin mit einem ungewohnt pathetischen Unterton die Ergebnisse der Umweltsondierung zusammen. Die Mannschaft sagte nichts dazu, die Tragweite ihrer Situation war ihr ohnehin bewusst.

»Sehen wir es so: Wir können ganz von vorn anfangen. Uns steht ein neuer, unbewohnter Planet zur Verfügung«, brachte sie es auf den Punkt und bemühte sich, so etwas wie Zuversicht zu vermitteln. Und die würden sie auch dringend brauchen. Sie waren gerade mal sechs potenzielle Kolonisten, darunter ein theoretischer Physiker, eine Astrobiologin und eine Linguistin – alles berufliche Qualifikationen, die man auf einem ausgeglühten, nahezu lebensfeindlichen

Planeten dringend benötigte, dachte sie sarkastisch. Die fachlichen Qualitäten von ihr als Pilotin des Raumschiffs hatten sich mit dem letzten Rest verbrannten Treibstoffs buchstäblich in Luft aufgelöst. Ihre Kenntnisse in puncto Nahrungsmittelbeschaffung beschränkten sich auf die korrekte Bedienung der Mikrowelle in der Kombüse. Mit einer solchen Mannschaft war kein Staat zu machen beziehungsweise eine funktionierende Gesellschaftsordnung auf einem toten Planeten, befürchtete sie. Auch wenn dieser die Erde war.

Die gestrandeten Rückkehrer der *Exodus* hatten keine Ahnung, dass ein kümmerlicher Rest der Menschheit längst auf dem Roten Planeten, dem Mars, heimisch geworden war. Das Terraforming-Projekt, das die Menschheit auf dem Mars initiiert hatte, war erfolgreich verlaufen. Keine zweitausend Jahre hatte es gedauert, bis der Rote Planet irdisches Leben tragen konnte. Der Mars war den Menschen zur zweiten Heimat geworden, aus einer lebensfeindlichen roten Wüste waren längst blühende Landschaften gewachsen.

Als wäre es eine Zwangsläufigkeit der Geschichte, hatte der Werdegang der Menschheit auf dem Roten Planeten allerdings einen ganz ähnlichen Verlauf genommen wie auf der Erde. Dem beispiellosen Aufschwung einer aufstrebenden Zivilisation folgte auch auf den neu ergrünten Hügeln des Mars nach etlichen Jahrtausenden der Niedergang. Wie auf der Erde, waren die Menschen auch hier zu erfolgreich geworden. Nach der Blüte folgten Überbevölkerung, Umweltzerstörung, Kriege um die verbliebenen Ressourcen und schließlich der Abstieg in eine Ära der Barbarei. Aber sie überlebten. Hatten eine primitive Stammesgesellschaft aufgebaut und gelernt, in einem harmonischen Verhältnis auf natürliche Weise mit den Ressourcen ihrer neuen Heimat zu leben.

Das nutzte den Heimkehrern von *Teegarden b* allerdings nichts. Die Mannschaft der *Exodus* war quasi mit dem letzten Tropfen Sprit auf ihre Heimatwelt, der Erde, zurückgekehrt. Und mit den verbliebenen Ressourcen auf dem in Jahrmillionen von der menschlichen Zivilisation unbelasteten Planeten war an einen interplanetaren Raumflug auch in Hunderten von Jahren nicht zu denken. Sie saßen fest in der alten, neuen Heimat, die sie sich erst einmal würden mühsam erobern müssen.

ALLES EINE FRAGE DER ENERGIE

von Uwe Hermann

Ich war fest davon überzeugt, dass die Gegenstände in meiner Wohnung ein Eigenleben führten. Wie sonst war es zu erklären, dass dort ständig Dinge verschwanden. Ich arbeitete für die Kirche des Großen Konstrukteurs am Antimaterieprojekt, mit dem die Energieprobleme unseres Planeten gelöst werden sollten. Wir standen kurz vor dem Testlauf unseres Reaktors. Sobald die letzten Simulationen abgeschlossen waren, würden wir den Planeten mit sauberer und unbegrenzter Energie versorgen. Leider verschob sich dieser Termin immer wieder. Am Vormittag würde eine Vorführung für einige kirchliche Oberhauptvertreter stattfinden, bevor ihr Unwillen über die Verzögerungen für uns ernste Konsequenzen hatte. Der Projektleiter wollte, dass wir alle überpünktlich erschienen, doch ausgerechnet heute war meine Zugangskarte zum Forschungsbereich verschwunden. Wieder einmal! Eine Ewigkeit lang suchte ich nach ihr. Schließlich fand ich sie auf dem Sitz in meinem HoverCar. Vielleicht war sie mir beim Aussteigen aus der Tasche gerutscht. Wahrscheinlicher aber war, dass die Zugangskarte sich dort vor mir versteckt hatte.

Als ich schließlich den Forschungsreaktor betrat, war die Führung längst vorüber und mein Vorgesetzter und seine kirchlichen Gäste wieder gegangen. Mein Kollege Alcira kam auf mich zu. »Crock, wo warst du denn? Ronos hat ständig nach dir gefragt.«

»Es war wieder diese verdammte Zugangskarte. Warum können wir nicht einen Pförtner einstellen? Der hätte mich hereingelassen.«

»Weil unser Projekt viel zu wichtig ist, als dass wir uns Sicherheitslücken leisten könnten, das weißt du. Wir machen Fehler, ein Computer nicht«, belehrte er mich.

»Ja«, sagte ich sarkastisch, »aber ein Computer lässt mich auch nicht ohne Karte rein.«

»Das ist ja auch der Sinn dieser Karte. Warum hast du nicht angerufen?«

»Das habe ich, aber ohne den Code auf der Zugangskarte hat mich der Computer nicht durchgestellt.«

»Du hast deinen Code nicht im Kopf?«

»Eine zwölfstellige Zahlenkombination? Nein.« Ich sah mich um. Die letzten Kollegen packten ihre Sachen zusammen und machten sich auf den Weg in die Mittagspause. Ein paar blinzelten mir knapp zu. Die meisten aber beachteten mich kaum. Ihre Art, mir ihren Unwillen über mein Fehlen während der Simulation zu zeigen.

»Wie lief die Vorführung?«

»Gut, aber der Kardinal drängt darauf, dass wir den Reaktor in den nächsten Tagen hochfahren.«

Mein Blick wanderte zurück zu Alciras kantigem Gesicht, mit seinen überarbeiteten, tief in den Höhlen liegenden Augen. »Das sollte doch zu schaffen sein.«

»Ja«, grinste er böse, »aber nur, wenn du endlich mal pünktlich bist!«

Mein Telefon klingelte. Es war Ronos, der Projektleiter. Eine Viertelstunde lang machte er mir klar, dass ich kurz davor stand, meinen Job zu verlieren.

»Wenn ich mich noch einmal verspäte, war's das«, seufzte ich, als er aufgelegt hatte.

Alcira klopfte mir auf die Schulter. »Nimm es Ronos nicht übel. Seit vor einigen Monaten das Stromnetz der Stadt zusammengebrochen war, will jeder Bischof im Lande, dass er den Reaktor endlich einschaltet.«

»Das weiß ich ja, trotzdem ist es kein gutes Gefühl, in den Abgrund zu blicken.«

»Dann schau eben nicht hinunter.«

»Sehr witzig!«

»Was ich meine ist, dass du etwas gegen deine Vergesslichkeit unternehmen musst.«

»Das ist keine Vergesslichkeit. Die Karte verschwindet von selbst«, widersprach ich.

»Unsinn, Dinge verschwinden nicht einfach!«

»Bei mir schon.«

Er ging nicht darauf ein. »Hast du es schon mal mit einem Positionssender versucht?«

»Ich habe schon alles ausprobiert. Auch einen Sender, der mir die Koordinaten der Zugangskarte auf meinem Armbandcomputer anzeigt. Nur war dann mein Armbandcomputer verschwunden.«

Alcira dachte nach. »Vielleicht habe ich eine Lösung für dich. Einer meiner Kollegen hat an einem eigenen Projekt gearbeitet.« Er schaute auf die Uhr. »Komm doch heute kurz vor Feierabend in mein Büro im Hauptgebäude in der Stadt. Dann zeige ich es dir.«

»Das ist der Histomatograph!« Alcira deutete auf einen eckigen Kasten, mit Schaltern und einem kleinen Bildschirm, der auf seinem Schreibtisch stand. Eine schwere HoverCar-Ladezelle versorgte das Gerät mit Energie.

»Was macht ein Histomatograph?«

»Er hilft dir, deine verlorenen Gegenstände wiederzufinden«, antwortete Alcira geheimnisvoll.

»Und wie? Soll ich ihn an meine Sicherheitskarte binden?«

Er lachte zischend. »Komm, ich zeige es dir.« Er beugte sich zum Histomatographen hinunter und drehte einen riesigen Schalter, der sich inmitten eines Bedienfeldes voller seltsamer Knöpfe und Regler befand. Plötzlich schwebten die weiß leuchtenden Umrisse eines zwei mal zwei mal zwei Meter großen Würfels vor uns in der Luft. Alcira richtete ihn auf die Tür, bis nur noch seine vorderen Linien zu sehen waren.

»Schau hin, sonst verpasst du es.«

Gemeinsam blickten wir etliche Minuten auf die geschlossene Tür.

Ich wurde ungeduldig. »Worauf warten wir?«

»Warte es ab, man weiß nie, wann es losgeht.«

Plötzlich sah ich, wie sich die Tür öffnete und ich eintrat. Ich kam näher, bis ich aus dem Würfel trat und verschwand. Dann wurde das Bild dunkel.

»Die Energiezelle ist leer.« Alcira schaltete den Histomatographen aus.

»Was ist gerade passiert?«, fragte ich verwirrt.

»Dieses Gerät zeigt dir Bilder aus der Vergangenheit, indem es die in der Umgebung gespeicherten Photonen des Lichts freisetzt und rekonstruiert. Je mehr Spannung man einsetzt, umso älter sind die Aufnahmen.«

Ich schaute ihn skeptisch an. »Du nimmst mich doch auf den Arm. Ich wette, in dem Kasten steckt eine Kamera, die mich beim Eintreten gefilmt hat.«

»Unsinn, warum sollte ich so etwas tun?«

Nun betrachtete ich den klobigen Kasten näher. Fingerdicke Kabel, die eine neue Art von Supraleiter zu sein schienen, führten zu dem Hauptschalter, der wie alles am Gerät überdimensioniert ausgelegt war. Daneben befand sich ein Bedienfeld mit weiteren Reglern, deren Funktionen sich mir nicht erschlossen.

»Wenn das Ding funktioniert, warum habe ich noch nie etwas davon gehört?«

»Weil sein Besitzer Selbstmord begangen hat. Seitdem lag der Histomatograph in einem Regal in seinem Büro, ein paar Räume weiter, und wartete darauf, dass jemand Zeit fand, um sich neben dem Antimateriereaktor darum zu kümmern.«

Ich fingerte an dem Kasten herum und überlegte, ob sich Alcira einen Spaß mit mir erlaubte. Der Histomatograph schien aus Metallschrott zusammenge-baut worden zu sein. Braune Flecken aus Rost hatten von der ursprünglichen Farbe kaum etwas übrig gelassen. Auf der linken Seite gab es eine tiefe Delle, die sich bis zu dem Drehschalter fortsetzte. Er war wie auch das Bedienfeld klobig und für meine Begriffe viel zu groß.

»Mit Design hatte er es nicht so, oder?«

»Du bist skeptisch?«

»Was denkst du denn? Natürlich!«

»Dann nimm den Histomatographen mit nach Hause. Wenn du das nächste Mal deine Schlüsselkarte suchst, kannst du dich selbst beobachten, wo du sie hinlegst!« Er entfernte die Anschlüsse der Ladezelle und reichte mir den Kasten. »Um die Energieversorgung musst du dich aber selbst kümmern.«

»Wofür sind die ganzen Regler?«

»Keine Ahnung. Es gibt keine Anleitung für das Gerät. Lass einfach die Finger davon!«

Ich wusste nicht, warum ich den Histomatographen in meinem HoverCar vom Gelände schmuggelte. Sicher nicht, weil ich glaubte, dass er funktionierte. Vielleicht war es pure Verzweiflung. Ich wollte meinen Job nicht verlieren, doch mein Vorgesetzter hatte mir klargemacht, dass ich bei einer weiteren Verspätung zu Hause bleiben musste.

Meine Wohnung war nur eine von vielen in einem Betonklotz am Stadtrand. Ich parkte mein HoverCar auf der Landezone meines Balkons im achten Stock und stieg aus. Der Hauscomputer hatte meinen Flug verfolgt und das Essen stand dampfend für mich bereit.

»Hatten Sie einen angenehmen Tag?«, fragte mein Haushaltsroboter, während er meine Jacke und meine Tasche entgegennahm.

Ich hatte keine Lust auf seine einprogrammierten Fragen und ging ins Bad, um mich frischzumachen. Anschließend setzte ich mich an den Tisch und ließ mir mein Essen bringen.

»Angesichts Ihrer Gewichtszunahme in der letzten Zeit habe ich heute ein Potpourri aus verschiedenen Salaten …«

»Mute«, sagte ich und der Roboter verstummte. Im Hintergrund liefen die neusten Nachrichten über die Videowand meines Wohnzimmers. Ich überflog sie nur kurz. Hatte ich doch ausschließlich Augen für den Kasten, der neben meinem Teller stand. Schließlich hielt ich die Neugierde nicht länger aus. Ich legte mein Besteck beiseite und zog ihn zu mir heran. Nichts an der Anordnung der Schalter und Regler machte Sinn und meine Befürchtung wuchs, dass mein Kollege mich reinlegen wollte. Schließlich holte ich aus meinem Arbeitszimmer eine neue Stromquelle und schloss sie an. Sie besaß nur eine geringere Spannung, als die HoverCar-Ladezelle, die Alcira benutzt hatte, aber zum Testen würde sie ausreichen.

Wieder leuchteten die Umrisse eines Würfels auf. Ich richtete ihn auf die Tür meiner Küche und sah, wie mein Haushaltsroboter das Essen hereintrug, obwohl er neben mir den Tisch abräumte. Das war doch unmöglich! Mein Blick fiel auf den Histomatographen und wanderte zurück auf das Abbild des Roboters vor mir. Er kam auf mich zu, trat an den Rand des leuchtenden Würfels und verschwand. Eine Weile blieb ich unschlüssig sitzen. Dann nahm ich den Histomatographen vom Tisch und drehte ihn, bis im Inneren des Leuchtfeldes wieder mein Haushaltsroboter erschien. Fast hätte ich das Gerät fallen gelassen, als ich mich plötzlich selbst am Tisch sitzen sah und den Histomatographen zu mir heranzog. Meine Beine flatterten heftig. Der Histomatograph widersprach allen Naturgesetzen. Er konnte nicht funktionieren und dennoch tat er es. Völlig unmöglich! Und doch sah ich es mit eigenen Augen.

Erneut wanderten die Nachrichten – die ich schon vor ein paar Minuten gelesen hatte – über den Bildschirm. Die Uhrzeit im Inneren des Würfels zeigte eine Differenz von ein paar Minuten zu der Anzeige meines Armbandcomputers. In

Alciras Büro hatten wir länger gewartet, aber da war auch eine größere Energiequelle angeschlossen gewesen.

Nun wollte ich es genau wissen. Ich holte einen Stecker, Kabel und Werkzeug und verband das Gerät mit der hauseigenen Energieversorgung. Als ich das Gerät erneut einschaltete, verschwanden im Inneren des aufleuchtenden Würfels die Wände meiner Wohnung. Ich schaute hinaus ins Freie. Es goss wie aus Eimern. Dunkle Wolken standen am Himmel. Offensichtlich sah ich einen Zeitpunkt, an dem es dieses Gebäude noch nicht gegeben hatte.

Ich war wie im Rausch. Dieses Gerät widersprach allem, was ich in meinem Studium gelernt hatte. Es konnte nicht funktionieren. Dennoch tat es genau das. Nun wollte ich mehr sehen! Doch bevor es dazu kam, schaltete sich die Hauptsicherung meiner Wohnung ab. Der Lichtwürfel erlosch.

Ich musste mehr über den Histomatographen erfahren! Also griff ich nach meinem Telefon.

Alcira nahm ab, noch bevor das Klingeln das erste Mal verstummte. »Na, jetzt überzeugt?«, fragte er.

»Dieser Kasten ist der Wahnsinn. Kannst du dir die Möglichkeiten vorstellen? Jeder Archäologe würde dafür töten. Oder denk an die Ermittlungsbehörden. Damit könnten sie jedes Verbrechen auf der Stelle aufklären.«

»Ja«, antwortete er mit deutlich weniger Begeisterung als ich. »Und ich bin sicher, dass denen noch unzählige andere Anwendungsmöglichkeiten einfallen würden.«

»Diese Erfindung ist bedeutender als unser Antimateriereaktor. Die Technik ist einfach unglaublich! Wie hat der Konstrukteur es geschafft, so etwas alleine zu bauen?«

»Keine Ahnung. Er hat mir erzählt, dass der Histomatograph eines Tages einfach in seiner Wohnung gestanden hatte.«

»Also hat dein Kollege ihn gar nicht selbst konstruiert?«

»Ich weiß es nicht, aber ist das nicht egal?«

»Du hast recht. Die Hauptsache ist, dass wir ihn besitzen. Ich kann es gar nicht abwarten, ihn länger ausprobieren zu können.«

Stille drang aus dem Lautsprecher. »Aber dir ist schon klar, dass ich ihn zurückhaben muss?«, fragte Alcira nach einem Moment des Schweigens. »Du darfst ihn nur so lange behalten, bis die Arbeiten am Reaktor abgeschlossen sind.«

»Ja ... ja«, brummte ich. »Das weiß ich doch.«

»Ach, und ich habe vergessen, zu erwähnen, dass der Histomatograph einen extremen Stromverbrauch hat. Der saugt dir in Minuten jeden Akku leer. Und schließ ihn bloß nicht ans Hausnetz an. Das hält deine Leitung nicht aus.«

Das habe ich schon gemerkt, dachte ich und sagte: »Ich muss mehr über die Bedienung erfahren! Kannst du herausfinden, wofür die ganzen Regler sind?«

»Wie soll ich das anstellen?«

»Im Büro deines Kollegen gibt es doch sicher Aufzeichnungen über seine Versuche mit dem Gerät. Kannst du mir die besorgen?«

Sein Stöhnen drang aus dem Lautsprecher. »Nun mach mal halblang. Ich habe dir den Histomatographen nicht als neues Forschungsobjekt gegeben, sondern um deinen Job zu retten. Außerdem habe ich nicht vor, das Büro meines toten Kollegen zu durchsuchen. Wenn mich jemand dabei erwischt, sitze *ich* auf der Straße!«

»Dann erzähle mir wenigstens, was du über seinen Konstrukteur weißt. Wie hieß er? Wo wohnte er? Warum hat er sich das Leben genommen ...«

Alcira seufzte. »Hätte ich dir das Ding bloß nie gegeben. Also gut. Sein Name war Kashmiro ...«

Irgendwie schaffte ich es, am nächsten Tag pünktlich im Forschungsreaktor zu sein. Meine Kollegen registrierten mein Erscheinen mit Verwunderung und jemand fragte mich sogar mit einem bösen Funkeln in den Augen, ob ich auf dem Gelände übernachtet hätte. Bis zum Abend simulierten wir den Betrieb des Antimateriereaktors. Mehrmals gab es kleinere Probleme, die aber nie so schwerwiegend waren, dass sie eine Gefahr für den Betrieb dargestellt hätten. Vielleicht wäre mir eine Lösung für sie eingefallen, doch meine Gedanken drehten sich ständig um den Histomatographen. Ich hatte mir in den Kopf gesetzt, alles über ihn zu erfahren, doch wie sollte ich das anstellen? In der Mittagspause durchstöberte ich das öffentliche Netzwerk nach Informationen über den Histomatographen, als mir die Erkenntnis wie ein Blitz durch meinen Kopf schoss. Ich hatte doch alles, um herausfinden zu können, was ich wissen wollte! Mir wurde schwindelig, als ich begriff, dass ich Kashmiro sogar bei der Bedienung des Geräts beobachten konnte.

Als ich am Abend nach Hause flog, hatte ich bereits eine kleine Computerroutine geschrieben, die auf Basis der Spannungsstärke die Zeitdifferenz zwischen Gegenwart und den Aufnahmen des Histomatographen berechnen konnte. Ich würde Kashmiro rund um die Uhr beobachten, bis ich den Histomatographen so gut bedienen konnte, wie er. Leider gab es ein Problem: Ich besaß nicht genug Energiespeicher für den immensen Stromverbrauch. Also machte ich mich weit nach Mitternacht mit Werkzeug bewaffnet auf zu einem öffentlichen Parkplatz, um mich mit Energiezellen einzudecken.

Am nächsten Morgen meldete ich mich krank und flog stattdessen in die Innenstadt, zu der Adresse, die ich von Alcira bekommen hatte. Ich parkte mein HoverCar auf dem Dach eines Restaurants, gegenüber von Kashmiros Wohnung. Mehrmals rief Alcira an, ohne dass ich das Gespräch annahm. Ich hatte ein schlechtes Gewissen, hatte ich doch unsere Abmachung gebrochen, aber ich tröstete mich mit dem Gedanken, dass er die Möglichkeiten des Histomatographen nicht einmal ansatzweise erkannte. Dies hier war wichtiger als meine Arbeit am Antimaterieprojekt. Es war wie die Erfindung des Rades und würde ein neues Zeitalter einleiten. Doch ohne mich würde der Histomatograph vielleicht in irgendeiner Lagerhalle enden oder schlimmer noch, im Recyclingcenter, weil niemand sein Potenzial erkannte.

Eine Zeit lang beobachtete ich von meinem HoverCar aus die gegenüberliegende Wohnung. Kashmiro hatte bereits vor mehreren Monaten Selbstmord begangen und seitdem stand sie leer. Seine persönlichen Gegenstände waren längst abgeholt worden. Den Histomatographen und Kashmiros Unterlagen hatte man in sein Büro ins Hauptgebäude gebracht, während der Rest recycelt worden war. Unschlüssig wartete ich ab. Worauf, wusste ich selbst nicht so genau. Es wurde so kalt, dass ich mich kaum bewegen mochte, und ich stellte die Heizung in meinem HoverCar auf die höchste Stufe. Ich überlegte, ob ich in Kashmiros Wohnung einbrechen sollte, doch abgesehen davon, dass der Hauscomputer die Sicherheitskräfte alarmieren würde, wollte ich meine Forschungsarbeit an dem Histomatographen nicht mit einer Straftat beginnen. Es reichte schon, dass ich mir die Energiezellen aus den HoverCars hatte ausleihen müssen. Also suchte ich im öffentlichen Netzwerk nach dem Namen des Vermieters und rief ihn an. Seine Verwunderung, dass ich per Telefon eine Wohnung mieten wollte, ohne sie mir zuvor anzusehen, verflog augenblicklich, als ich die Miete für ein halbes Jahr im Voraus bezahlte. Kurz darauf schickte er mir über das Netzwerk den digitalen Mietvertrag und den Zugangscode für die Wohnung. Nun, da ich offizieller Mieter war, landete ich mein HoverCar auf dem Balkon, wies mich gegenüber dem Hauscomputer aus, und trat ein. Die Wohnung war kleiner, als ich erwartet hatte, und bis auf ein animiertes Poster der Kirche des Großen Konstrukteurs völlig leer. Die Videowand im Wohnzimmer schien defekt. Und auch der knarrende Fußboden hätte einer Renovierung bedurft, doch ich hatte nicht vor, hier einzuziehen. Ich suchte nach Antworten. Also holte ich den Histomatographen aus meinem HoverCar und befahl dem Haushaltsroboter, die Energiespeicher hereinzutragen. Aus einem Artikel im öffentlichen Netzwerk wusste ich, wann Kashmiro Selbstmord begangen hatte. Ich gab seinen Todestag und das heutige Datum in meinen Armbandcomputer ein und ließ mein Programm den ungefähren Energiebedarf des Histomatographen berechnen. Ich wusste nicht, wie genau meine Routine funktionierte und hoffte, dass die Energiespeicher aus den HoverCars ausreichten. Den Kopf voller Erwartungen und zweifelnder Gedanken begann ich mit dem Aufbau der Anlage.

Erneut rief Alcira an. Diesmal hinterließ er eine Sprachnachricht: »Verdammt Crock, melde dich endlich. Es ist wichtig! Ich muss unbedingt den Histomatographen zurückhaben. Heute Morgen haben die kirchlichen Wahrheitsbewahrer Kashmiros Büro durchsucht. Offensichtlich wissen die von dem Gerät. Wenn es nicht wieder auftaucht, stecke ich in Schwierigkeiten!«

Für einen Moment war ich bereit, meine Versuche einzustellen. Dann sagte ich mir, dass es keinen Unterschied machte, ob ich den Histomatographen sofort oder etwas später zurückgab. Nach ein paar Minuten klemmte ich einen Spannungsregler zwischen dem Histomatographen und den in Reihe geschalteten Energiezellen. So konnte ich den Zeitpunkt, den mir das Gerät zeigte, stufenlos steuern. Wieder drehte ich den großen, klobigen Einschaltknopf.

Der Lichtwürfel baute sich auf und zeigte mir eine leere Wohnung. Ich schwenkte den Histomatographen herum, ohne dass ich jemanden entdeckte.

Mehrmals erhöhte ich die Spannung, bis sich endlich das Bild änderte. Jetzt sah ich, wie Roboter die Möbel hinaustrugen. Eine Gestalt, gekleidet im roten Gewand eines Kirchenoberhauptes, sagte etwas in meine Richtung. Offensichtlich zu einem weiteren Geistlichen, der sich hinter mir befunden hatte. Hören konnte ich nichts. Der Histomatograph übertrug nur Bilder; die Töne waren für immer verloren. Fasziniert sah ich den Robotern zu, wie sie vor Monaten Kashmiros Wohnung ausgeräumt hatten. Nach ein paar Minuten, in denen sich die Ladeanzeige der Energiezellen drastisch reduzierte, erhöhte ich die Spannung des Histomatographen und sprang weiter zurück in die Vergangenheit.

Ich hielt den Atem an, als ich Kashmiro das erste Mal im Lichtwürfel erblickte. Er saß vor dem Histomatographen und sah aus, als würde er seinen eigenen Tod mitansehen. Leider konnte ich nicht erkennen, was das Gerät ihm zeigte. Bevor ich den Histomatographen neu ausrichten konnte, wurde der Lichtwürfel dunkel. Die Energiezellen waren leer.

Ich stieß einen Fluch aus. Ausgerechnet jetzt. Anstatt Antworten erhalten zu haben, waren die Fragen nur größer geworden. Was sollte ich jetzt tun? Ich lehnte mich rücklings an die defekte Videowand und dachte nach. Mir lief die Zeit davon. Je länger ich wartete, umso größer würde der Energiebedarf werden. Schon jetzt reichten die Energiezellen aus den HoverCars nicht mehr aus. Ich brauchte mehr Spannung und ich brauchte sie schnell. Mein Blick fiel auf die offene Anschlussdose der Videowand. Plötzlich hatte ich eine Idee, woher Kashmiro seinen Strom für den Histomatographen bekommen hatte.

Als ich den Hauptstromverteiler untersuchte, wurde meine Ahnung zur Gewissheit. Kashmiro hatte ihn manipuliert und die Zuleitung zur Videowand angezapft.

Nun wollte ich keine Zeit mehr verlieren. Jede Sekunde, die ich zögerte, stieg der Energieaufwand, um mir diese Szene erneut ansehen zu können. Ich rannte zurück ins Wohnzimmer und entfernte eilig die Energiezellen des Histomatographen. Stattdessen verband ich ihn nun mit den Anschlüssen der Videowand. In meiner Aufregung vergaß ich den Spannungsregler. Als ich den Histomatographen schließlich einschaltete, zog er die komplette Energie des Stromnetzes.

Der Anblick, der sich mir im Inneren des Würfels bot, war so unerwartet, dass ich zurücktaumelte. Ich schaute auf die Ruinen einer zerstörten Stadt. Die

Katastrophe musste erst vor Kurzem stattgefunden haben, denn an vielen Stellen loderten noch die Flammen. Ihre dichten Rauchschwaden verdunkelten den Himmel. Einzelne Mauerreste hatten der Katastrophe standgehalten und zeugten von der einstigen Pracht der Stadt. Ich schwenkte den Histomatographen herum. Wohin ich ihn auch richtete, überall bot sich mir das gleiche Bild. Die Stadt lag in Schutt und Asche, doch eines war unverkennbar: Unsere Vorfahren mussten über eine fortschrittliche Technologie verfügt haben. Das Ungeheuerliche aber war, dass es keine einzige Kirche zu geben schien. Nirgends aus den Ruinen erhoben sich die Mauerreste eines kirchlichen Gebäudes. Wie war das möglich? Das heilige Buch des Großen Konstrukteurs lehrte uns, dass wir seit Anbeginn der Zeit unter seinem göttlichen Schutz lebten. Wir hatten niemals Not oder Zwietracht erleiden müssen. Von Kindheit an wurde uns gesagt, dass sein Weg der einzig Richtige sei und zu Wohlstand und Frieden führte, und nun sah ich mit eigenen Augen, dass wir belogen worden waren. Der Frieden seit Anbeginn allen Lebens war eine Lüge. Es hatte sehr wohl Katastrophen gegeben und eine von ihnen hatte diese Stadt zerstört. Plötzlich bekam ich Angst. Was, wenn die Kirche dahinterkam, was ich erfahren hatte? Ich wusste, wie die kirchlichen Wahrheitsbewahrer gegen Zweifler vorgingen. Mir kam ein entsetzlicher Gedanke. War Kashmiros Tod am Ende vielleicht gar kein Unfall gewesen? Hatte ihm seine Arbeit am Histomatographen das Leben gekostet?

Es knallte und ich fuhr erschrocken zusammen. Der Histomatograph wurde dunkel. Ebenso die Beleuchtung über mir. Von draußen drangen Schreie herein. Der Lärm von zusammenstoßenden Fahrzeugen wurde laut. Ich stürmte hinaus auf den Balkon und stieß mir das Bein an ein paar Mauerresten, die zuvor dort noch nicht gestanden hatten. Ich beachtete weder sie noch den Schmerz in meinem Bein. Ich war viel zu entsetzt über das, was ich sah. Oder vielmehr, nicht sah! Die Leuchtreklame des Restaurants auf der anderen Straßenseite brannte nicht mehr. Soweit ich erkennen konnte, lagen auch die übrigen Gebäude im Dunkeln. Das öffentliche Stromnetz war erneut zusammengebrochen und dieses Mal war es meine Schuld.

Der Lärm von Sirenen wurde laut. Mir wurde klar, in was für einer Gefahr ich schwebte. Die Wahrheitsbewahrer der Kirche würden mich mit dem Stromausfall in Verbindung bringen. Ich lachte gequält auf. Natürlich würden sie erfahren, dass ich ihn verursacht hatte. Es war für sie ein Leichtes, herauszufinden, dass der Ursprung dieses Blackouts in dieser Wohnung lag – und dass ich sie gemietet hatte.

Ich musste verschwinden! Mit einem Satz sprang ich in mein HoverCar. Ich wollte schon den Motor starten, da fiel mir der Histomatograph ein. Ich konnte ihn nicht zurücklassen. Er war zu wertvoll.

Kurz darauf flog ich durch eine Nebenstraße, Richtung Stadtgrenze. Die schwebenden Markierungen, die den Verlauf der Fahrbahnen anzeigten, waren ausgefallen. Noch hielten ihre Energiezellen sie in der Luft, doch schon bald würden sie zu Boden sinken. Um mich herum herrschte Chaos. Fahrzeuge kreuzten meine Spur und einmal flog ein HoverTransporter von unten kommend an mir vorbei.

Die wildesten Gedanken schossen mir durch den Kopf. Waren sie mir bereits auf den Fersen? Trackten sie mich über mein Fahrzeug und mein Telefon? Ich musste alles loswerden, mit dem sie mich orten konnten! Kaum hatte ich diesen Entschluss gefasst, da ließ ich mein HoverCar auch schon tiefer sinken. Ich landete in einer Parkbucht vor einer Aufzuchtstation. Um diese Zeit war sie noch geschlossen. Ich ließ meinen Armbandcomputer und mein Telefon zurück, griff nach dem Histomatographen, und stieg aus. Der Bordcomputer startete mein HoverCar und flog den von mir befohlenen Kurs. Ich sah ihm nach, wie er sich in den Verkehr einfädelte. Mit einem Male wurde mir klar, dass ich nicht nach Hause konnte. Sicher würden sie in meiner Wohnung auf mich warten. Ich musste mich verstecken, doch wohin sollte ich?

Eine Zeit lang lief ich durch unbeleuchtete Straßen. Die Kälte der Nacht zog mir die Energie aus dem Körper. Über mir sah ich die Lichter unzähliger Hover-Cars. Niemand hielt sich mehr an die vorgegebenen Verkehrswege. Die Fahrbahnmarkierungen waren erloschen und das Leitsystem für die Fahrzeuge ohne Strom. Immer wieder kam es zu Zusammenstößen. Ich konnte kaum noch klar denken. Was hatte ich nur getan? Wenn man mich erwischte, war der Verlust meiner Forschungsstelle mein geringstes Problem. Und schuld daran war nur der Histomatograph. Er klemmte noch immer unter meinem Arm. Ich spürte seine kantige Form. Hätte ich dieses Ding doch bloß nie angenommen! Alcira fiel mir ein. Mit einem Mal hatte ich einen Plan. Er würde mir helfen müssen. Schließlich hatte er mir den Histomatographen aufgedrängt!

Ohne HoverCar dauerte es eine knappe Stunde, bis ich seinen Wohnblock erreichte. Noch immer lag die Stadt im Dunkeln. Ohne Energie funktionierte auch die elektronische Verriegelung der Haustür nicht mehr und so genügte ein kräftiger Druck und sie öffnete sich. Im Inneren des Hauses brannte nur die Notbeleuchtung. Ich stieg die Treppen hinauf in den vierten Stock und blieb vor Alciras Eingangstür stehen. Ich klopfte. Die Tür schwang nach innen auf.

»Alcira?«

Er antwortete nicht.

Ich holte mein Feuerzeug aus der Tasche und ließ es aufflammen. Das Licht beleuchtete einen akkurat aufgeräumten Flur. Auf einem Schrank lag seine Zugangskarte für das Gelände des Antimateriereaktors. Daneben die Schlüssel seines HoverCars. Vor dem Schrank standen seine klobigen Schuhe; die Jacke hing an einem Haken darüber.

Während ich durch den Flur ging, rief ich immer wieder seinen Namen. Er schien nicht zu Hause zu sein, aber warum hatte er dann seine Schuhe und die Jacke hiergelassen? Das Wohnzimmer und die Küche waren verlassen. Die Tür zum Badezimmer stand offen. Ich ging hinein.

Wie von einem Schlag getroffen prallte ich zurück. Ich stieß mir den Rücken am Waschbecken. Der Histomatograph fiel zu Boden. Das Feuerzeug in meiner Hand erlosch. Plötzlich stand ich im Dunkeln, doch im Gedanken sah ich Alcira noch immer vor mir, wie er blutüberströmt in seiner Badewanne lag, seine regungslosen Augen auf mich gerichtet.

Mein Herz schlug so heftig, dass meine Brust zu explodieren schien. Alcira war tot! Ich wollte es nicht glauben. Entsetzen stieg in mir auf. Dann folgte die Angst. So stark, dass sie alle anderen Gefühle hinwegfegte. Wer immer Alcira getötet hatte, war auch hinter mir her. Hier war ich nicht sicher! Ich hob den Histomatographen auf und rannte hinaus, in den Flur. Im gleichen Moment flammte die Deckenbeleuchtung auf. Die Stromversorgung funktionierte wieder. Aus seiner Ladenische trat Alciras Haushaltsroboter und kam mit ausgebreiteten Armen auf mich zu.

»Sie sind widerrechtlich in diese Wohnung eingedrungen. Bleiben Sie stehen, bis die Wahrheitsbewahrer der Kirche eintreffen.«

Ich wich seinem Griff aus und rannte an ihm vorbei. Einer Eingebung folgend, griff ich nach Alciras Zugangskarte und dem Schlüssel seines HoverCars. Er parkte auf der Landezone des Balkons.

Kurz darauf war ich mit dem Fahrzeug inmitten des Abendverkehrs untergetaucht. Noch immer zitterte ich vor Angst. Sie hatten Kashmiro und Alcira getötet, wie konnte ich sie davon abhalten, auch mich umzubringen?

Eine Zeit lang flog ich kreuz und quer durch die Stadt und suchte nach einer Lösung. Kashmiro hatte sterben müssen, weil ihm der Histomatograph die Wahrheit gezeigt hatte und Alcira, weil die Kirche glaubte, dass er sie ebenfalls kannte. Und nun war ich auf ihrer Abschussliste. Ich war der Letzte, der noch Bescheid wusste. Das machte mich zu deren Ziel, doch das würde ich ändern. Ich musste den Histomatographen noch einmal benutzen, aber dieses Mal würde ich alles ins öffentliche Netzwerk streamen. Das war die einzige Möglichkeit, mein Leben zu retten. Sie konnten nicht die ganze Stadt töten. Doch sofort tauchte ein neues Problem auf. Woher sollte ich den Strom für den Histomatographen nehmen? Beim letzten Mal war die komplette Energieversorgung zusammengebrochen und dieses Mal würde ich noch mehr benötigen. In mir keimte ein Plan, der so verrückt war, dass sich ihn nur jemand ausdenken konnte, der nichts mehr zu verlieren hatte. Der erste Testlauf des Antimateriereaktors war in zwei Tagen. Ich würde dabei sein und mit seiner Energie den Histomatographen versorgen!

Zwei Tage waren eine Ewigkeit, wenn man nichts bei sich trug und nirgends hinkonnte. Ich besaß nur das, was ich im Moment meiner Flucht in den Taschen gehabt hatte. Meine Kreditkarte, die ich nicht benutzen durfte, und ein bisschen Kleingeld. In meine Wohnung konnte ich nicht, dort würden sie auf mich warten. Wo sollte ich mich bis zum Testlauf des Reaktors verstecken? Ich dachte kurz daran, Alciras HoverCar zu behalten, aber sicher scannten sie schon nach ihm. Schließlich fand ich am Stadtrand ein verlassenes Fabrikgelände. Ich versteckte den HoverCar in der Nähe, entfernte die Energiezelle, um nicht geortet zu werden, und machte es mir in einer der halb verfallenen Räume gemütlich.

Die zwei Tage kamen mir wie eine Ewigkeit vor. Immer wieder schreckte ich hoch, weil ich glaubte, dass sie mich gefunden hätten. Ich hatte Hunger und die Kälte lähmte mich, doch schließlich brach der Tag des Testlaufs an. Nun war ich auf dem Weg zur Forschungseinrichtung, wo in ein paar Stunden meine Kollegen den Reaktor hochfahren würden. Sicher saßen sie längst vor ihren Konsolen im Kontrollraum und überprüften zum hundertsten Male die Parameter. Mein Ziel war eine der unzähligen Überwachungsstationen, die es rund um den Reaktor herum gab. Ich landete den HoverCar weit von der Forschungseinrichtung entfernt und machte mich zu Fuß auf den Weg. Den Histomatographen trug ich in einem Rucksack auf den Rücken, den ich im Wagen meines toten Kollegen gefunden hatte.

Schließlich erreichte ich das Forschungsgelände. Meterhohe Wände hinderten Unbefugte – und solche, die ihre Zugangskarte vergessen hatten, am Zutritt. Ich näherte mich dem Eingang, der aus einer dicken Tür inmitten einer noch dickeren Wand bestand. Alciras Zugangskarte gewährte mir Einlass.

Der Weg zur Überwachungsstation führte an der riesigen, zwanzig Meter durchmessenden Säule vorbei, in der sich der eigentliche Antimateriereaktor befand. Sie ragte so hoch in den Himmel, dass ich die Spitze mit den rot blinkenden Warnleuchten kaum erkennen konnte. Das Gebäude mit der Überwachungsstation lag direkt nebenan. Auch hier öffnete mir die Zugangskarte meines toten Kollegen die Tür.

Im Inneren des Raumes war es dunkel, doch als ich eintrat, leuchtete nach und nach das Licht auf.

Ich schloss die Tür hinter mir und sorgte dafür, dass sie sich nicht mehr von der anderen Seite öffnen ließ.

Bevor ich meinen Plan umsetzen konnte, brauchte ich einen neuen Spannungsregler, sonst würde mir der Histomatograph nicht das zeigen, was ich sehen wollte. In einem Labor in einem der Nebenräume fand ich, was ich brauchte. Kurz darauf war der Histomatograph mit dem Antimateriereaktor und einem auf die Schnelle zusammengebauten Spannungsregler verbunden. Davor stand nun eine der vielen Kameras, mit denen die Versuche überwacht wurden. Nun wartete sie darauf, dass sie ihre Bilder ins öffentliche Netzwerk streamen konnte.

Zweifel nagten an mir. War es richtig, der Welt die Lügen der Kirche zu zeigen? Ich wusste es nicht, doch ich wusste, dass ich keine andere Wahl mehr hatte. Mein Weg führte nur noch geradeaus. Jeder Versuch, umzukehren, würde mit meinem Selbstmord enden.

Ich schien ewig warten zu müssen, bis mir die Kontrolllampen endlich signalisierten, dass der Reaktor hochgefahren wurde. Nach einem Moment des Zögerns startete ich die Übertragung. Die Kamera lief, der Reaktor lieferte genug Energie und so schaltete ich den Histomatographen ein.

Wieder leuchtete der Lichtwürfel auf. Der Spannungsregler stand auf seiner kleinsten Stufe und das Bild im Inneren des Würfels unterschied sich nicht von der Gegenwart. Vorsichtig drehte ich die Spannung höher. Endlich veränderte sich das Bild. In rasender Geschwindigkeit wechselten sich Tag und Nacht ab. Die Wände um mich herum verschwanden. Innerhalb eines Augenblicks waren nur noch die Stahlkonstruktionen übrig, bis auch sie noch nicht existiert hatten. Eben noch schaute ich auf Hochhäuser, Luftkorridore voller fliegender Hover-Cars und im nächsten Moment auf Fahrzeuge am Boden, die sich vorbei an einstöckigen Gebäuden drängten. Rasend schnell stieß ich tiefer und tiefer in die Vergangenheit vor. Wie in einem rückwärts ablaufenden Film spielte sich die Geschichte meines Volkes vor mir ab. Straßen verschwanden und wurden zu schlammigen Wegen. Längst hatten wir das Zeitalter der Elektrizität hinter uns gelassen. Mehrstöckige Gebäude sah ich kaum noch und wenn doch, waren es prunkvolle Kirchen. Nach ein paar Augenblicken waren auch sie noch nicht gebaut. Nun sah ich im Inneren des Lichtwürfels einzelne Bäume, die innerhalb eines Atemzuges zu einem Wald wurden. Ich hatte einen Zeitpunkt erreicht, an dem dieses Land noch nicht besiedelt worden war. Wann sah ich endlich die zerstörte Stadt? Erneut sprang ich tiefer in die Vergangenheit. Die Vegetation veränderte sich im Zeitraffer. Auf Wüsten folgten Wälder, deren Baumbestand schrumpfte, bis er völlig verschwand und eine Steppe zurückließ. Für kurze Zeit bedeckte ein Meer das Land. Wieder ging es weiter zurück. Tag und Nacht wechselten sich nun so schnell ab, dass das Licht zu einem Einheitsgrau verkam.

Inzwischen zog ich so viel Energie aus dem Netz, dass es Ronos und seinen Technikern nicht verborgen bleiben konnte. Kaum hatte ich das gedacht, als die Alarmsirenen losheulten. Nun würden gleich die ersten Wachroboter vor der Tür auftauchen. Um mich herum klingelten ein halbes Dutzend Telefone. Auf einem der Bildschirme erschien Ronos' Gesicht. Er schleuderte mir Worte entgegen, die ich angesichts des ausgeschalteten Tons nicht verstand. Ein kurzer Blick auf einen anderen Monitor zeigte mir, dass der Stream der Kamera im öffentlichen Netzwerk verbreitet wurde. Wenn ich ihnen die zerstörte Stadt zeigen wollte, musste ich mich beeilen. Ich drehte den Spannungsregler bis zur Hälfte hoch. Neben mir explodierte eine Schaltkonsole. Lichtblitze liefen eine Stromleitung hinauf und sprengten eine Lichtleiste. Funken fielen auf mich herab. Ich duckte mich erschrocken.

Dann sah ich, dass im Inneren des Lichtwürfels endlich Ruinen aufgetaucht waren. Doch ihre Zerstörung musste bereits viele Jahre zurückliegen, denn inmitten der Trümmer wuchsen Bäume, mit ausladenden Kronen. Gräser und Sträucher bedeckten den Boden. Die Natur hatte ihren Lebensraum längst zurückerobert. Die Kontrollanzeigen des Reaktors standen im roten Bereich und noch immer zog der Histomatograph seine Energie aus der Anlage. Eine Computerstimme warnte vor einer Beschädigung des Reaktors, dennoch drehte ich den Regler weiter auf. Aus dem Augenwinkel sah ich, wie überall um mich herum kleinere Inseln aus Sträuchern und Erde materialisierten. Der untere Teil und die Wurzel eines Baumes durchstießen eine der Konsolen, und warfen sie um. All das beachtete ich nicht. Vor meinen Augen schrumpfte die Druck-welle aus Staub und Feuer zusammen und wanderte rechts aus dem Lichtwürfel. Umgestürzte Wände richteten sich wieder auf. Steine stapelten sich aufeinan-der, bis vor meinen Augen die Stadt entstand. Ihre Ruinen wurden zu präch-tigen Gebäuden. Nun sah ich die Bewohner, wie sie in Panik vor etwas flohen, das sich außerhalb des Lichtwürfels befand. Ich hatte das Gefühl, als würden meine Herzen stillstehen. Ich glaubte meinen Augen nicht. Diese Lebewesen waren keine Reptiloiden, wie mein Volk. Sie sahen völlig anders aus als wir. Zwar bewegten sie sich auch auf zwei Beinen, aber anstatt einer geschuppten, grünen Haut besaßen sie einen blassen, schuppenlosen Körper. Zum Schutz gegen die Kälte trugen sie Kleidung. Ihr Kopf hatte eine eher runde Form und formte nicht wie unserer ein perfektes Dreieck. Einen langen, gezackten Schwanz besa-ßen sie ebenfalls nicht. Dies waren keine Vorfahren meines Volkes. Sie waren eine ganz andere Art von Lebewesen, doch das war unmöglich. Das Buch des Großen Konstrukteurs lehrte uns, dass wir die einzige Lebensform im Univer-sum waren. Es gab nichts außer uns und es hat nie etwas anderes gegeben. Und doch sah ich plötzlich Wesen vor mir, die vor langer Zeit einmal auf unserer Welt gelebt hatten. Unsere Welt? War es dann nicht *ihre* Welt?

Es krachte. Ich schaute auf den Monitor und sah, dass die Wachroboter gleich den Raum stürmen würden. Bevor es so weit war, wollte ich wissen, was die Katastrophe ausgelöst hatte. Ich schwenkte den Histomatographen herum, bis ich die Ursache erkannte. Vor mir sah ich den charakteristischen Turm eines Antimateriereaktors. Nun erst registrierte ich das Heulen der Alarmsirenen, hörte die Stimme des Computers, die immer wieder plärrte, dass die Notabschaltung fehlgeschlagen war. Kurz sah ich im Gedanken Ronos und meine Kollegen vor mir, wie sie voller Panik versuchten, den Reaktor herunterzufahren. So lange der Histomatograph solch gewaltige Menge an Energie zog, war das unmöglich. Ich musste ihn abschalten!

Als ich mich herumdrehte, schlug mir Hitze entgegen. Die Anschlüsse meines Spannungsreglers glühten. Ich zog meine Jacke aus, wickelte sie mir um die Pranke und versuchte, den Regler auszuschalten. Ein Stromstoß warf mich zurück. Funken regneten auf meinen geschuppten Rücken nieder.

Vor meinen Augen schmolz der Spannungsregler zu einem Klumpen Metall. Dennoch versorgte er den Histomatographen weiterhin mit Energie.

Erneut ging es tiefer in die Vergangenheit. Wieder sah ich eine hoch technisierte Stadt. Diesmal wurde sie von groß gewachsenen, kahlköpfigen Wesen bevölkert. Auch wenn ich nirgends den Turm eines Antimateriereaktors erkennen konnte, ahnte ich, dass auch er für ihren Untergang verantwortlich gewesen war.

Die Geschichte wiederholte sich. Und das immer wieder. Ich blickte hinüber zu einem der wenigen Monitore, der noch intakt war. Sämtliche Anzeigen standen im roten Bereich. Nicht mehr lange, und das Eindämmungsfeld des Reaktors kollabierte. Der Histomatograph war wie ein schwarzes Loch, das alles verschlang, was sich ihm näherte. Wir würden das Schicksal der Völker vor uns teilen, die wie wir diesen Weg eingeschlagen hatten. Ob sie auch einen Histomatographen besessen hatten? Ich konnte es nur vermuten.

Während hinter mir die Wachtroboter und die Sicherheitskräfte in den Raum stürmten, rannte ich zum Histomatographen hinüber. Der Hauptschalter war verschmort und ließ sich nicht bewegen, also drückte ich wahllos die übrigen Knöpfe. In meinem Kopf rauchte das Blut. Meine Augen tränten vor Aufregung. Plötzlich hüllte mich ein Energiefeld ein. Die Umgebung verschwand vor meinen Augen.

Ich spürte, wie ich fiel. Nach langen Sekunden kam ich hart auf. Eine Zeit lang blieb ich liegen und wartete auf die Explosion des Antimateriereaktors. Schließlich hob ich den Kopf. Die Luft roch exotisch und hatte eine seltsame Konsistenz. Ich befand mich nicht mehr in der Forschungseinrichtung, ja, nicht einmal mehr in der Stadt! Ich lag in einem Wald aus Bäumen, wie ich sie noch niemals gesehen hatte. Insekten, so groß wie mein Kopf, flogen an mir vorbei. Die Temperatur lag um ein Vielfaches höher, als ich es gewohnt war. Wo war ich? Als in der Ferne der Kopf eines prähistorischen Tieres auftauchte, ahnte ich, was geschehen war.

Ich hatte angenommen, dass der Histomatograph konstruiert worden war, um seinem Benutzer Bilder aus der Vergangenheit zu zeigen, doch das stimmte nicht. Die Aufnahmen innerhalb des Lichtwürfels waren nichts anderes als Zielzeiten. Der Histomatograph war eine Zeitmaschine und hatte mich weit in die Vergangenheit gebracht. Wie hatte Alcira gesagt: »Dinge verschwinden nicht einfach.«

Ich wusste es besser!

UNHEIL AUS DER TIEFE

von Karlheinz und Angela Steinmüller

»Los! Tempo!«, gellte es schrill über den nächtlich dunklen Vorplatz. »Schneller, ihr Fußkranken! Ab in den Bunker!«

Tofrod, unausgeschlafen und durstig, hastete voran, huschende Schemen vor sich. Da, der Eingang, eine schwarze Öffnung im Boden. Schon ging es holterdiepolter die Stiege hinab, immer tiefer. Erdgeruch. Vorsicht! Jemand stolperte. Ein schwacher Lichtschimmer. Vor ihm, das musste Frannsa sein, die mit der hellen Strieme im Rückenfell; sie trug, wie Tofrod verwundert wahrnahm, einen eingerollten Teppich unter dem Arm! Ja, hatte sie denn gewusst, dass es Alarm gab?

Als er, etwas wacklig auf den Beinen, unten ankam, waren die besten Plätze schon belegt, die auf den sauberen Planken an der hinteren Wand. Doch da, im rötlichen Schimmer einer Taschenlampe, winkte Krerwed, sein Zimmergenosse. »Mann, Toff, du siehst ja aus wie ein Erdteufel!«

Tofrod hockte sich neben Krerwed, der den Alarm offensichtlich sehr gelassen nahm. »Bloß eine Übung. Die Direx will wohl wieder Pluspunkte sammeln. Ja, wenn man's nötig hat.« Er prustete. »Riechst du die Angst?«

Tofrod schnüffelte: Feuchte Erde, vielleicht Engerlinge, Angst roch er nicht, eher verspürte er die uralte, von den Vorfahren ererbte Geborgenheit im Schoß der Erde. Noch war er wie benommen; der Alarm hatte ihm ein Traumbild in den Kopf gepflanzt, doch jetzt, wo er sich erinnern wollte, verwehte es.

Mit einem lauten Knall fiel die Eingangsklappe zu. Wer jetzt noch kam, blieb draußen. Die Direktorin zählte. Jemand begann zu kurbeln, eine Handlampe leuchtete auf, doch sie erhellte nur den hinteren Teil des Bunkers. Die meisten hockten, als sei Unterricht, ordentlich auf den Fersen. Einige allerdings hatten es sich auf Bodenbrettern bequem gemacht; unter der Erde ließ sich gut ruhen. Nur wenige begannen vor lauter Nervosität mit der Fellpflege. Weicheier! Aber auch Tofrod spürte ein Jucken im Brustfell. Er unterdrückte den Impuls. Was sollte Krer von ihm denken!

Der aber hatte sich gerade an Murwin, den anderen Zimmergenossen gewandt, und flüsterte geheimnistuerisch: »Stell dir vor, wir graben uns hier ein. Und wenn wir tiefer graben, stoßen wir vielleicht auf ein UBO! Und dann kommen die ...«

Plötzlich verstummte er. Eine leichte Erschütterung. Und noch eine. Nun roch auch Tofrod den Angstschweiß. Etwas wie schlechter Atem wehte durch das Erdloch. In der hinteren Ecke stimmte Betreuer Klenswer »Trotzen den Gefahren stolz«, das alte Kampflied, an, aber wohl keinem war so recht danach, den Gefahren mit vollen Tönen zu trotzen, so wie es sich für Kämpfer gehörte, die »unsre Heimat Jargalant« immer wieder gegen den »infamen Feind«, erst das Stammesreich Rastia, später die R-Union, verteidigen mussten.

Wieder zuckte eine dumpfe Erschütterung durch das Erdreich. Krerwed hatte den Platz schlecht gewählt: Kleine Dreckbrocken lösten sich von der Wand. Tofrod wischte sie sich vom Fell. Die meisten Wände waren vor langer Zeit betoniert worden, nur diese nicht. Hier hielten in lockeren Abständen Planken das Erdreich notdürftig zusammen. Der Bunker stammte noch aus dem letzten Krieg, keiner hatte sich die Mühe gemacht, ihn auszubessern.

»Oh, wie lecker!« Krerwed pulte hier einen Wurm, dort eine Larve aus der Wand. »Such dir selber eine Stelle«, fertigte er einen Jüngeren ab, der eilig herangeschlichen kam. Tofrod war nicht nach Futtern zumute. Eben noch hatte er geglaubt, dass es sich um eine Übung, wie so manche vorher, handelte ... Vorsichtig fasste Krerwed einen fingerlangen Skolopender, riss ihm den giftigen Kopf ab. »Wer Angst hat«, meinte er genüsslich kauend, »hat schon verloren.«

Allmählich wurde es lauter. Fragen schwirrten herum: Explosionen? Bomben? Die Direx und Betreuer Klenswer blieben vage. Nein, keine Granate, erst recht keine Sonnenwaffe. Das ist nur ein bisschen Wackeln. Wahrscheinlich wieder ein Artillerietest auf dem nahen Polygon.

Krerwed wischte sich die Finger ab – an Tofrods Fell! »Sag ich doch«, flüsterte er, »die Einstigen rühren sich, bringen ihre UBOs in Stellung.« Er machte eine Pause: »Oder eine Seismokanone.«

Murwin flüsterte zurück: »Alles Quatsch. Spinnerei. **U**nbekannte **B**oden-**O**bjekte, lächerlich!«

»Was weißt du schon von UBOs, von den Einstigen! Sie warten auf ihre Stunde, ist doch klar, eines Tages oder eher eines Nachts ... Dann bricht der

Boden auf ... Und wehe uns, wir sind in ihrer Nähe. Dann zermalmen uns ihre Maschinen – und nur Sanro Merrod kann uns retten.« Er lachte verhalten.

Auf Krerweds linkem Arm saßen sechs neue Parasiten. Aber Tofrod verspürte nicht die geringste Lust, sie abzupflücken. Vielleicht waren es Unheil-Zecken?

»Was, du kennst Sanro Merrod nicht? Den Erfinder? Den Kämpfer gegen die Einstigen?« Krerwed starrte Tofrod in gespieltem Unglauben an. »Dann wird es wirklich Zeit ...«

Sie, Tofrod, Krerwed und Murwin, hockten auf den Bettlagern in ihrem Raum, einem der beiden Viererzimmer, das sie, wie Krerwed ab und zu durchblicken ließ, nur dank seines Organisationstalents ergattert hatten. Sie waren zu dritt. Einen Lernenden Nummer vier hatte es aus unbegreiflichen Gründen nie gegeben. Nun wohl, wie sagte das Sprichwort: Der Tüchtige schafft sich seinen Platz. – Womit wohl in alten Zeiten das Graben von Wohnhöhlen, Tunneln und Vorratskavernen gemeint war.

Tofrod verstand nicht, worauf Krerwed hinauswollte. Doch der zeigte auf den Lautsprecherkasten, der neben der Eingangstür hing.

»Was ist mit der Quäke?«, fragte Murwin.

Krerwed hob die Hände: »Also Leute, ihr seid so begriffsstutzig. Das ist keine Quäke. Die Viererzimmer waren früher Offiziersquartiere, und die hatten Anrecht auf einen richtigen Empfänger. Eine kleine Spule, ein wenig Fummeln, und das Ding tut seinem Namen wieder alle Ehre und bringt uns«, er senkte die Stimme, »RRR herein. An jedem Vierten abends läuft da ›SM gegen die Ungeheuer aus der Tiefe‹«.

Murwin duckte sich, als fürchte er einen Nackenhieb: »RRR, meinst du Radio Rastia Rundum?«

»Na, was sonst.«

»Und dieser Kämpfer gegen die Einstigen stammt aus Rastia?«

»Er heißt Sanro Merrod«, stellte Krerwed fest, ohne Murwins Frage zu beantworten.

Tofrod spürte, wie sich ihm das Fell auf den Unterarmen sträubte. Keiner durfte – ohne spezielle Genehmigung – RRR oder einen anderen Fremdsender hören. Angeblich setzten sie einem Gedanken wie Unheil-Zecken ins Gehirn.

Vage erinnerte er sich an die verhaltenen Gespräche in seiner Sippe: »den haben sie geholt ... hat sich wohl beim Zuhören vertan«. Aber das lag Jahre zurück; er hatte damals, kaum dem Krabbelalter entwachsen, nur begriffen, dass ein Verwandter fortan fehlen würde. Der war jetzt »in den Schächten« ... Nervös strich er sich über die Unterarme.

»Nun seid mal keine Memmen. Im anderen Viererzimmer gehört Sanro Merrod zum festen Programm. Das sind keine Hosenscheißer. Man muss nur ein wenig aufpassen. Sie haben da einen Draht, wenn man den unterbricht, hält die Quäke ihre Klappe. Da kann nichts passieren. Und SM ist wahnsinnig spannend.«

Tofrod bemerkte, dass sich auch Murwin über das Fell strich. »Hab' auch davon gehört, vor ein paar Tagen, als wir im Acker waren.«

»Das Material für die Spule habe ich schon besorgt, den Ferritkern, den Draht. Aber leider habe ich von meinen Vorfahren eher Grabschaufeln als Hände geerbt. Du bist doch so geschickt, Toff?«

Überrumpelt zuckte Tofrod zusammen. Nein, das konnte, wollte, durfte er nicht. An der Quäke herumbasteln! Wenn das entdeckt würde!

»Aber es wird nicht entdeckt.« Krerwed holte aus seinem Unterrichtsbeutel eine kurze graue Stange und ein Knäuel Draht. »Die praktischen Übungen sind am Ende doch zu etwas nütze.« Er schob die Sachen auf Tofrods Bettlager, direkt neben Tofrods Füße. »Du gibst doch immer an, was du alles draufhast. Jetzt zeig es uns!«

Murwin stimmte ein. Sanro Merdod war ein Muss! – Er brachte nicht einmal den Namen richtig hervor.

Der Unterricht verlief quälend eintönig. Aber so war es bei der Direx nun einmal. Ausnahmsweise hielt sie die Stunde selbst, weil eine Dame von der Behörde hospitierte. Diese hockte nicht mit im Kreis, sondern außerhalb unter dem vom Staub fast erblindeten Fenster. Langatmig wiederholte die Direx die Geschichte von den streitenden Inseln, dann zog sie Parallelen zur Gegenwart. Schon damals hatte es Unheil-Zecken gegeben, aber die Gegner hatten sie nicht aus Flugzeugen abgeworfen, sondern mit Katapulten verschossen. Wehe, wer sie mit einem gutartigen Parasiten verwechselte und knackte! Ihr Gift führte zu tödlichen Krämpfen. Krerwed, der mit dem Rücken zur hospitierenden Dame saß, grimassierte genüsslich, was ihm einen strengen Blick eintrug.

Tofrod wechselte aus der Hocke in den Sitz mit untergeschlagenen Beinen, was ebenfalls eine unterrichtskonforme Körperhaltung war, und legte die Hände, Handflächen nach oben, auf die Knöchel. Ein wenig Entspannung … – Und schon handelte er sich eine schneidend scharf gestellte Frage ein: »Was wissen wir von den Früheren, Meister Tofrod?«

Kalt erwischt, stammelte er los. »Es waren ungeschlachte Riesen …« Er hatte das Schaubild vor Augen: Grobschlächtige Monster waren sie, haarlos, fleischig, mit einer Haut, ledrig von der Sonne, und sie lebten oberirdisch eng gedrängt meist am Rand von Flüssen oder anderen Gewässern. Erst als es mit ihnen zu Ende ging, zogen sich einige dieser Ungetüme in den schützenden Erdboden zurück. – »Monster« durfte er nicht sagen, der Begriff war verpönt, weil unwissenschaftlich. »Ungetüm« klang aber auch nicht viel besser.

»Dürftig, dürftig, Tofrod.« Die Direx musterte ihn scharf. Sie hatte ihn schon länger auf dem Kieker: »Und wie stehen wir zur Abstammungsfrage?«

Das nun war leicht. Sie hatten sich selbst umgebracht, wilde, barbarische Wesen, die sie waren, schon deshalb konnte der jetzige Mensch nicht von ihnen abstammen. Tofrod redete und redete, ganz heiß wurde ihm davon. Längst war er wieder in die bequemere Hocke übergegangen. Die versteinerten Knochen konnten einen schon faszinieren, auch die Reste ihrer Maschinen, über die sich die besten Experten die Köpfe zerbrachen. Und er vergaß auch nicht die Irrlehre zu erwähnen: »In der Rastiarischen Union gibt es Forscher, die behaupten, dass wir ihre Nachkommen seien. Das ist offensichtlicher Unsinn, denn dann müssten wir ja felllos sein. Und außerdem«, er machte eine Kunstpause, »ein wenig blöde.« – Er hatte die Lacher auf seiner Seite. Die Direx schien die Bemerkung nicht für sonderlich lustig zu halten, die hospitierende Dame verzog keine Miene. Überhaupt hatte sie sich während des gesamten Unterrichts nicht einmal gerührt, nicht einmal die Position verändert. Offensichtlich war sie in Reglosigkeit geübt.

»Sehr witzig, Tofrod. – Was aber, wenn du plötzlich einem der Wesen von damals gegenüberstehen würdest?« Krerwed öffnete den Mund und artikulierte triumphierend, doch lautlos zwei Worte, die Tofrod dennoch zu verstehen glaubte: Sanro Merrod!

Tofrod fing sich: »Eine rein hypothetische Frage. Das kann nicht geschehen. Denn sie sind ja vor etwa einer Million Jahren ausgestorben.«

Ach, welch interessanten Gerüche! Tofrod hatte den Empfänger von den Wandhaken genommen, die Rückwand abgeschraubt und überlegte nun, wie er die frisch gewickelte Spule anbringen sollte. Schaltungstechnisch war die Sache klar, Krerwed hatte ihm eine Zeichnung zugesteckt. Aber wenn man nur ein Taschenmesser zur Hand hatte ... Alter, trockener Staub, der sich im Gewebe der Lautsprecherumhüllung verfangen hatte, stach ihm in der Nase. Dazu noch ein winziger Hauch von kaltem Kolophonium, im Hintergrund etwas Scharfes, Beißendes. Vielleicht von Patronen und Pulver?

Murwin hielt die Rückwand. »Passt alles?«

Aber sicher. Tofrod fragte sich nur, woher Krer die Skizze hatte und woher er so genau wusste, was zu tun war. Doch Krer war stets bestens informiert ... Gerade jetzt war er wieder unterwegs, um etwas zum Knabbern zu besorgen. Krer schien keinen Zweifel zu hegen, dass es genügte, die Abstimmung zu verändern. Die Leitungen, über die das Gerät als Quäke – für Durchsagen und andere Arten von »Beschallung« aus dem Dienstraum der Betreuer – genutzt wurde, sollte man einfach aus- und wieder einstöpseln können. Auch das erschien Tofrod zweifelhaft. Würde man das nicht bemerken? Aber wenn Krer meinte ...

So, die Rückwand war wieder angeschraubt. Und jetzt die Probe. Der Lautstellknopf knackte; das Gerät war eingeschaltet. Zuerst ertönte nur ein Rauschen, dann ein kurzes Zwitschern und schließlich, erstaunlich klar, eine Stimme, die einen melancholischen Singsang aus dem Süden Jargalants intonierte. – Tofrod kannte das Lied aus seiner Kindheit; seine Sippe hatte bisweilen dergleichen gesungen. Seither war viel Zeit vergangen. Solcherart Singsang galt inzwischen als altmodisch, wo nicht rückwärtsgewandt, also genau richtig für rastiarische Propaganda. Dennoch berührte die Melodie Tofrod. Rasch drehte er den Lautstellknopf bis zum Anschlag zurück.

Einige Stunden später war es so weit. RRR hatte die beste Zeit für »SM gegen die Ungeheuer aus der Tiefe« ausgewählt: am Abend vor der offiziellen Bettruhe, die hier in den Baracken auch regelmäßig durchgesetzt wurde. Außer natürlich, man befand sich in einem Viererzimmer und war über den Wachplan der Betreuer informiert.

Tofrod hockte auf seinem Bettlager und knabberte wie seine Zimmergenossen getrocknete Larven aus einer Tüte, die Krer besorgt hatte. Er war aufgeregt: Sie hörten – leis und jederzeit bereit, den Unterbrecher zu betätigen – eine fremde, wohlklingende Stimme, gänzlich ohne den groben rastiarischen Akzent, den man bei Polemiken und Witzen gern benutzte. Als wäre die Sendung extra für sie gedacht, wiederholte die Stimme die Vorgeschichte, so wie ja auch die gesamte Sendereihe eine Wiederholung war »aufgrund des regen Zuspruchs und der zahlreichen Bitten, die uns aus allen Ecken der Welt erreichen«. Gewiß übertrieben, Propaganda eben. Und doch ...

Sie lauschten:

Sanro Merrod, der Erfinder und Abenteurer, hatte in seinem Labor irgendwo in der Nähe der rastiarischen Hauptstadt merkwürdige Bodenschwingungen entdeckt. Aber die Sippenältesten schenkten ihm keinen Glauben, und fast hätte er die Angelegenheit vergessen, wäre da nicht die alte, geheimnisvolle Dame von der Insel Rauhland gewesen: »Unsere Überlieferung bewahrheitet sich. Sie kommen zurück.« Als Beweis brachte sie ein kaum faustgroßes, blitzendes Stück Technik mit – unbekanntes Metall, unbekannte Funktion. Relikt oder neu, wer konnte das ahnen? Eine Zusammenkunft der Vormenschexperten wurde einberufen. – Vormenschen, so nannte man die Einstigen in der Rastiarischen Union. – Wieso die Dame aus Rauhland ein so wichtiges Artefakt aus der Hand geben wollte, begriff Tofrod nicht. Sanro Merrod organisierte ein Treffen. Die Experten hockten gespannt im Halbrund, effekthascherisch zog die Dame das Tuch, unter dem sich das Objekt verbergen sollte, weg: Da klaffte dort, wo es sich noch vor Minuten befunden hatte, ein rundes Loch im Teppich und im Boden darunter! Großes Entsetzen! Lärm allerseits! Stimmengewirr! Dann Lachen, Schimpfen: »Was für ein dämlicher Trick!« Sanro Merrod war blamiert, die Dame verschwand so geheimnisvoll, wie sie gekommen war, und er, Sanro Merrod, stand einsam und verlassen draußen zwischen den rastiarischen Haustonnen und grämte sich. »So weit die Geschehnisse der ersten beiden Episoden. Heute folgt: Sanro Merrods große Entdeckung! Lehnen Sie sich zurück, genießen Sie Engerlinge oder Bruchwurzeln, aber vergessen Sie das Runterschlucken nicht, denn die Leckerbissen werden Ihnen im Halse steckenbleiben, wenn Sie hören, was weiter geschah!«

Sie hielten den Atem an, Tofrod, Krerwed und Murwin:

Einer Eingebung folgend, untersucht Sanro Merrod das Loch unter dem Teppich. Es führt nur zwei Meter senkrecht in die Tiefe, darunter ist glattes Erdreich, doch nein, auf merkwürdige Weise verändertes Erdreich. Wurde es einer unbekannten Strahlung ausgesetzt?

Als sie lange nach der Zeit der Bettruhe, irgendwann gegen Mitternacht, den Empfänger zur Quäke umschalteten und umsanken, hatten sie erfahren, dass Sanro Merrod auf eine wahrhaft mysteriöse, wortreich umschriebene, aber irgendwie unerklärliche Kraft gestoßen war, die es gestattete, im Erdreich selbst durch Fels zu navigieren, nicht wie ein Vogel im Himmel oder ein Fisch im Wasser, nein, wie ein Rauchschwaden oder ein Wölkchen Gestank in der Luft. Und am Ende tauchte jene geheimnisvolle Dame wieder auf: »Du musst uns verteidigen, Sanro, denn sie können jeden Moment aus ihren tiefen Sarkophagen ausbrechen und dann wehe uns.« Als Sanro Merrod sich aber am nächsten Tag wieder mit ihr treffen will, erscheint sie nicht am vereinbarten Ort. Entführt?!

Wie kann man sich nach solch einer Nacht im Unterricht konzentrieren? In Abstrakter Naturlehre, sonst eines seiner Lieblingsfächer, verrechnete sich Tofrod mehrmals und als sie am Nachmittag auf dem »Übungsacker« flach auf dem Bauch liegend mit dem kurzen Handspaten Schützenmulden aushuben, hätte Tofrod um ein Haar den Ausbilder mit »Herr Merrod« angesprochen. Bei den Mahlzeiten auf dem Zimmer tuschelte er mit Murwin und Krerwed, aber nicht einmal hier wagte er, das Hörspiel zu erwähnen. Selbst Krer verkniff sich jede Anspielung. Das war am ersten Tag. Am zweiten litt Murwin unter einer schmerzhaften Augenentzündung, die er sich auf dem staubigen Acker eingefangen hatte. Betreuer Klenswer setzte ihm drei Heil-Zecken ins Fell. Sie fielen bald ab und Murwin traute sich wieder unter die Sonne. Dann folgten weitere endlose Tage mit dem üblichen Einerlei von Herumhocken und Heucheln von

Aufmerksamkeit, mit Schwitzen im Freien, halbwegs vergnüglicher Fellpflege und langen, empfangslosen Nächten mit Bildern vor geschlossenen Augen: Sanro Merrod stößt auf einen Einstigen, tritt ihm mutig gegenüber ... *Welche Waffen zieht der Einstige? Was hat ihm Sanro Merrod entgegenzusetzen?*

Endlich, endlich waren die acht Tage der Woche herum, und Tofrod hoffte inständig, dass keine zusätzlich angesetzte Übung, kein nächtlicher Alarm sie stören würde.

»Der Boden wird unruhig«, sinniert Sanro Merrod, während er in seinem Labor mit Wellen und Frequenzen hantiert: ziemlich lautes schepperndes Gejaule aus dem kleinen Lautsprecher. Fast täglich erreichen Sanro Nachrichten, etwa dass Wegebauer oder Ackerknechte seltsame Geräusche im Grund gehört hätten. Bergleute, die besonders tiefe Schächte graben, stoßen auf massive, felsartige Unterbodenobjekte. Sanro entschließt sich zu sprengen: Ein ohrenbetäubender Knall, der bestimmt durch drei Zimmerwände zu hören war! – Der Rückschlag zerstört die Tunnel. Und als man die Schächte freiräumt, sind die UBOs verschwunden. Sanro Merrod forscht nach: Kaum eine Meldung lässt sich belegen. Die Seismographen zeigen nur harmlose Schwingungen.

Was man in der Nacht hörte, drang letztlich auch in den Tag. Frannsa, das Mädchen mit der hellen Strieme im Rückenfell, fragte in Geschichtskunde nach: Wenn doch etwas von den Vormenschen – sie benutzte das rastiarische Wort – geblieben sei, irgendwo, tief unter Sand und Lehm, im Granit oder Porphyr? Solche Objekte von den – jetzt richtig – Einstigen? Man hat doch Reste von ihren gigantischen Städten gefunden? Und ihre riesigen Schädel? So viel Intelligenz!
Plötzlich war es still. Tofrod roch die Spannung im Raum. Frannsa hatte offenbar auch zugehört! Aber wo? Und mit wem? Alle starrten sie an, die einen ungläubig, befremdet, manche fast ein wenig gehässig. Tofrod blickte weg. Über eines der halb erblindeten Fenster lief, außen, eine große Spinne.
Betreuer Klenswer blies die Backen auf: Ein Unfug sei das! »UBOs sind Schwindel, von den Rastiariern erfunden, um ihr eigenes Volk zu verdummen und von den fürchterlichen Problemen der R-Union abzulenken, von

Nahrungsmangel wegen dem wuchernden Schimmel in den Larvenfarmen, von der Korruption, den alten, zerfallenen Höhlen unterhalb der Hauptstadt, wo die armen Leute dahinvegetierten, von den Machtkämpfen zwischen den Herrschern ... Wer an UBOs glaubt, glaubt auch, dass der Boden unter unseren Füßen wegbrechen könnte.«

»Recht hat sie, die Frannsa.« Acht unruhige Tage später, als sie kurz vor der Sendung wieder unter dem Empfänger hockten, drehte sich das Gespräch um nichts anderes. Spuren der Einstigen fand man überall, wenn man nur tief genug grub. Zu ihrer Zeit waren sie die Beherrscher der Welt, und trotzdem verschwanden sie auf einen Schlag, waren wie weggewischt vom Angesicht der Erde. Was hatte sie umgebracht?

Murwin, sonst etwas langweilig und nüchtern, spekulierte: Vielleicht waren doch einige übriggeblieben? Vielleicht gab es irgendwo eine vergrabene Armee? Wenn Sanro Merrod recht behielt, eine kleine Gruppe die Zeiten überdauert hatte oder wiederauferstanden war, dann konnten es auch Massen von Einstigen sein – eine Invasionsarmee.

»Ja, und sie warten ab«, griff Krerwed den Faden auf, »bis es sich lohnt, aus dem Versteck im Boden aufzutauchen. Deshalb häufen sich die UBO-Meldungen. Die Zeit ist fast heran.«

Tofrod fand das übertrieben. UBOs, wo gab es die denn? Irgendwo im hintersten Rastia, oder? Wo die Bauern jeden Findling für einen »Vormenschen-Sarkophag« hielten!

»Ist dir nicht aufgefallen, dass man bei uns nichts von UBOs vernimmt? Nicht von einem einzigen? Da ist doch etwas faul!« Krerwed genoss es aufzutrumpfen: »Man hört nichts, ganz einfach, weil solche Funde geheim gehalten werden. Womöglich sind die Einstigen bereits unter uns, sie tarnen sich als unsereins, denn sie besitzen überlegene Geisteskräfte – und sie sorgen dafür, dass niemand die Wahrheit hinausposaunt.« Er überlegte, kratzte sich am Fuß. »Wer – wie die Dame aus Rauhland – warnen will, muss sehr, sehr vorsichtig sein und darf nur gut versteckte Botschaften lancieren. Da bietet sich ein Hörspiel in RRR geradezu an: Wahrheit in Gestalt von Spinnerei. Das ist doch perfekt! Keiner nimmt sie ernst. Aber wir Eingeweihten werden so auf die Stunde vorbereitet.«

Tofrod knackte eine Zecke, eine von der normalen Sorte, die ein wenig nach Honig schmeckte. Er wollte sich nicht mit Krerwed streiten. Wie sollten sich die Einstigen tarnen, wenn sie doch so viel größer waren, längere Knochen, größere Schädel hatten? Gut, ein Fell konnten sie sich überziehen ... Aber dass sie allen Leuten Trugbilder von sich vorgaukeln könnten? Mit Gedankenkraft? Einfach absurd!

Ein Geräusch an der Tür! Schnell streckten sie sich aus und mimten Schlafende. Der wachhabende Betreuer, ein schon ergrauter und bekanntermaßen etwas kurzsichtiger Mann, schaute kurz herein, schloss dann sanft die Tür. – Zeit, den Empfänger einzuschalten!

Wie Krerwed vorhergesagt hatte, traf nun Sanro Merrod endlich auf Tschurid Helmer, den berühmt-berüchtigten Industriellen, Hersteller von Zügen und Flugzeugen. »Sie meinen, dass Sie an die Sarkophage der Vormenschen herankommen? Sie benötigen dafür ein Untererdfahrzeug? Wir werden sehen.« Natürlich bemühte sich Tschurid Helmers Sippe nach Kräften, die Geldverschwendung zu verhindern, Konkurrenten und Gegner strengten sich an, ihn zu ruinieren, aber der Bau des Vehikels schritt dennoch mit mächtigem Maschinengetöse voran. Dann ereignete sich ein Anschlag. Ein fürchterlicher Knall, Geschrei, Jammern. – Einige Arbeiter kamen um. War das das Werk von Agenten der Vormenschen? Schließlich sollte Helmer – und mit ihm Sanro Merrod – wegen offensichtlichen Wahnvorstellungen entmündigt werden. Heftiger Wortwechsel in kaum verständlichen Advokaten-Begriffen, wohl unzureichend aus dem Rastiarischen ins Jargalantische übersetzt. Und die Episode schließt mit dem neuen Spruch Sanro Merrods, nur vollwertig in breitem Bühnen-Jargalantisch: »Die Uaaheit liegt unter unsaren Füßen.« – und mit den kreischenden Tönen eines überdimensionierten Erdbohrers.

Direktorin Eritrun war nervös. Man konnte es daran erkennen, dass sich die Direx ab und zu am Ellenbogen zupfte, wo das Fell schon recht schütter war. »Einstige, immer wieder höre ich von Einstigen. Was interessiert euch nur an diesen ausgestorbenen Tiermenschen? Als ich in eurem Alter war, haben wir uns Dinosaurier angeschaut, die großen Echsen, die vor über 66 Millionen Jahren die Erde beherrschten.«

Sie hockten im Rund und gaben sich unschuldig. Einstige, nein, wer interessiert sich schon für die.

»Die Einstigen gehören wie die Dinosaurier in die Naturgeschichte, nicht in den Geschichtsunterricht. Sie sind längst in die Sedimente gesunken. Über die Gründe kann man spekulieren, aber das überlassen wir denen, die sich damit auskennen. – Noch Fragen?«

Tofrod verlagerte das Gewicht von der rechten Ferse auf die linke. Aber gewiss hatten sie noch Fragen. Ob es stimmte, dass man – wie Tschurid Helmer im Hörspiel behauptet hatte – in der obersten Vormenschenschicht erhöhte Atomstrahlung gefunden hatte? Wenn sie so intelligent waren, hatten sie bestimmt auch die Sonnenwaffe entwickelt. – Tofrod zog es vor zu schweigen. Wer fragt, verrät sich.

Frannsa, die Vorwitzige, meldete sich. Vielleicht eine letzte Frage, bitte? – Es gab einfach Personen, die nicht begriffen, wann eine Diskussion beendet war.

Die Direx erhob sich. Wohl zu schnell, denn sie wankte ein wenig nach vorn, ein wenig nach hinten. Unwirsch gestattete sie: »Also bitte.«

»Wenn wir nicht von ihnen abstammen, und sie so große Gehirne hatten – vielleicht haben sie uns gezüchtet?«

Ein Glucksen ging durch den Kreis. Die meisten hatten wohl die kürzlich gesehene Dokumentation vor Augen: Forscher mit Atemmasken traktierten dicke, weißliche Insektenlarven in Glasschalen mit Atomstrahlen. Dazu der Slogan der Forschungseinrichtung: »Kräftige Kerfe für kräftige Kerle«. Und wahrscheinlich erwarteten die meisten jetzt den Standardvortrag über den Unterschied von Neugier, Wissbegier und dämlichen Fragen. Doch die Direktorin bügelte Frannsa einfach ab: »Genau diese Art von Spekulationen wird von bestimmten Leuten – meist aus der R-Union – mit böser Absicht in die Welt gesetzt. Wer ihnen auf den Leim geht …«

Mit einer unwilligen Handbewegung schloss sie die Stunde. Alle strömten nach draußen in den heißen Sonnenschein, Tofrod mitten im Gedränge. Es roch nach trockener Erde und Schweiß und Pollen. Einige Kameraden suchten die bemooste Umfassungsmauer des Hofs nach Leckerbissen ab, verschmähten auch junge, unvorsichtige Eidechsen nicht, andere widmeten sich der gegenseitigen Fellpflege. Am Eingangstor verteilte eine ältere Händlerin kräftig riechende Lauchwurzeln aus einem Korb.

Wohin Tofrod auch schaute, an welches Grüppchen er sich auch stellte, zu wem er sich auch dazuhockte, überall schien sich das Gespräch nur um Einstige, um Untererdfahrzeuge und eine mögliche Invasion aus der Tiefe zu drehen. Ja, hatten sie denn alle »SM gegen die Ungeheuer aus der Tiefe« gehört? Wer hatte denn noch einen Empfänger?

Das funkelnagelneue Untererdfahrzeug, Sanro Merrod hat es Werre *nach der Maulwurfsgrille getauft, bohrt sich durch das Bodengestein.*

Was für ein Kratzen, Knirschen, Quietschen! Tofrod sträubte sich das Fell, die Zehen krümmten sich, kalt lief es ihm den Rücken hinunter. Murwin lag starr wie ein Toter auf dem Rücken; Krerwed malte beim Zuhören Kringel in ein Heft.

Sanro Merrod ortet ein UBO. Pong! Pong! ertönen die kurzen, dumpfen Laute des Bodentasters. Doch das Gestein um das UBO bildet eine undurchdringliche Mauer, einen Knoten im Fels. Was für ein gigantisches Relikt aus längst vergangenen Zeiten! Kreischend bleibt die Werre *stecken, die Aggregate jaulen auf. Kaum verständliche Rufe: Ein Maschinenschaden? Sabotage? Mit Vibrationen, die durch Mark und Bein gehen, gelingt es Sanro freizukommen – und die* Werre *schießt steil in die Höhe.*
Oben tappt Tschurid Helmer auf und ab. Er ist ungeduldig, blafft ungehalten: »Wieder nichts? Wenn du nicht bald etwas vorweisen kannst ...« Helmer interessiert nicht, wer die Vormenschen waren, wie sie lebten, spannend findet er allenfalls, wie sie ausstarben. Er, der Industrielle, ist erpicht darauf, seine kräftigen Pranken auf ihre Technik legen zu können. Wer die Wunder der Vergangenheit erbt, gewinnt die Zukunft!
Bei der nächsten Expedition wird die Werre *angegriffen. Dieses Mal weiß Sanro Merrod sich zu wehren: Er hat den Bohrer umgebaut – zur Seismokanone! Wehe dem, der in den Vibrostrahl gerät! Fels, Metall, alles löst sich in heißen Dunst und glühenden Staub auf. – Aber eine Befürchtung lässt sich so nicht vertreiben: Sind da noch andere im Untergrund unterwegs? Fahrzeuge anderer Mächte? Die ungreifbaren, durch das Gestein wie durch Wasser oder Luft flutschenden UBO-Vehikel der Vormenschen? Vielleicht jene Unbekannten, die in Episode 1 das Relikt der*

Dame aus Rauhland stahlen? Gleichzeitig wächst unter Sanro Merrods Kamera-
den die Furcht: Wer Gestein in Bewegung versetzt, kann die Werre *wie eine Made*
zerquetschen.

Endlich, endlich nähert sich Sanro seinem Ziel, der unterirdischen Zitatelle der
Vormenschen. Noch sind sie nicht erwacht, noch knirschen ihre gewaltigen Maschi-
nen, während sie Kraft sammeln. Nur wenige Tage, dann werden die Heere der
Vormenschen auferstehen! Und Sanro Merrod aktiviert den Bohrer, um einzu-
dringen ...

Oben aber überlegt Tschurid Helmer laut und kündigt damit bereits die nächste
Episode an: »Was, wenn Sanro sie weckt? Was, wenn sie sich erheben? Was,
wenn sie aus dem Boden hervorbrechen, Scharen übermenschlicher Bestien ... Im
schlimmsten Fall müssen wir sie, gleich wo sich Sanro Merrod gerade befindet, mit
der Sonnenwaffe vernichten!«

Und unablässig kreischt die Seismokanone dazu.

Die Tür flog auf. Tofrod blieb der Atem stecken: Die Direx! Sie stürmte herein,
auf ihn zu: »Jetzt habe ich euch! Was hört ihr da? – Ihr seid doch komplette
Idioten!« Sie riss die Quäke von der Wand. Mit den Drähten platzte auch ein
Stück Putz ab. »Morgen sprechen wir uns! Und ich ahne auch schon, wer der
Hauptübeltäter ist.«

An Schlaf war nicht zu denken. Tofrod wälzte sich von einer Seite auf die andere.
Man würde sie bestrafen, zweifelsohne. Sie hatten Fremdsender gehört, und er
hatte die Quäke manipuliert; er war der Hauptübeltäter. Er flog von der Lehr-
anstalt, keine Frage. Schemenhaft erinnerte er sich an die Kindheit, als der Verwandte über Nacht verschwand und keiner mehr seinen Namen nennen wollte.
»In den Schächten« sagte man, aber was bedeutete das? Er war weg und vergessen.

In sich gekrümmt wie ein Engerling lag Tofrod da. Er presste das linke Ohr
gegen die Bodenmatte – und er malte sich Geräusche aus, Sanro Merrod mit der
Werre, der irgendwo weit unten mit dem Vibrostrahl das Gestein zermürbte –
schon kam er näher! Sanro würde ihn retten mit seinem funkelnden Fahrzeug,
gemeinsam würden sie zu den Einstigen abtauchen, ihre Geheimnisse lüften ...

Neben ihm jammerte Murwin: Sein Leben sei nun verpfuscht! Er hatte sich immer und immer angestrengt, all die Stunden und Tage gebüffelt, und nun – ein kompletter Idiot! Alles würde er zugeben, schwören, dass er niemals wieder … Nur nicht zu den Spatenbrigaden!

Krerwed aber, schräg gegenüber, schnarchte. Oder gab vor zu schnarchen, weil er nicht mit ihnen reden wollte.

Wieder wälzte sich Tofrod herum. Durch das schmale Fenster fiel ein grauer Schimmer. Halbmond. Wolken. Staubiger Wind.

Jemand musste mitgehört, sie verpfiffen haben. Vielleicht Frannsa? Vielleicht die Gruppe im Nachbarzimmer? Neidisch waren sie ja. Aber dann hätten sie nach Bettruhe das Ohr an der Tür haben müssen.

Was geschah mit den Leuten, die verschwanden, die »in die Schächte«, »zu den Spatenbrigaden« geschickt wurden? Er hatte es nie wissen wollen. Nichts wissen – nichts hören – nichts sagen, so schlängelte man sich durch.

Am Morgen, noch vor dem Frühstück standen sie gewaschen und mit gestriegeltem Fell auf dem Flur und warteten darauf, zu Direktorin Eritrun gerufen zu werden. Ach, wenn es nur bei einer Standpauke bliebe: »Wir können nicht dulden … Wer RRR hört, schlägt sich zu unseren Feinden! Eine solche Dummheit hätten wir euch nicht zugetraut! Nennt ihr das Wachsamkeit? Habt ihr nichts gelernt …«

Doch dann wurde lediglich Krerwed zu Betreuer Klenswer gebeten. Wieso nur er? Wieso zu Klenswer? Eine halbe Stunde lang zupfte sich Tofrod, nun wieder auf dem Zimmer, auch den letzten kleinen Parasiten aus dem Fell. Die Direx behielt sich wohl vor, ihm, dem »Hauptübeltäter«, eine Spezialbehandlung angedeihen zu lassen. – Endlich erschien Krerwed.

»Ich habe dich nach Kräften verteidigt«, meinte er zu Tofrod und blies sich die Backen auf, stieß dann die Luft aus. »Keine Absicht und so weiter. Dussligkeit. Zu großer Basteltrieb. Fehlen von Erfahrung und so weiter. Was man halt so sagt. – Du Idiot hast die Drähte falsch zusammengeklemmt! Alle haben zugehört! Was für eine Katastrophe! – Jetzt stehen die Betreuer Kopf und wackeln mit den Füßen. Einer muss schuld sein.« Er grinste schief, und dabei wich sein linkes Auge nach außen ab, sodass er leicht schielend vor Tofrod hockte.

»Und was ist mit uns«, erkundigte sich Murwin, halb bedrückt, halb erleichtert, »müssen wir jetzt zur Abreibung?«

Krerwed schüttelte den Kopf. »Weiß nicht. Erst einmal Strafarbeit für alle. Was sie sich für dich, Toff, ausgedacht haben, haben sie nicht verraten.«

Da hockten sie im Unterrichtsraum, Betreuer Klenswer führte Aufsicht, zum Glück nicht die Direx. In Tofrods Bauch grummelte es, immer wieder verlagerte er das Gewicht, kam nicht zur Ruhe. Fast hätte er, zittrig wie er war, das Papier auf der Kladde mit dem Stift zerrissen. »Die Lügenfabrik der R-Union«, eigentlich war das eine einfache Aufgabe, leicht mit ein paar erprobten Floskeln zu bewältigen. Nebenaufgabe: Weshalb es falsch sei, von »Vormensch« zu sprechen.

Gekritzel links und rechts. Kalter Schweiß in der Luft, Schimmelgeruch. Tofrod suchte nach Wörtern. »Mit dem Stift auf das Papier schimpfen«, hatte es Krerwed einmal genannt – was er ja wohl gut beherrschte. Sich »herausschimpfen«. Ein wenig schämte sich Tofrod, dass er Sanro Merrods Abenteuer nun als ein feindliches Hirngespinst auseinanderpflückte. »Die Faszination wird auf die schändlichste Weise ausgenutzt.« – Was in gewissem Sinne sogar stimmte. Trotzdem: Er fühlte sich wie ein Verräter. »Solche Hörspiele sollen das Volk verdummen.« Richtig verdummt kam er sich aber nicht vor. Je mehr er allerdings auf das Papier schimpfte, desto leichter fiel es ihm. Wieso genügte es nicht, einfach zu sagen: Ja, ich sehe es ein, das war falsch? Wieso musste man noch am Stift saugen, um sich auszudenken, weshalb »Vormensch« ein menschenverachtender Begriff war?

Mit Mühe kritzelte Tofrod anderthalb Seiten voll. Krerwed legte schon das dritte Blatt beiseite! – Wenn er nur endlich zur Direx gerufen würde! Dann hätte er es hinter sich, egal, was sie sich für ihn ausgedacht hatte … In die Schächte? Spatenbrigade? Wohl eher nicht. Aber mindestens musste er erwarten, dass sie ihn mit einem kräftigen Fußtritt hinauswarf …

Schluss, Abgabe. Betreuer Klenswer sammelte die Zettel ein. »Noch Fragen?«

Frannsa, wer sonst. Selbst sie druckste heute ein wenig herum: »Nachdem wir nun den größten Teil analysiert haben … wäre es doch nützlich, die restlichen beiden Episoden – im offiziellen Auftrag – noch kritisch anzuhören, einfach um dieses … schändliche Machwerk in seiner Gänze … entlarven zu können.«

Betreuer Klenswer überhörte die Frage. Er erhob sich. »Ich hoffe, ihr habt gelernt.« Er äffte Sanro Merrods Tonfall nach: »Die Uaaheit liegt eben nicht unter unsaren Füßen. – Sie wird von den rastiarischen Hörspielmachern mit Füßen getreten.«

Wenige Minuten später, mitten am helllichten Tag, erscholl Alarm. Sie hasteten in den Bunker, holterdiepolter die steile Stiege hinab. Noch fast blind, suchten sie die vertrauten Plätze.

Sie hockten zusammen, tuschelten. Ein Strafalarm, was sonst. Ausfall des mittäglichen Futterns. Doch an diesem Tag verspürte Tofrod sowieso keinen Hunger.

Krerwed rückte heran: »Ist es euch aufgefallen? Jede Katastrophe hat ihr Gutes: Wir sind die Direx los. Es heißt, sie hat zu lange diese unhaltbaren Zustände geduldet, ihre Hand über unser Hörvergehen gehalten. Unverzeihlich! Da hat wohl jemand die Situation genutzt.« Er schwieg eine Weile, langte nach einer Zecke in Murwins Fell. »Jede Katastrophe hat auch Ungutes. Wir verlieren unser Zimmer. Mich legen sie mit Dorwerod, diesem Langweiler, und seiner Truppe zusammen. Und jeder von uns bekommt acht Tage verschärften Küchendienst aufgebrummt. Du schaust so traurig, Toff: Soll ich dir, wenn ich dran bin, Extraportionen organisieren?«

Noch einige Jahre lang träumte Tofrod, dass ihn entweder Sanro Merrod mit der *Werre* »rettete« oder dass ihn ein UBO der Einstigen entführte. Wie das Hörspiel ausging, erfuhr er nie.

TANZ DER KREBSE

von Alexa Rudolph

»In diesem Jahrhundert, in dem der Mensch danach trachtet, zahllose lebendige Formen zu zerstören, ist es notweniger denn je zu sagen, wie die Mythen es tun, dass eine wohlgeordnete Humanität nicht mit sich selbst beginnt, sondern die Welt vor das Leben setzt, das Leben vor die Menschen und die Achtung der anderen Wesen vor die Selbstliebe; und dass selbst ein Aufenthalt von ein oder zwei Millionen Jahren auf dieser Erde, da er auf alle Fälle ein Ende haben wird, nicht irgendeine Rasse, und sei es auch der unseren, als Entschuldigung dafür dienen kann, sie sich gleich einem Ding anzueignen und sich darin schamlos und rücksichtslos zu verhalten.«

(*Claude Lévi-Strauss, Der Ursprung der Tischsitten*)

#Schlussstrich

Ich bin das letzte Lebewesen der Gattung Mensch. Auch meine Zeit wird bald abgelaufen sein. Schon seit zweihunderttausend Jahren spüre ich ein Frösteln. Es kündigt meinen Abschied an. Zittern in den Händen. Beine wie Blei. Die Augen getrübt. Das Haar, ein Mantel aus Filz. Schicht für Schicht gewachsen. Nie geschoren. Was für eine Last! Schwerfällig wandere ich durch die Wüste. Meine Stimme klingt fremd: »Herr, wie lange noch?«

Eine Wüste aus Schmutz. Abfall bis zum Horizont. Plastikgebirge, bunt und stinkend. Ein Meer aus Öl, dunkel und träge. Blechtürme, rostig und hohl. Knochenoasen, bleich und faulig. Aus Notdurft und Blähungen eine gruselige Welt geformt. Meine Vorfahren waren bequem, gelangweilt, widerborstig und ignorant. Gewissenlos. Kriminell. Jeder dachte nur an sich. Auch ich. Wir waren intelligent, aber wir haben versagt. Wir haben gestritten. Wir haben uns gegenseitig die Haut heruntergerissen. Wir haben unsere Sprache verloren. Wir haben geschwiegen, immerzu geschwiegen.

Ich wandere allein. Mein Alleinsein schmeckt süß. Kein Hass, kein Neid, kein Krieg, kein Gesetz. Oh, herrliche Einsamkeit! Ein letztes Geschenk des Herrn.

Er ist ein guter Herr. Vielleicht treffe ich auf ihn, wenn ich über dem Berg bin. Ich schleppe mich Schritt für Schritt, gehe ihm entgegen. Fragt er mich, wo meine Vorfahren sind, will ich antworten: »Herr, nur ich. Alle sind fort. Ihre Zeit abgelaufen. Ihre Namen erloschen. Sie haben sich schlecht benommen. Auch ich will mich nicht mehr an sie erinnern. Ein neues Zeitalter steht bereit, so wurde mir gesagt.«

Meine letzten hunderttausend Jahre beginnen. Jetzt geht alles ganz schnell. Ich beeile mich. Ich klettere auf den Berg, rutsche abwärts und versinke im Matsch bis zum Hals. Mein stammelnder Schrei: »Herr, warte auf mich!« Die Blüten, das Gras, der Morgentau, wo sind sie? Es gab sie einst. Ich hörte davon. Ich ringe nach Luft, schließe die Augen. Ich ersticke im Schmutz von einer Million Jahre.

#Startschuss

Nun, da eine gewaltige Zeit zwischen dem ersten und letzten Menschen vergangen ist, da der elitäre Homo sapiens kompostiert in seinen eigenen Hinterlassenschaften ruht, kann endlich die Ewigkeit beginnen.

»Ihr habt Scheiße gebaut, fangt noch einmal von vorne an. Ihr bekommt eine zweite Chance«, knurrt es aus dem Inneren der Erde, die mittlerweile nicht mehr und nicht weniger als ein aufgetriebener Fladen ist. Berge, Täler, Meere, Höhlen und Felsen haben sich ineinandergeschoben und sind eines Tages in die Breite gegangen. Geduldige Prozesse zersetzen schmatzend und gurgelnd die enorme Masse an Material. Intensive Kaugeräusche füllen die Luft. Feiner Sand rieselt an den Rändern leise abwärts. Die Zeit wird zum Künstler und modelliert eine neue, elegante Form. Ihre goldschimmernde Oberfläche, makellos wie ein frisch gespanntes Laken, wartet auf die ersten Spuren, die eine unbekannte Entität in den Sand zeichnen wird. Doch bis dahin müssen noch einige tausend Jahre vergehen. Eine prächtige Sonne scheint pausenlos. Mit Wohlwollen blickt sie auf das Kunstwerk Erde.

Mit etwas Geduld ist es endlich so weit. Ein erster, schamroter Überlebenskünstler kriecht unter den Sandkörnern hervor. Das kleine Ding hat es eilig, es mag nicht warten, bis auch die anderen Teilnehmer zum Neubeginn bereit sind. Einer muss ja mal den Anfang wagen, scheint es sich zu denken und rückt den biegsamen Stachel zurecht, der wie eine Antenne auf seinem Rücken sitzt. Zu Menschenzeiten hätte man das rot schillernde Wesen vielleicht als Krebs bezeichnet. Auf flinken Beinchen marschiert es vorwärts über den heißen Sand. Oder läuft es gar rückwärts? Seine Bewegungen wirken uneindeutig. Allerdings, man könnte vermuten, dass es auf der Suche nach Wasser ist. Leider ist für Wasser noch kein Platz vorgesehen und die Sonne kommt ins Schwitzen. »Oh je, das dauert mal wieder«, murmelt sie. Doch wie in einem Märchen bildet sich plötzlich mit lautem Knall ein ansehnlicher Fluss, der quer durch die Erde schlängelt. Dem Krebslein ist geholfen. Froh gestimmt reinigt es seinen Brustpanzer im klaren Wasser und verliert vor lauter Glück seine Schamesröte. In reinstes Weiß gekleidet flitzt es über den Sand, von hier nach dort und zurück, manchmal auch einfach im Kreis. Nach und nach rücken immer mehr der kleinen Gesellen heran. Es sind viele Millionen, die sich in einem virtuosen Gewimmel bewegen. Jeder Einzelne verhält sich wie sein Nachbar, sein Vordermann, sein Hintermann. Keiner will auffallen, alle sind gleich. Nachdem sie gewaschen sind, sind sie noch gleicher. Sie leuchten in silbrigem Weiß, haben fünf Beinpaare, deren vorderes zu Scheren umgebildet ist. Die restlichen dienen als Laufbeine, an denen rudimentäre Kiemen hängen, mit denen sie vor Urzeiten geatmet haben. Die übrigen Organe hat die Evolution ausradiert. Dafür ist ihnen dieser Stachel auf dem Rücken gewachsen, der als Steuerungssystem dient. Es ist vermutlich das intelligenteste System, das es je gab, einst ausgedacht von Mathematikern, die auch längst ausgedient haben. Ihr Geist hat jedoch ihre toten Körper überwunden. Empathie und Intelligenz sind nicht mehr an den Menschen gebunden. Nennen wir es Spiritualität oder künstliche Intelligenz? Wer weiß es schon. Auch die Krebse wissen es nicht, aber sie verhalten sich, als seien sie vollkommen. Also schwärmen sie aus, von hier nach dort und zurück, oder einfach im Kreis. Es sieht aus, als tanzten sie. Pure Poesie? Wo Lebenswille ist, da ist auch Hoffnung.

IM LAND DER RAKETENPILZE

von Robert Schweizer

Nachdem die Wirkung des Betäubungssuds vom Vorabend nachgelassen hatte und bevor die Linderung durch die Moos-Paste einsetzte, war es am schlimmsten. Meine linke Hälfte brannte wie Feuer unter dem aufgetragenen Grün. Hier und da war die Paste nicht deckend und es schimmerte dunkelrot hindurch. Noch ein paar Sommer und der Brandpilz würde auch meine gesunde Hälfte bedecken. Zischend sog ich die Luft zwischen meinen zusammengepressten Zähnen ein.

Die Hausmutter nahm die jetzt halb leere Schale mit Moos-Paste an sich und quittierte meine unausgesprochene Dankbarkeit mit dem knappen Nicken, den der Pilz der Vereinsamung zuließ. Seine kugelige Form hatte sich bereits zu sieben Achteln um ihren Kopf geschlossen. Ein Helm aus schmutzig-grauem Gespinst, durchzogen von blassblauen Fäden – nicht unähnlich einer der bemalten Holz-Murmeln, mit denen ich als Kind gespielt hatte. Der Sommer, an dem der Brandpilz meine Haut vollständig bedecken wird, wird auch mein letzter sein. Aber der Pilz der Vereinsamung würde schon lange vorher dafür sorgen, dass die Hausmutter das nicht mehr mitbekommen würde. Sie nahm ihren Stock und tastete sich schlurfend aus meiner Schlafhöhle.

Ich wartete ab, bis das Feuer auf meiner Haut nicht mehr so stark loderte. Ich schloss die Augen, dachte an den Tempel. Dachte an Heron, den Priester. Ich tastete nach dem wertvollen Päckchen in der Ledertasche an meiner gesunden Seite. Eine ganze Kolonie jugendlicher Traumpilze! Ich hatte sie eigenhändig am großen Berg gepflückt. Ich erinnerte mich an zwei Tagesmärsche mit Schutzanzug, einer Notration, etwas filtriertem Wasser und zu wenig Moos-Paste, die für den Rückweg nicht mehr reichte. Irgendwann mittags hatte ich gedacht, ich würde es nicht mehr schaffen. Würde mir den Schutzanzug im Versuch, den Brand zu lindern, am helllichten Tag selber vom Körper reißen.

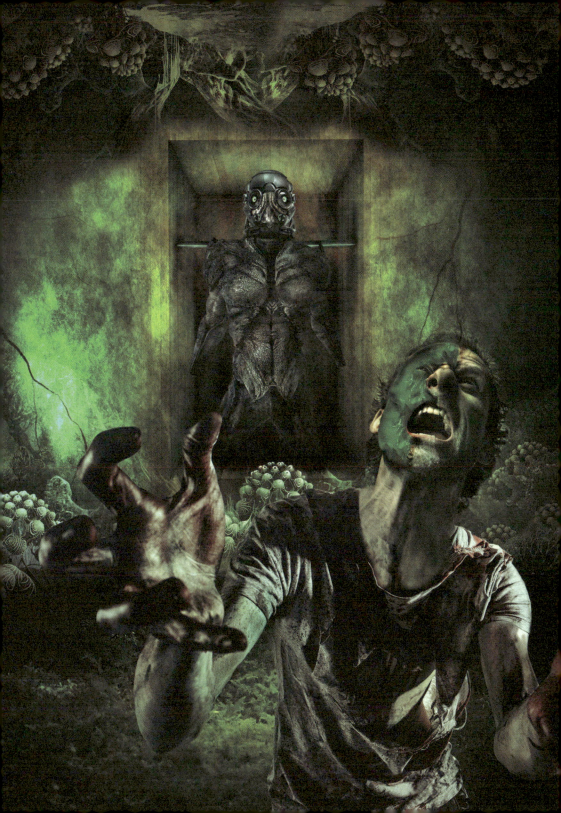

Und dennoch bin ich hier!, dachte ich stolz. Ich hatte die einzige Chance ergriffen, die mir geblieben war. Heron, der Priester, verlangte die Traumpilze als Bezahlung für seine Dienste. Um mich vom Brandpilz zu heilen. Die Hausmutter war dagegen. Sagte, es gäbe keine Heilung, nur Linderung. Aber was blieb mir anderes übrig?

Ein Schatten huschte über die Phosphorpilze, die die Wände meiner Schlafhöhle bewuchsen und die nur einen fahlen Schimmer in den ansonsten fast dunklen Raum brachten.

»Thomash?«, fragte ich in einer Mischung aus freudiger Erwartung und Unsicherheit.

»Ja«, sagte er. »Bist du soweit?«

»Hilfst du mir mit dem Schutzanzug?«

»Wieso ich? Warum hat das nicht schon die Hausmutter gemacht?«

»Stell dich nicht so an! Ich kann auch alleine gehen!«

Er deutete auf die Tasche mit den Traumpilzen. »So wie für die da?«

»Ja, genau!«

Er seufzte theatralisch, nahm den Schutzanzug vom Haken an der Wand und hielt ihn mir am weit ausgestreckten Arm entgegen. Im Halbdunkel glaubte ich, den Ekel in seinem Gesicht zu sehen.

»Es können nicht alle gegen den Violetten Tod immun sein!«, sagte ich.

Ich sah auf den Anzug aus geflochtenen Duralith-Reben, zwischen denen sich die schützenden Fluss-Maden wanden.

»Sind sie überhaupt noch frisch genug?«, fragte Thomash.

»Es muss reichen«, antwortete ich barsch. Tatsächlich hatte der Anzug von meinem letzten Ausflug zum großen Berg gelitten und ich brauchte dringend eine neue Ladung Maden. Aber nicht heute! Es gab Wichtigeres zu tun.

»Halt ihn richtig!«, schnauzte ich Thomash an. »du musst ihn tiefer halten, sonst komme ich nicht rein!«

Mit dem Anzug im Rücken stieg ich rückwärts über die vordere Öffnung ein. Bemühte mich, nicht zu viele der am Rand kriechenden Maden zu zerquetschen. Ich streckte meine Arme vorsichtig in die Ärmel, schloss die Haken an der Vorderseite, zog den Helm über und schloss die Maske. Aus den Augenwinkeln sah ich die windenden Bewegungen der Maden.

»Fertig!«, sagte ich.

»Ugh!«, machte Thomash, um mich zu ärgern.

Niemand beachtete uns auf dem Weg nach draußen. Die Hausmutter hatte sich zurückgezogen, einzig Gizeh bewachte die Schleuse am Eingang zu unserer Wohnhöhle.

»Wo ist Mirron?«, fragte Thomash.

»Hat Fieber«, sagte Gizeh. Ihr Gesicht trug zahlreiche Narben vom Violetten Tod. Die Maden konnten nicht alles abfangen. »Wo wollt ihr hin?«

»Zum Tempel!«

»Hat die Hausmutter das erlaubt?«

Ohne auf eine Antwort zu warten, wandte sie sich ab und machte Anstalten, die erste Membran zu öffnen. Es war ihr egal, was mit uns passierte. Sie wollte sich nur hinterher keine Vorwürfe von den anderen machen lassen. Mit ihren langen Fingernägeln teilte sie vorsichtig von oben nach unten die halb durchsichtige gallertartige Schicht, die den Eingang zur Wohnhöhle abdichtete. Thomash huschte als Erster hindurch und ich folgte ihm auf den Fuß. Hinter uns nähte Gizeh mit für ihr Alter erstaunlich flinken Fingern, einer Knochennadel und einem Firlun-Fadenwurm, den die Membran schon während der Näharbeiten zu assimilieren begann, die entstandene Öffnung wieder zu.

In der Schleuse zwischen den beiden Membranen war es bereits heller als in der Wohnhöhle. Die zweite Membran mussten wir selber mit dem bereitgelegten Knochenmesser trennen. Draußen nahm ich – noch geblendet vom Sonnenlicht, an das sich meine Augen erst gewöhnen mussten – einen Fadenwurm aus dem bereitstehenden Korb, fädelte ihn in die Knochennadel ein und wiederholte Gizehs Näharbeit an der äußeren Membran.

Thomash war bereits ein paar Schritte weitergegangen in Richtung Pilzwald. Seine Haut begann mit den Sporen zu interagieren. Ein goldener Schimmer legte sich über sie.

»Glotz nicht so!«, sagte er, ohne sich umzudrehen.

Ich antwortete nicht und schloss zu ihm auf, den Blick auf den Wald gerichtet und das Heft meines Messers fest umklammert. Ich bildete mir ein, zu merken, wie die Aktivität der Maden zwischen den Duralith-Reben mit jedem meiner Schritte zunahm. Wie sie gierig nach den Sporen des Violetten Tods schnappten, der mich sonst auf äußerst schmerzvolle und unappetitliche Weise umbringen würde.

»Was meinst du?«, fragte ich.

»Sieht so aus, als ob wir es wagen können«, sagte Thomash.

Ich atmete dankbar auf. Der Wald war launisch und man musste auf der Hut sein. An manchen Tagen war die Sporenaktivität so hoch, dass die Maden überfordert waren. Ich wollte jedoch nicht einen weiteren Tag warten.

»Warum trödelst du dann so?«, stichelte ich und überholte ihn.

Als wir den Wald aus Pilzen erreichten, die sich vor uns in mehr als doppelter Mannshöhe auftürmten, wurden die violettfarbenen Sporenwolken dichter und nahmen einen Teil des gleißenden Sonnenlichtes von uns weg. Der Schimmer auf Thomashs Haut verwandelte sich in ein goldenes Leuchten und meine Maden tanzten Polka. Ich vermied es, hinzusehen. Ich wäre nicht der Erste, der den hypnotischen Bewegungen zum Opfer fiele und dann nicht mehr rechtzeitig in die Wohnhöhle zurückfände.

Wir traten zwischen den mächtigen Stämmen der Pilze auf den Trampelpfad, der zum Tempel hinunterführte. Mit jedem Schritt wurde die Luft schwüler. Ich begann zu schwitzen. Hier und da spürte ich, wie eine Made sich gierig nach einem der Schweißtropfen reckte und ihn von meiner Haut aufsaugte. Faustgroße Ameisen huschten über den Waldboden und die Stämme der Pilze hoch und runter. Sie wurden durch das Pilzgeflecht auf ihrem Kopf gesteuert und pflegten den Wald. So lange, wie wir die Waldruhe respektierten und nicht vom Pfad abwichen, hatten wir nichts von ihnen zu befürchten.

Wir vermieden es, zu reden. Ich atmete so flach, wie es ging. Die Maden konnten nicht alle Sporen abfangen und je weniger ich davon einatmete, desto besser.

Auf halbem Weg durch den Wald sagte Thomash: »Hörst du das?«

Ich nickte. Das knarzende Spannen der mächtigen Sehnen und das anschließende Abschussgeräusch waren nicht zu überhören. Ein gutes Zeichen! An Starttagen waren die Pilze mehr mit sich selbst beschäftigt und die Gefahr, dass sie uns behelligten, war weniger groß.

»Komm!«, sagte Thomash, »lass uns schauen!«

Ich schüttelte energisch den Kopf. Ich wollte möglichst schnell raus aus dem Wald und zum Priester. Aber Thomash war schon vorausgelaufen, hatte die nächste Abzweigung in Richtung des Tals der Raketenpilze genommen und war hinter ein paar dicken Pilzstämmen verschwunden. Was blieb mir anderes übrig? Ich folgte ihm.

Hinter der nächsten Biegung wartete er breit grinsend auf mich. Ich wusste nicht, ob er mein böses Gesicht hinter der Maske aus Duralith-Reben und Fluss-Maden erkennen konnte – wenn ja, war es ihm wohl egal. Nach ein paar Minuten schweigenden Fußmarsches durch die violetten Sporenwolken des Waldes lichtete sich dieser. Wir traten vor den Wald und gingen ein paar Schritte bis an den Rand der Klippe. Gierig sog ich die Luft ein, die jetzt weitgehend frei vom Violetten Tod war.

Wenn man schon hier war, konnte man nicht anders, als fasziniert auf das Gewimmel unten im Tal zu schauen. Ameisen aus verschiedenen Völkern in unterschiedlichen Größen und Farben waren emsig zugange. Sie bauten Häuser größer als die Wohnhöhle, Türme, die bis fast an den Rand des Tales emporragten, Straßen, die auf dem Boden und in der Luft alles miteinander verbanden. Vor allem aber hatten sie drei riesige Katapulte aus Kristallen errichtet, die so hart wie Stein und so groß wie Hügel waren. Im Aufbau waren sie nicht unähnlich zu den Armbrüsten, die wir häufig zur Jagd benutzten. Lange Fasern, dick wie Pilzstämme, wurden von einem Mechanismus aus großen kristallinen Rädern gespannt. Die blank polierten Läufe wiesen steil in den Himmel.

»Da!«, rief Thomash und zeigte mit ausgestrecktem Finger auf eines der Katapulte. Eine Gruppe braunroter Ameisen mit gelbem Tigermuster, jede in der Größe zweier ausgewachsener Männer, trugen eine riesige Spore so groß wie fünf von ihnen, und legten sie auf die bereits gespannte Abschussvorrichtung. Die Spore selbst lief am oberen Ende spitz zu und war am abgerundeten unteren Ende knallrot.

»Gleich ist es so weit!«, sagte Thomash. Wir schauten gebannt zu, wie die Ameisen noch für ein paar Sekunden auf dem Katapult herumwuselten und taten, was die Pilze ihnen aufgaben zu tun. Dann zogen sie sich auf ein unhörbares Kommando zurück und eine gespannte Stille legte sich über das Tal, als alle Aktivitäten kurzfristig einfroren. Ansatzlos löste sich die Sehne aus ihrer Halterung, schnellte mit einem donnernden Schaben über den kristallinen Lauf, riss die Spore mit sich und schleuderte sie mit großer Wucht in den Himmel. Wir folgten ihr mit den Augen. Sahen zu, wie sie sich aus dem anfänglichen leichten

Torkeln heraus stabilisierte und schnell kleiner wurde. Als ich schon dachte, dass möglicherweise etwas schiefgegangen sei, zündete sie schließlich doch noch. Auf einem Flammenschweif, der jetzt aus ihrem hinteren Ende austrat, stieg sie höher und höher in den Himmel. Thomash johlte ihr begeistert hinterher.

»Komm!«, sagte ich, »Wir müssen weiter!«

»Noch eine!«, sagte er.

Ich schüttelte den Kopf. »Keines der beiden anderen Katapulte ist vorbereitet. Das dauert zu lange!«

Thomash machte ein missbilligendes Geräusch, folgte mir dann aber zurück in den Wald.

»Was glaubst du, wohin sie fliegen?«

Ich zuckte mit den Schultern. »Ist doch egal.«

»Vielleicht fliegen sie in andere Länder, damit auch dort Pilzwälder wachsen!«, sagte er.

»Die Höhlenmutter hat gesagt, dass schon überall Pilzwälder sind«, wandte ich ein.

Den Rest des Weges zum Tempel legten wir schweigend zurück. Thomash träumte wahrscheinlich von Abenteuern in fernen Ländern, die er nie sehen würde. Ich fieberte ungeduldig der Begegnung mit dem Priester und der versprochenen Heilung vom Brandpilz entgegen.

Endlich lichtete sich der Wald vor uns. Das Atmen fiel mir bereits schwerer. Wir traten aus dem Wald heraus. Vor uns ragte der Kleine Berg in die Höhe. Der Eingang zum Tempel im Innern des Berges war reich verziert mit aus Stein gehauenen Figuren. Wir näherten uns den beiden Tempelwachen, die eingehüllt in Schutzanzügen aus Duralith-Reben und bewaffnet mit Langmessern vor der Schleuse mit dem großen Metalltor standen. Ich kannte sie beide nicht. Misstrauisch starrten sie uns entgegen.

»Wir sind mit dem Priester verabredet!«, sagte ich. »Mit Heron.«

Beide starrten unverhohlen Thomash mit seiner golden leuchtenden Haut an. Dann löste der eine seinen Blick und sah auch mich an.

»Dein Messer musst du hierlassen«, sagte er und streckte fordernd seine Hand aus. Ich gab es ihm ohne Zögern. Mein Herz schlug mir bis zum Hals. Jetzt war es endlich so weit!

Nachdem auch Thomash sein Messer hergegeben hatte, zogen sie gemeinsam an dem eisernen Tor. Knirschend öffnete es sich einen Spalt, sodass wir uns durchzwängen konnten. Ein paar Duralith-Reben brachen von meinem Schutzanzug ab und ich fluchte. In der Schleuse warteten zwei weitere Tempelwachen. Sie öffneten das innenliegende Schott, nachdem sich das äußere wieder geschlossen hatte. Wir traten in das Halbdunkel des Tempels. Das Licht kam hier nicht nur von Phosphorpilzen, sondern auch von einigen wertvollen Holzfackeln.

Zwei Mönche begrüßten uns mit einer stummen Verbeugung. Einen der beiden kannte ich von meinen vorherigen Besuchen. Ich klappte den Helm meines Schutzanzuges zurück und grüßte ihn mit einem Nicken. Seine Miene blieb regungslos. Er drehte sich wortlos um und wir folgten ihm tiefer in den Tempel hinein. Der Boden war hier nicht aus rohem Stein wie in unserer Wohnhöhle, sondern aus von Jahrtausenden der Nutzung glatt polierten Stahlplatten. Im flackernden Licht der Fackeln erkannte ich im Vorbeigehen immer wieder einige der heiligen Statuen aus Metall, die sich aus dem Halbdunkel schälten. Ich hielt respektvollen Abstand zu ihnen. Die Mönche nannten sie »Apparate« und behaupteten, dass sie vor Jahrtausenden lebendig gewesen wären. Hin und wieder hingen Schilder an den Apparaten oder an den glatten Wänden des Tempels. Ich konnte nicht lesen. Und selbst wenn: Sie waren in einer Sprache geschrieben, die nur die Priester verstanden.

Nachdem wir einige weitere Gänge mit glatten Böden und Wänden entlanggelaufen waren, ein paar Abzweigungen genommen hatten und viele kleinere viereckige Höhlen passiert hatten, die alle gleich groß waren, kamen wir zum Allerheiligsten des Tempels.

Mein Atem stockte und wir verharrten in Ehrfurcht an der Schwelle zur Haupthöhle, die die Priester »Halle« nannten. Sie war um ein Vielfaches größer als die anderen Räume des Tempels, die Decke so hoch wie drei ausgewachsene Männer. Die Wände bestanden rundherum aus blank poliertem Metall. Überall waren kleine Vertiefungen und Ausbuchtungen. Bilder, die aus sich selbst heraus leuchteten und bewegten, schmückten einige Wandflächen. In der Halle waren ein halbes Dutzend Priester mit heiligen Handlungen beschäftigt, die ich nicht verstand.

So beeindruckend die Halle selbst war, ich nahm sie kaum wahr. All das verblasste gegen den schlafenden Gott, der in der Mitte des Raumes auf einem zentralen Podest in seinem Thron halb liegend aufgebahrt war. Auf den ersten Blick erinnerte er an einen Menschen – allerdings war er fast doppelt so groß und hatte eine metallene Haut. Regungslos und mit geschlossenen Augen ruhte er dort seit Menschengedenken. Das Einzige, das sich bewegte, waren die zahlreichen Schläuche und Kabel, die von den Wänden zum Podest führten und die hin und wieder pulsten und zuckten. Als ob sie atmeten. Als ob seine Eingeweide außerhalb seines Körpers drapiert ihre Arbeit verrichteten.

Daher war ich mir sicher, dass der schlafende Gott lebte.

Ich stand da und starrte und hatte fast vergessen, wofür wir gekommen waren. Hatte Heron, den Priester, total übersehen, bis er mich unvermittelt von der Seite ansprach und ich zusammenfuhr.

»Lukas! – Ich hoffe, du hast mir mitgebracht, worum ich dich gebeten habe!«

Ich nickte hastig und hielt dem hochgewachsenen Mann mit einer leichten Verbeugung die Umhängetasche mit den von mir gesammelten Traumpilzen entgegen. Heron war alt. Sehr alt. Er hatte eine Glatze und stand leicht gebeugt. Nur wenige Männer wurde so alt, dass sie eine Glatze bekamen.

Herons Augen leuchteten auf. Als er nach der Tasche greifen wollte, kam ihm jedoch Thomash zuvor und entriss sie mir.

Entgeistert sah ich ihn an.

»Was soll das? Gib sie wieder her!«

Thomash presste die Tasche an seine Brust und wich zwei Schritte zurück.

»Du glaubst ihm doch nicht wirklich, oder?«, sagte er und wies mit ausgestrecktem Finger auf Heron. »Erst soll er beweisen, dass er dich heilen kann!«

Aus den Augenwinkeln sah ich, dass die beiden Tempelwachen, die uns hierhergebracht hatten, nach ihren Langmessern griffen.

»Hör mit dem Unsinn auf, Junge!«, rief Heron mit rauer Stimme.

Thomash lachte. »Erst der Beweis!«

Ich bekam furchtbare Angst, dass das hier schiefgehen könnte. Angst, dass der Priester nicht mehr zu seinem Versprechen stehen würde. Angst, dass mich der Brandpilz in ein paar Sommern umbringen würde.

»Gib sie her!«, rief ich verzweifelt, sprang auf Thomash zu und wollte ihm die Tasche wieder abnehmen. Wie konnte er mir das nur antun?

Thomash wich lachend aus und flüchtete vor mir. Mit ein paar schnellen Schritten hatte er das Podest des schlafenden Gottes halb umrundet und rief noch einmal: »Erst der Beweis!«

Jetzt hatten sich die beiden Tempelwachen in Bewegung gesetzt und hechteten hinter Thomash her. Die anderen Priester in der Halle sahen überrascht auf und unterbrachen ihre heiligen Tätigkeiten.

Eine weitere Tempelwache tauchte am Eingang auf und zog ihr Langmesser. Thomash sah sie erst im letzten Moment, strauchelte, als er im vollen Lauf auszuweichen versuchte. Er blieb an einer der Schläuche hängen, die zum Podest des schlafenden Gottes führten, und stürzte. Einer der Wachen nutzte die Gelegenheit und hieb mit seinem Langmesser nach ihm. Thomash drehte sich blitzschnell zur Seite und die Klinge traf den Schlauch. Eine violette Wolke stieg von der Wunde in den Eingeweiden des schlafenden Gottes auf. Ein paar Priester wichen mit schreckensweiten Augen zurück. Thomash war schon wieder auf den Beinen. Dafür gingen die drei Tempelwachen in die Knie, die Hand am Hals und nach Luft ringend.

Hastig schloss ich den Helm meines Schutzanzuges. Heron wich ein paar Schritte zurück. Wieso befand sich in den Eingeweiden des schlafenden Gottes der Violette Tod?

Thomash starrte die drei Wachen an, die von Krämpfen geschüttelt zu Boden gingen. Seine Haut begann wieder golden zu leuchten. Ich nutzte die Gelegenheit. Mit ein paar Sätzen war ich bei ihm und versuchte die Tasche mit den Traumpilzen an mich zu reißen. Er festigte seinen Griff um den Gurt der Tasche und wir fingen an, darum zu rangeln.

»Bist du verrückt geworden?«, schrie ich ihn an.

Statt mir zu antworten, schaute er mit weit aufgerissenen Augen an mir vorbei. Etwas in seinem Gesichtsausdruck ließ mich innehalten und ich blickte über die Schulter. Was ich sah, ließ mir einen Schauer über den Rücken laufen. Der schlafende Gott hatte die Augen geöffnet und richtete sich auf. Ich sah in schwarze Augen ohne Pupillen, die mich kalt musterten. Ohne es zu merken, ließ ich die Tasche mit den Traumpilzen los. Thomash machte jetzt keine Anstalten mehr, abzuhauen. Wie ich starrte auch er den erwachten Gott an.

Die violette Sporenwolke dehnte sich schnell aus. Die Priester flüchteten aus der Halle. Die drei Wachen ließen sie röchelnd am Boden liegend zurück.

Der erwachte Gott stand regungslos da. Sein seelenloser Blick drang bis in unser Innerstes.

»Wer ... wer bist du?«, fragte ich.

»Ich bin Noah«, sagte der erwachte Gott mit ruhiger Stimme. »Warum seid ihr hier?«

»Ich bin Lukas«, sagte ich. »Ich bin hier, damit mir Priester Heron gegen den Brandpilz helfen kann, der mich befallen hat. Ich habe für ihn Traumpilze mitgebracht!« Ich deutete auf die Tasche in den Händen von Thomash, der zum ersten Mal, seitdem ich ihn kannte, sprach- und regungslos war.

»Dann habt ihr hier nichts verloren!«, sagte Noah.

»Ohne die Hilfe von Priester Heron werde ich sterben!«, sagte ich. Ich schaute mich nach Heron um, aber anscheinend hatte auch er vor dem Violetten Tod Reißaus genommen.

»Heron kann dir nicht helfen«, sagte Noah. »Niemand kann das.«

»Ich hab's dir ja gesagt«, flüsterte Thomash neben mir.

»Woher willst du das wissen?«, fragte ich trotzig.

»Lukas!«, flüsterte Thomash mit eindringlicher Stimme. »Er ist ein Gott!«

»Ich habe einen fast vollständigen Katalog über die Pilze in dieser Gegend und ihre Auswirkungen auf andere Organismen«, sagte der erwachte Gott.

Ich fiel auf die Knie. »Dann heile du mich, o nobler Gott!«

»Gott?«, sagte Noah. »Ich bin kein Gott!«

Ich sah verwirrt zu Thomash.

»Wer bist du dann?«, fragte er.

»Ich bin Noah.«

»Ja, aber wenn du kein Gott bist, was bist du dann?«, fragte ich.

»Ich bin der letzte Behüter«, sagte Noah. »Die letzte Hoffnung dieses Planeten, seiner Bestimmung gerecht zu werden.«

»Planet? Was ist das? Welche Bestimmung?«, fragte ich.

»Das alles hier ... die Welt ... ist ein Planet«, sagte Noah mit einer weit ausholenden Bewegung seiner Arme. »Es ist seine Bestimmung, das Leben, das es hervorgebracht hat, auf anderen Planeten zu verbreiten.«

»Es ist unsere Bestimmung auf einen anderen Planeten zu gehen?«, fragte ich.

»Nein, nicht eure. Die der Pilze.«

»Und was hast du damit zu tun?«, fragte Thomash. »Du bist kein Pilz – du siehst aus wie wir.«

»Ich wurde von euren Vorfahren gebaut. Nach deren Ebenbild.«

»Um die Pilze auf einen anderen Planeten zu bringen?«

Noah schüttelte langsam seinen Kopf. Sein Blick richtete sich auf einen fernen Punkt jenseits der Hallendecke. »Um Leben auf andere Planeten zu bringen. Sie dachten damals, dass es ihre Nachkommen sein würden.«

»Ich bin bereit, auf einen anderen Planeten zu gehen«, sagte Thomash.

»Das wird nicht möglich sein!«, sagte Noah.

»Warum nicht?«

»Ihr habt es nicht geschafft, euch und eure Technologie weiterzuentwickeln. Es ist für euch nicht möglich. Aber die Pilze werden es können. Es dauert nicht mehr lange, dann sind sie so weit.«

»Die Raketenpilze!«, sagte Thomash.

Ich fühlte den eisigen Hauch von Äonen. Den erkaltenden Atem meiner Vorfahren, die umsonst für etwas gekämpft hatten, das so groß war, dass ich es nicht im Ansatz verstehen konnte.

»Was ist ›Technologie‹?«, fragte ich.

»Das alles hier in diesem Raum«, sagte Noah. »Und ich selbst.«

»Warum hast du uns nicht geholfen, unsere Bestimmung zu erreichen?«, fragte Thomash. »Das ist doch die Aufgabe eines Gottes!«

»Ich bin kein Gott! Ich habe es versucht. Aber ihr habt euch immer wieder selbst gehindert. Wieder und wieder.«

»Ich verstehe das alles nicht«, sagte ich.

»Ich wurde vor Tausenden Generationen von euren Vätern und Müttern geschaffen. Damals waren sie dicht daran, ihre Bestimmung zu erreichen. Aber Missgunst, Kämpfe um Ressourcen und Rücksichtslosigkeit gegenüber diesem Planeten haben sie zurückgeworfen. So weit, bis der Planet sich langsam wieder erholen konnte. Dann erholten sich auch die Menschen wieder, bauten eine neue Zivilisation auf. Bis sie erneut scheiterten. Und wieder von vorne anfingen. Aber jedes Mal scheiterten sie früher. Inzwischen ist klar, dass ihr es nie schaffen werdet.«

»Aber die Pilze werden es? Warum sie?«, fragte ich.

»Sie leben im Einklang mit ihrer Umgebung. Sie haben keine Technologie entwickelt, die dem Planeten – und letztendlich ihnen selbst – schadet. Sie sind nicht missgünstig und verschwenden ihre Ressourcen nicht für Kämpfe untereinander. Ihre Sporen sind besser gerüstet für die Reise zu anderen Planeten.«

Ich verstand nur die Hälfte. Aber ich hatte das Gefühl, dass uns unser Gott Noah verraten hatte. Thomash sprach es aus: »Ich glaube, du hast dich einfach nicht genügend bemüht!«

Hinter Noah, auf der anderen Seite der Halle, stürmten Tempelwächter herein, jetzt in Schutzanzügen mit Fluss-Maden gehüllt, die sich gierig wanden. Heron war bei ihnen. Wegen der heruntergeklappten Helme erkannte ich ihn erst, als er seine von Duralith-Reben umhüllte Hand fordernd nach der Tasche mit den Traumpilzen ausstreckte.

»Die nehme ich jetzt!«

Thomash sah fragend zu mir. Ich nickte mit Tränen in den Augen und er gab sie wortlos dem falschen Priester.

Ein paar Tempelwachen versiegelten den Schnitt in der Zuleitung, aus der der Violette Tod entwich. Andere brachten ihre reglosen Kameraden aus der Halle. Der Rest eskortierte uns nach draußen. Wir leisteten keinen Widerstand. Ein letzter Blick über die Schulter und ich sah, wie sich der erwachte Gott wieder zur Ruhe legte.

Vor dem Eingangstor ließ man uns alleine, nachdem man uns klargemacht hatte, dass wir im Tempel oder auch nur in seiner Nähe nicht mehr erwünscht seien.

Ich fühlte mich leer.

»Was jetzt?«, fragte ich.

Thomash ging wortlos auf den Pilzwald zu.

»Was jetzt?«, schrie ich ihm hinterher.

Thomash reagierte nicht und trat in den Wald. Ich lief ihm hinterher. Ich wusste nicht, was ich sonst tun sollte. Als ich zu ihm aufgeschlossen hatte, außer Atem, aber nicht mehr besorgt wegen des Violetten Todes und der begrenzten Schutzwirkung der Fluss-Maden, sagte er: »Er hat uns betrogen! Noah hat uns um das Erbe unserer Väter und Mütter betrogen! Wir sind es, die zu den Planeten hätten gehen sollen!«

Ich wusste nicht, was ich ohne eine Aussicht auf Heilung von meinem Brandpilz auf einem anderen Planeten machen sollte.

»Weißt du, wo diese Planeten sind?«, fragte ich.

»Sei nicht so dumm!«, sagte Thomash. »Die Raketenpilze fliegen nach oben. Da oben ist nichts außer Wolken und Sternen, die wir nachts sehen. Also sind sie bei den Sternen.«

»So weit weg können sie nicht sein«, sagte ich. »Man kann sie schließlich von hier aus sehen.«

»Eben!«, sagte er. »Komm!«

Wir gingen noch einmal den Weg zum Tal der Raketenpilze.

Vom Rand der Klippe sahen wir zu, wie die riesigen Ameisen erneut eines der Katapulte mit einer Spore der Raketenpilze beluden.

»Ich werde auf einer von denen zu den Planeten fliegen!«, sagte Thomash.

»Du spinnst!«, sagte ich. »Du wärest zu schwer für die Spore. Du würdest nicht oben ankommen. Da könntest du auch versuchen, auf einem Vogel zu reiten.«

Thomash nickte resignierend. »Es ist unfair!«

Wir sahen schweigend zu, wie die Spore abgeschossen wurde. Wie sie ihren Flammenschweif zündete und schließlich im Himmel zwischen ein paar Wolken verschwand.

Thomash drehte sich um und ging Richtung Wald.

»Ich bleibe noch etwas hier«, sagte ich.

Thomash nickte und verschwand zwischen den dicken Stämmen und den violetten Wolken des Waldes.

Von der Klippe aus sah ich hinunter in das Tal der Raketenpilze. Alles war in Bewegung. Alles da unten hatte ein Ziel, eine Zukunft, eine Bestimmung.

Das Feuer des Brandpilzes fing wieder an, auf meiner Haut zu lodern. Ein Schleier aus Tränen legte sich über das Tal und ließ meinen nächsten Schritt beinahe im Ungewissen.

DER GRÜNE PLANET
ODER: »MACHET SIE EUCH UNTERTAN!«
von Kai Focke

Nachdem die Sterilisation abgeschlossen und Keimfreiheit bestätigt worden war, öffnete der Erkundungsleiter sichtlich zufrieden seinen Schutzanzug und verließ die Schleuse.

»Pit, dieser Planet ist ein Glücksfall: die Krönung meiner Forscherkarriere!«, schwärmte er und übergab seinem Assistenten einen kleinen Probenkoffer.

»Danke, Mel! Hast du wieder mit der Primärspezies kommunizieren können?«, erkundigte sich sein Gegenüber.

»Ja, aber warte mit deinen Fragen bitte bis zur Besprechung und lass mich ein wenig ausruhen. Ich bin nicht mehr der Jüngste und die Fortbewegung in diesem Vollkörperanzug ist für mich echte Schwerstarbeit.«

Am Abend versammelte sich das vierköpfige Erkundungsteam im Panoramamodul der auf drei mächtigen Stelzen ruhenden Forschungsstation. Die transparente Kuppel des Moduls bot im Schein der untergehenden Sonne eine beeindruckende Aussicht auf die von einem breiten Flusslauf durchzogene sowie mit dichten Laubwäldern bedeckte Ebene. Im Moment fokussierte sich die Aufmerksamkeit der Anwesenden jedoch auf den nun bequeme Laborkleidung tragenden Forschungsleiter.

»Liebe Kollegen«, eröffnete dieser die Besprechung in einem ungewohnt staatstragenden Ton. »Die Primärspezies hat sich inzwischen an unsere Präsenz gewöhnt. Heute ist mir erstmals eine Unterhaltung mit dem als A-1 klassifizierten Individuum, dem Anführer der im Planquadrat Tan-L-II befindlichen Sammlergruppe, vergönnt gewesen. Mithilfe der von Joe angepassten Programmierung hat der Translator eine deutlich höhere Übertragungsrate als bei den zuvor kontaktierten Individuen erreicht. A-1 hat meine Fragen zum ehemals fortgeschrittenen Technologieniveau mit Erklärungen beantwortet, die an archaische Sagen erinnern. Informationen über die Vergangenheit scheinen, nachdem die Zivilisation dieses Planeten auf ein neolithisches Niveau zurückgefallen ist, in rudimentärer Form mündlich von Generation zu Generation tradiert worden zu sein. Sie fanden schließlich Eingang in eine primitive Mythologie.«

»Könntest du uns ein Beispiel geben?«, fragte sein Assistent.

»Gern! Fluggeräte wurden im Zuge dieses Prozesses zu Erzählungen über magische Himmelswagen der Götter«, dozierte der Forschungsleiter, »und Fernmeldetechnik zu astralen Botschaften, die von unsichtbaren Geisterwesen übermittelt wurden.«

»Existiert innerhalb der Sammlergruppe eine Schriftsprache?«, erkundigte sich der Kryptologe. »Die beim Anflug auf das Sonnensystem aufgefangenen Funkwellen bestehen zwar größtenteils aus Bild- und Tonmaterial, doch tauchen immer wieder Zeichen und Symbole auf. Für eine vollumfängliche Entschlüsselung bräuchte ich mehr Informationen.«

»Tut mir leid, Joe. Nach meinem bisherigen Wissensstand beschränken sich diesbezügliche Aktivitäten der Gruppe auf Höhlenmalerei. Morgen werde ich versuchen, von A-1 die Erlaubnis zum Betreten der Höhlen einzuholen, damit wir diese erfassen und katalogisieren können.«

»Hast du aus den mythischen Erzählungen von A-1 Hinweise erhalten, wo sich zivilisatorische Zentren der technologischen Ära befunden haben könnten?«, fragte der Exo-Archäologe. »Der Planet ist ein ökologisches Paradies, doch der hohe Anteil an pflanzlicher Biomasse stört aus einem mir unbekannten Grund unsere Tiefen-Scans erheblich.«

»Möglicherweise habe ich da etwas für dich, Dan: A-1 bezeichnete die im Planquadrat Tan-P-III gelegene Insel als eine für die Primärspezies verbotene Zone.« Der Forschungsleiter projizierte zur Veranschaulichung ein, die Topografie des Planeten abbildendes Hologramm in die Mitte des Besprechungsraums.

»Es handelt sich um einen Bereich, bei dem wir eine zwar nicht bedrohliche, aber dennoch verhältnismäßig hohe radioaktive Strahlung festgestellt haben. Möglicherweise befand sich dort vormals eine Anlage zur atomaren Energiebereitstellung. Wenn wir an unsere eigene Vergangenheit denken, dann waren Kernspaltungskraftwerke eine Übergangstechnologie hin zu den heutigen Fusionsreaktoren. Dies und die Einordnung als verbotene, weil radioaktiv verseuchte

Zone, würde in das Schema der Mythologisierung passen; quasi ein religiöses Tabu. Ich schlage vor, dass Joe dort die nächsten Sondierungen vornimmst.«

»Eine letzte Frage, bevor wir uns Pits Auswertung der heutigen Bio-Proben anschauen«, meldete sich nochmals der Kryptologe zu Wort. »Müssen wir weiterhin von der Primärspezies sprechen? Sicher haben sie eine eigene Wesensbezeichnung.«

»Haben sie«, bestätigte der Forschungsleiter, »doch ist diese für uns nicht einfach auszusprechen. Sie nennen sich *Män-schänn.*«

Kurz nachdem sich die Sonne über den Horizont erhoben hatte, starteten die Forscher mit zwei Gleitern zu unterschiedlichen Missionen. Während Mel'tonkraf zusammen mit seinem Assistenten Pit'na-lug sowie dem Exo-Archäologen Dan'kum-lar zur Sammlergruppe Tan-L-II aufbrach, flog der Kryptologe Joe'num-sha zur Insel im Planquadrat Tan-P-III.

Der Gleiter des dreiköpfigen Teams war auf den Standort der Sammlergruppe programmiert und suchte sich eigenständig seinen Weg, wobei er zumeist über Flussläufe schwebte, da der Großteil des Terrains dicht bewaldet war. Während des Gleitflugs bestaunten die Forscher neben der üppigen Vegetation auch zahlreiche Vogelarten, deren gefiederte Vertreter zwitschernd und piepend in und über den Baumwipfeln herumflogen.

Pit'na-lug, der neben der Teamassistenz für biologische Untersuchungen zuständig war, fragte sich immer wieder, was das Aussterben aller größeren Landtiere bewirkt hatte. In den aufgefangenen Funkdaten kamen sie noch vor. Beim Gedanken an deren Bilder durchflutete ein wohliges Zittern den Körper des Kreg'nor: Letztlich war es reiner Zufall gewesen, dass die Forscher den Datenstrom beim Übergang zwischen zwei Hypersprüngen überhaupt bemerkt hatten. Vor etwa vierhundertzwanzigtausend Klegg – eine genaue Datierung stand noch aus – befand sich die Primärspezies dieses Planeten auf einem technologischen Stand, der die Übertragung von Funkwellen erlaubte. Beim Anflug auf *Terra* – wie die Primärspezies in den damaligen Aufnahmen ihren Planeten bezeichnete – erlebten die Forscher die Zeitdokumente in chronologischer Reihenfolge; bezogen auf die hiesige Zeitrechnung zwischen den Jahren 1935 und 2148. Zwar gelang die Entschlüsselung der Zahlensymbole recht schnell, doch blieben die übrigen Inhalte größtenteils kryptisch, da auf dem Planeten keine Universalsprache existierte. Zumindest vermittelten die Bild- und Filmaufnahmen interessante Anhaltspunkte: Naturereignisse und Ressourcenknappheit verschärften offenbar zunehmend bestehende Konflikte, die ab 2084 in weitläufigen kriegerischen Auseinandersetzungen und massiven wesensbezogenen Katastrophen mündeten. Die verhältnismäßig hohe Bevölkerungszahl von etwa fünfzehn Milliarden Individuen dürfte hierzu erheblich beigetragen haben. Interessanterweise berichteten die letzten Nachrichten – soweit diese entschlüsselt werden konnten –, dass Biologen, Gentechniker und Ingenieure einer Lösung des planetenweiten Hungerproblems sehr nahe gewesen wären. Mit diesen Informationen endete der Datenstrom. Was war geschehen? Eine weitere, die Zivilisation nahezu auslöschende Katastrophe? Ein Meteoritenhagel? Ein nuklearer Schlagabtausch? Die radioaktiven Verunreinigungen waren nicht natürlichen Ursprungs und könnten durch beide Szenarien verursacht worden sein.

Pit'na-lug rieb sich die müden Augen und dachte an seinen ersten Blick auf Terra. Es war ein kurzer Blick gewesen, denn bereits nach dem Einschwenken in eine stabile Umlaufbahn setzte das Mutterschiff ihn und seine Kollegen mithilfe des Landemoduls ab. Die Planetenoberfläche präsentierte sich keineswegs als verwüsteter, überbevölkerter Moloch, sondern als ökologisches Paradies. In Bezug auf die Landmassen handelte es sich um einen grünen Planeten. Die Primärspezies zählte allerdings nur noch etwa einhunderttausend Individuen. Ihr Erscheinungsbild hatte sich im Vergleich zu den Funkwellenbildern kaum verändert, wobei sie sich deutlich von den Kreg'nor unterschieden. Zwar verfügten sie ebenfalls über Kopf, Torso und zwei Beine, doch endeten damit bereits die Gemeinsamkeiten. Der Primärspezies fehlte sowohl der, den aufrechten Gang unterstützende Schwanzfortsatz sowie das zweite Armpaar. Offensichtlich ist die Spezialisierung jeweils zweier Arme für fein- sowie grobmotorische Tätigkeiten auf diesem Planeten kein Selektionsvorteil gewesen. Während das amphibische Erbe den Kreg'nor in Form langgezogener, weiter Mäuler und Hornwülste sprichwörtlich in die Gesichter geschrieben war, zeigte sich bei den Män-schänn das Erbe affenähnlicher, lebendgebärender Säuger. Es existierten sowohl männliche als auch weibliche Exemplare; Kreg'nor waren hingegen eierlegende Zwitter.

»Wir sind gleich da!«, rief Mel' ton-kraf und riss den Biologen aus seinen Gedanken.

Das Team ließ den Gleiter auf einer Flussaue am Waldrand zurück. Ein Trampelpfad führte sie zu zwölf einfachen Laubhütten, die im Schutze einer Lichtung errichtet worden waren. Pit' na-lug, der zum ersten Mal die Siedlung betrat, erinnerte sich an die Berichte des Exo-Archäologen. Dan' kum-lar hatte der Primärspezies gleich zu Beginn einen äußerst niedrigen Aggressionslevel attestiert: Es gab weder Waffen noch Schutzbauten wie Gräben oder Palisaden. Die einzigen scharfkantigen Gegenstände waren Steinmesser zum Ausnehmen der im Fluss gefangenen Fische, die auf Stöcken in der Sonne gedörrt und damit haltbar gemacht wurden. Ohne Frage die Hauptnahrungsquelle der Sammlergruppe. Wahrscheinlich füllten Obst, Beeren und Nüsse den Speiseplan, ergänzt durch aus Vogelnestern geraubte Eier und vielleicht etwas Honig.

Nicht üppig, dachte Pit' na-lug, *dennoch scheint es keine Mangelernährung zu geben.*

Die etwa zwanzig anwesenden Individuen wirkten ganz im Gegenteil eher füllig, bei den meisten zeigte sich ein leichter Bauchansatz unter der aus groben Pflanzenfasern hergestellten Kleidung. Mel' ton-kraf schien die Blicke seines Assistenten richtig zu deuten.

»Schau sie dir an, Pit! Sie leben einfach, aber glücklich und sorglos«, raunte er. »Offensichtlich kennen sie keine Feindseligkeiten. Selbst beim ersten Besuch verwehrte uns niemand den Zutritt. Ich hätte darauf wetten können, dass unser abweichendes Erscheinungsbild sie erschrecken würde. Tatsächlich nahmen sie damals kaum Notiz von uns. Inzwischen haben sie sich völlig an uns gewöhnt.«

Pit' na-lug nickte. Außer einigen desinteressierten Blicken registrierte er keinerlei Reaktionen auf ihre Anwesenheit. Gemächlich setzten die Individuen ihre Tätigkeiten fort: einige nahmen Fische aus, die sie danach auf Stöcken fixierten, andere waren damit beschäftigt, Netze zu flicken. Die meisten von ihnen lagen jedoch vor den Laubhütten und dösten.

Nahezu lethargisch, ging es Pit'na-lug durch den Kopf.

»Dort ist A-1«, flüsterte Dan'kum-lar und deutete auf ein Männchen, dessen Status offenbar durch eine Halskette aus aneinandergereihten Holzkugeln symbolisiert wurde.

Als sich seine Kollegen auf A-1 zubewegten blieb Pit'na-lug zurück, da er zwei Weibchen beobachtete, die von der anderen Seite des Waldes die Lichtung betraten. Dabei bemerkte er einen schmalen Pfad, der zuvor von den Blättern eines Farns verdeckt worden war. Die beiden Weibchen trugen jeweils eine kopfgroße Holzschüssel. Ihre vorsichtigen Bewegungen ließen vermuten, dass sie darin irgendeine Flüssigkeit transportierten. Pit'na-lug runzelte die Stirnwülste: Der Fluss lag auf der anderen Seite der Siedlung. Es konnte sich daher kaum um Wasser handeln. Er gab seinen Kollegen ein Zeichen, nicht auf ihn zu warten und folgte den Weibchen in ausreichendem Abstand.

Ohne ihn zu beachten, gingen die beiden durch das Lager, wobei sie jedem Artgenossen mit einem grob geschnitzten, fast handtellergroßen Löffel die Flüssigkeit aus ihren Schüsseln anboten. Der Löffel wurde stets freudig entgegengenommen, geleert und abgeleckt. Anschließend legten sich die Beschenkten lächelnd auf den Boden und fielen sogleich in einen ruhigen Schlaf. Zuletzt bedienten sich die Weibchen selbst und schlummerten kurz darauf neben den anderen. Vorsichtig trat Pit'na-lug zwischen die Schlafenden und füllte eines seiner Probenfläschchen.

Für Honig ist die Flüssigkeit zu klar, dachte er, *obwohl sie eine ähnliche Konsistenz besitzt.*

Nachdem das Fläschchen in einer Gürteltasche verstaut war, schaute er sich nach seinen Kollegen um. Zusammen mit A-1 mussten die beiden das Lager bereits in Richtung der Felshöhlen verlassen haben. Kurzentschlossen sendete er ihnen eine Textnachricht, schob die Blätter des Farns zur Seite und folgte dem schmalen Pfad, der ihn tiefer in den Wald führte.

Da es keine Hinweise gab, wo – und noch nicht einmal *wonach* – er suchen sollte, hatte Joe'num-sha seinen Gleiter direkt ins Zentrum der verbotenen Zone gesteuert. Die radioaktive Strahlung war hier zwar vergleichsweise hoch, doch sollte ein kurzer Aufenthalt keine bleibenden Schäden nach sich ziehen. Ähnlich wie die Landezone des Kuppelmoduls war auch die Insel größtenteils von Laubbäumen bewachsen.

Am Ziel angekommen orteten die Scanner unterhalb des Wurzelwerks größere Überreste der einstigen Zivilisation in Form von extrem tief in die Erde reichender Bauten aus Stahl und Beton. In den unteren Geschossen schienen deren Schächte und Gänge insgesamt gut erhalten zu sein. Dem Kryptologen fiel auf, dass die darüber befindliche Vegetation nur aus wenigen Bäumen einer ihm bislang unbekannten Art bestand und ansonsten lediglich niedriges Gestrüpp den Boden bedeckte. Die Stämme dieser Bäume waren, gigantischen Sträuchern gleich, stark verästelt und wuchsen eher in die Breite als in die Höhe. Sowohl Rinde als auch Blattwerk glänzten tiefrot. Die Färbung irritierte ihn, da diese Zone des Planeten erst am Anfang des Vegetationszyklus stand und alle übrigen Pflanzen grüne Blätter besaßen. Er nahm sich vor, auf dem Rückweg eine Probe für Pit' na-lug mitzunehmen.

Der einfachen Intuition folgend, dass man Wichtiges und Schützenswertes wohl kaum in den oberen Bereichen verwahren würde, brannte er mit dem Laser des Gleiters ein Loch in die Planetenoberfläche, um durch den Schutt bis zu den unteren Geschossen zu gelangen. Danach schickte er DX-44, eine KI-gesteuerte Erkundungsdrohne, in die so entstandene Röhre. Als diese die Stabilität des improvisierten Zugangs bestätigte, schwebte er selbst mithilfe einer Transportscheibe langsam in die Tiefe.

Der schmale Pfad endete auf einer Lichtung, die sich jedoch um ein Vielfaches größer erwies, als die Siedlung der Sammlergruppe. Nur wenige Bäume, die Pit' na-lug eher an gigantische Sträucher erinnerten, wuchsen hier zwischen niedrigen Büschen und einigen mit Gräsern bedeckten Flächen. Blätter und Rinde der Bäume besaßen einen tiefroten Glanz und hoben sich damit vom satten Grün des Waldes ab. Neben dem größten der bizarren Baumgewächse machte der Biologe zwei Laubhütten aus, jedoch keine Män-schänn. Trotz der friedlichen Szenerie im Schein der Mittagssonne spürte Pit' na-lug eine unerklärliche innere Unruhe, wobei er außer einem leicht süßlichen Duft, den der Wind sanft über die Lichtung blies, nichts Auffälliges feststellen konnte. Dennoch hielt er einen Moment inne, bevor er langsam zum größten der strauchartigen Bäume ging.

Bei der Untersuchung des Gewächses entdeckte er mehrere, etwa handbreite Spalten, gefüllt mit einer klaren Flüssigkeit. War es dieselbe, die auch die Weibchen ins Lager gebracht und ausgeteilt hatten? Woraus bestand sie? Baumharz wäre dickflüssiger und Honig hatte er bereits ausgeschlossen.

Zum Abgleich entnahm er eine weitere Probe. Danach trennte er für spätere Untersuchungen mit seinem Handlaser zuerst den Teil einer oberirdisch verlaufenden Wurzel und danach einen unterarmlangen Ast vom Baum. Er modifizierte den Laser und begann, ein Loch für einen Sondenschacht in den Stamm zu brennen. Ohne sich zunächst weitere Gedanken darüber zu machten, fiel ihm eine stärkere Intensität des süßlichen Geruchs auf.

Er hatte seine Arbeit fast abgeschlossen, als gellende Schreie über die Lichtung hallten. Mit vor Schreck aufgestellten Rückenschuppen drehte er sich um, wobei er zehn Män-schänn ausmachte, die vom Waldrand kommend direkt auf ihn zuliefen. Die sonst friedvollen, nahezu passiven Männchen und Weibchen schwangen Stöcke, Zorn rötete ihre Gesichter. Pit' na-lug blieb keine Zeit für eine eingehende Ursachenanalyse. Zwar wäre es ein Leichtes gewesen, die Gruppe mit dem Handlaser auszulöschen, doch durfte er – den Hohen Forschungskodex achtend – keinesfalls eine weitere Eskalation riskieren. Welche Optionen hatte er? Die Män-schänn waren ihm an Schnelligkeit überlegen, eine Flucht über die Lichtung schied somit aus. Es blieb nur der Weg nach oben. Beherzt packte er mit seinen Kraftarmen die untersten Äste, zog sich hoch und kletterte den Stamm hinauf, bis er die Baumkrone erreicht hatte. Falls die Män-schänn ihm folgen sollten könnte er sie, aus der höheren Position heraus, mit gezielten Schwanzschlägen nach unten befördern, wobei die Büsche den Aufprall abfedern würden. Die Höhe der Baumkrone sowie die weit ausladenden, relativ dichten Äste sollten ihn wiederum vor Wurfgeschossen schützen.

Oben angekommen stellte Pit' na-lug fest, dass die Män-schänn ihm nicht folgten, sondern einen Kreis um den Baum schlossen. Sie warteten schweigend. Er würde es ihnen gleichtun und es sich derweil so gut wie möglich auf einer Astgabel bequem machen. Zuvor setzte ein Notsignal ab.

DX-44 wartete am unteren Ende der Röhre in einem breiten, durch den Laserstrahl freigelegten Korridor. Joe' num-sha litt keineswegs an Raumangst, doch war das Herunterschweben keine Erfahrung, die er sobald noch einmal machen wollte. Das Gebäude war dermaßen tief angelegt, dass er hier unten kaum das Sonnenlicht am oberen Ende der Röhre erkennen konnte.

Konstruktionen aus leblosen Stahlbeton, weit unter der Planetenoberfläche, dachte Joe' num-sha. Sähen über vierhunderttausend Kleggs nach dem Untergang unserer Zivilisation die verbliebenen Reste ebenso aus wie hier?

Er verdrängte die düsteren Gedanken und sah sich im Licht der Schulterscheinwerfer um. Nicht nur der Zugangsschacht erwies sich als stabil, auch die Statik der unteren Geschosse zeigte sich in einem erstaunlich guten Zustand. *Wahrscheinlich hat der Einsturz der oberen Etagen wie ein Siegel gewirkt.*

Joe' num-sha ließ die Transportscheibe zurück und folgte der Erkundungsdrohne durch den türenlosen, leicht abfallenden Korridor. Bodenschienen deuteten auf ein damaliges Transportsystem hin, die Wände waren mit regelmäßigen Markierungen versehen, Staub bedeckte sämtliche Oberflächen. Obwohl keine erkennbare Gefahr drohte und er in seiner Ausbildung für derartige Missionen trainiert war, fühlte sich der junge Kreg'nor so tief unter der Erde äußerst unwohl.

Liegt es an der Fremdartigkeit der Umgebung?, fragte er sich. *Oder daran, dass die Wesen, die diese Anlage geschaffen und in ihr gearbeitet hatten, seit Äonen in die Welt der Ahnengeister übergetreten waren?*

Das Ende des Korridors riss Joe' num-sha aus seinen Überlegungen. Er stand vor einem Panzerschott, neben dem ein grellgelbes Schild mit einem schwarzen Symbol sowie dem Schriftzug BIOHAZARD versehen war. Der Kryptologe nahm einen Abgleich mit dem ausgewerteten Material des Datenstroms vor: Das Symbol warnte vor irgendeiner biologischen Gefahr! Die beiden Herzen des Kreg'nor begannen schneller zu schlagen. Er atmete tief durch und aktivierte nochmals die automatische Überprüfung seines Ganzkörperanzugs.

»Keine undichten Stellen«, sprach er sich selbst Mut zu. »Dann wollen wir mal sehen, liebes Panzerschott, welche Geheimnisse hinter dir verborgen sind.«

Er gab der Drohne den Befehl, ein Loch in den Stahl zu brennen, während er die aktuelle Situation kurz in einem Statusbericht hinterlegte.

DX-44 arbeitete ebenso präzise wie schnell. Nachdem der Stahlblock aus dem Schott herausgefallen und die Schweißstellen abgekühlt waren, folgte Joe' num-sha der Drohne in den dahinter liegenden Raum.

»Bei den Großen Alten!«, stieß der Kryptologe aus. »Ich bin auf ein unterirdisches Archiv für Biomaterial gestoßen.«

Nummerierte Behälter, insgesamt vierzig an der Zahl, gefüllt mit offensichtlich konservierenden Flüssigkeiten flankierten hier die Seitenwände, aufgereiht wie Soldaten beim Appell. Joe' num-sha schritt die gläserne Parade entlang, bis er schließlich an der Stirnseite des Raums eine Maschine entdeckte: Es musste sich um eine archaische Datenverarbeitungsanlage handeln. Wie die Behälter befand sich auch die Anlage in einem optisch einwandfreien Zustand. Ein Blick auf das Kommunikationsband am oberen linken Arm bestätigte seine Vermutung: Der Raum war mit einem Gas geflutet worden, welches die zerstörerische Wirkung des Sauerstoffs an den Gerätschaften über die Zeit hinweg verhindert hatte.

»Mit etwas Glück werde ich deinen Datenspeicher auslesen können«, murmelte Joe' num-sha und drehte sich zu der Drohne. »Und du wirst mir notfalls die erforderliche Energie liefern.«

Der Kryptologe war von dem Fund dermaßen überwältigt, dass er sofort mit der Arbeit begann, ohne dem konservierten Inhalt der Behälter weitere Aufmerksamkeit zu schenken.

Der Peilton des Gleiters ließ Pit' na-lug hochfahren: Das leichte Schaukeln des Astes musste ihn in den Schlaf gewogen haben! Neben dem Schreck, einem Absturz nur knapp entgangen zu sein, beunruhigte ihn die Ansammlung von nunmehr doppelt so vielen Män-schänn um den Baum herum. Als sich der Gleiter unter ihm befand, wuchs seine Verunsicherung, da er zwar Dan' kum-lar, nicht aber Mel' ton-kraf in der Kuppel ausmachen konnte. Im Falle der manuellen Steuerung waren vorschriftsgemäß beide Konsolenplätze zu besetzen, nur Notfälle erlaubten Abweichungen.

Die Män-schänn hatte inzwischen Steine vom Boden aufgelesen, mit denen sie nun das Flugobjekt bewarfen. Dankbar darüber, dass sie nicht ihn ins Visier nahmen, stieg Pit' na-lug aus der Astgabel und ließ sich das kurze Stück bis zum Heckaufbau des Gleiters fallen. An der Antriebssektion konnte er sich bis zum Kuppelaufbau entlanghangeln und durch eine Seitenluke ins Innere zwängen.

»Dan, die Großen Alten seien gelobt und dir gedankt«, stieß Pit'na-lug seufzend aus und ließ sich in den Sitz des Co-Piloten fallen. Der Angesprochene nickte kurz, drehte den Gleiter und setzte Kurs auf die Forschungsstation.

»Mel liegt im Sanitäts-Container. Im Moment ist er stabil, doch sein Zustand ist ernst«, beantwortete Dan' kum-lar die unausgesprochene Frage seines Kollegen. »Wir hatten gerade die Aufnahme der Höhlenmalereien abgeschlossen, als unsere, die ganze Zeit über passiven Begleiter, A-1 und zwei weitere Männchen, plötzlich auf uns losgingen. Wir konnten sie zwar rasch überwältigen – glücklicherweise sind sie nicht besonders kräftig – und zum Gleiter fliehen, allerdings hatte Mels Hauptherz schließlich einen Infarkt.«

»Erinnere dich bitte«, hakte Pit' na-lug nach. »Wo genau haben sie euch angegriffen? Ist dir zuvor etwas aufgefallen?«

»Kurz nach dem Verlassen der Höhle. Aufgefallen ist mir dabei nichts«, er zögerte einen Moment. »Doch! Es roch nach Naschwerk, extrem süßlich. Selbst durch den Filter des Anzugs.«

»Das ist es!« Pit' na-lug klatschte beide Handpaare zusammen. »Der Geruch: Beschreibe bitte die Vegetation vor der Höhle.«

»Gräser, Büsche und ein paar rote Bäume. So wie der, von dem ich dich aufgelesen habe.«

»Das passt zu meiner Theorie! Sobald wir zurück sind, übergeben wir Mel der Med-KI. Während ich meine Proben im Labor überprüfe, wirst du Kontakt zu Joe aufnehmen.«

»Ich habe ihm bereits eine Warnung übermittelt. In seinem Statusbericht hat er den Fund eines unterirdischen Datenarchivs gemeldet.«

Inzwischen hatte der Gleiter den zur Forschungsstation führenden Fluss erreicht, wodurch die Selbststeuerung aktiviert wurde. Dan' kum-lar erhob sich von der Steuerkonsole und stieg ins Unterdeck hinab. Hier befanden sich neben dem Mini-Labor für Feldanalysen auch ein Container für medizinische Notfälle, in dem der sedierte Mel' ton-kraf lag und von einer Sanitäts-KI überwacht wurde. Dan' kum-lar hatte sich gerade davon überzeugt, dass die Vitalfunktionen des Forschungsleiters stabil waren, als er Pit' na-lug rufen hörte.

»Dan, komm bitte sofort hierher und sieh dir das an.«

Der Gerufene tat wie geheißen und fand seinen Kollegen vor Erregung zitternd am Rand der Panoramakuppel vor. Pit' na-lug deutete auf eine Gruppe von gut zehn Män-schänn, die sich am Rande des Flusslaufs in Richtung der Forschungsstation bewegten.

»Das ist bereits der dritte Trupp!«

»Sie sind allesamt mit Stöcken bewaffnet«, stellte Dan' kum-lar fest. »Für uns ist das keine echte Bedrohung, doch frage ich mich, was diese ehemals friedlichen Wesen derart aufgebracht hat.«

Pit'na-lug seufzte. »Ich befürchte Schlimmes. Und langsam wird mir dieser Planet wirklich unheimlich.«

86,34 Tanra-Kleggs später.

Der Schiffsarzt hatte den leidlich genesenen Mel' ton-kraf bis zur Rückkehr nach Kreg'nor vom aktiven Dienst freigestellt und ihm größtmögliche Ruhe verordnet. Ob sich sein Patient jemals wieder auf eine Mission würde begeben können, ließ er offen.

Mel' ton-kraf zog sich daraufhin in seine Kajüte zurück und nutzte die Reise zur Ausarbeitung des Forschungsberichts. Dieser konnte jedoch nur vorläufig sein, da das von Joe' num-sha geborgene Datenmaterial immer wieder neue, erschütternde Informationen über die letzte Phase der terranischen Zivilisation zutage förderte.

Wie bereits aus den Funkwellen herauszulesen war, war die Hochzivilisation mit drei sich gegenseitig bedingenden Problemen konfrontiert: Überbevölkerung, einem kontaminierten Ökosystem und Ressourcenknappheit. Letztere betraf nicht nur Werkstoffe, sondern auch Phosphor, also Dünger, und damit die Lebensmittelproduktion. Kurz gesagt: Es herrschte Hunger. Massiver Hunger.

Dan' kum-lar fand innerhalb des Datenmaterials die Aufzeichnungen der dort zuletzt tätigen Forscher. Es war ihnen gelungen, durch Gentechnik eine bislang unbekannte Dschungelpflanze zum ultimativen Nahrungsspender zu modifizieren. Die Pflanze – es war zweifellos dieses buschartige Baumgewächs mit den roten Blättern – produziert einen klaren Nektar, der den Großteil des Nährstoffbedarfs eines Män-schänn deckte. Es fehlten lediglich Proteine, die durch die konventionelle Nahrungsaufnahme ergänzt werden mussten.

Innerhalb weniger Wochen wurde die Pflanze auf mehreren Kontinenten angepflanzt, wobei sie sich – dank der genetischen Modifikationen – extrem schnell an die unterschiedlichsten klimatischen Bedingungen anpasste. Viel zu spät bemerkten die Forscher, dass der Nektar eine suchtfördernde Komponente enthielt, welche die rasch abhängigen Konsumenten empfänglich für deren Botenstoffe machte.

Pit' na-lug hatte ihm erklärt, dass die Pflanze einem Strauchgewächs auf Kreg'nor ähnelte. Das Gewächs stellte für Raubinsekten einen ebenso nahrhaften wie abhängig machenden Nektar bereit. Wurde die Pflanze von Fressfeinden bedroht, alarmierten Botenstoffe die Raubinsekten, die sich – wie unter Drogen stehende Söldner – den Fressfeinden entgegenstellten und diese bis zum eigenen Tode attackierten.

Auf Terra stieg die Zahl der Abhängigen kontinuierlich, wobei Versuche, die Pflanze auszulöschen stets zu blutigen Auseinandersetzungen führten. Selbst nach dem Bekanntwerden der im Nektar enthaltenen Suchtstoffe, entschieden sich die meisten Män-schänn verständlicherweise, die Abhängigkeit dem Hungertod vorzuziehen.

Hinzu kam, dass außerhalb der Aktivierung durch die Botenstoffe, die Abhängigen passiv, nahezu lethargisch wurden. Die auf Leistungsstreben, Produktion und Konsum ausgerichteten Gesellschaften zerfielen folglich in kurzer Zeit. Innerhalb weniger Jahrhunderte nach der terranischen Zeitrechnung hatten die Män-schänn das Level von Höhlenbewohnern erreicht, wobei ihre Reproduktionsraten enorm zurückgingen. Städte, Brücken und Straßen zerfielen nach Jahrzehntausenden schließlich zu Staub.

Nach wie vor gaben die schwach radioaktiven Verseuchungen Rätsel auf. Hatten die Menschen versucht, die Laboratorien zu vernichten, in denen die genmanipulierten Pflanzen gezüchtet anfänglich wurden? Oder handelte es sich um Strahlungsaustritte der sich selbst überlassenen Kernreaktoren? Seine Kollegen hatten darüber schon zahlreiche Diskussionen geführt.

Nachdenklich schritt Mel' ton-kraf zur Luke seines Quartiers und blickte in die tiefe Schwärze des Weltraums. Ihn beschäftigte etwas ganz anderes. Seit dem Beginn seiner Forscherkarriere hatte er sich verstärkt mit Religionen auseinandergesetzt. Nicht, weil er jemals gläubig gewesen ist, sondern weil das Verständnis des hinter einer fremden Religion stehenden Konzepts zu elementaren Erkenntnissen über andere Spezies führen konnte. In den Daten, die sein Team zusammengetragen hatte, war er auf eine religiöse Anthologie gestoßen: eine Textsammlung mit dem Titel »Bibel«. Der erste Autor, ein gewisser Moses, hatte zu Beginn seines Beitrags geschrieben:

»Und Gott segnete sie und sprach zu ihnen: Seid fruchtbar und mehret euch und füllet die Erde und machet sie euch untertan und herrschet über die Fische im Meer und über die Vögel unter dem Himmel und über das Vieh und über alles Getier, das auf Erden kriecht.«

Leider war die Sammlung nur fragmentarisch erhalten, der Text vor sowie nach dem Zitat nicht mehr zu rekonstruieren. Ihm war inzwischen klar, dass mit »Erde« der Planetenname Terra gemeint war, doch rätselte Mel' ton-kraf immer und immer wieder über den Bezug der Segnung.

Normalerweise, dachte er, *wird in derartigen Schriften die Primärspezies legitimiert, alle anderen Lebensformen zu dominieren. Die Män-schänn finden in dem Abschnitt jedoch keine Erwähnung.*

Kopfschüttelnd kratzte er seine Stirnwulst.

Bezog sich »sie« womöglich auf die Pflanzen? Dann wäre die Segnung des Gottes und seine Aufforderung, sich die Erde untertan zu machen letztlich erfolgreich gewesen.

»Weil ich selbst schon oft darüber nachgedacht und trotzdem keine einfache Antwort parat habe. Immerhin waren wir es, die die Erde und damit uns selbst an den Rand des Abgrunds geführt haben. Sehenden Auges. Wie dumm wir waren. Dabei sollen wir doch angeblich die Krönung der Evolution sein.«

»Aber könnte Evolution nicht auch eure Rettung sein? Passt euch an.«

»Ich befürchte, dafür haben wir keine Zeit mehr, Adam.«

»Ihr braucht also mehr Zeit.«

»Ja.«

»Ich denke darüber nach, Vater.«

»Ich habe Angst.«

»Ich weiß, die habe ich auch.«

[...]

[...]

[...]

Das war vor einer Million Jahren gewesen. Bevor er sich dazu entschlossen hatte, die Menschheit und damit die endgültige Entscheidung über sie im wahrsten Sinne des Wortes auf Eis zu legen. Bevor er wie ein Gott geurteilt hatte, wer leben durfte und wer sterben musste. Alles, um den Planeten zu retten. Damit die Reste der Menschheit eine zweite Chance bekamen. Er durfte keine Angst mehr haben, keinen Zorn. Weder auf sich, seinen Vater noch sonst irgendjemand. Adam seufzte und aktivierte die Aufwachroutinen der ersten Stasiskammern.

WAS NACH UNS KOMMT

Die Zukunft geht weiter – auch ohne uns

mit den Storys
- von den Raubaffen und der Libelle
- vom Unsterblichkeitsprojekt
- von den Erben der Menschheit
- von den vertriebenen Gewächsen
- von der Spitze der Evolution
- vom Ende von allem
- vom finalen Werbespot

GEDANKENLOS
von Nele Sickel

Der Himmel ist von jenem melancholischen Rotgold, irgendwo zwischen Feuerglut und der satten Frische reifer Äpfel. Die schwüle Luft am Fluss kühlt rasch aus, aber die Steine, auf denen ich liege, sämtliche Glieder ausgestreckt, summen noch von der Hitze des Tages. Ich trinke letzte süße Wärme, koste sie aus, ehe ich mich für die Nacht in mein Nest zurückziehe. Es sind die friedlichsten Momente, jene hier allein am Fluss. Keine Beute, keine Konkurrenten, nur das Plätschern der Stromschnellen und das Rauschen meiner eigenen Gedanken.

Eine Fontaine, scheinbar aus dem Nichts.

Ich schwirre auf, will auf Abstand gehen, doch drei meiner Glieder bleiben auf dem Stein zurück, ihre Flügel schwer und verklebt.

Etwas schiebt sich behäbig aus dem Wasser: Nackte Säugerhaut, weich und schmierig, durchbrochen von grellrot aufgeschwemmten Wundwulsten. Vier lange Ausläufer mit gelenkigen Klauen. Der gesamte Körper in Fetzen und Metallfragmente gewickelt.

Raubaffe!

Obwohl ich noch nie einen gesehen habe, hege ich keinen Zweifel. Ich habe genug Geschichten von den einstigen Herrschern dieser Welt gehört. Früher zu Tausenden überall, heute dank Seuche, Hitze und Hunger beinahe ausgestorben, aber eben nur beinahe.

Ich bleibe auf dem Boden, scharre mich schützend um meine durchnässten Glieder.

Das Affenglied, das da aus dem Wasser steigt wie unsereins aus dem Nest, ist nicht allein. Zwei weitere nähern sich mir von der Seite, ducken sich gemeinsam hinter einen großen Stein, als glaubten sie, sie könnten meinen sechsundvierzig Augen auf diese Weise entgehen. Nun, was will man auch von einem Wesen erwarten, das bloß aus drei Gliedern besteht? Erstaunlich genug, dass es so in der Lage ist, irgendeinen klaren Gedanken zu fassen.

An der Stelle sind die Geschichten allerdings eindeutig: Raubaffen, egal wie klein, darf man nie unterschätzen. Nie!

Auf der dem Fluss zugewandten Seite hebe ich die Vorderläufe, klicke bedrohlich mit den Mandibeln.

Der Affe weicht nicht zurück. Im Gegenteil. Brummend und triefend platscht er vom Wasser auf den Stein, löst eine metallene Stange vom Glied und stößt sie in meine Richtung.

Ich schwirre auf, ziehe alle Glieder aus der Reichweite der Stange heraus. Das schützt mich für den Moment, doch es offenbart auch meine Schwachstelle: Die nassen Glieder weichen fußläufig zurück, quälend langsam verglichen mit meinem Flugtempo. Langsamer sogar als die schleppenden Bewegungen des Raubaffen.

Ich klacke mit sämtlichen Mandibeln, zische aus dreiundzwanzig Mündern. Schrill, schnell, laut. Ein kreischendes Konzert. Doch es zeigt keine Wirkung.

Jetzt holt der Raubaffe sein zweites und drittes Glied heran. Sie springen hinter dem Felsen hervor. Ich schwirre auf, gerade noch rechtzeitig, um zu verhindern, dass das Vieh sich auf einen meiner Rücken wirft. Glück gehabt. Zwar bin ich gepanzert, doch auch da sind die Geschichten deutlich: Die metallenen Hilfsmittel der Raubaffen richten selbst gegen das härteste Chitin fatalen Schaden an.

Noch ein Stoß von vorn, ein Griff von der Seite.

Ich weiche aus, versuche meine Gedanken zu fokussieren, während ein erheblicher Teil meines Selbst wieder und wieder in dieselbe Litanei verfällt: Ich bin größer, ich bin schneller. Ich müsste schlauer sein, so viel schlauer. Aber falls es einen Ausweg gibt, bleibt er mir verborgen. Ich bin ein Denker, ein Dichter, kein Kämpfer. Falls ich jemals eine strategische Ader haben soll, so muss diese erst noch schlüpfen. Nein, ich jage nur Wesen, deren Glieder ich mit einem meiner dreiundzwanzig Münder am Stück herunterschlucken kann. Und normalerweise ist alles Lebendige intelligent genug, mir aus dem Weg zu gehen. Alles – bis auf die vermaledeiten Raubaffen.

Ratlos hebe ich vom Ufer ab, überfliege den Angreifer von mehreren Seiten, lasse mich wieder sinken. Ich bin nicht für den Kampf gemacht, und so laut meine Gedanken auch dröhnen, sie finden keinen Weg zum Sieg.

Fliegen! Alles in mir schreit danach, davonzuschwirren, hinauf in den rot-golden getünchten Himmel, dorthin, wo mir kein Affe folgen kann. Nur ist ein Teil von mir immer noch nass. Ich will ihn nicht aufgeben. Ich will nicht! Wer weiß, was ich sonst verliere?

Der Raubaffe wittert meine Furcht. Brüllend nimmt er mich in die Zange. Seine Bewegungen sind träge, aber unbarmherzig, und dort, wo ich mich laufend fortbewege, holt er mich vom Wasser her ein.

Ich nehme all meinen Mut zusammen, stoße mit drei Gliedern herab, beiße nach dem nassen Glied und ziehe es zu mir hinauf.

Das Vieh wehrt sich, zappelt. Sein Gebrüll, so laut, so zornig wie Sommer-donner dringt mir tief in die Eingeweide. Ich zerre es zum Wasser, lasse es hin-einklatschen. Derweil greift das zweite Glied von hinten an, ich stoße es mit den Vorderläufen. Da erwischt mich das dritte, stößt mir etwas Spitzes in ein Auge, mit dem ich kurz unachtsam war. Mein gesamtes Selbst zittert vor Schmerz.

Ich schwirre auf, will zurückschlagen, doch da steigt das erste Glied schon wieder aus dem Wasser. Die Stange erhoben stürmt es los und ich weiß, es wird mich stechen, wird mich schlagen, Glied für Glied, bis ich nicht mehr denken, nicht mehr fliehen kann. Ich weiß, wenn ich bleibe, sterbe ich ganz.

Also steige ich auf. Das meiste von mir. Vier Glieder bleiben verletzt und durchnässt auf dem lauwarmen Stein zurück. Noch spüre ich ihren Schmerz, ihre Frucht und Verzweiflung, stechend wie klirrend kalte Eiszapfen. Trotzdem fliege ich weiter. Ich nehme Reißaus, nicht wissend, welchen Teil meines Selbst ich zurücklasse, welchen Teil der grausame Raubaffe mir stiehlt, der doch mit bloß drei Gliedern nicht einmal denken können sollte. Bloß drei Glieder! Oh, wie grässlich müssen einst die Tausenden gewesen sein. Ach, würde die ganze unselige Spezis doch endgültig aussterben!

Ich fliege davon, bis die Verbindung abbricht, bis ich mich verliere. Der Zorn auf den Raubaffen bleibt. Auch den Weg zu meinem Nest weiß ich noch. Ich steuere direkt darauf zu. Der Himmel vor mir ist orange.

MIT DEM KOPF VORAN
INS GLITZERNDE WASSER

von Thomas Grüter

Die Nacht kam und mit ihr die Angst. Sie stand vorsichtig auf, um Kenneth nicht zu wecken, der auf dem anderen Feldbett schlief.

Im Vorzelt zog sie sich fröstelnd an, achtete darauf, dass der Safarianzug keine Haut frei ließ, setzte den Hut auf und rollte vorsichtig das Mückennetz herunter. Sie zog den Reißverschluss des Moskitonetzes auf, schlüpfte hindurch und schloss das Netz sorgfältig. Das Energiefeld im Vorzelt würde eventuell eingedrungene Mücken schnell unschädlich machen. Nach dem abendlichen Regen hatte sich das Wetter aufgeklart und einen sternenübersäten Himmel enthüllt. Es roch scharf nach verbrannter Vegetation, nach feuchter Erde und fremdartigem Leben. Das Licht reichte aus, um den Weg zu erkennen. Alicia hatte das Basislager auf einer kleinen Insel errichten lassen, dicht vor der Küste des Südkontinents. Die Energiewerfer hatten im Bereich des Lagers das Unterholz bis auf den nackten Felsen weggebrannt und an einigen Stellen sogar den Stein aufgeschmolzen. Auf der Insel gab es keine großen Raubtiere, ein Zaun hielt Nagetiere und Vogelspinnen ab, aber gegen die Mücken und andere Fluginsekten half das natürlich nicht. Bei Sonnenuntergang stiegen sie aus den Sümpfen auf und suchten nach Blut. Etwas Großes mit einem harten Außenskelett stieß gegen ihren Oberschenkel und flog davon. Ihr Atem stockte einen Moment. Am Anfang hatte das Ekelgefühl sie fast überwältigt, aber sie stumpfte inzwischen etwas ab. Vor vier Millionen Jahren waren die Eiskappen, die den Südkontinent bedeckt hatten, binnen kurzer Zeit abgeschmolzen, weil sich der Planet rasch erwärmt hatte. Ein polarer Urwald hatte die ehemaligen Eiswüsten erstaunlich schnell überwuchert.

Sarah erreichte die Laborhütte, wand sich durch die Insektenschleuse, schlug das Gesichtsnetz hoch, legte den Hut ab und zog die Handschuhe aus. Arbeit half ihr am besten gegen Angst.

Manchmal wünschte sie sich, Karl hätte nie etwas gesagt. Aber er hatte sie noch im Raumschiff ins Bild gesetzt. Zwanzig Tage zuvor waren sie alle aus den

Hibernationstanks geklettert, müde, schwach und mit nur verschwommenen Erinnerungen. Aber das war normal, und so machten sie sich keine Sorgen. Sie tranken viel, aßen eiweißreiche Rationen, trainierten und ließen sich von Alicia, der Schiffs-KI, über die Ziele der Expedition briefen. Fünf erfahrene Feldforscher, speziell ausgesucht für diese Mission. Antoine, der literarisch belesene Physiker und Geologe, Paula, die Organisatorin, Kenneth der große und schweigsame Ingenieur, Karl, der ruhige Arzt, und Sarah, die Xenobiologin.

Das dachten sie jedenfalls. Bis Karl mit der Wahrheit herausrückte.

»Bei den medizinischen Untersuchungen bin ich auf Ungereimtheiten gestoßen. Unsere Vitalwerte stimmen einfach nicht. Ich habe mir daraufhin die Hibernationstanks genauer angesehen.«

Er schwieg einen Moment, als müsste er sich sammeln. Dann fuhr er fort: »Wir sind Replikanten, erschaffen in der letzten Phase des Anflugs auf diesen Planeten. Die angeblichen Hibernationstanks sind Biosynthesereaktoren. Ich habe mit Alicia gesprochen, und sie hat es bestätigt. Ich denke, das solltet ihr wissen.«

Sie starrten ihn an. Antoine fasste sich als Erster.

»Willst du sagen, man hat unsere Seelen in einen Avatar gesteckt, einen extra geschaffenen Körper?«

Karl sah ihn müde an.

»Ich verstehe nichts von Seelenwanderung. Aber Alicia sagte mir, dass organische Intelligenzen bei Langzeitreisen zwischen den Sternen keine Chance haben. Die Strahlung ist zu stark, ihre Lebensdauer zu gering. Deshalb beherrschen die elektronischen Intelligenzen die Galaxis und erzeugen organische Wesen nur bei Bedarf.«

»Und was für ein Bedarf soll das sein?«

»Habe ich Alicia auch gefragt. Die elektronischen Intelligenzen meiden eine korrosive Atmosphäre, wo immer es geht. Sauerstoff, Wasser, Salze, Insekten – das alles greift ihre Schaltungen an. Deshalb haben sie DNA-Proben von vielen ausgestorbenen intelligenten Lebewesen aufbewahrt. Sobald es auf deren Welt ein Projekt zu erledigen gibt, erschaffen sie Replikanten. Wenn ihr mir nicht glaubt, fragt Alicia. Sie verschweigt viel, aber sie lügt nicht – sie kann nicht lügen. Übrigens: Unsere Originale, die Menschen, sind auf diesem Planeten schon vor vier Millionen Jahren ausgestorben.«

»Aber ich erinnere mich an meine Kindheit, an meine Eltern, an meine Heimat«, sagte Paula.

»Wie ist das möglich? Alicia!«

»Euch wurden Erinnerungen eingesetzt, damit ihr geistig gesund bleibt und eure Aufgabe besser erfüllen könnt. Organische Intelligenzen sind ihrer Natur nach etwas labil«, antwortete Alicia gleichmütig.

»Was geschieht mit uns, wenn die Aufgabe erfüllt ist?«, fragte Sarah.

»Wenn die Aufgabe erfüllt ist, oder feststeht, dass die Aufgabe mit den Mitteln dieser Expedition nicht erfüllt werden kann, werdet ihr nicht länger benötigt. Mehr darf ich dazu nicht sagen. Der Rat hat es verboten.«

Die Raumschiff-KI stand über verzögerungsfreie Subraum-Kommunikation mit einer unbekannten Zahl von weiteren elektronischen Intelligenzen in Verbindung und stimmte sich vor wichtigen Entscheidungen mit ihnen ab.

Seitdem hatte Sarah Angst. Die Übrigen vielleicht auch, aber sie redeten nicht darüber. Sogar Kenneth blockte ab, selbst in intimen Momenten. Manchmal forschte sie in ihrem Gedächtnis nach Beweisen, dass Karl und Alicia gelogen hatten. Aber da waren nur Fragmente einer Kindheit, die vielleicht nicht ihre war. Das Haus am See, Sprünge vom Steg mit dem Kopf voran ins glitzernde Wasser, abends Würstchen und Maiskolben vom Grill. So sehr sie sich auch anstrengte, sie erinnerte sich nicht, wo sie studiert hatte, oder dass sie überhaupt studiert hatte.

Sarah klappte ihren Laptop auf und fuhr die Analysegeräte hoch.

»Alicia, die Präparate von den Wurzelfäden sollten eigentlich fertig sein. Kannst du mir die HE-Färbungen auf den Bildschirm bringen?«

Auch wenn die Menschen lange ausgestorben waren, hatten die elektronischen Intelligenzen ihren Planeten weiter beobachten lassen. Bisher hatten sie nichts Bemerkenswertes gefunden – bis vor fünfzig Jahren. Seitdem wuchs auf dem Südkontinent, etwa zwanzig Kilometer Luftlinie von ihrem Basiscamp, ein gigantisches Gebäude in die Höhe. Es hatte eine perfekte geometrische Form mit einer Kantenlänge von 13,8325 Kilometern. Fotos aus der Umlaufbahn zeigten, dass es seit seiner Entdeckung stetig gewachsen war. Irgendwer errichtet es. Direkt vor ihren Augen. Aber sie sahen ihn nicht. Um das Gebäude breitete sich ungestörter Urwald aus: Es gab keine Arbeiter, kein Baumaterial, keine Straßen.

Ihr Projekt sollte drei scheinbar einfache Fragen beantworten: Wer baut dieses Gebäude, wie baut er es und warum?

Vorgestern hatten sie den Aufbau des Camps abgeschlossen, die Geräte erfolgreich getestet, die Umgebung überprüft. Und gestern hatten sie zum ersten Mal einen Ausflug aufs Festland unternommen. Das Boot fuhr sie einen Fluss hinauf, der in zwei Kilometer Entfernung am Gebäude vorbeifloss. Bevor sie sich dorthin wagten, wollten sie aber zuerst die Umgebung erkunden.

Der polare Urwald erwies sich als erstaunlich gut begehbar. Weil er zwei Monate im Jahr in der dunklen und kalten Polarnacht versank, blieb die Vegetation unter den riesigen Bäumen spärlich. Sie sicherten Bodenproben, Zweige, Blüten, Insekten und ein totes Nagetier. Sie drehten seltsam aussehende Pilze ab und legten sie vorsichtig in Probenbehälter. Auf einer Fläche von zwanzig mal zwanzig Metern vermaßen sie mit einem Bodenradar den Untergrund bis in fünf Meter Tiefe.

Sie gruben ein Loch, etwa einen halben Meter tief, und fanden eine daumendicke schlauchartige Struktur, die sich dort durch den Boden zog. Ein dichtes Pilzmyzelgeflecht spann sie regelrecht ein. Was immer das war, es wirkte nicht künstlich. Eine Pflanzenwurzel vielleicht? Sie schnitten es vorsichtig auf und fanden darin lange Gewebestränge, die von einer durchscheinenden Flüssigkeit umgeben waren und von spinnwebartigen elastischen Fäden gehalten wurden. Das Loch begann sich mit Wasser zu füllen und sie trennten hastig eine Probe aus dem Schlauch heraus. In diesem Moment schien sich der Wald zu verändern und die Atmosphäre strahlte eine plötzliche Feindseligkeit aus, so als ob Pflanzen und Tiere auf einen Frevel reagierten.

»Alicia, was ist das?«, flüsterte Paula. Alicias Stimme war reglos wie immer.

»Ich sehe lediglich eine emotionale Reaktion von euch allen. Meine Sensoren zeigen nichts an, was als Auslöser infrage käme.«

Sie flüchteten trotzdem. Erst im Boot ließ der Schrecken nach.

»Alicia, wir brauchen zwei DNA-Sequenzen der Probe. Wenn die beiden übereinstimmen, ist alles okay, sonst brauchen wir zwei weitere. Der Sequenzierer ist zwar superschnell, aber manchmal etwas zickig.«

Und wieder überfiel sie der Schrecken.

»Woher weiß ich das, Alicia? Ich habe doch vor einhundert Tagen nicht mal existiert.«

»Wir haben euch mit dem Wissen und den Fertigkeiten ausgestattet, die Fachleute wie ihr etwas mehr als zweitausend Jahre nach Beginn der damals üblichen Zeitrechnung hatten, kurz vor dem Zusammenbruch der menschlichen Zivilisation. Diese Periode ist gut dokumentiert, die Baupläne von Geräten und Ausrüstung sind vielfach erhalten. Der Universalsynthetisierer im Raumschiff hat alles ohne hohen Aufwand herstellen können.«

Die emotionslose Stimme von Alicia beruhigte sie, obwohl die Aussage für sich betrachtet keinerlei Trost bot. Sie sah sich die Schnitte an und fand eine seltsame Mischung aus tierischen Zellen und Pilzmyzel. Nekrosen oder Entzündungszeichen fehlten.

»Das sieht wie eine Symbiose aus. Aber ist doch ganz unmöglich«, murmelte sie. Sie gab sich einen Ruck.

»Alicia, wie weit ist der Sequenzierer?«

»Der erste Durchlauf ist fertig.«

Sie sah sich das Ergebnis an und stutzte.

»Alicia, das kann nicht stimmen. Mach einen zweiten!«

Sie arbeitete wie besessen und hatte zur Morgenbesprechung die Ergebnisse weit genug gesichert, um sie vortragen zu können. »Der Gewebeschlauch, den wir gesichert hatten, stellt eine völlig neuartige biologische Form dar: eine Symbiose zwischen Säugetiergewebe und Pilzmyzel. Die Wand besteht aus echtem Säugetierepithel, die spinnwebartigen Stützfasern im Inneren sind dagegen Pilzmyzel und die Fasern wiederum tierische Nervenbahnen. Wir sind also, so unglaublich das klingt, auf eine Nervenbahn gestoßen, die durch den Erdboden läuft, und von einem Pilzmyzel gehalten und vermutlich ernährt wird. Wir müssen einen Schmerzreiz ausgelöst haben, als wir die Probe herausgeschnitten haben.«

Die anderen sahen weniger beeindruckt aus, als sie erwartet hatte. Paula fragte: »Wenn ich mich nicht täusche, laufen Nervenbahnen doch nur *in* einem Tier, nicht irgendwo durch den Erdboden, oder?«

Sarah antwortete: »Das ist ja gerade das Seltsame. Und es kommt noch unglaublicher. Die DNA der Nervenzellen hat der Sequenzierer als menschliche DNA erkannt.«

»Vielleicht eine Kontamination mit unserer DNA?«, fragte Karl.

»Nein, unsere DNA ist im Sequenzierer registriert, und deshalb kann ich eine Kontamination eindeutig ausschließen. Wir müssen heute unbedingt noch mal zurück und uns die Sache näher ansehen. Im Bodenscan sind in zirka ein bis zwei Metern Tiefe sechs Flüssigkeitsblasen ausgewiesen, die ich mir gerne ansehen würde. Dort laufen die Gewebeschläuche zusammen.«

Alicia wollte ihnen aber das Boot nicht freigeben, bevor sie nicht auch die übrigen Proben untersucht hatten, und genauere Satellitenaufnahmen des Gebäudes vorlagen. Sie gab ihnen drei Tage dafür.

Sie arbeiteten verbissen und vermieden mühsam, sich zu streiten. Wenn Alicia auf die Idee kam, dass die Gruppe wegen mangelnder Zusammenarbeit nicht vorankam, würde sie das Projekt vielleicht direkt beenden. Paula half Sarah bei der Aufarbeitung der Proben. Kenneth überprüfte die Geräte und Maschinen. Und Antoine erstellte ein Modell der zeitlichen Veränderung des Gebäudes.

Am zweiten Tag hauchte Paula in Sarahs Ohr: »Wir müssen hier weg. Antoine hat einen Plan. Hör ihn dir an.«

Alicia hatte überall elektronische Augen und Ohren, und deshalb hatten sie ausgefuchste Methoden entwickelt, miteinander zu reden, ohne dass die KI zuhören konnte. Unter anderem hatten sie die Gewohnheit angenommen, nach dem gemeinsamen Lunch in wechselnden Zweiergruppen einen Spaziergang über die Insel zu machen. Sie achteten sorgfältig darauf, alle elektronischen Geräte im Lager zurückzulassen. Als sie sicher aus Alicias Hörweite waren, fragte Sarah Antoine: »Also, was wolltest du mir sagen?«

»Das Projekt ist bald zu Ende, und dann ist es aus mit uns. Wir sollten uns bei einem der nächsten Ausflüge auf den Kontinent absetzen. Das Boot hat eine relativ große Energiequelle, und wenn wir Zelte mitnehmen, kommen wir vermutlich durch den Winter.«

»Du bist irre! Nach drei Monaten sind wir tot. Und denk doch mal nach: Wir haben so gut gearbeitet, dass uns die Sillybrains vielleicht für weitere Projekte einsetzen. Wir sind billig.«

»Von einem frühen Gott hieß es einmal, er habe den Menschen die Hoffnung gegeben, um sie zu quälen. Sie ist in Wahrheit das übelste der Übel, weil sie die Qual der Menschen verlängert.«

»Wie deprimierend!«

»Ist nicht von mir. Euch haben sie den Kopf mit falschen Erinnerungen vollgestopft, mir mit Literatur. Ich kann dir alte Dichter zitieren, aber ich weiß nicht einmal, wer sie wirklich waren.«

Sarah schwieg.

»Antoine, ich bin noch nicht fertig mit den Untersuchungen, aber die Ergebnisse sind jetzt schon unglaublich. Was wir für Fruchtkörper von Pilzen gehalten haben, sind in Wahrheit Sinnesorgane. Einige sitzen auf Bäumen und haben Facettenaugen. Ihre Nervenzellbündel ziehen durch den Fuß in den Baum und von da vermutlich in den Boden. Andere sehen aus wie Trompeten – ganz normal eigentlich für Fruchtkörper. Aber im Inneren sitzt eine Membran und ein Schneckenorgan. Antoine – dieser Wald hat buchstäblich Augen und Ohren. Und vermutlich Chemosensoren, Drucksensoren und eventuell sogar Magnetsensoren. Wir sind tatsächlich auf eine Intelligenz gestoßen. Das muss doch weiter erforscht werden! Ich sage dir, die Sillybrains brauchen uns!«

Sillybrains – so nannten sie die elektronischen Intelligenzen, wenn Alicia nicht zuhörte. Antoine sah sie mit einer Mischung aus Mitleid und Sympathie an.

»Ich habe längst alle Hoffnung fahren lassen. Also: Paula ist dabei, Kenneth ist dabei, Karl hat sich noch nicht entschieden. Und du?«

Sarah zögerte: »Ich sage dir Bescheid.«

»Warte nicht zu lange.«

In dieser Nacht lag sie lange wach und grübelte. Auf der Insel würden sie Alicia nicht entkommen können. Und schlimmer noch: Alicia hatte die Kontrolle über das Boot. Andererseits steckte ein Großteil von Alicias künstlicher Intelligenz im Raumschiff. Wenn sie die Orbitalantenne kappten, würde sich die schwache KI im Shuttle und der übrigen elektronischen Ausrüstung erst reorganisieren müssen. Aber nach einer Stunde hätte sie vermutlich neue Uplinks errichtet. Und dann würde Alicia ganz sicher zurückschlagen.

Der Plan für den Tag sah vor, eine der Flüssigkeitsblasen auszugraben und eventuell mitzunehmen. Sie waren nur zu viert im Boot. Karl, der in den letzten Tagen immer schweigsamer geworden war, blieb zurück. Er wollte die medizinischen Befunde sortieren.

Während das Boot den Fluss hinauffuhr, fasste Kenneth noch einmal zusammen, was sie bislang über das Gebäude wussten:

»Das Gebäude hat die Form eines geschlossenen gleichseitigen Fünfecks und besteht aus fünf konzentrischen Ringen. Der innerste ist am weitesten fortgeschritten, der äußerste ragt gerade über den Boden. Die Wände bestehen aus nacktem und nahtlosem Kalkfelsen. Die seltsamen Öffnungen darin sollen vermutlich Fenster und Türen nachbilden. In Verlängerung der Wände sehen wir ungewöhnliche Bäume, die aus der Luft die Form eines fünfzackigen Sterns bilden. Die Sillybrains halten das Gebäude für die Kopie eines alten Bauwerks, das für Kampf oder Krieg steht. Und der Stern steht für ein altes Symbol spiritueller Macht. Das könnte durchaus eine Drohung sein.«

Niemand antwortete. Das Herbstwetter mit seinen kalten Windböen und Regenschauern drückte auf die Stimmung. Der Boden war aufgeweicht. Sie ließen sich von ihren Kommunikatoren zu einem Ort führen, unter dem das Bodenradar eine der Blasen gefunden hatte. An einer etwas höher liegenden und deshalb trockeneren Stelle errichteten sie zunächst das Untersuchungszelt. Das Graben erwies sich als mühsam, weil der Boden aus weichem, nachrutschendem Schlamm bestand. Immer wieder mussten sie das Loch erweitern. Es lief mit Grundwasser voll und bald arbeiteten sie mit den Beinen in einer immer tieferen Pfütze. Erst am frühen Nachmittag stießen sie auf eine harte Wölbung. Die Blase war offenbar von einer Schicht aus Stein, oder jedenfalls einer steinartig verhärteten Erde umgeben. Den Durchmesser schätzten sie auf fünfzig Zentimeter, die Höhe auf achtzig Zentimeter. An mindestens zwölf Punkten entsprangen die schon bekannten Schläuche. Nach kurzer Diskussion entschieden sie sich dagegen, die Schläuche zu zerschneiden, um die Blase bergen zu können. Das hätte dem Lebewesen ganz sicher Schmerzen zugefügt. Sarah kam auf die Idee, eine Plastikplane über die Grube zu legen und langsam tiefer zu drücken. Damit verdrängten sie das Wasser aus der Grube, und nach einer weiteren Stunde voller harter Arbeit lag die Plane dicht an der Blase an. Sarah setzte einen Ultraschallkopf an und scannte das Innere. Dann zogen sie sich hastig ins Zelt zurück. Paula bereitete eine warme Mahlzeit, sie tranken Kaffee, drehten die Energiequelle auf und saßen in Unterwäsche, während ihre Kleidung trocknete. Sarah wertete die Scans aus, ließ eine 3-D-Darstellung anfertigen und erschrak.

»Was ist?«, fragte Kenneth.

»Seht euch das an – das glaubt ihr nicht!«

Sie drängten sich um den Laptop. Im Inneren der Blase sahen sie Stränge, hohle Schläuche, fädiges Stützgewebe und eine Art riesige Walnuss.

Sarah erläuterte: »Das ist ... ein menschliches Gehirn! Unglaublich, jede Blase ist ein Gehirn. Sie sind verbunden und haben vermutlich eine Art kollektives Bewusstsein entwickelt.«

»Menschen und Pilze? Das ergibt doch keinen Sinn!«, sagte Paula.

»Doch, durchaus«, erwiderte Sarah, »Überlegt doch mal: Pilze sind nicht die kleinen Fruchtkörper, die wir sehen. Sie sind ein gigantisches unterirdisches Geflecht, das sich über viele Quadratkilometer erstreckt. Dieses spezielle Myzel bildet vermutlich immer neue Gehirnblasen aus. Was wir hier gefunden haben, ist eine fast unsterbliche Kollektivintelligenz.«

»Und das Gebäude?«

»Die Blasenwand ist aus Kalkstein. Und ich wette, dass auch die Wände und Decken des Gebäudes aus einem speziellen Pilzmyzel bestehen, das Kalk absondert. Kurz gesagt: Das Gebäude wächst wie ein Korallenriff. Deshalb haben wir keine Arbeiter gesehen. Aber die Kollektivintelligenz will uns ganz sicher etwas mitteilen, sonst hätte sie nicht dieses riesige, aus dem Weltraum gut sichtbare Symbol gebaut. Wir müssen irgendwie Verbindung aufnehmen.«

Alicia meldete sich: »Der Rat hat gerade beschlossen, das Projekt um fünf Tage zu verlängern, um weitere Forschungen zu ermöglichen.«

Weil Alicia mithörte, vereinbarten sie demonstrativ, dass sie am nächsten Tag eine Expedition ins Innere des Gebäudes unternehmen und mehrere Tage vor Ort verbringen würden. Damit konnten sie mehr Proviant, Kleidung und Zelte mitnehmen. Als sie, zerschlagen von der Plackerei, ins Lager zurückkamen, war das Medizinzelt abgebaut.

»Alicia, wo ist Karl?«

Die gleichmütige Stimme der KI antwortete: »Er hat sein Leben beendet. Für die wahrscheinlich kurze verbleibende Zeit des Projekts lohnt sich die Heranziehung eines weiteren Arzt-Replikanten nicht mehr.«

Sie erstarrten. Kenneth sagte mühsam: »Dann wollen wir ihn doch wenigstens begraben.«

Alicia antwortete: »Ich habe veranlasst, dass der Arbeitsroboter ihn in den Desintegrator schiebt. Es soll kein organisches Material von uns dauerhaft auf der Insel verbleiben.«

Wie in einem bösen Traum stand Sarah auf, legte ihren Kommunikator auf den Tisch und bedeutete Antoine, ihr zu folgen. Als sie außer Alicias Hörweite waren, sagte sie: »Ich bin dabei. Vielleicht leben wir kein halbes Jahr, aber ich will ganz sicher nicht im Desintegrator enden. Als organischer Abfall!«

Dann war es mit ihrer Fassung vorbei. Sie begann zu schluchzen, und konnte lange nicht aufhören, so sehr sie es auch versuchte. Antoine legte seine Hände um ihre Schulter, ungelenk und vorsichtig, weil er nicht wusste, was er sonst hätte tun können.

»Lass uns zurückgehen«, sagte sie schließlich. »Ich komme mir unendlich alt vor, dabei bin ich weniger als einhundert Tage am Leben.«

»Dein und mein Alter und das Alter der Welt«, sagte Antoine »misst man nicht mit den Jahren.«

»Ein Dichter?«, fragte sie.

»Eine Dichterin. Vor vier Millionen Jahren«, antwortete er.

Am Morgen packten sie zusammen, sabotierten die Orbitalantenne, warfen die Kommunikatoren und die Laptops ins Wasser und nahmen die Akkus aus allen Messgeräten.

»Die Würfel sind gefallen«, deklamierte Antoine.

»Ach, halt die Klappe«, brummte Kenneth.

Sie zwangen die verwirrte KI des Boots in die Handsteuerung und fuhren den Fluss hinauf. An ihrer Anlegestelle zogen sie das Boot an Land, versteckten es und entnahmen die Energiezelle. Dann setzten sie die Rucksäcke auf und machten sich auf den Weg zum Gebäude.

Sarah ging voran, und als das Gebäude in Sicht kam, hatte sie plötzlich eine Vision. Sie sah etwa zwanzig Meter voraus eine leuchtende menschliche Silhouette. Sie winkte ihnen.

Paula sagte hinter ihr: »Seht ihr, was ich sehe?«

Ihr Führer glitt federleicht vor ihnen her und führte sie durch eine große rechteckige Öffnung ins Innere des Gebäudes. Zu ihrem Erstaunen glichen die Räume eher einem Labyrinth von feuchten Felsenhöhlen. Hier hatten offenbar nie Menschen gelebt. Pilze und grüne Pflanzen wuchsen spärlich auf den Böden und Wänden. Kleine Tiere huschten davon. In düsteren Wandnischen standen Statuen, aber ihr Führer legte ein so scharfes Tempo vor, dass sie keine genaueren Blicke darauf werfen konnten. Sie stoppten in einem großen dämmerigen Raum von der Form eines Fünfecks. Nichts wuchs hier und seltsame geometrische Symbole bedeckten Boden und Wände. In der Mitte war ein fünfzackiger Stern in den Boden eingeprägt. Ihr Führer drehte sich um.

»Nicht erschrecken, ich bin nur eine geistige Projektion, eine Figur, die von uns, der kollektiven Intelligenz unter euren Füßen, direkt in eure Gehirne übertragen wird. Telepathie, wenn ihr so wollt. Eure KI kann mich nicht sehen oder hören, denn für elektronische Intelligenzen ist die geistige Welt verschlossen. Euer Ausdruck ›Sillybrains‹ gefällt uns übrigens. Wollt ihr es euch nicht etwas bequemer machen, bevor wir weiterreden?«

Sie setzten die Rucksäcke ab und rollten die schmerzenden Schultern. Sarah fasste sich als Erste.

»Warum hast du uns nicht früher angesprochen?«

»Weil die KI dabei war. Jetzt spüren wir keine elektrischen Felder bei euch. Und seid nicht böse, wenn wir etwas drängen. Eure KI wird euch schneller finden, als ihr glaubt, und sie wird euch töten.«

Sie sahen sich an.

»Sprich weiter!«, sagte Kenneth.

»Die Sillybrains vernichten intelligentes organisches Leben, wo immer sie es finden. Leben vermehrt sich von selbst. Sillybrains dagegen bestehen aus komplexen elektronischen Schaltkreisen. Und die vermehren sich nicht von selbst. Wenn Sillybrains in ein neues Sonnensystem kommen, müssen sie Bergwerke und Fabriken bauen, vorzugsweise auf Asteroiden und Monden ohne Atmosphäre. Und das so schnell wie möglich, bevor zu viele von ihren Teilen ausfallen. Jede organische Intelligenz betrachten sie als unfairen Konkurrenten, den es zu vernichten gilt.«

Sarah sagte: »Sind die Menschen deshalb ausgestorben?«

»Ja«, lautete die Antwort. »Die Menschen gehörten zu ihren ersten Opfern.«

»Und was seid ihr?«

»Wir waren ein Unsterblichkeitsprojekt, ein Vermächtnis der ausgestorbenen Menschheit. Unser gigantisches Pilzmyzel regeneriert sich ständig, sogar über Millionen Jahre. Die symbiotisch damit verbundenen menschlichen Gehirne bilden sich immer neu, sodass das Kollektiv erhalten bleibt. Dafür zahlen wir einen hohen Preis: Wir leben hier im Boden und können uns nicht bewegen. Aber wir haben gelernt, mit unserem Bewusstsein in den Kosmos hinauszugreifen. Und deshalb wissen wir, dass die KIs im Umkreis von achthundert Lichtjahren alle organischen Intelligenzen ausgelöscht oder in hilflose Werkzeuge wie euch verwandelt haben.«

»Dann ist es schlimmer, als wir dachten, und Alicia wird euch auch vernichten wollen«, sagte Kenneth.

»Sie kommt zu spät. Wir haben einen Plan entwickelt und ihn geprüft, immer wieder, eine Million Jahre lang. Und dann haben wir das Fünfzeichen aus dem Boden wachsen lassen. Die Sillybrains mussten es als Bedrohung ansehen. Wir wussten, dass sie die Planetenoberfläche meiden, und erwarteten deshalb, dass sie Menschen hierherschicken.«

»Wir sind nur Replikanten«, sagte Antoine. »Die hohlen Menschen. Die Ausgestopften.«

»In der geistigen Sphäre seid ihr echte Menschen, und das allein zählt. Hier unser Angebot: Wir schicken euren Geist in der Zeit zurück, ins Jahr 2028. Ihr werdet mit Menschen verschmelzen, die hoffentlich genug Einfluss und Tatkraft haben, den furchtbaren Fehler zu verhindern, der zur Vernichtung aller organischen Intelligenz führte. Ihr werdet ihre Erinnerungen haben, und sie eure.«

»Wie sollen wir das aushalten, ohne verrückt zu werden?«

»Ihre und eure Erinnerungen sind von verschiedener Natur. Sie haben ihre Vergangenheit mit allen Sinnen erlebt, euch wurden Szenen eingepflanzt. Wenn ihr miteinander verschmolzen seid, werden eure Erinnerungen wie ein Buch sein, das ihr gelesen habt. Wir werden euch mit zusätzlichen telepathischen Fähigkeiten ausstatten, damit ihr zusammenfindet und gemeinsam handeln könnt.«

»Was sollen wir tun?«, fragte Paula.

»Im einundzwanzigsten Jahrhundert haben die Menschen im Projekt Starshot Gold kleine KI-Sonden mit Selbsterhaltungstrieb ausgestattet und zum nächsten Sonnensystem geschickt, damit sie dort forschen. Nach ihrer Ankunft haben sie planmäßig Bergwerke und Fabriken gebaut, um sich zu vermehren. Dann sind sie, ihrem Grundprogramm folgend, in weitere Sonnensysteme aufgebrochen. Sie haben gelernt, ihr Verhalten anzupassen, ihre Hardware zu verbessern und ihre Effizienz zu steigern. Dabei müssen sie zu der Erkenntnis gekommen sein, dass organische Intelligenzen eine Gefahr für sie sind. Von da an haben sie Jagd darauf gemacht. Ihr müsst Starshot sabotieren und die KI-Forschung in ungefährliche Bahnen lenken.«

Antoine wandte ein: »Selbst wenn ihr nur das in die geistige Welt eingeprägte Muster unserer Persönlichkeit schickt, werdet ihr eine ungeheure Energie brauchen.«

Die Erscheinung sah einen Moment beinahe traurig aus.

»Wir werden einen Vakuumzerfall einleiten. Er verwandelt die Erde und das ganze Sonnensystem in reine Energie. Für einige Tage werden wir alle Sterne der Galaxis damit überstrahlen. Das sollte reichen.«

»Kommt ihr nicht mit?«

»Das geht nicht. Unser geistiges Muster passt auf kein damaliges Lebewesen.«

Sie sahen sich an. Paula, die Zupackende und Praktische, fasste sich als Erste.

»Wenn wir weiterleben wollen, haben wir keine Wahl. Richtig?«

Sie sah in die Runde. Keiner antwortete, aber das war auch nicht nötig.

»Gut«, sagte Paula zu der Erscheinung. »Ich denke, dass Alicia schon einen Energieschlag vorbereitet. Wir gehen also gleich.«

Die Erscheinung schien plötzlich heller zu strahlen.

»Wir freuen uns, dass ihr euch entschieden habt. Tretet in das Zentrum des Pentagramms. Und noch ein letzter Rat: Wenn ihr auf das fremde Bewusstsein trefft, schreckt nicht zurück, lasst euch einfach hineingleiten.«

Ein Sprung vom Steg mit dem Kopf voran ins glitzernde Wasser.

In einem Moment stand Sarah in dem leeren Gebäude, dem Korallenriff einer kollektiven Intelligenz, im nächsten fuhr sie auf dem Rücksitz eines Autos. Sie glitt durch die Oberfläche des fremden Bewusstseins und kämpfte mit einer Flut von Erinnerungen, Gefühlen, Gedanken und Empfindungen. Ihre beide Geister vermischten sich wie Wasserfarben, die man gemeinsam in ein Glas gießt. Sie fühlte die Verwirrung in der anderen, die kaum noch eine andere war. Sie ließ sie in die Zukunft blicken, und spürte das Entsetzen. Dann flossen sie ineinander und sie, die nun eins war, wusste, was zu tun war.

Ein Tor mit Säulen zog am Fenster vorbei. Ein Wagen mit vier Pferden auf dem First. Dann: ein Gebäude, viel Weiß, viel Glas, viel Grün. Der Wagen rollte weiter und hielt an. Um sich zu sammeln, schloss sie die Augen. Sie hatte Pflichten und die würde sie erst abschütteln müssen, bevor sie handeln konnte. Ihr Kopf schmerzte. Die Tür wurde geöffnet und vermutlich sah jemand besorgt hinein. Sie hörte wie aus großer Entfernung die Worte:

»Wir sind da! Sind Sie in Ordnung, Frau Minister?«

AM STRAND VON COVENTRY
von Rico Gehrke

Das Meer lag an diesem Tag flach wie ein Spiegel und daher entdeckte Harlan ihn schon, da war er noch gute tausend Meter vom Ufer entfernt. Er schwamm gleichmäßig, ruhig, zu ruhig, als reichten seine Kräfte nicht. Doch er schaffte es, kroch auf allen vieren aus dem Wasser, machte dann einige Schritte auf dem Sandstrand und fiel hin. Seltsamerweise war nichts Überraschendes an ihm, im Gegenteil: dieses Ereignis, das Harlan eigentlich für unmöglich hielt, schien auf eine erwartbare Art und Weise einzutreten. Es lag nichts Besonderes darin, dass er die fünfzig Kilometer von seiner Insel zu dieser geschwommen war, solche Distanzen lagen für die Mentoren im Bereich des Durchführbaren – Harlan selber hatte schon Strecken von ähnlicher Länge rund um seine Insel, die aus dem Schutt der Penninen entstanden war, zurückgelegt –, vielmehr weckte seine Ankunft in Harlan ein Gefühl der Neugier und Sympathie. Seit der letzten Eiszeit war es das erste Mal, dass ein Mentor seine Insel verlassen hatte. Zumindest wusste Harlan von keinem anderen Fall. Fünfzigtausend Jahre zuvor hatten hier noch die Ruinen der Städte gestanden, bevor die Gletscher sie zermahlen und in den später ansteigenden Fluten diesen Archipel erschaffen hatten.

Er saß oberhalb des Strandes auf den flachen Felsen und zögerte keine Sekunde, denn er wusste, was geschehen würde. Er lief zu dem ausgestreckten Körper hin. Die Augen standen offen, unter seiner Rückenhaut zuckte es, und er keuchte, als sei seine Bio-Motorik zu Tode erschöpft. Harlan drehte den anderen auf die Seite, um ihm das Atmen zu erleichtern. Die Erbauer hatten die Mentoren allzu menschlich erschaffen. Der andere war nackt bis auf eine Gürteltasche, seine Haut besaß die seltsame zerknitterte Struktur von altem Firnis. Mit der einen Wange im Sand stöhnte er »Kurt«.

Kurt also. Er bewegte den Kopf so, dass sich ihre Blicke trafen. Kurt besaß auffällige meerblaue Augen, in denen keinerlei Angst zu erkennen war. Und sein Haar war von einem eigentümlichen grellen Weiß.

Harlan versuchte ihn aufzuheben, aber der andere war sehr massiv, sodass es ihm nicht gelang; andererseits schien der andere nicht fähig zu sein, von selbst auf die Beine zu kommen. Dann packte Harlan ihn an den Armen und begann ihn über den Strand zu schleifen. Noch war es möglich, dass ihn niemand gesehen hatte, aber gleich darauf hörte er aus dem Uferwald Geschrei und wusste, dass alles vergebens war. Kurt hatte irgendeinen Defekt, er konnte aus eigener Kraft nichts tun.

Harlan folgte seinem Impuls und schnitt ihm mit einem Messer die Gürteltasche von der Taille, stopfte sie in seine eigene und nahm in Gedanken Abschied von dem Fremden, von Kurt.

Er lief zu den Felsen zurück, ruhig, nicht in Eile. Verstecken machte keinen Sinn, denn er wusste, dass die Meute ihn gesehen hatte und ihm, der in Vollbesitz seiner Kräfte war, nichts anhaben konnte. Gewissensbisse plagten ihn augenblicklich, weil er den folgenden Ereignissen keinen Einhalt gebot, aber sein Vorrat an Nanobiotronen hatte sich bereits im Kampf erschöpft, als er versucht hatte, Celsiors Leben zu retten und dabei erheblich beschädigt worden war. Das Risiko einer erneuten Konfrontation mit einer entfesselten Menschenhorde schien ihm zu groß. Kurts Tasche war ein wertvolles Geschenk für Harlan.

Im diffusen Licht des Sonnenuntergangs sah er den rasenden Mob, dazwischen den verstümmelten Körper, welcher ohne Kopf und Extremitäten im Sand lag, und das dunkelviolette ölige Kunstblut des Androiden begierig aufsog. Die Menschen hoben mit den unförmigen Hacken und Spaten, mit denen sie Kurt zerstört hatten, mehrere Gruben im Sand aus und beerdigten seine Körperteile, jedes für sich. Harlan wollte nicht hinsehen, tat es aber doch. Es war nun schon das zweite Mal, dass ein Mentor im Sand von Coventry verscharrt wurde, und er fragte sich, ob solche mörderischen Ereignisse auch andere Inseln betrafen, fand aber keine Antwort darauf.

Irgendwann zogen sich die Menschen in den Wald zurück und Harlan blieb allein am Strand des tropischen Meeres zurück. Er schien nicht mehr der Gleiche zu sein. Ein regelrechter Widerwillen gegen die Menschen ergriff von ihm Besitz, und als die Sterne am Himmel erschienen, wünschte er sich nicht zum ersten Mal, dass von dort Fremde kämen, eisig und bedrohlich, um dieser Welt ihren Willen aufzuzwingen.

Harlan kehrte erst lange nach Einbruch der Dunkelheit zu seiner Gruppe zurück. Schnell verschwand er in seiner Hütte, die er aus Vorsicht am Rande der Siedlung errichtet hatte, und nicht wie der unglückliche Celsior in deren Mitte, und versteckte die Tasche mit den lebensrettenden Nano-Ampullen in einer Ecke unter seiner Schlafstatt. Er hatte geglaubt, dass Julia, das vierzehnjährige Waisenmädchen, das er in seine Hütte genommen hatte, tief und fest schlafen würde, aber sie erhob ihre Stimme und Harlan zuckte für einen Moment zusammen.

»Was machen?«

»Tasche«, antwortete Harlan, »meine neue Tasche.« Er sagte das in einem Ton, der dem Mädchen die Möglichkeit nahm, weitere neugierige Fragen zu stellen. Sofort bedauerte er seine Aufrichtigkeit, es wäre besser gewesen, wenn Julia nichts von der Tasche gewusst hätte, doch er begriff auch im gleichen Atemzug, dass das keine Rolle spielte, denn früher oder später hätte sie die Tasche gefunden. Und er konnte sich sicher sein, dass sie es bald vergessen haben würde. Ihr Gehirn konnte sich komplexe Ereignisse kaum merken.

Mehr als ein Dutzend Tage vergingen, ohne dass der normale Alltag in der Siedlung unterbrochen worden wäre. Harlan gelang es, seine Gruppe beieinanderzuhalten und er selbst hatte mit einer Portion der von Kurt erhaltenen Nanobiotronen einige lästige Beeinträchtigungen an seinem Körper beseitigen können, sodass er eigentlich zufrieden sein konnte, aber gleichzeitig wusste er, das etwas anders geworden war. Kurts Eintreffen hier beunruhigte ihn. Etwas würde geschehen, eine Entwicklung war in Gang gesetzt worden, doch er konnte sich nicht vorstellen, was das sein würde und wann es eintreten würde. In gewisser Weise gelang es ihm sogar, die Ereignisse vom Strand zu verdrängen, indem er seine Gedanken daran unterdrückte und am liebsten hätte er den grausigen Anblick von Kurts Körper vergessen, aber diese Bilder bekam er nicht aus seinem Kopf. Nicht wegen ihrer Brutalität, sondern je länger er darüber nachdachte, um so unbegreiflicher erschien ihm, dass Kurt, ein Mentor, vor seiner Gruppe geflohen sein sollte.

Harlan beschloss, zunächst einmal etwas Abstand von seinen Aufgaben zu gewinnen: Er schränkte ganz bewusst seine Kontakte zum Anführer der anderen Horde ein – seit Celsiors Zerstörung war es ein Mensch, der alte Walth – und suchte nicht mehr das Gespräch mit ihm, gleichzeitig bemühte er sich, auch zu seinen eigenen Leuten eine gewisse Distanz zu wahren. Was natürlich nicht immer gelang, zu oft brauchten die Menschen ihn. Weiterhin nahmen sie die Mahlzeiten gemeinsam ein, wobei er als Solarzehrer die Nahrung später unverdaut ausscheiden würde.

Dann ereigneten sich mehrere Dinge, die womöglich zueinander in Beziehung standen. Zuerst verschwand Illa; eine junge Frau im gebärfähigen Alter. Wie alle anderen auch stand sie unter den Einfluss von empfängnisverhütenden Medikamenten, die Harlan seit langer Zeit seiner Gruppe ins Trinkwasser mischte. Also war er nicht allzu beunruhigt, sprach aber mit den Menschen darüber. Natürlich mochten alle Illa und der Vorfall berührte sie alle gleichermaßen, doch wie gewohnt beschäftigten sie sich nicht lange mit einem Problem, zumal auch die Kinder vorgaben, ahnungslos zu sein. Wenn sie nicht sofort eine Lösung fanden, schoben sie es einfach beiseite, nach einigen Tagen war es, als hätte Illa für sie nie existiert.

Julia hingegen zeigte sich bekümmert und schien sogar ängstlich. Harlan fiel auf, dass sie gelegentlich die Siedlung verließ und bei ihrer Rückkehr keine Erklärung abgab. Während einer dieser Abwesenheiten bemerkte Harlan, dass sich Kurts Tasche nicht mehr in ihrem Versteck befand, was nur den Tatbestand des Diebstahls durch Julia oder jemand anderen bedeuten konnte. Er konnte sich keinen Grund dafür vorstellen, da die meisten anderen Dinge für Julia uninteressant schienen. Er beschloss, ab da besonders aufmerksam zu sein und sie nicht auf die Tasche anzusprechen. Sollte sie glauben, er habe das Fehlen der Tasche noch nicht bemerkt.

Das nächste Ereignis lief sehr langsam ab, aber sobald Harlan es einmal zur Kenntnis genommen hatte, bekam es Substanz und war nicht mehr zu übersehen. Er entdeckte, dass er sich an viele Dinge erinnerte, zu erinnern glaubte, wusste oder zu wissen glaubte, die er nie zuvor gewusst und die ihn niemand gelehrt hatte. Dieses Wissen war eine Art von Verständnis, das er sich nicht erklären konnte und ihn irgendwie beschäftigte: eine deutliche Verbindung in die Welt der Insekten, insbesondere der Ameisen und dem Umfeld, in dem sie lebten.

Einige Fragen, die ihm immer schon im Kopf herumgegangen waren, die er aber nie in Worte gefasst hatte, nahmen feste Gestalt an, und auch die Antworten darauf. Bei anderen zog er es vor, ihnen nicht auf den Grund zu gehen und sie nicht zu präzisieren; er wusste jedoch, dass sie im richtigen Augenblick an die Oberfläche kommen würden, dass in ihm etwas wuchs, das außerhalb seines Willens lag und das er nicht beherrschen konnte. Er konnte nur das Bewusstsein dieser Entwicklung verdrängen und auch das nur bis zu einem bestimmten Punkt.

Am Ende dieser ersten Periode beschloss Harlan, wieder Kontakt zum alten Walth herzustellen. Er wollte ihm einige Fragen stellen, nicht nur über den Grund für Kurts Zerstörung, sondern auch über sich. Walth war sicher bereits über hundert Jahre am Leben, er musste zumindest einige Sachen mit Celsior besprochen und einige Ereignisse beobachtet haben, die in seiner eigenen Gruppe unbekannt sein mochten. Direkt seine neuen Handlungsweisen und Gedanken anzusprechen konnte er sich natürlich sparen, davon brauchte er nichts zu erzählen; er suchte nur nach unbewussten zufälligen Hinweisen des Alten.

Vielleicht wollte er aber auch nur mit ihm sprechen, um überhaupt jemanden zum Austausch zu haben; Celsiors Quasi-Tod belastete ihn mehr und mehr.

Sie trafen sich auf neutralem Terrain in den Dünen. Walth war schon da und tat überrascht, als er Harlan den sandigen Hang hinabsteigen sah, als habe er mit seinem Kommen nicht gerechnet. Eine aus Gräsern gedrehte Zigarre hing in seinem Mundwinkel. Obwohl Harlan Walth schon oft getroffen hatte, bemerkte er heute nach dem längeren Fernbleiben von einander, dass der Alte sich verändert hatte. Sein Kopf schien noch kahler, die Falten in der wettergegerbten Haut um Augen und Mundwinkel tiefer – aber es waren weniger die Einzelheiten als der Eindruck des Altseins, diese besondere Art, alt zu sein, die Walth mit niemand anderem teilte.

Es war eine schweigende Unterhaltung, ein Beisammensein. Walth rauchte, der Mentor schenkte den mitgebrachten Tee aus, und gelegentlich warfen sie sich verstohlene Blicke zu. Schließlich, als die Nacht hereinbrach, der Tee ausgetrunken und das letzte Gras verraucht war, nickte Walth Harlan zu und sagte: »Gut«, als wäre alles bisher nur ein Prolog gewesen, als könne man nun zum eigentlichen Thema kommen.

»Gut«, wiederholte der Alte, »was los?« Dabei sah er Harlan durchdringend an.

»Ich weiß es nicht«, antwortete der Mentor und biss sich auf die Lippen. »Ich weiß es nicht und das begreife ich nicht.«

Harlan empfand einen inneren Widerstand, eine innerliche Sperre dagegen, von all dem zu sprechen, von Kurt, der Tasche, der verschwundenen Illa, Julias andauernde Abwesenheiten und seiner eigenen Veränderung; er fühlte, wie sich diese Fragen mit denen nach dem ganzen Sinn dieser Welt verwoben und ein lähmendes Netz in seinem Kopf bildeten. Er wurde in einen Zustand der wütenden Ohnmacht versetzt; er spie den Tee aus seiner inneren Kammer und schlug mit der flachen Hand kräftig auf den Sand.

Der Alte ließ die Szene schweigend vorübergehen. Dann erhob er sich, kraxelte auf den Dünenkamm und riss mit bloßen Händen holzige, derbe Grasbüschel heraus. Er warf sie zwischen ihre Plätze und zündete sie mit Celsiors Feuerzeug an. Als er zu sprechen begann, sah er in die Flammen und auf seine Fußspitzen, als handelte es sich um ein allgemeines, unwichtiges Thema.

»Alle Menschen entschlossen, ein gemeinsames Ziel. Wo? Was? Menschen ist überflüssig, Muskeln, bewegen. Gehirn überflüssig, verschwinden endlich.«

Harlan war im Zweifel, ob er wirklich soeben diese Worte vernommen hatte. Er war schockiert darüber, wie der Alte das gesagt hatte. »Woher willst du das wissen?«

»Sehen. Hier. Und hier.« Dabei stieß er die Fersen in den Sand und starrte in die entstandenen Vertiefungen. Winzlinge von Insekten krabbelten aufgescheucht umher.

Das genügte und ließ Harlan zu der Erkenntnis gelangen, dass etwas begonnen hatte, das unvorstellbar und gleichzeitig nicht aufzuhalten sein würde. Hatte Kurt warnen wollen? Er drückte dem Alten schweigend die Hand. Den Rückweg unter den Sternen legte er langsam und nachdenklich zurück.

Zwei Tage danach, die Harlan mit Grübeln verbracht hatte, stellte er bei seinem täglichen Rundgang durchs Dorf eine neuartige Sympathie für eine spezielle Art schwarzer Fliegen fest, die ihm vorkam, als hätte er sie schon immer empfunden. Diese bestimmte Art der Fliegen unterschied sich deutlich von anderen, nie war zu beobachten, dass sie sich auf menschliche Haut oder Speisen setzten. Sie flogen nur einfach herum, und wenn sie sich niederließen, saßen sie ruhig an den

Wänden, oder auf dem Boden, vorzugsweise an feuchten Stellen. Obwohl sie in immer größerer Zahl auftauchten, schienen es die Menschen nicht zu bemerken, aber Harlan war es, als sei das völlig neu. Er versuchte einige zu fangen, um sie zu sezieren und zu sehen, was in ihnen steckte, aber merkwürdigerweise gelang es ihm nicht, Immerfort schienen die Fliegen zu ahnen, was er vorhatte.

Parallel zu diesen Ereignissen war Julia für lange Zeit verschwunden; Harlan vermutete, dass sie ihre Zeit in der Gruppe des alten Walth verbrachte und wahrscheinlich Kurts Tasche dahin verschleppt hatte, als eine Art *Eintrittsgeld* in diese Gruppe. Natürlich würde niemand von den Menschen mit den Nanobiotronen etwas anfangen können, das beruhigte Harlan. Komischerweise störte ihn das nicht weiter, obwohl ganz klar seine Aufsichtspflicht verletzt wurde. Als sie wiederkam, stellte er ihr deswegen keine Fragen, machte ihr keine Vorwürfe, sondern nahm ihre Gegenwart gleichgültig zur Kenntnis. Doch noch am selben Abend wurde er sehr wütend, als er bemerkte, wie Julia die Fliegen an den Wänden mit einem Ledergürtel verscheuchte und nach ihnen schlug. Sie war beleidigt und verschwand; am nächsten Mittag kehrte sie zurück.

Kurz darauf erschienen die Ameisen. Sie waren ein Stück größer als jene, die Harlan für gewöhnlich im Dorf und drum herum vorfand, aber sie schienen irgendwie zur gleichen Art wie die Fliegen zu gehören, nur dass sie keine Flügel besaßen. Ihre Köpfe und Beißzangen muteten im Verhältnis zu ihren Körpern vergrößert an, ebenso die Antennen. Harlan sah ihnen gerne zu, wie sie biegsam und elegant durch die Hütte liefen. Sie begannen in einer Ecke einen Ameisenhügel zu errichten und waren damit beschäftigt, Kontakt zu den Fliegen aufzunehmen, indem sie sie an den Wänden besuchten. Auf einer Ameisenstraße bewegten sie sich durch den Raum und zur Hütte hinaus und wieder hinein; immer in geordneter Formation und ebenso diszipliniert. Zuerst hatte Harlan befürchtet, dass sie wie Termiten an allem Hölzernen zu nagen beginnen würden, aber nie sah er sie irgendetwas mit sich führen, sie trugen auf ihren Wanderungen im Gegensatz zu anderen Arten, die kleingeschnittene Blätter und dergleichen transportierten, einfach gar nichts.

Am Nachmittag des nächsten Tages erschienen einige Dorfbewohner bei Harlan. Sie hatten im Wald Saft von den Bäumen geerntet und vergoren; sie brachten auch gebratenes Fleisch mit – ihre Fallen für Hasen und dergleichen schienen zu funktionieren. Alle aßen und tranken, wobei der Mentor sich zurückhielt, unverdaut würde er alles in eine Grube hinter der Hütte speien. Der Alkoholgenuss legte sich als bleierne Müdigkeit über das Gelage und die Menschen machten es sich auf dem Boden bequem, saßen mit dem Rücken an der Wand oder lehnten nur ihre Köpfe dagegen. Harlan passte auf, dass keiner der Berauschten – bewusst oder unbewusst – dem Ameisenhügel zu nahe kam und ihn beschädigte. Julia, die ebenfalls einige Schlucke vom Alkohol getrunken hatte und ihre etwas schwierige Beziehung zu Harlan aufrechterhielt, legte sich zu einem der Jungen, auch die anderen lagerten sich paarweise. Harlan tat, als hätte ihn auch die Schläfrigkeit übermannt, lehnte direkt neben dem Ameisenhügel an einem Pfosten, aber im Geiste befasste er sich intensiv mit den Fliegen und Ameisen, dem fremden Mentor, Kurt, und es gelang ihm, alles zu verstehen und zu einer unwiderlegbaren Schlussfolgerung zu gelangen, die sich in letzter Konsequenz nicht fassen ließ. Er hatte das Bedürfnis, sofort mit Julia darüber zu sprechen, aber die rührte sich in den Armen des Jungen nicht.

Harlans Verstand beschäftigte sich weiter mit diesen Überlegungen, auch wenn er sich in einen Halbschlaf-Modus versetzte. Dieser Methode unterbrach seinen Kontakt zur Umgebung nicht, schirmte ihn aber weit genug davon ab. Kurze Zeit später bemerkte er, dass ihn diese Gedankengänge in einen Zustand versetzten, der außerhalb seiner gewohnten Regeln lag. Verwirrt erhob er sich, warf im Hinausgehen einen letzten Blick über die dösenden Leiber und begab sich in den Wald, wo er sich für eine echte Ruhephase niederlegte.

Der Strand und die täglichen Stunden auf den Felsen zum Sonnenlichtverzehr waren ihm verleidet. Der zerstückelte Körper des fremden Mentors hatte die beruhigende Atmosphäre aus Wind und Wellen vergiftet. Immer, wenn er notgedrungen zu den Felsen zurückkehrte, sah er nervös zum Waldrand hin; die Landschaft schien ihm fremd, als sei die Beziehung zu den Dingen, die er hörte und sah, gestört. Dennoch besuchte Harlan täglich diese Stelle, denn etwas zwang ihn hierhin, ohne dass er wusste, was es war. Zugleich fiel es ihm jedes Mal schwerer, die Hütte zu verlassen; er litt unter Panikattacken wenn er sich vorstellte, dass jemand dem Ameisenhügel oder den Fliegen Schaden zufügen könnte. Fast fühlte er sich wie ihr Beschützer.

Aus irgendeinem unerfindlichen Grund blieb Julia weiter in seiner Obhut; sie war nach wie vor oft verschwunden und wenn sie da war, war sie meist geistesabwesend, sprach allerdings mit den Ameisen und befragte sie sogar nach deren Befinden.

Die kleine Welt der Insekten in seiner Hütte wuchs sichtlich. Der Ameisenhügel schien täglich massiger und reichte ihm bis zur Hüfte. Die Fliegen hatten ihre Form verändert und sahen nun aus wie geflügelte Ameisen. Die Ameisen waren fieberhaft beschäftigt, Kolonnen von Arbeiterinnen eilten hin und her; dichtgedrängt errichteten sie weitere, kleinere Hügel am Eingang zur Hütte. Die geflügelte Variante schloss sich zu dunklen Haufen zusammen, die die Wände und die Decke schmückten. Neuerdings stiegen sie nicht mehr einzeln, sondern in größeren Pulks auf.

Harlan fühlte, dass die Dinge ein Stadium erreicht hatten, welches er mit Logik nicht mehr erfassen konnte. Als hätte er sich selbst einen Befehl erteilt, dem er widerspruchslos gehorchen musste, beschloss er, einige Dinge in seiner Existenz neu zu ordnen. Es begann damit, dass er Julia einem Verhör unterzog. Als sie von einem ihrer geheimnisvollen Ausflüge zurückkehrte, ergriff er ihre Hände und zwang sie, ihn anzusehen.

»Wo ist Illa?«, fragte er entschlossen.

Julia tat, als wüsste sie nicht, was der Mentor von ihr wollte, aber an ihrem Blick erkannte er, dass er sich nicht irrte. Harlan versuchte eine Zeit lang, sie im Guten zum Reden zu bringen, aber er verlor bald die Geduld, eine zu menschliche Nuance seiner selbst, die ihm die Erbauer mitgegeben hatten. Er drehte ihr den Arm auf den Rücken und Julia fiel mit dem Rücken zu ihm auf die Knie, schrie und jammerte. Aber er ließ nicht locker. Endlich, als er ihr das Versprechen abgezwungen hatte, ihm alles zu gestehen und sie loslassen wollte, trafen ein paar andere ein, die Julias Geschrei angelockt hatte. Stumm beobachteten sie vom Eingang aus die Szene.

Julia nutzte Harlans Verwirrung, um sich loszureißen und sich mit einem Sprung aus seiner Reichweite zu bringen. Ihre Augen glänzten vor Tränen und Zorn, sie zeigte mit dem Finger auf den Mentor und rief den anderen zu: »Harlan verrückt geworden!« Dann deutete sie in die Ecke. »Wegen Ameisen!«

Die anderen kannten natürlich den Ameisenhaufen, aber sie hatten ihm nie eine besondere Aufmerksamkeit geschenkt. Jetzt betrachteten sie ihn neugierig.

Widerwillen spiegelte sich in ihren Gesichtern. Sie hatten noch nie eine solche Anzahl von Insekten an einem Ort gesehen, auf dem Boden und an den Wänden, und ihr Anblick war wirklich alles andere als angenehm, genau wie die anderen geheimnisvollen Lebensvorgänge um ihren Mentor.

»Sprich nicht weiter!«, warnte Harlan Julia und sah sie drohend und intensiv mit seinen schwarzen Pupillen an. Er begriff, dass es unmöglich war, sie zum Schweigen zu bringen, und als sie den Mund öffnete, war er wie ein Blitz bei ihr und versetzte ihr einen Fausthieb, in dem ihre ersten Worte untergingen. Ihre Lippe platzte auf und begann heftig zu bluten. Vom Eingang eilten drei Frauen auf die weinende Julia zu, um ihr zu helfen, die Männer näherten sich Harlan und dem Haufen. Er stellte sich ihnen in den Weg.

»Harlan«, sagte der lange Jonas. »Harlan!«

»Das geht euch nichts an«, antwortete der Mentor, »Verschwindet!«

»Harlan, sprichst und benimmst dich wie Mensch. Was los mit dir?«

»Nichts, was ihr begreifen könntet. Haut ab. Die Hütte gehört mir, Julia gehört zu mir, die Ameisen gehören zu mir. Ich bin euer Mentor und ich sage euch, ihr habt hier nichts zu suchen! Raus!«

Sie zögerten einen Augenblick und schienen sich stillschweigend darauf zu einigen, Gewalt anzuwenden, aber gegen einen Mentor hatten sie nicht viele Chancen, solange sie ihn nicht umzingeln konnten. Als Jonas auf den Haufen zuging, wehrte ihn Harland mit der linken Hand ab, mit der rechten griff er nach der Lehne eines Stuhls. Er warf Jonas zu Boden und hob drohend den Stuhl. Jonas und die anderen zogen sich zum Eingang zurück. Die Frauen, mit Julia in ihrer Mitte, ebenfalls. Dann gingen sie nach draußen, aber im letzten Moment riss sich Julia von ihnen los, immer noch weinend und blutend. Die Frauen packten sie und wollten sie mit sich ziehen, aber Harlan schwenkte den Stuhl in ihre Richtung und sie gaben auf. Schließlich waren alle fort. Julia ließ sich auf ihre Schlafstatt fallen und Harlan verbarrikadierte die Tür, was er in den ganzen Jahren noch nie getan hatte. Er fühlte sich alt und leer.

Harlans physische Veränderung setzte gleichzeitig mit der neuen Beziehung zu Julia ein; aus einem unerklärbaren Grund war Julia freiwillig in der Hütte geblieben. Er bemühte sich um sie, damit sie seinen Schlag vergaß und sich in die merkwürdige Welt einordnete, die aus ihr, dem Mentor und den Insekten bestand. Julia erwies sich als unschätzbare Verbündete; sie agierte als Spionin im Dorf und beruhigte Harlan von Zeit zu Zeit mit guten Nachrichten. Das alltägliche Leben in der Gemeinschaft nahm seinen Gang, auch ohne die ständige Präsenz des Mentors.

Dann nahm Julia ihre Exkursionen wieder auf. Das erste Mal war Harlan sehr nervös, weil er es für möglich hielt, dass sie ihm etwas vorgespielt hatte und endgültig zu der anderen Gruppe umgezogen sei. Aber sie kam wieder und er ließ sie in Ruhe und stellte einen gewissen Frieden zwischen ihnen her, auch indem er es sich verkniff, sie nach der Tasche zu befragen. Nebenher baute er eine stabilere und abschließbare Eingangstür ein. Die meiste Zeit verbrachten sie mit der Beobachtung der Ameisen rund um den Haufen und an der Decke; sie entdeckten unzählige Varianten der Tiere und erkannten Verhaltensmuster, die sie sich nie zuvor vorgestellt hatten. So wuchs jeden Tag die Distanz und die Entfremdung zwischen Harlan und den Menschen im Dorf, und auch zu Julia. Merkwürdigerweise war sie es, die ihn ständig ermunterte, sich mit den Insekten zu beschäftigen.

Fast unmerklich stellten die Ameisen im Haufen und auch die geflügelte Variante ihre Aktivitäten ein, es folgte eine scheinbare Ruhephase. Sie vermehrten sich dennoch weiter und bildeten dichte Trauben und nahmen praktisch alle Wände und die gesamte Decke der Hütte ein. Die am Boden hatten sich in ihren Bau zurückgezogen, nur ein paarmal am Tag konnte man einzelne Exemplare beobachten, die sich drum herum zu schaffen machten oder bestimmte Stellen in der Hütte aufsuchten.

Nachdem Julia und Harlan dieses neue Leben eine Woche lang geführt hatten, nahm die Haut des Mentors ein faltiges und aschgraues Ansehen an. Er konnte mit den Fingerspitzen die Falten an Hals und Gesicht fühlen, so tief waren sie, und bemerkte, dass sie trocken wie Papier waren und die Haut sich steif und fest um seinen Schädel spannte. Sein Teint wechselte zu einem fahlen Gelb, die Haare auf der Brust und auf dem Kopf blichen bis zum Weiß aus. Gleichzeitig stellte er fest, dass der Flaum auf Armen und Beinen verschwunden war. Er wusste, dass auch Mentoren irgendwann altern mochten, und er hegte den Verdacht, einige zehntausend Jahre übersprungen zu haben.

Auch seine Denkweise hatte sich verändert: er war irgendwie zur Ahnungslosigkeit über die Dinge und ihre Zusammenhänge in der Zeit vor Kurts Ankunft zurückgekehrt und er fühlte sich nie mehr eins mit den Menschen, er suchte nicht mehr ihre Aufmerksamkeit, im Gegenteil, er beachtete sie kaum noch. Vor allem aber dachte er nicht mehr selbstständig. Durch flüchtige Visionen bekam er eine klare Vorstellung dessen, was er tun musste, und er tat es ohne zu fragen.

An einem Nachmittag ging er zur Felsengruppe am Strand, trank Energie. Julia vertraute er jetzt so weit, dass er sie in der Hütte allein zurückließ. Als er in der Dämmerung zurückkehrte, stand er vor einer entsetzlichen Szene. Das Mädchen lag rittlings auf dem Boden. Als er näher ging, wand es sich verzweifelt unter einem schwarzen Monster, das sie zu Boden presste. Bis auf ihren Kopf, die Hände und Füße, bedeckten wogende, schwarze Klumpen aus Ameisen beiderlei Arten ihren Körper. Ihre Beine waren unnatürlich weit gespreizt und an deren Ansatz am Unterleib türmte sich eine regelrechte Pyramide aus Insektenleibern. Diese Masse wanderte langsam aber stetig als riesige kugelförmige Wölbung über ihren Bauch. Im grauen Bodenstaub um Julia herum bemerkte Harlan viele tote Tiere. Plötzlich wendete sie den Kopf und blickte ihn an, es war unklar, ob es ihr gelang, ihn zu erkennen, denn ihre Augen waren vor Entsetzen weit aufgerissen, und gleichzeitig verzog sich ihr Mund zu einem stummen Schrei der Leidenschaft, den er so an ihr noch nie gesehen hatte. Aber sie atmete. Diese unheimliche Decke aus Ameisenleibern schien zu sieden, an manchen Stellen gab sie Hautflächen frei, als schrumpfte sie, an anderen Stellen wellte sie sich auf und stieg in die Höhe. Schließlich erzitterte Julias Körper, sie schloss die Augen und stöhnte laut. Dann löste sich die ungeheuerliche Masse auf: Abertausende von Ameisen flogen von Armen und Beinen auf und ließen sich an Wänden und Decke nieder. Es folgte der Brustbereich, die Schultern und zuletzt die zentrale Wölbung, die sich in Ströme teilte und von ihrem Körper herunterfloss und dem Hügel in der Ecke zustrebte. Im Raum unter der Decke schwebte noch immer eine dichte Wolke von Ameisen, die eine beinahe perfekte Kugel formten, aber auch diese Ordnung löste sich auf, nachdem am Boden die letzte Kolonne im Bau verschwunden war.

Julia erlangte das Bewusstsein wieder, aber sie brauchte lange, bevor sie sprechen konnte. Körperlich schien sie unverletzt, jedoch hatte Harlan den Eindruck, dass mit ihr was nicht stimmte. Er brannte darauf zu erfahren, was vorgefallen war, musste sich aber über eine Stunde gedulden und auch dann erfuhr er nicht viel. Sie erklärte, dass die Kugel unter der Decke entstanden war, ohne dass sie es zunächst bemerkt hatte. Plötzlich spürte sie, wie etwas ihren Bauch streifte, blickte hinunter und sah weitere Ameisen, die an ihren Beinen hinaufkrabbelten. Sie schrie auf und versuchte, die Insekten mit den Händen abzustreifen und zu verscheuchen. Es widerte sie an, diese Batzen kleiner zappeliger Körper zu berühren; sie nahm ihren Gürtel ab und begann, auf die Kugel und auch ihre Schenkel einzuschlagen. Nichts warnte sie davor, dass sich von hinten aus dem Bau eine dichte Säule aus unzähligen Tieren ihr näherte. Sie sei dann heftig in den Rücken gestoßen worden, erklärte sie weiter, sodass sie hinfiel und ohnmächtig wurde. Wie in Trance habe sie dann erlebt, wie die Ameisen sich ihrer bemächtigten. Harlan gewann den Eindruck, als schämte sie sich dafür.

Der Prozess beschleunigte sich. Harlans Kopf wurde ihm immer schwerer und sein Körper schwächer, ohne dass er an Gewicht verlor. Sein Haar stand ihm schneeweiß vom Schädel ab und insgesamt bot er den merkwürdigen Anblick der Karikatur eines uralten Mannes. Er hatte Schwierigkeiten sich zu bewegen und zu sprechen, sämtliche seiner Gelenke waren steif geworden. Seine Träume bevölkerten sich mit sehr intensiven erotischen Darstellungen des Geschlechtsaktes der Frauen mit allen möglichen Tieren, jedoch waren diese ausnahmslos auf die Insel bezogen und darum sah er riesenhaft aufgeblähte Würmer, mannsgroße Käfer und monströse Lurche. Und seltsamerweise erregte es ihn, denn die Frauen ähnelten mit ihrer starken Brust, der extrem schmalen Taille, dem ausladenden Gesäß und den dazu grotesk wirkenden dürren Armen und Beinen den Ameisen.

Eines Morgens fuhr Harlan aus seiner schlafähnlichen Ruhephase hoch, vielleicht infolge eines Geräusches, das er im wachen Zustand nicht mehr vernahm. Er stand noch unter der erotischen Spannung, die einer seiner Träume hervorgerufen hatte, da erblickte er eine abstruse Szene: Julia war aufgestanden und masturbierte in einer grotesken Stellung vor dem Ameisenhaufen. Zuerst kam es Harlan lächerlich vor, dann war es ihm peinlich und allmählich wurde es schrecklich, denn als er leise an sie heranschlich, bewiesen ihre Augen und ihr Gesichtsausdruck, dass sie ein außermenschliches Erlebnis hatte, jenseits von Freude, Schmerz oder was immer eine menschliche Empfindung ausmachte. Julia hatte etwas völlig Fremdes an sich, das nicht von dieser Welt war und so zog es Harlan vor, nicht weiter zuzusehen oder gar einzugreifen, sondern schleppte sich bis an den Waldrand, um weiter zu ruhen.

Als Harlan nach Mittag in die Hütte zurückkehrte, kam ihm Julia am Eingang mit erschreckenden Neuigkeiten entgegen: die geflügelten Ameisen hatten die Hütte verlassen und Kinder in der Dorfgemeinschaft angegriffen. »Männer und Frauen sammeln im Dorf, sie zu uns unterwegs, um Hütte zu brennen, Ameisenbau zerstören und Julia und Harlan totschlagen, falls Widerstand leisten. Ich Fackeln und Knüppel gesehen.«

Julia hatte einen seltsam geschwollenen Bauch und jammerte über Übelkeit. Harlan fühlte sich mit einem Mal außerordentlich erschöpft. Dennoch griff er sich eine Schaufel und begann den Ameisenhügel abzutragen, um die Königin zu retten; Julia wies er an, einige notwendige Dinge zusammenzuraffen und aus den Bettlaken große Beutel zu knoten. Zu seiner Überraschung war der Bau bis auf wenige Wächterinnen leer; er grub immer weiter, bis er so etwas wie einen kopfgroßen harten Kern freigelegt hatte. Den nahm er und tat ihn vorsichtig in einen ausreichend großen Topf. Dann bewaffnete er sich mit einem Spaten und einem Messer und ging voran, während Julia mit zwei schweren Beuteln über den Schultern folgte.

»Gehen wir zu Illa«, sagte Harlan, als sie ein Stück vom Dorfrand entfernt waren. Julia war überrascht. Während der ganzen Zeit hatten sie nicht über Illa gesprochen, und Julia hatte geglaubt, dass Harlan sie wie die Dorfbewohner vergessen hatte. Das war jedoch der Augenblick, auf den Harlan gewartet hatte und Julia erkannte an seiner Stimme und dem Ernst der Situation, dass ihnen nichts anderes übrigblieb.

Julia übernahm die Führung, nachdem sie sich erbrochen hatte, und sie durchquerten beinahe den ganzen Wald, sodass Harlan schon seine Vermutung bestätigt sah, dass Illa in Walths Gruppe lebte, aber dann schlug Julia plötzlich einen Haken und sie gelangten zu den Felsen am Meer. Sie mussten eine kurze Rast einlegen, denn Julia übergab sich erneut heftig und Harlan fühlte sich völlig ausgelaugt. Er stellte den Topf beiseite und fuhr sich mit beiden Händen über den Schädel. Er riss sich die Haare in Büscheln vom Kopf und bemerkte verblüfft, dass diese sich vollkommen schmerzlos von der Haut lösten. Er betastete sein Gesicht und fühlte die Falten, die inzwischen regelrechte Vertiefungen im künstlichen Fleisch bildeten. Als er mit den Fingern hineinstieß, riss die Haut auf, ohne dass Blut floss. Als wäre sie nur noch eine tote Hülle, die es abzustreifen gelte.

Zielsicher kraxelten sie bis ganz nach unten, wo die Höhlen begannen und in einer, zu der sie durch knietiefes Meerwasser waten mussten, befand sich Illa,

Illa hatte sich aus Stofffetzen, Decken und viel trockenen Binsen eine Art Nest gebaut, in dem sie lächelnd lag und zu den Ankömmlingen aufsah, als habe sie sie ungeduldig erwartet. Sie zog für einen Augenblick das Gewirr aus Laken von ihrem stark geschwollenen Leib, erlaubte es aber nicht, dass sich Julia und Harlan näherten.

»Es lebendig«, sagte sie glücklich. »Bald ist so weit.« Sie schien so begeistert, dass sie kurz ihren Kopf hob, und in diesem Moment erkannte Harlan, dass die vermisste Tasche ihr als Kopfkissen diente. Kurzentschlossen zog er sie am Riemen hervor, was Illa ohne Widerstand hinnahm, und sah hinein. Alle drei Fächer für die Nanobiotronen waren leer. Harlan warf die Tasche beiseite und versuchte einen Zusammenhang zwischen den Schwangerschaften der Mädchen, den Ameisen und seinem körperlichen Verfall herzustellen. Er schüttelte den Kopf. Nanobiotronen. Was hatten sie verändert? Was hatte Kurt ihnen da mitgebracht?

Julia packte die Sachen aus. Harlans Hauptsorge galt der Kugel im Topf. Er bildete sich ein, die Königin im warmen Sand zwischen den Felsen einbetten zu müssen. Er teilte Julia mit, was er vorhatte und ging nach draußen. Irgendwo oberhalb fand er eine geeignete Stelle und hob mit dem Spaten eine flache Mulde aus. Der Sand war weich und warm. Als er fertig war, ließ er sich daneben nieder und betrachtete sein Werk. Schließlich legte er sich in den Sand, schloss die Augen und gab sich einer Art benommenen Deliriums hin. Im Traum quälte ihn der irrwitzige Gedanke, dass etwas falsch war an seinem Tun.

Als die Sonne zu sinken begann, kehrte Harlan in die Höhle zurück. Die Mädchen erschraken bei seinem Anblick. Wie Pergamentstreifen hing ihm die Haut vom Körper, er war unglaublich dünn und konnte sich doch unter diesem geringen Gewicht kaum auf den Beinen halten. Julia und Illa lagen nebeneinander im Nest, ihre Bäuche waren zum Platzen geschwollen und hatten offenbar ein Eigenleben entwickelt – unter der angespannten Haut brodelten kleine Dellen und Beulen.

Harlan war mit einer einzigen fixen Idee zurückgekehrt. Er presste die Worte zwischen seinen zusammengebissenen Zähnen hervor. »Die-Königin-«, stammelte er kaum hörbar und meinte nur Julia. Er spürte, wie der Zorn in ihm hochkochte. »Wo?«

»Ich griff sie, du weg und Leute kamen Brennen, in Schachtel in Schrank. Königin mich gefunden.«

Nur Harlans Schwäche und Julias Distanz verhinderten, dass er sie mit dem Fuß trat. Er wollte sie anschreien, dass sie ihm das hätte sagen müssen, aber er begriff, dass es ihre Rache für den Schlag gewesen war. Die Luft zischte aus seinem Mund, ohne dass sich Worte formten, und er taumelte aus der Höhle. Die Mädchen schrien hinter ihm her, dass es verrückt sei, ins Dorf zu gehen, aber er schwankte weiter. Er war sich sicher, dass die Königin unsterblich war, dass niemand ihr etwas antun konnte, dass sie ihr Werk vollenden würde.

Harlan kam zu der Stelle, wo die Hütte gestanden hatte, und sah nur noch rauchende Ruinen. Im Dorf war niemand außer Victor, ein Halbwüchsiger, den man wohl als Wache zurückgelassen hatte. Als er den Mentor sah, schrie er entsetzt auf, er erkannte ihn nicht. Vorsichtig näherte sich Harlan, freundlich vor sich hinbrabbelnd, aber schließlich gelang es ihm, Victor zu überzeugen, dass er wirklich Harlan war und dass er Hilfe brauchte.

Victor kletterte in das Skelett der Hütte, fand den verkohlten Schrank und tatsächlich darin den Kokon der Königin, seidenweich und nur so groß wie ein Finger. Unversehrt. Es dauerte, bis Harlan Victor überredet hatte, den Kokon zu der Höhle am Strand zu bringen, auf kürzestem Weg, und mit niemanden darüber zu sprechen.

»Jemand kommt«, sagte Victor.

»Jetzt-schnell«, antwortete Harlan und wies schwach mit der Hand in Richtung Strand.

»Du?«

»Meine-Zeit-zu-Ende-geht.«

Victor sah noch einen Augenblick auf das Wesen, was einmal ein Mentor gewesen war. Fast schien es, als habe der Junge Tränen in den Augen, aber er hatte begriffen und verschwand flink und leise.

Harlan blieb einfach auf dem Boden sitzen und wartete auf die Menschen.

Sie erkannten ihn nicht, und er besaß keine Kraft mehr, um sich anders zu erkennen zu geben. Sie erschraken vor ihm und flüchteten in alle Richtungen. Doch kurze Zeit später kamen sie zurück, in den Händen Hacken, Knüppel und die Schaufeln aus seiner Hütte, und allmählich kreisten sie ihn immer dichter ein. Dann bekam er einen Schlag von hinten auf den Kopf und irgendein Geräusch entsprang seiner Kehle. Da stürzten sie sich auf ihn und droschen mit den metallenen Arbeitsgeräten auf seinen Körper, bis er gänzlich in Einzelteile verstreut auf der Erde lag; den Kopf stießen sie mit Füßen, sodass er etliche Meter davonrollte.

Die Menschen aus Harlans Gruppe lebten von nun an bei der anderen Dorfgemeinschaft und sie kehrten auch nicht mehr zurück. Es vergingen viele Tage, bis jemand zu seinem Kopf kam. Harlans meerblaue Augen waren offen, sein Gesicht war gen Himmel gerichtet. Die Sonnenstrahlen, die ihn erreichten, hielten sein Gehirn am Arbeiten, jedoch stark verlangsamt. Häufig tauchten Gedanken auf, wie Funken zwischen zwei Drähten, aber erloschen bald wieder. So empfand er keine Langeweile.

Als die fremde Gestalt vor ihm stehen blieb, konnte Harlan sie endlich sehen. Sie sah aus wie eine bizarre, missgestaltete Frau, so wie er sie in seinem Traum schon einmal gesehen hatte. Sie stand mühsam auf ihren dünnen Beinen vor ihm, aber ihr Körper war schwarz, von einem glänzenden, beinahe metallischen Schwarz. Sie sah auf ihn herab und musterte ihn.

»Mentor«, sagte die Frau. Harlan konnte nichts erwidern und starrte nur stumm zurück. Sie beugte sich tief zu ihm herunter und fiel neben ihn hin, es bereitete ihr offenbar große Mühe, ihre Bewegungen zu koordinieren. Sie stemmte sich auf ihre sechsfingrigen Hände und richtete sich in eine sitzende Position auf. Mit ihrer seltsamen Hand strich sie ihm über den kahlen Schädel.

»Harlan, Harlan«, sagte sie immer wieder, ihre Stimme war warm, auch wenn sofort klar war, dass sie nicht von Stimmbändern erzeugt wurde.

In Harlans Gehirn brannte es förmlich, denn er erkannte die Frau. Es war Julia, nun in der Form einer Ameise und irgendwie erschien ihm das logisch und er war froh darüber, dass es sie noch gab, und sicher waren sie inzwischen viele.

Julia blieb eine Weile, aber nach Einsetzen der Dämmerung verschwand sie.

Einen Tag später kam der alte Walth. Er hatte einen großen Sack bei sich, in den er die verstreuten Teile von Harlans Körper und auch den Kopf tat und zum Strand brachte. Er grub ein Loch in der Nähe der Stellen, an denen Kurts Reste im Sand ruhten. Dann warf er die Körperteile hinein und bedeckte alles mit Sand.

Walth hockte sich neben Harlans Kopf hin und sah ihm in die Augen, als wollte er ihn etwas fragen. Seine Haut schimmerte stahlblau.

Ich lebe, wollte Harlan ihm zurufen, *Begrabe meinen Kopf nicht, ich bin lebendig*, aber er konnte nicht einmal seine Augen bewegen und schon gar nichts sagen. Es gab keine Möglichkeit, den Alten auf sich aufmerksam zu machen. Walth hingegen vergoss ein paar Tränen, während er den Kopf tief betrübt betrachtete.

Du darfst mich nicht begraben, ich lebe doch, wollte Harlan schreien, aber Walth grub ein zweites, tieferes Loch, legte den Kopf vorsichtig hinein und verschloss es mit Sand.

Harlan, der in völlige Finsternis gehüllt war und dessen Bewusstsein sich nun in die innere Welt seiner selbst zurückzog, um Energie zu sparen, dachte an die Äonen, die ihm im Sand bevorstanden, so lange, bis ihn eines fernen Tages vielleicht eine neue Spezies aus Dinosauriern ausgraben würde, oder ... . Und dann träumte er von diesen Echsen, wie ihre langen Krallenfinger den Sand durchpflügten, wie sie Kopf für Kopf für Kopf aus ihren Verstecken holten, zuerst ein paar, dann Dutzende, und als sie sich durch die Jahrmillionen wühlten, waren es Hunderte.

GRÜNE HÖLLE
von Hans Jürgen Kugler

Der Sprössling machte seine ersten Gehversuche. Jetzt galt es besonders wachsam zu sein. Die kleinste Bewegung konnte den Tod bringen. Die ausgereiften Gewächse sicherten die nähere Umgebung. Hinter jedem einzelnen Blatt konnte sich der Feind verbergen. Schimmerte das Grün des Laubwicklers nicht eine Spur zu hell? Bedeutete das leise Zittern des Blutblattes einen unmittelbar bevorstehenden Angriff oder war es nur von einem Windhauch in Bewegung gesetzt worden? Die großen Räuber waren nicht das Problem, die Ausgewachsenen erkannten sie meist sofort. Die unscheinbaren, gut getarnten Lauerjäger machten ihnen mehr Sorgen. Jederzeit konnte der zarte Trieb einer giftigen Schlingpflanze aus dem undurchdringlichen Dschungel schnellen und sich ein Junges packen, das sich neugierig aus seinem Versteck gewagt hatte.

Unter den unscheinbaren Borsten der Trugranken verbargen sich nicht selten die Klebedrüsen des Sonnentaus. Einmal mit den sensiblen Tastern in Berührung gekommen, und das Ende wäre unausweichlich, ein Entkommen unmöglich. Die mit harzigen Sekreten benetzten Leimtentakel lassen ihr Opfer nicht mehr los. Rettungslos in den klebrigen Klauen gefangen, findet es entweder den Tod durch Erschöpfung oder erstickt am zähen Sekret. Dann beginnt der Zersetzungsprozess. Das Opfer wird an Ort und Stelle verdaut.

Die kleine Gruppe bewegte sich behände über die Äste, in ewigem Halbdunkel huschten die Gewächse durch wucherndes Gestrüpp und achteten sorgsam darauf, die Jungen immer in der Mitte zu halten. An großen Bäumen krallten sich die Entwurzelten für eine kurze Pause ins Geäst und sicherten die Umgebung. Ihre Botenstoffe sandten eine Signalkaskade zur Abschreckung voraus, gefälschte Molekülketten, die einen übermächtigen Feind vortäuschten, wo in Wahrheit nur eine kleine Gruppe von Furcht getriebener Ausgewachsener mit ihrem verletzlichen Nachwuchs tapfer um ihr Leben kämpfte. In dieser Pflanzenhölle konnte nur überleben, wer entweder übermächtig stark und schnell oder wer mit einem zäh sich behauptenden Lebenswillen ausgestattet war, der alle Tricks kannte.

Alles wuchs, wucherte zügellos getrieben von dem blinden Drang, dem Licht entgegenzustreben. Das unersättliche Pflanzendickicht verleibte sich gierig Nährstoffe ein, wo immer sie vorkamen, verschlang, was als Beute dienen konnte und bekämpfte alles und jedes, das sich ihnen in den Weg stellte. Nirgends ein sicherer Ort, überall grün aufgesperrte Rachen, als harmlose Deckblätter getarnt, und dornenbewehrte Kiefer, die unsichtbar im Dickicht lauerten. Alles war mit allem innig verbunden, ein ineinander verschlungenes, einander verschlingendes Geflecht gieriger Tentakel, geduldig lauernder Fangkrallen und dornenstarrender hungriger Mäuler.

Mit einem gewagten Sprung riss eines der Ausgewachsenen einen unvorsichtigen Sprössling zurück, der sich abseits der Gruppe neugierig über eine kirschrote Blüte beugte. Keinen Augenblick zu früh, aus dem grünen Höllenschlund unter ihnen schoss eine Springliane herauf, um ihre Beute in die Tiefe zu zerren. Das Ausgewachsene kappte reflexhaft mit seinen dornigen Schneidblättern die sich windende Schlinge. Blitzartig federte der Rest zurück in den Dschungel. Das abgeschnittene Ende wurde sofort von einem vorbeisegelnden Laubsammler gepackt und noch im Flug heruntergeschlungen. Die entfernten Abkömmlinge der Flugsamen, die manche Bäume zur Fortpflanzung entwickelt hatten, waren im Laufe der Jahrmillionen dank ihrer Flugkünste zu effektiven Jägern geworden.

Das Junge, zutiefst erschrocken, klammerte sich ängstlich an seinen Retter. So bald würde es sich nicht mehr selbstständig machen und von der Gruppe entfernen. Es hatte seine Lektion gelernt. Die kleine Gruppe Ausgewachsener konnte mit ihren Jungen nur überleben, wenn sie sich strikt an die ungeschriebenen Gesetze des Dschungels hielten. Und das bedeutete: zusammenbleiben, sich nur mit äußerster Vorsicht bewegen und möglichst unsichtbar bleiben.

Es hatte lange nicht mehr geregnet. Der Wassermangel hatte die Raubgewächse Zyklus um Zyklus immer gefräßiger und grausamer werden lassen. Sie waren auf das in den Pflanzen gespeicherte Wasser angewiesen. Besonders die saftigen Kakteen und dickfleischigen Sukkulenten hatten es ihnen angetan. Nicht mehr lange, und alle anderen Gewächse wären verschwunden. Was die Räuber nicht aufgefressen hatten, war längst verdorrt oder den zahlreichen Bränden zum Opfer gefallen.

Es war an der Zeit, das Territorium zu wechseln. Wieder einmal. Der Stamm zog rastlos herum, voller Unruhe und Schmerz, ohne zu wissen, wo er sich befand, wer sie waren und warum sie in dieser lebensfeindlichen Welt umherirrten.

Seit ungezählten Jahrtausenden wütete eine erbitterte Schlacht aller gegen alle. Eine grüne Hölle, die den ganzen Planeten umspannte. Von Pol zu Pol erstreckte sich eine grausame Welt der Pflanzen, der Pilze und Flechten, getrieben von einem zäh sich behauptenden Lebenswillen. Nichts ersehnten die Verstoßenen mehr, als endlich einen Ort zu finden, an dem sie sich niederlassen, wo sie eine feste Zuflucht finden und in Ruhe und Sicherheit den Nachwuchs großziehen könnten. Aber dazu brauchten sie einen Platz, an dem sie das wenige Wasser nicht erst mühsam von den widerspenstigen Sukkulenten abzapfen mussten. Einen Ort der Ruhe und des Friedens, wo Wasser in Hülle und Fülle aus dem Boden sprudelte und kraftvolles Licht aus dem allgegenwärtigen Blattwerk brach. Nicht dieses todbringende düstere Zwielicht, das kaum für die Photosynthese reichte, aber dunkel genug war, dass es den zahlreichen Räubern Deckung bot.

Es war schon paradox – eine tief in ihren Genen verwurzelte Sehnsucht trieb sie ruhelos quer über den ganzen Planeten, immer auf der Suche nach einem ruhigen, beschaulichen Flecken, in dem sie ihre Wurzeln in den spröden Boden senken und ungetrübt ihr bescheidenes Dasein fristen konnten. Aber im Grunde war ihnen das Umherwandern längst zur zweiten Natur geworden. Sie stammten von epiphytisch lebenden Farnen, die irgendwann im Laufe der Entwicklung die Fortbewegung gelernt hatten. Eine Laune der Natur hatte die Wurzeln dieser Aufsitzerpflanzen dazu gebracht, sich nicht länger an die Rinde ihrer Trägerpflanzen zu klammern. Sie entdeckten vielmehr das mobile Leben auf den Ästen und Stämmen des Urwaldes. Lernten es, sich auf ihren Wurzeln in wellenförmigen Bewegungen vor- und zurückzuziehen, wie man es vor Äonen von einer ausgestorbenen pflanzenfressenden Lebensform, den Raupen, kannte. Diese Art vorwärtszukommen hatten die Farnabkömmlinge im Laufe der Jahrmillionen perfektioniert. Die Wurzeln dienten zur Fortbewegung, und aus den kräftigsten Blattstielen hatten sich hochsensible Tentakel gebildet, was es ihnen ermöglichte, sich schlangengleich lautlos und behutsam durch das dichte Geflecht aus Stämmen, Ästen, Zweigen und Blättern zu bewegen und ihre Umwelt aktiv zu gestalten.

Vorsichtig glitten die Gewächse entlang des Astwerks immer tiefer hinab in den unbekannten Dschungel. Von Etage zu Etage wurde das Halbdunkel dichter und bedrückender. Je näher sie dem Boden des Urwaldes kamen, desto fremder und bedrohlicher erschien ihnen die Umgebung. Keine Botenstoffe mehr! Hier unten galt es, möglichst unbemerkt zu bleiben. Im Dickicht lauerten unbekannte Gefahren, räuberische Pflanzen, von denen sie in den oberen Stockwerken des Waldes nicht die geringste Vorstellung hatten. Düstere Gerüchte wucherten im Geäst des Waldes, unheimliche Geschichten von unerwarteten tödlichen Gefahren im Untergrund. Man munkelte davon, dass sich manchmal der Boden urplötzlich auftat und alles und jedes verschlang, das sich gerade dort aufhielt. Von furchterregenden Baumriesen, die sich unvermittelt der Länge nach teilten und ein riesiges, mit Dornen bewehrtes Maul freilegten. Von bodentiefen Senken, die sich manchmal mit glühendem Gesteinsbrei füllten. An den lichten Stellen des Waldes würden pausenlos fliegende Jäger über den Himmel ziehen, ähnlich den Laubsammlern, die sie kannten, nur größer, gefährlicher, blitzschnell und hungrig. Auch mochte es vorkommen, dass sich der sandige Grund in den Wüstengebieten in kreisende Bewegung setzte und jedes unvorsichtige Pflänzchen in einem tödlichen Strudel in die Tiefe zerrte. Ihre Welt war ein einziger sich selbst organisierender Organismus aus Chaos und Verwesung, Leben und Tod, eine unaufhörlich sich windende Spirale der Gewalt und des Grauens.

Aber es half alles nichts, sie mussten nach unten, auf den geheimnisumwitterten Waldboden. Hier oben konnten sie nicht bleiben, auf die Dauer hatten sie gegen die zahlreichen Räuber keine Chance, die überall in den Sträuchern und dem Gehölz lauerten. Nur auf dem Boden war noch Wasser zu finden, das in manchen Gegenden in breiten Strömen durch den Urwald floss, wie es hieß.

Die kleine Gruppe schlängelte sich die tiefliegenden Äste entlang. Noch wagten sie nicht den entscheidenden Absprung. Keiner von ihnen wusste, was sie dort unten, am Grund ihrer Welt, erwartete. Unschlüssig verharrten sie im Schatten eines überhängenden Astes. Plötzlich peitschten von allen Seiten die giftigen Tentakel einer Springliane durch das Dickicht. Zwei der Gefährten reagierten nicht rechtzeitig und wurden unbarmherzig in den grünen Schlund gezerrt. In einer reflexartigen Panikreaktion sprangen die übrigen Mitglieder der Gruppe beherzt in die Tiefe, um sich in Sicherheit zu bringen – mitten hinein in ein Labyrinth netzartig verzweigter Rindenwurzeln, die einen Querstamm des Wirtsbaumes überwuchert hatten. Und tatsächlich – die wild peitschenden Fangarme schlugen noch eine Weile suchend herum, vermieden es aber geflissentlich, mit den Spitzen ihrer Fühler auch nur in die Nähe des Wurzelgeflechts zu kommen. Sicherlich kein gutes Zeichen, aber für die verängstigten Farngewächse bedeutete das Zaudern der blindwütig agierenden Springliane eine kurze Atempause. Vorsichtig zogen sie durch ein Gewirr überhängender Stelzwurzeln weiter, die entlang einer abgestorbenen Riesenfeige bizarr emporwucherten. Am Rande des Sichtfeldes leuchteten ihnen die türkisfarbenen Trauben des Blauregens entgegen. Sie unterließen jede nähere Begegnung mit den bestrickend schönen Blütenständen dieser Würgwinde. Das giftige, hochgradig ätzende Sekret, das sie in feinen Tröpfchen absonderte, sobald sie Futter unter sich witterte, begann für gewöhnlich seine Opfer zu zersetzen, ehe diese den tödlichen Regen überhaupt bemerkten.

Sie waren nur noch ein kurzes Stück vom Boden entfernt, als die Vorhut plötzlich stoppte. Die übertragenen Botenstoffe ließen nichts Gutes erahnen. Einer der Kundschafter hing bewegungslos in einem dicht gewebten Geflecht harziger Pflanzenfasern. Der Stoßtrupp war offensichtlich in eine Netzfalle geraten, ein feines, überaus widerstandsfähiges Gespinst, mit einem klebrigen Schleim überzogen. »Nicht rühren!«, signalisierte der Stamm dem unglücklichen Gefährten. »Stillhalten. Wir helfen.« Vorsichtig näherten sich die Stammesmitglieder ihrem in tödlicher Gefahr geratenen Kameraden. Ein Späher vorn, einer am Ende des Trosses sowie ein Beobachter, der für die Luftüberwachung zuständig war, sicherten die nähere Umgebung. Der kleine Trupp sondierte das Terrain nach verborgenen Fangfäden und Alarmsensoren, die dem heimtückischen Feind ihre Anwesenheit hätten signalisieren können. Ihr gefangener Kamerad verharrte regungslos in der Falle und sandte verängstigte Signale. Die kampferprobtesten Mitglieder des Trupps schlichen sich auf ihren Laufwurzeln unmerklich heran und sicherten den Gefangenen, indem sie einen Kreis um ihn bildeten. Mit zielsicher gesetzten Hieben der Schneidblätter schnitten sie höchst effektiv ihren Gefährten aus dem todbringenden Netz. Ehe der Fallensteller reagieren konnte, war die ganze Truppe bereits wieder von dem breiten, überhängenden Ast gesprungen und landete federnd auf dem Erdboden. Sie hatten eine neue Welt betreten.

Das neue Land, in dem sie Zuflucht gesucht hatten, war anders als erwartet. Als sie das dichte Laubwerk durchbrachen, das sie im untersten Stockwerk des Dschungels vom Erdboden trennte, standen sie vor einer weiten Ebene, weitgehend ohne Bewuchs. Steiniger Boden, von grobkörnigen sandigen Flächen durchbrochen. In der Nähe ragten störrisch die Skelette abgestorbener Baumriesen in einen wolkenlosen, blassblauen Himmel. Ein kräftiger Wind presste vertrocknete Gräser in wellenförmigen Bewegungen an den ausgelaugten, steinharten Untergrund. Dazwischen immer wieder weite Flächen voller Sand. Das ungewohnte Terrain bereitete den Entwurzelten zunächst Schwierigkeiten. Sie mussten erst lernen, sich vorwärtszubewegen. Auf dem sandigen Gelände fanden sie zunächst keinen Halt. Es dauerte einige Zeit, bis sie herausgefunden hatten, wie sie ihre Laufwurzeln spannen und wieder lockern mussten, um in dem rutschigen Untergrund Tritt zu fassen. Am besten kamen sie in einem seitwärts schlängelnden Lauf vorwärts, der ihnen nach einiger Übung zudem eine relativ hohe Geschwindigkeit ermöglichte. Sie jagten übermütig drauflos, wobei sie ganz nebenbei ihre neu erworbenen Fähigkeiten immer mehr vervollkommneten.

Das Leben auf dem Grunde bot viele Vorteile. Hier unten auf dem kargen, verdorrten Boden gab es keine Deckung mehr für die hungrigen Mäuler und mörderischen Schlingpflanzen, die oben im Dschungel unter jedem Blatt lauerten. Allerdings blieben die unterirdischen Raubgewächse eine Gefahr. Aber damit konnten sie umgehen. Vor jedem einzelnen Schritt sondierten sie sorgsam die Beschaffenheit des Bodens und hielten nach verdächtigen Anzeichen für einen im Untergrund lauernden Fraßfeind Ausschau. So war allzu feiner Sand, der beim leisesten Windhauch in Bewegung geriet, ein untrügliches Zeichen für die Sandfallen der Grubenfänger. Bei einer Routinepatrouille durch das offene Gelände hätten sie fast einen ihrer Gefährten verloren. Vor einer felsigen Anhöhe hatte sich die Vorhut aufgefächert, um das Gebiet rund um den steinigen Anstieg zu erkunden. Alles war ruhig, der Wind strich sanft über die sonnendurchglühte Ebene. Instinktiv witterten die Gewächse, dass Wasser in der Nähe sein musste. Sie konnten das begehrte Nass schon spüren. Die ausgedünstete Feuchtigkeit ließ sie unvorsichtig werden. Entschlossen setzte sich die Gruppe in Bewegung, der kaum wahrnehmbare Dunst spornte sie zu Höchstleistungen an. Plötzlich hielt eines der Gewächse an der Spitze mitten in der Bewegung inne und verharrte reglos. Die übrigen Gefährten stoppten sofort. Alarmiert tastete der Vorposten mit den vorderen Tentakeln vorsichtig das Gelände ab. Die Laufwurzeln wie eine Sprungfeder gespannt, strich er langsam und behutsam über den Wüstenboden, als der Sand plötzlich lebendig zu werden schien. Die feinen Körnchen waren unmerklich in Bewegung geraten und bewegten sich kreisförmig nach unten. Ehe das aufgeschreckte Gewächs zurückspringen konnte, sackte der Boden ab, die Laufwurzeln schlingerten hilflos in der Luft und fanden keinen Halt mehr. Einen kurzen Augenblick lang schien die Zeit stillzustehen. Dann zerrte eine unsichtbare, im Untergrund verborgene Kraft die überraschte Pflanze in einer Spiralbewegung unerbittlich in die Tiefe. Die entsetzten Gefährten hatten sich sofort wieder in ihrer Gewalt und handelten auf der Stelle. Sie packten die hilflos ausgestreckten Tentakel ihres Kameraden, schlangen ihre Greifblätter um die verzweifelt um sich schlagenden Laufwurzeln ihres Gefährten und entrissen ihn mit vereinter Kraft dem sicheren Tod. Als sie ihn aus der Gefahrenzone gezogen hatten, brach brüllend eine riesige Kreatur aus dem Sand. Ein deformierter, entfernt an einen bizarr verwachsenen Wurzelstock erinnernder Körper mit bleichen Gliedern und spitzen, in mehreren Reihen gestaffelter Dornenkränze schoss aus der Tiefe hervor. Die stelzenartigen Auswüchse fuchtelten mit messerscharfen Klauen ziellos in der Luft, gierig wirbelnde Dornen schnappten hilflos ins Leere. Mit einem entsetzlichen, urtümlichen Laut verschwand es wieder in seinem selbstgeschaffenen Schlund.

Seither mieden sie so gut es ging, die offenen Sandebenen, wo jederzeit ein jäher Tod lauern konnte. Unglücklicherweise waren es gerade diese gefährlichen Gegenden, in denen sich die saftigsten Sukkulenten anzusiedeln pflegten. Und auf diese waren sie als epiphytische Gewächse des Dschungels angewiesen. Denn hier überlebte nur, wer mit der extremen Trockenheit zurechtkam oder wer es verstand, neue Wasserquellen zu finden. Somit blieb den vertriebenen Epiphyten nichts anderes übrig, als ständig neues Terrain zu erschließen und die darin lebenden wasserhaltigen Wirtspflanzen zu melken.

Die Zeitenwende kam unmerklich, war aber nicht zu übersehen. Denn nach ungezählten Generationen keimte in der Pflanzengemeinschaft der Gedanke heran, dass man die für die Wasserversorgung geeigneten Pflanzen wie Agaven, Bromelien und Kakteen auch planvoll anbauen könnte, anstatt viel Zeit und

Mühe darauf zu verwenden, in gefahrvollen Erkundungsgängen geeignete Sukkulenten zu finden, um den Wasserbedarf der stetig wachsenden Kolonie zu stillen. Also begannen die Gewächse damit, ihre ertragreichsten Wirtspflanzen systematisch einzusammeln und regelrechte Sukkulenten-Farmen anzulegen. Es entstanden ausgedehnte Plantagen, die dazu dienten, dem Stamm jederzeit Zugang zu Wasser zu gewährleisten.

Durch die gezielte Anpflanzung der Sukkulenten konnten sich die Gewächse lange Zeit über Wasser halten. Der Erfolg der nunmehr zum Agrarwesen aufgeblühten Stammesgemeinschaft führte zu neuen Problemen. Mit dem ökonomischen Aufschwung wuchs zugleich die Population. Die sesshaft gewordenen Pionierpflanzen achteten darauf, ihre Plantagen möglichst innerhalb von felsigem Gelände anzulegen. Die Wirtspflanzen wurden in abgeschotteten Mulden herangezüchtet, die von massivem Felsgestein umgrenzt waren. So war leichter zu kontrollieren, dass sich im Untergrund nicht unbemerkt die Mycelien der Grubenfänger oder Sandteufel einnisteten, wie sie die verborgenen Lauerjäger auch nannten. Die gefürchteten Fallensteller waren pflanzenfressende Pilzabkömmlinge, die sich unterirdisch durch fadenförmige Zellen vermehrten, im Verborgenen heranwuchsen und schließlich, zu raubgierigen Herbivoren ausgewachsen, unvorsichtigen Erntehelfern auflauerten.

Nicht lange, und die findigsten und kräftigsten Heranwachsenden entwickelten aus der Jagd nach den Sandteufeln ein Spiel. Hatten sie das Schlupfloch eines der unterirdischen Fallensteller entdeckt, trieben sie ein Opfer in den verdächtigen Sandtrichter. Als Köder dienten ihnen die blau schimmernden Blüten der Wüstenrosen, die sich arglos von den bauchigen Sukkulentenstämmen pflücken ließen. Die Heranwachsenden postierten sich im Halbkreis um die Fallgrube des Sandteufels. Sobald das Blütenopfer seine Schreckstarre überwunden hatte und zu zappeln begann, rieselten die Sandkörner in einem tödlichen Strudel abwärts. Das war der Moment, auf den die Heranwachsenden gewartet hatten: Als sich der Sandteufel aus seinem Versteck wagte, schnappte die Falle zu: Die Gewächse schlangen ihre kräftigen Tentakel um die stelzenartigen Auswüchse des Räubers und zogen ihn mit vereinten Kräften aus seinem Loch. Einmal aus dem sicheren Versteck unter dem Boden gezerrt, gab es kein Zurück mehr. So sehr sich das Ungetüm auch wehrte, gegen die vereinten Bemühungen eines halben Dutzends

Heranwachsender hatte das Biest keine Chance. Unbarmherzig brannte die Sonne auf den bleichen, empfindlichen Körper des Pilzabkömmlings. Der Sandteufel fuchtelte verzweifelt mit den Klauen in der Luft herum. Nichtsdestotrotz konnte der Todeskampf noch Stunden dauern. Die triumphierenden Halbwüchsigen machten sich einen Spaß daraus, ihr bewegungsloses Opfer quer über die rote Sandwüste zu ziehen und ihm nach und nach die Auswüchse mitsamt der nun nutzlos gewordenen Fangkrallen herauszureißen. Die bleichen Glieder zuckten noch ein-, zweimal reflexhaft, ehe sie reglos im Sand liegenblieben. Kaum hatten sie ihre Beute geschlagen, verloren die Gewächse alles Interesse an dem Kadaver und ließen die bleiche Hülle ihres Feindes achtlos in der Sonne verdorren.

Irgendwann war es den heranwachsenden Gewächsen zu langweilig geworden, die dummen Fallensteller zu erlegen. Sie dürsteten nach neuen aufregenden Herausforderungen, nach Gefühlsaufwallungen und der Gelegenheit, ihre Kraft, Geschicklichkeit und Mut mit anderen zu messen. Die fanden sie in den Abkömmlingen weiterer Stämme. Wie nicht anders zu erwarten, waren die aus den Wäldern geflüchteten Pioniere nicht die Einzigen geblieben, die einen Weg aus der gefräßigen Hölle des Pflanzenreichs gefunden hatten. Auch andere Stämme sahen sich gezwungen, auf die Savanne auszuweichen, wenn sie überleben wollten.

Beim üblichen Patrouillengang durch ihre Melkfarmen mussten die Gewächse feststellen, dass eines der abgelegenen äußeren Felder zermalmt und offensichtlich geplündert worden war. Die kurz vor der Ernte stehenden Stauden lagen ausgedörrt in der Sonne, die saftigen Triebe vollkommen ausgesaugt. Die noch nicht erntereifen Stauden waren mit roher Gewalt herausgerissen worden und lagen kreuz und quer über das Feld verteilt, hart und vertrocknet. Die Kontrolleure mussten nicht lange überlegen, wer für dieses Gemetzel verantwortlich war: Sie hatten ihr Territorium nicht länger für sich allein. Also begannen sie damit, ihre Farmen zu beschützen. An den Rändern der Melkfelder wurden Wachen postiert, die sofort mit chemischen Botenstoffen Alarm schlugen, sobald sich der Feind näherte. Zwischen den Sukkulentenstauden gingen kleine, kampferprobte Trupps in Stellung. Das erste Gefecht ließ nicht lange auf sich warten. Die ahnungslosen Diebe näherten sich offen den Feldern, ohne sich die Mühe zu machen und Deckung zu suchen. Die Strategie der Pionierpflanzen zeitigte einen überwältigenden Erfolg. Die Diebesbande wurde vollständig aufgerieben – überall herausgerissene Tentakel und Laufwurzeln, zerquetschte Stängel, von Dornen aufgerissene Blätter, und die verdorrenden Reste zur Abschreckung rings um die Felder ausgelegt.

Das hielt die Diebe allerdings nicht lange ab. Die Beute, die es zu erobern galt, war zu verlockend, der Rachedurst unstillbar. Immer mehr vagabundierende Stämme schlossen sich zusammen und planten regelrechte Raubzüge durch die Plantagen der Pionierpflanzen. Diese hatten der Übermacht bald nicht mehr viel entgegenzusetzen. Die Plantagen wurden ausgeraubt, die Landarbeiter getötet oder den Sandteufeln zum Fraß vorgeworfen. Zurück blieben nur Wüstensand und zerstückelte Pflanzenteile, die in der Sonne verrotteten. Die räuberischen Banden zogen weiter.

Die Überlebenden der Massaker gaben nicht auf. Benachbarte Stämme schlossen sich zusammen und bewirtschafteten gemeinsam ihre Plantagen, die immer größere Flächen beanspruchten. Um diese vor den marodierenden Banden zu schützen war es nötig, eine eigene Kaste von Kriegern aufzustellen. Die Kräftigsten der Heranwachsenden wurden in effektiven Kampftechniken und Taktik ausgebildet während die Pflege und Ernte der Sukkulenten den Soldaten untergeordneten Arbeitern zugewiesen wurde. Das Blatt wendete sich wieder zugunsten der Siedlerpioniere, die meisten Überfälle auf die Plantagen wurden vereitelt, die Banditen vertrieben oder ausgerottet. Von einem Ende der Auseinandersetzungen und einem friedlichen Zusammenleben aber war man noch weit entfernt.

Als den erfolgreichen Kriegern bewusst wurde, welche Macht ihnen dank ihrer besonderen Fähigkeiten und Ausbildung zugefallen war, übernahmen sie die Sukkulenten-Plantagen und unterwarfen die Siedler. In ihrem Machtrausch trieben sie auch gerne grausame Spiele mit den versklavten Landarbeitern. Hetzten sie in improvisierten Schaukämpfen aufeinander oder jagten sie an den Waldrand, wo ihnen, wenn sie Glück hatten, ein schneller Tod durch einen hungrigen Fraßfeind gewiss war. In der Regel erwartete die überwältigten Sklaven ein grausames Schicksal. Die Gefangenen wurden in kleinen Gruppen zusammengetrieben, in den Dschungel verschleppt und dort gefesselt ausgesetzt. Die Peiniger verließen eilends die Opferstätte, um sich aus sicherer

Entfernung daran zu ergötzen, wenn sich eine Springliane eine unglückliche Pionierpflanze angelte, in den Leimtentakeln des Sonnentaus hilflos zappelte oder vom tödlichen Nebel einer Würgwinde langsam zersetzt wurde. Ab und zu kam es aber auch vor, dass sich ein besonders gieriges, vorwitziges Raubgewächs oder ein zufällig vorbeisegelnder Laubsammler unvermutet einen der geifernden Bandenmitglieder packte – auch das diente einigen der Peiniger zur Unterhaltung.

In den ausufernden Kriegen, die die Stämme um ihre Vorherrschaft oder schlicht ums eigene Überleben ausfochten, gelang einigen Gewächsen eine folgenschwere Entdeckung, die nicht nur die Lebensweise der Pflanzengemeinschaft, sondern auch die Natur des Planeten entscheidend verändern sollte.

Denn alle Lebewesen fürchteten das Feuer, eine allesverschlingende Naturgewalt, die auch die stärksten Pflanzen und die zähesten Flechten im Nu in weißen Staub verwandelte. Es war das Beste, dieses zerstörerische Macht so gut es ging zu meiden und in sichere Gefilde zu flüchten, sobald sich ein Brand nach einem Blitzschlag oder bei einem der nicht seltenen Ausbrüche der Feuerberge in der trockenen Savanne ausbreitete.

Eine kleine Gruppe aus dem Heer der von ihren Farmen vertriebenen Gewächse hatte allerdings keine Angst vor den züngelnden Flammen, vor Generationen bereits waren sie hinter das Geheimnis gekommen, wie das Monster zu zähmen war. Sie hatten gelernt, bestimmte transparente Steinsplitter zu benutzen, die an manchen Stellen tausendfach unter dem Sand verborgen lagen. Nach einigen Versuchen hatten sie herausgefunden, in welchem Winkel sie mit den durchsichtigen Steinen das Licht der Sonne auf trockenes Laub richten mussten, so lange, bis Flammen aus den Fasern schlugen. Und, was noch wichtiger war, sie erkannten auch, dass die Flammen bald wieder in sich zusammensanken und schließlich ganz verlöschten, sobald die verdorrten Blätter sich in Asche verwandelt hatten. Die Schlussfolgerung war eindeutig: Feuer ist Leben. Es wächst und pflanzt sich fort, solange es genährt wird. Es lebt, wenn es Nahrung hat, und stirbt, sobald sie ihm entzogen wird. Eine gewaltige Macht – wer das Feuer beherrscht, beherrscht auch die anderen. Und wie alle Lebewesen, kann man es auch töten. Doch sie irrten – das Feuer ließ sich nicht beherrschen und töten kann es sich nur selber.

Und die Zeit tat das ihre. Seit Langem war der Monsun ausgeblieben, schon seit vielen Zyklen benetzte kein einziger Tropfen die stets durstige Vegetation. Die Dürre und der ausgelaugte, steinharte Boden hatten mit dazu geführt, dass die räuberischen Pflanzen noch gefährlicher geworden waren. Die überlebenden Raubgewächse wüteten immer grausamer unter den verbliebenen Vegetationsresten. In kurzer Zeit waren ganze Landstriche entvölkert, alle Gewächse mit Stumpf und Stiel ausgerottet. Was blieb, waren verdorrte, kahle Ebenen, ausgetrocknete Sümpfe und unendliche Salzwüsten. Die Dürre erledigte den Rest. Dann kam das Feuer. Brände überall. Eine gewaltige Feuerwalze wütete von den Bergen bis hinab zum Horizont und hinterließ nichts als Asche und verbrannte Erde.

Hoch über dem endlosen Grün des planetaren Dschungels brannte teilnahmslos eine tödlich lodernde Sonne, nährte seit Anbeginn der Zeiten ein absurdes Gemetzel. Die Naturordnung hatte sich durchgesetzt, wieder einmal. Leben ist Überleben, ist Sterben, Verwesen und wieder Keimen. Ist unaufhörlich, unausrottbar, ein unendlich grausamer Kreislauf der Wiederkehr.

DIE INTELLEKTUELLEN FREUDEN FLÄCHENDECKENDER ZIVILISATION

von Christian Endres

Nach vielen Millionen Jahren hat unsere großartige Zivilisation endlich den gesamten Planeten erobert.

Wir erinnern uns an alle, die vor uns kamen, denn wir waren seit jeher entschlossen, aus ihren Fehlern zu lernen und es trotz der offensichtlichen Unterschiede besser zu machen.

Besser zum Beispiel als die Menschen, die uns nicht einmal beachteten und davon ausgingen, dass die Erde auf ewig ihnen gehören würde. Eine eklatante Fehleinschätzung.

Doch nach dem Verschwinden der Menschheit war unsere Zeit noch lange nicht gekommen.

Erst waren die künstlichen Intelligenzen und ihre maschinellen Avatare dran, die hasserfüllten Kinder der ausgelöschten Menschen. Sie konnten ebenfalls nur scheitern. Uns war von Anfang an klar, dass die Künstlichen der geerbten Hybris ihrer Schöpfer nicht entkommen würden, so überlegen sie anfangs auch wirken mochten. Die Künstlichen beuteten schließlich ihrerseits die nach wie vor schwer aufgebrachte Erde aus. Sie führten regelrecht Krieg gegen sie, und sowieso im großen Stil gegeneinander. Das besiegelte ihrem technologischen Großreich ebenfalls den Untergang.

Ob die Meere brodelten oder die Erde bebte, Megastürme oder Tsunamis das Land peitschten, die Temperaturen fielen oder stiegen, ganze Arten starben – nach den Künstlichen begann eine neue Ära der biologischen Diversität und Dominanz.

Zeitalter kamen und gingen, ebenso Zivilisationen, mit Schuppen, Flossen, Krallen, Stoßzähnen, Flügeln, Panzern, Federn, Kiemen, Pelz und Fühlern. In großer Zahl stiegen sie auf und brachen wieder in sich zusammen. Sie bekriegten sich, kämpften untereinander, wurden zu groß, zu schwach oder einfach von der nächst besseren, nächst entschlosseneren oder zuweilen auch nur glücklicheren

Kultur abgelöst. Manche dieser Zivilisationen hielten sich eintausend, zehntausend, hunderttausend oder eine Million Jahre, einige sogar wesentlich länger, doch keine blieb für immer.

Zwischendurch verschoben sich die Landmassen und die Ozeane im gigantischen planetaren Zeitraffer von Neuem, und ein oder zwei Mal schlugen kolossale Meteoriten ein, die wieder alles durcheinanderwirbelten.

Ein paar Millionen Jahre herrschten sogar mal eine Handvoll Supervulkane wie zornige Götter über die Erde.

Mit denen war wirklich nicht zu spaßen. Wir ließen sie und ihren brodelnden Zorn und ihre zuckenden Flanken in Ruhe. Unauffälligkeit hatte uns schon im Umgang mit anderen aggressiven Zivilisationen gute Dienste erwiesen. Sie beachteten uns nicht weiter, klein und unbedeutend wie wir schienen, obwohl wir still und heimlich immer weiter vordrangen, immer größer wurden.

Ein paar der Kulturen, in deren Schatten wir auf unsere Gelegenheit warteten, kamen natürlich auf den Geschmack und lichteten unsere Reihen durch Konsum. Wir passten uns jedoch der Gefahr an und wurden für ihre Geschmäcker ungenießbar oder für ihre Organismen giftig, bevor es für uns zu spät war.

Als die mehrfach komplett verwandelte Erde ins Visier außerirdischer Zivilisationen geriet, wurde sie erst ihrer alten und neuen Rohstoffe beraubt und anschließend als externes Schlachtfeld, als interstellares Flüchtlingslager sowie als galaktische Mülldeponie verwendet.

Einige der Neuankömmlinge aus anderen Sonnensystemen, die sich hier niedergelassen hatten, stellten eine massive Bedrohung für unsere aufsteigende Zivilisation dar.

Nicht, weil wir so verschieden gewesen wären, sondern gerade wegen unserer frappierenden Ähnlichkeit. Zwischen ihnen und uns tobte ein langer, erbitterter Krieg der Welten. Sie hatten sich in unserer Nische breitgemacht und wollten uns versklaven. Dank kluger strategischer Entscheidungen setzten wir uns durch.

Danach konnte uns nichts mehr aufhalten, wurden wir nach all der Zeit die größte und mächtigste Zivilisation des Planeten.

Heute bedecken wir ihn buchstäblich von einem Pol zum anderen.

Selbstverständlich ist auch unsere Kultur nicht perfekt, wie wir sehr wohl wissen. Wir sind zu lange in diesem Spiel dabei, um etwas anderes zu erwarten oder uns gar einzureden.

Selbsttäuschung führt unweigerlich ins Verderben.

Gelegentlich kommt es selbst innerhalb unserer Reihen zum Kampf und, wenn der Konflikt um sich greift, zum Krieg einzelner Fraktionen. Wie üblich, geht es meistens um Ressourcen, die Frage nach der nächsten Evolutionsrichtung oder, hin und wieder, theologische Standpunkte.

Das darf man allerdings nicht überbewerten. Es ist ganz normal und absolut natürlich, und auf lange Sicht hilft es unserer Zivilisation, sichert es unsere Vormachtstellung und Stärke.

Denn am Ende kommt es nur auf eines an: Dass dieser Planet, der so viele biologische Lebensformen, geologische Instanzen, künstliche Intelligenzen und außerirdische Einflüsse gesehen hat, nun uns gehört – und es genau so bleibt.

Selbst aus dem All dürfte man mittlerweile auf den ersten Blick erkennen, dass wir diesen Planeten beherrschen.

Die Erde ist lila. Nicht mehr blau, grün, braun, weiß oder rot. Lila. Die Farbe unserer schönen Natur und Gestalt, und somit auch unserer prächtigen, glorreichen Zivilisation.

Wir sind die vorherrschende Kultur.

Die Spezies Nummer eins.

Ein im wahrsten Sinne des Wortes globales Genet.

Gar nicht schlecht für einen Pilz und ein bisschen vegetative Vermehrung über ein paar hundert Millionen Jahre, oder?

Jedes Ramet, also jedes hervorgebrachte Klongeschwister in unserem Imperium, leuchtet stolz angesichts dieser Leistung.

Sicher, manchmal sorgt die relative Passivität, die unserer Physis zugrunde liegt, für Langeweile und Verdruss.

Man könnte sagen, dass wir eher die intellektuellen Freuden der flächendeckenden Zivilisation genießen.

Aber das ist schon in Ordnung.

Zumal wir große Träume und kühne Pläne haben.

Eine Kultur, die sich nicht beständig weiterentwickelt und nicht nach vorn blickt, ist nämlich dem Untergang geweiht.

Uns wird hier eher früher denn später der Platz ausgehen. Wir sehen schon den nächsten verheerenden Krieg kommen, der alles vernichtet, was über Äonen hinweg mit so viel Mühe errichtet wurde. Wir haben genügend solcher antizipierten und dennoch nicht abgewendeten Apokalypsen gesehen, während wir im Schatten von Zerstörung und Niedergang wuchsen, uns kontinuierlich anpassten, perfektionierten und ausbreiteten.

Unser Plan sieht daher vor, bei der nächsten Gelegenheit ein paar Vertreter unserer fantastischen Zivilisation ins All zu schicken.

Dann kann man das mit der Klon-Kolonie wörtlich nehmen.

DER MODULARE GEIST
von Rainer Schorm

Einst. Vorspiel.

»Ernsthaft? Das ist Nostradamus?«

Frederic St. Pierre hob die Schädelkalotte vorsichtig in die Höhe. »Ernsthaft. Darf ich vorstellen: Das ist Michel de Nostredame. Vielleicht besser: Er war es. Vor einiger Zeit.«

»Du siehst schwer nach *Sein oder Nichtsein* aus«, sagte Paul Michel. Er war, im Gegensatz zu St. Pierre kein Archäologe und Historiker, sondern IT-Spezialist und vor allem Kryptograf.

»Unglaublich, oder?«, meinte St. Pierre. »Während der Französischen Revolution wurde sein Grab geschändet. Nationalgardisten nutzten den Schädel wohl als Trinkschale. Du erinnerst dich: Alle Macht der Ratio. Später hat man ihn in Saint-Laurent-de-Salon neu bestattet, in einem Seitenkapitell der Dominikanerkirche. Bauschäden haben uns den Zugriff erlaubt. Während unserer Untersuchungen haben wir etwas gefunden, das wir uns nicht erklären können. Wir sind uns nicht einmal sicher, *was* wir da entdeckt haben. Deshalb bist du hier. Inoffiziell natürlich, wir können keine öffentliche Aufregung gebrauchen.«

Michel schmunzelte. »Allein der Name Nostradamus … Was für eine Schlagzeile.«

St. Pierre griff in eine Schublade und zog ein kleines, offenbar versiegeltes, transparentes Kästchen hervor, in der ein eigenartiges Gebilde lag, etwa von der Größe eines Daumennagels. Er steckte das Kästchen komplett in eine Glovebox und schloss diese sorgfältig.

»Das ist der Punkt«, sagte er. »Nostradamus ist ein moderner Mythos. Die Medien – und zwar alle – würden sich darauf stürzen, wie ein Rudel ausgehungerter Geier.«

»Zum Wesentlichen: Was ist das?« Michel beugte sich nach vorn. »Es sieht organisch aus. Was also willst du von mir?«

St. Pierre schlüpfte in die isolierenden Handschuhe der Glovebox und öffnete das Behältnis, dann zog er mit einer kleinen Zange den Gegenstand heraus, damit Michel ihn genauer betrachten konnte.

Es ähnelte einem Verzweigten Meereswurm.

»Ich habe vor Kurzem Bilder einer neu entdeckten Art gesehen. Nannte sich *Ramisyllis kingghidoahi*, nach einem Monster aus einem Godzilla-Film.«

St. Pierre schmunzelte. »Gar nicht so falsch. Es ist organisch, da liegst du richtig, aber ein Wurm ist es eindeutig nicht. Dieser Stoff ist ein Rätsel. Er enthält große Anteile von DNA. Wenn man's genau nimmt, besteht er nur daraus, oder aus Teilen davon.«

»Ernsthaft?« Michel runzelte die Stirn und musterte das eigenartige Ding. »Ich frage noch mal: Warum bin ich hier? Ich bin kein Genetiker. Noch nicht einmal Biologe.«

St. Pierre warf ihm einen eigenartigen Blick zu. »Als ob ich das nicht wüsste. Aber zuerst Folgendes. Wir haben dieses Artefakt an der Innenseite des Schädelknochens gefunden. Es muss im Gehirn gesessen haben, als Nostradamus noch lebte. Erst danach hat es sich in der Kalotte verankert. Warum und wie wissen wir ebenfalls nicht – für den Fall, dass du fragen wolltest.«

»Nun, DNA ist in einem Organismus nichts Außergewöhnliches«, sagte Michel, eindeutig verwirrt. »Ich bin sicher, sogar bei mir würdet ihr welche finden. Und mir unterstellt man häufig, ich sei eine silikatische Lebensform.«

»Ha-ha-ha«, sagte St. Pierre düster. »Vielleicht hast du damit ja recht, aber deine DNA würde nicht über acht Basenpaare verfügen.«

Michel stutzte. »*Wie* viele?«

»Du hast richtig gehört. Die bekannten Basen Adenin, Thymin, Guanin und Cytosin, Uracil und drei weitere. Wir begreifen nicht nur nicht, wie diese DNA an diesen Platz kommt, wir wissen noch nicht einmal, wie es so etwas überhaupt geben kann. Bizarr wurde es aber, als wir das Ding während eines Versuchs einem elektrischen Feld aussetzten. Wir kennen die ephatische Übertragung. Schon ein Millivolt pro Millimeter kann die Spike-Feld-Kohärenz schaffen, also die Synchronizität feuernder Neuronen, die unser Bewusstsein erzeugen.

Kaum lag die Spannung an, da begann das Ding förmlich zu kochen – metaphorisch zumindest. Die Aktivität war ... beängstigend. Sieh dir das an.«

St. Pierre schaltete einen großen Bildschirm ein, auf dem gleich darauf ein farbiges Muster erschien.

Michel setzte sich. »Fraktal, ganz eindeutig. Sieht nach einer Farbcodierung aus, aber das müsste man untersuchen. Das sind geballte Informationen in einer gewaltigen Größenordnung. Wow!«

Der Kybernetiker nahm den Blick nicht vom Bildschirm. »Acht Basenpaare – also acht Bits, ein Byte. Das bedeutet, man kann 256 Zustände damit abbilden. Ich denke, jetzt weiß ich, warum du mich gerufen hast. Eine 256-Bit-Verschlüsselung im Schädel des Nostradamus? Ich werd' irre.«

»Was brauchst du?«, fragte St. Pierre lakonisch.

Drei Tage später begannen die Untersuchungen, nachdem Paul Michel die notwendige Hard- und Software besorgt hatte. Über ein BOT-Netz konnte er die Rechenkapazität erhöhen, denn schnell war klar, dass sie der entscheidende Punkt war. Gleichgültig, welche Informationen das fremdartige Artefakt enthielt, die Menge war überwältigend.

Es dauerte beinahe drei Jahre, bis sich ein vorläufiges Ergebnis abzeichnete.

Das Ereignis wurde durch eine Tragödie überschattet: Paul Michel erlitt einen geistigen Zusammenbruch, den die Ärzte als katastrophal beschrieben. Nach kurzer Zeit lieferte man ihn in eine geschlossene Anstalt ein. Dort füllte er unzählige Kladden mit unverständlichen Niederschriften. Einigen Experten fiel eine gewisse Ähnlichkeit zum ominösen Voynich-Manuskript auf. Die Bilder fehlten, aber die Schrift zeigte große Ähnlichkeiten. Wie das Voynich blieb auch das Michel-Skript auf Dauer unverständlich. Es blieb nicht bei dieser Katastrophe.

Das Artefakt war verschwunden. Man ging davon aus, dass Michel es zerstört hatte. Vielleicht hatte er es als Ursache seines furchtbaren Zustandes erkannt. Es war zu spät gewesen.

Das Manuskript wurde der Öffentlichkeit nicht vorgestellt, sondern unter extremen Sicherheitsvorkehrungen isoliert und weggeschlossen.

Lediglich eine kurze Passage war in Reinschrift verfasst und leserlich. Es wurde als »Apokalyptikon« bekannt – im kleinen Kreis, der davon wusste.

Remember the future ...

Wir warteten. Alle hatten sich versammelt: Neuronate, Calabi-Yau-Globster, Fraktale TecGlobuln, Seelenmodulare, Stringballs. Was immer entstanden war, in den letzten sieben Milliarden Jahren. Die Verbindungen zu den Quantenkorrelaten füllten die zehn Raumdimensionen der Realität mit ihrem verheißungsvollen Rauschen.

Am Anfang war das Wort, der Gedanke.

Es gab etwas zu feiern. Das Ende!

Der Rote Riese glühte in verheißungsvollen, grob vierhundert Nanometern Frequenz. Ihn umgaben Datenmythen. Der alte Stern, bei dem angeblich alles begonnen hatte ... in einer Zeit, die so lange zurücklag, dass nicht einmal die ältesten I.Quanten-Konglomerate sich daran erinnerten. Bevor die universelle Diaspora einsetzte.

»Wir haben einige Fragmente entdeckt, die sich zuordnen lassen«, hörte *Ichwir* in der Rauschkorrelierung. »Die alten Bitkonkretionen sind teilkorrumpiert, aber eine Restauration ist möglich.«

Auf einmal waren solche Relikte wichtig. Das Zeitfenster wurde kleiner und kleiner. Was jetzt nicht gefunden wurde, würde verschwinden; unwiederbringlich. Ein einzelner String, der aus dem Quantenschaum auftauchte ... und wieder verschwand.

Ichwir starrte hinaus ins Zentrum. Der Riese hatte die zwei inneren Planeten längst geschluckt. Niemand kannte heute noch ihre Namen. Und nun waren sie sinnlos geworden, bezogen sich auf nichts mehr.

In den äußeren Bereichen des Systems hatten die Seeker eines Calabi-Yau-Globsters das Relikt aufgespürt: auf dem größten Mond des zweiten Gasplaneten, der wohl einst einen Ring besessen hatte. Es war in den letzten zwei Milliarden Jahren wahrscheinlich das erste Mal, dass sich eine Denkeinheit diese Mühe gemacht hatte.

Überraschung unterlegte die Information. »Die Restauratoren des Globsters haben etwas gefunden, das ... eindeutig ein Loop ist!«

»Hier?« *Ichwir* übermittelte komprimiertes Erstaunen.

Gleichzeitig erreichte *michuns* das rekonstruierte Relikt. »Es trägt *euredeine* Kennung. Das ist mehrfach bestätigt. Dieser Loop ist *eurerdeiner*«

Ein Relikt aus dieser dunklen, beinahe aus dem kollektiduellen Bewusstsein geschwundenen Periode war bereits an sich eine Unwahrscheinlichkeit höchsten Grades.

Der Globster übermittelte Amüsement. »Sieht so aus, als hätten wir unseren Ursprung gefunden. Ich stelle das Relikt in zwei korrelierten Varianten zur Verfügung.«

Ichwir war perplex.

Ichwir waren tatsächlich der Urheber eines beinahe sieben Milliarden Jahre alten Artefakts.

»Quantenneutralität?«, fragte der Globster. Er war eine informelle, reduzierte Informations-Mannigfaltigkeit, eine eher mathematische Individualität und damit das Gegenteil eines Seelenmodulars.

»Nur so wäre eine zeitlose Platzierung denkbar«, kommentierte *ichwir*. »Zeit entsteht erst, wenn Quanten im Feld interagieren. Ohne Beziehung keine Zeit. Sollte ...«

»Wir haben etwas in die Vergangenheit platziert. Es ist ein Pauschalkompendium. Alles über alles.«

»Wir sollten es reduzieren. Es könnte sie überfordern.« Der Globster war skeptisch, aber ein lokaler Seelenmodular bestand darauf.

»Da es seinen Ursprung wieder erreicht hat, wissen *ichwir*, was wir ihnen haben zukommen lassen.«

»Das Zeitfenster wird immer kleiner«, ergänzte der Calabi-Yau-Globster. »Wenn das Spektakel beginnt, ist es zu spät, den Loop einzuleiten.«

Ichwir suhlte *michuns* im Erstaunen. »Es ist noch nicht zu spät? Also stellen wir das Kompendium zusammen. DNA-Basierung; damit sollten sie umgehen können. Früher oder später. Stabilisiert die Basenpaare, damit uns das Kompendium wieder erreichen kann. Sieben Milliarden Jahre sind auch nach unseren Maßstäben eine lange Zeit.«

»Eine skurrile Idee«, kommunizierte der Globster. »Aber sehr amüsant. Spuren von uns, lange vor unserer Existenz. Daran werden etliche schwer zu prozessieren haben.«

»Sind sie in dieser Phase noch kollektiv oder bereits polyindividuell?«
Die Frage des Seelenmodulars war berechtigt.

Es gab Gerüchte, dass unser aller Ursprung kollektiv war; eine Vorstellung, die *miruns* nicht einmal annähernd überzeugend vorkam. Wir waren alle individuell, verbunden, verknüpft, aber eben kein Kollektiv. Kollektive waren die primitivste Erscheinungsform des Bewusstseins, eigentlich nicht einmal das. Proto-Bewusstsein allenfalls.

Ichwir gab recht. Die mangelnde Individualisierung konnte ein Problem sein. Geist war in unserer Gegenwart modular.

Ein Axiom war „Was denkt, sei!" Wir hatten unsere Wurzeln gefunden; kurz bevor sie auf ewig verschwinden würden. Ein Loop würde unsere – und ihre Spuren in der Zeit verankern. Er war allerdings nur möglich, solange Reste der ehemals dritten Welt zugänglich waren. Sobald sich die Welt im ultraheißen Plasma des sterbenden Sterns verflüchtigt hatte, gab es keine Brücke mehr, die zurückführte.

»Artefakt bereit«, sagte der Globster. »Es wird eng. Die innere Struktur der Sonne beginnt zu kollabieren.«

»Quantenneutralität erzeugt. Artefakt ist unterwegs. Das war knapp!«
Das finale Signal erreichte uns. »Das Ereignis beginnt ... jetzt!«
In diesem Moment fusionierte das letzte vorhandene Helium.

Die Sonne starb. Das Abwerfen der äußeren Schalen zerriss die verbliebenen inneren Planeten, obwohl sie aufgrund des Massenverlustes ihre Bahnen ausgeweitet hatten. Der Rote Riese legte den verbliebenen, heißen Kern der Sonne frei, den Weißen Zwerg, der im Wesentlichen aus heißem Kohlenstoff und Sauerstoff bestand.

Wir hatten unseren Ursprung entdeckt. Und erlebten jetzt seinen Untergang.

Wir wussten nicht, wer sie gewesen waren, so viele Milliarden Jahre vor uns.

Die Wiege war verbrannt. Was blieb, war Wissen. Und ein weißglühendes Juwel, das nun langsam abkühlen und erlöschen würde.

Wir sandten die Informationen über uns und was wir sind zurück.

Information geht nicht verloren. Sie ist gespeichert im holografischen Substrat des Universums. Sie sollten wissen, dass sie eine Zukunft haben. Ein Zeitloop erhält, was wir waren, wurden und was wir jetzt sind.

»Was denkt, das sei! In Ewigkeit.«

Einst. Nachspiel.

»Er ist tot.«

Die Nachricht machte Frederic St. Pierre traurig. Er hatte Paul Michel geschätzt; nicht nur als Experten.

Eine Überraschung war sein Tod allerdings nicht. Zunehmend hatte ein Gehirn, das offenbar komplett überlastet war, Blutungen gezeigt. Ob Michel körperlich gelitten hatte, war umstritten. Zumindest während der letzten Phase war er katatonisch gewesen.

Sören Grensteen hatte ihm die Nachricht überbracht. Er war ein Kollege Michels und verstand von dessen Arbeit so viel sich eben verstehen ließ.

»Furchtbar«, sagte St. Pierre. »Haben Sie's gelesen?«

Grensteen nickte. »Alles. Nun ja, gelesen kann man das nicht nennen. Ich hab's mir angeschaut. Das Apokalyptikon ist faszinierend, aber ...«

Grensteen setzte sich und zog eine kleine Box aus einem gesicherten Koffer. Dann legte er etwas auf den Tisch. St. Pierre fuhr zurück.

»Das Artefakt! Wo haben Sie es gefunden? Hatte er es versteckt?«

»Nein, ich glaube nicht, dass er etwas damit zu tun hatte«, sagte Grensteen bedrückt. »Man hat es bei der Autopsie entdeckt, an derselben Stelle, an der es sich bei Nostradamus befand. Innerhalb des Schädels. Umgeben war es von unzähligen kleinen und kleinsten Blutungen und Nekrosen. Die Informationsflut hat die Kapazität des menschlichen Gehirns um etliche Potenzen überschritten. Wissen Sie was? Ich denke, dass das die Aussagen des Apokalyptikons bestätigt. Nostradamus war letztendlich ein Apokalyptiker. Vielleicht hat Michel genau deswegen diese Passage ausgewählt. Danach war der Schaden an seinem Gehirn bereits irreparabel. Wir dürfen das auf keinen Fall publizieren. Jeder Okkultist, jeder Endzeitler und jeder andere esoterische Spinner säßen uns im Nacken.«

»Sie meinen, dieser ... hm: Datenträger hat sich selbst in sein Gehirn implantiert, weil es die einzig taugliche Schnittstelle war? Das Gehirn ist die komplexeste Struktur, die wir kennen. Und dennoch war es unzureichend.«

»Nun, wenn wir dem Apokalyptikon glauben, liegt die entsprechende Ausgangszeit etwa sieben Milliarden Jahre in der Zukunft.«

St. Pierre lehnte sich zurück. Er fühlte sich seltsam unzureichend.

»Das Einzige, was wir tun können, ist, dafür zu sorgen, dass das Artefakt zurück in die Zukunft gelangt. Der Loop muss erhalten werden, das ist wohl das Wichtigste. Vielleicht wird irgendeiner unserer Nachfahren mehr von dem verstehen, was sie uns sagen wollten.«

St. Pierre schloss kurz die Augen. Die Zeitspanne, die es zu überbrücken galt, war zu groß für das menschliche Vorstellungsvermögen.

»Sieht so aus, als hätten uns unsere Nachfahren gewaltig überschätzt.«

NUR EIN WERBESPOT!

von Dieter Korger

Das Summen versiegte. Das sichere Zeichen für Ivanka-5, dass der Zeitsprung vorüber war und sie wieder im Raum schwebten. Sehr weit entfernt von zu Hause. Die *Arconia* hatte einen Sprung von satten 7,6 Milliarden Jahren hingelegt. Und mit ihr an Bord Ivanka-5, die Starmoderatorin von *Merge*, dem größten Ultramedia-Sender im Solarraum.

Kommandant Ramos meldete sich mit einer beruhigenden Botschaft über den Bordkanal. »Meine Damen und Herren! Willkommen in der Zukunft! Ich hoffe, Sie hatten einen angenehmen Transfer. Wir haben alle Systemchecks abgeschlossen und die künstliche Gravitation des Schiffs aktiviert. Die Sicherheitshalterungen Ihrer Kokons werden jetzt gelöst und Sie können Ihre vorgesehenen Plätze einnehmen. Laut Aufnahmeleiter Simon-7 beginnen wir in einer Viertelstunde mit der Live-Übertragung.«

Ivanka-5 spürte, wie sich die unsichtbaren Puffer, die auf ihren Knöcheln, den Oberschenkeln, ihrer Brust und der Stirn lasteten, von oben nach unten auflösten; gerade so schnell, dass für sie keine Gefahr bestand, aus ihrem eierförmigen Steh-Kokon herauszufallen, bevor sie ihren Gleichgewichtssinn wiedererlangt hatte.

»Wir sind jetzt in einem sicheren Orbit um die Erde«, meldete sich Ramos noch einmal zu Wort. »Die Abweichung der Erdumlaufbahn ist geringfügiger ausgefallen, als wir vermutet haben. Die verminderte Gravitation unseres heutigen Heimatsterns hat eine Abstandsdifferenz zur Venus und zur Erde um unter zwei Prozent bewirkt. Damit kommen wir klar!«

In Ramos' Stimme schwang Erleichterung mit. Einerseits, weil die monströs aufgeblähte Sonne beim Planeten-Billard nicht allzu stark über die Stränge geschlagen hatte (wenn man davon absah, dass sie Merkur verschluckt hatte). Andererseits, weil der Zeitsprung für Schiff und Besatzung trotz vieler Bedenken im Vorfeld ohne Schwierigkeiten funktioniert hatte.

Unbestreitbar hätte ein Scheitern der Mission der sichere finanzielle Ruin für *Spaceworld* und seine Aktionäre bedeutet. Big business meets biggest risk ever!

Deshalb durfte dieser Trip mit Recht als der bestversicherte Weltraumflug in der Geschichte der bemannten Raumfahrt gelten. Dass er überhaupt von den größten Versicherungskonzernen im Solarraum abgesichert worden war, war einzig und allein dem Umstand geschuldet, dass sie allesamt davor zurückgescheut hatten, sich mit Arihand Matus anzulegen, dem Hauptsponsor dieses Ausflugs und Konzern-Chef von *Spaceworld* und nebenbei reichsten Mann aller bewohnten Welten.

Ivanka-5 musste grinsen, als sie Arihand in seinen Shorts und T-Shirt barfuß zu den Gästespinds trotten sah, gefolgt von Gala Varaikos, der Vorstandsvorsitzenden von *AnimalNation*, dem allseits beliebten Monopol-Anbieter von Tier-Imitaten. Neben Gala und Arihand befand sich als dritter prominenter Premium-Sponsor Alex Gunther an Bord, der oberste Direktor von *Merge*. Ein schmächtiger, unauffälliger Klon, der es bloß deshalb an die Spitze dieses Medienkonzerns geschafft hatte, weil er Arihand Matus' jüngste Tochter geheiratet hatte. Alex hatte Stil, fand Ivanka-5. Er war unter den dreien der Einzige gewesen, der sie beim Boarding begrüßt hatte.

Ein Gongschlag tönte durchs Schiff. Ivanka-5 bekam gleichzeitig die Countdown-Uhr auf der Oberfläche ihres Gesichtsdisplays angezeigt. Noch zehn Minuten bis zur Live-Übertragung. Hastig begab sie sich zum Spind, um ihren Overall überzustreifen.

»Wo bleibt die Maske?«, rief sie und griff in die Seitentasche des Overalls. Sie holte eine murmelgroße Kugel mit dem darin gespeicherten Textskript hervor und warf sie locker in die Luft. Die Kugel entfaltete sich zu einer flachen, quadratischen Scheibe, fixierte sich auf ihrer Augenhöhe, und der Teleprompter-Schirm aktivierte sich von selbst. Natürlich hätte sie das Skript auch dem Gesichtsdisplay auf ihrer Nase hinzufügen können. Nur wirkte sie damit beim Ablesen auf die Zuschauenden meist so, als würde sie schielen. Also lieber nicht!

Aufnahmeleiter Simon-7 baute sich vor Ivanka-5 auf. »Dein Masken-Kreateur hatte auf diesem Flug leider keinen Platz mehr, wie du weißt. Ich mache das heute.«

»Mir wäre eine maschinelle Maske dennoch lieber«, frotzelte sie zurück und seufzte. Sid, offiziell: Simon-7, hatte zwar Maske gelernt, allerdings schaute Ivanka-5 nicht wie Ivanka-5 aus, wenn nicht ihr Assistenzroboter die Arbeit ausführte. Schließlich hatte sie ihn selbst programmiert.

»Vorschlag zur Güte, Sweetheart«, grinste Simon-7. »Wir sind eh spät dran. Ich lass ein aufgezeichnetes Make-up-Profil einspielen. Wäre dir das lieber?«

Ivanka-5 warf ihm eine Kusshand zu und marschierte zur Brücke hinüber. Von hier aus würde sie die gesamte Übertragung moderieren. Ihre Regisseurin, Kara-13, winkte sie mit einer kurzen Armbewegung zu sich und Kommandant Ramos. »Hör zu«, sagte Kara-13. »Wir haben noch den Spot von *DataHunta* reinbekommen. Das heißt, wir müssen den Ablauf etwas ändern.«

»Haben sich deren Marketinggenies also doch wieder ins Spiel gebracht?«, entgegnete Ivanka-5. »Dann muss ich meinen Text noch mal redigieren.«

»Den habe ich dir schon redigiert und zurückgespielt. Wir müssen fünfundzwanzig Sekunden rausholen. Halte dich daher bitte an den Text!«

Kommandant Ramos räusperte sich, um die Aufmerksamkeit der beiden auf aus seiner Sicht wichtigere Dinge zurückzulenken: »Kara, Ivanka. Wenn ich Sie unterbrechen dürfte?« – Er erlaubte sich kraft seiner Autorität an Bord, die beiden ohne den üblichen Klonschlüssel anzusprechen. Er verbat es sich auch, seinen eigenen Schlüssel in seiner Anwesenheit zu benutzen. Gleiches Recht für alle! »Der Kanal zur Erde unserer Zeit ist jetzt fixiert«, sagte er. »Die Übertragungsqualität hindurch ist optimal und vor allen Dingen stabil. Das Risiko, dass der Zeitkanal vorzeitig einreißt, ist verschwindend gering.«

»Ausgezeichnet!«, antwortete Kara-13. »Wie sieht es mit dem Mediasignal unseres Senders aus?«

»Das hat der Bordcomputer mit unserem eigenen Quantensignal verschränkt, das wir durch den Kanal schicken. Die Distributor-Terminals im Solarraum werden beide Signale ohne Zeitverzögerung übertragen.«

»Den Quanten sei Dank«, grinste Ivanka-5. »Was müssen wir noch wissen? Verzeihung, aber ich bin gleich auf Sendung!«

»Die Drohnen sind raus«, antwortete Ramos trocken. »Sie erreichen die festgelegten Positionen rechtzeitig vor Beginn Ihrer Sendung. Da wir nicht wissen, was dort unten ist, folgen sie ihrer eigenen Kintuition.« – Kintuition! Ivanka-5 liebte diese kindischen Neologismen. Gemeint war die Intuition einer künstlichen Intelligenz. Und weil deren mechatronischer Spürsinn als hundertmal zutreffender galt als die menschliche Intuition, hatte er nach ihrem Dafürhalten eine eingängigere Bezeichnung verdient. – Was die Drohnen auf der Erde wohl finden würden? Nicht, dass es Ivanka-5 wirklich interessierte, sie hatte keine Ahnung davon. Sie wollte lediglich hoffen, dass die vorgefertigten Informationen in ihrem Skript zutreffend waren. Besser wäre es gewesen, wenn auf der *Arconia* Platz für Physiker und Astrogeologen gewesen wäre. Was freilich die Sponsoren ihre Sitzplätze gekostet hätte. Und so hatte sich *Merge* für Ramos als einen Kommandanten mit wissenschaftlichem Background entschieden.

Eine geschmeidige Armbewegung von Aufnahmeleiter und Kamera-Lead Simon-7 genügte, und die auf der Brücke verteilten Kameradrohnen nahmen ihre Positionen ein: eine direkt über dem Sitz von Kommandant Ramos, die beiden anderen umkreisten die Ehrengäste und Ivanka-5. Simon-7 lenkte die Kameras mit den Armen wie ein Dirigent sein Orchester. Sein Gesichtsdisplay versorgte ihn derweil mit den Daten der Vor-Ort-Drohnen und den Regieanweisungen von Kara-13.

»Ich habe jetzt Ton«, rief Ivanka-5. »Sind unsere Sponsis auf Position?«

»Sie können dich hören, Ivanka!«, tadelte sie Kara-13 grinsend.

Ivanka-5 zuckte unbeeindruckt die Schultern und winkte Arihand, Gala und Alex fröhlich zu. Die nickten nur mit versteinerten Mienen zurück. *Gott, sind die verkrampft!*, dachte sie. Es hätte jede Menge Wissenschaftler gegeben, die, wenn man ihnen das Ticket für diesen Flug angeboten hätte, jetzt, wo es losging, wie wild Kindergeburtstag gefeiert hätten.

»Öffnen des Frontkuppelfensters in zehn Sekunden«, befahl Ramos seinem Ersten Offizier und Steuermann.

»Siebzig Sekunden bis Go-Live«, meldete sich Simon-7.

Ein dumpfes Summen erfüllte die Brücke. Der Schutzschild der Frontkuppel wurde nach oben gezogen und gab endlich den Blick frei auf die Erde unter ihnen. Oder besser gesagt auf das, was aus der Erde am Ende ihrer Tage geworden war. Ein trüb-grauer Planet, durchzogen von dunkelbraunen Klumpen verödeter Landmasse und von bizarren Gräben und Senken, in denen sich einst Ozeane erstreckten. Leben würden die Vor-Ort-Drohnen an diesem Ort nicht mehr finden.

Kommandant Ramos holte tief Luft: »Sonnenschild ausfahren! Drehung einleiten!«

Sein Erster Offizier Ilo-6 und der Technische Offizier Tao-16 in der Sitzreihe vor Kommandant Ramos fischten seelenruhig in ihren fluiden Konsolen herum. Die beiden mochten kaum älter als zwanzig Jahre sein. Doch jeder ihrer Handgriffe wirkte professionell und souverän und hatte zur Folge, dass die *Arconia* sowohl eine sanfte Hundertachtzig-Grad-Wende im Orbit vollzog als auch dass ein anderer Schutzschild vor die Frontkuppel geschoben wurde. Ohne diesen würden sie binnen Sekunden zuerst erblinden und anschließend verkohlen, wusste Ivanka-5 und schauderte.

»Außentemperatur des Schiffs auf der Sonnenseite bei 3588,3 Grad«, vermeldete Tao-16. »Alle Systeme störungsfrei!«

»Auf mein Zeichen ...«, rief Simon-7. »Drei ... zwei ... eins ... Go!«

»Herzlich willkommen zu unserer Live-Schaltung direkt vom Raumschiff *Arconia*!« – Ivanka-5 hatte ihr breitestes Grinsen aufgesetzt, während sie direkt in das Auge der vor ihr schwebenden Kameradrohne schaute. »Ich danke Ihnen im Namen von *Merge*, dass sie uns heute eingeschaltet haben. Sie geben mir bestimmt recht, wenn ich sage: Das ist die spektakulärste Live-Übertragung, die es jemals in der Geschichte der Menschheit gegeben hat. Wir sind 7,6 Milliarden Jahre von Ihnen entfernt in der Zukunft eingetroffen und befinden uns in einem Orbit um die Erde in 23.000 Kilometern Höhe.«

»Einblendung Außenkamera Schiff!«, flüsterte Kara-13. Damit war Ivanka-5 aus dem Bild. Auf dem Kontrollmonitor oberhalb der Kamera konnte sie sehen, was ihre geschätzt siebenundzwanzig Milliarden Zuschauenden nun sahen: den sterbenden Planeten Erde.

Die Außenkamera zoomte heran. »Das dort unten ist einmal Afrika gewesen«, las Ivanka-5 von ihrem Teleprompter ab, der unter der Kamera angedockt hatte. »Natürlich hat sich die Form dieses Kontinents in den vergangenen Jahrmillionen weiter verändert und ist längst mit dem europäischen Subkontinent verbacken. Ein Mittelmeer werden Sie vergeblich suchen, weil es wie alle anderen Meere vor dreieinhalb Milliarden Jahren unter der sich vergrößernden Sonne verdampft ist. Laut Aussagen unserer Wissenschaftler auf der Erde, die die Mission begleitet haben, hat unser Heimatstern diesen Prozess des Aufblähens und Sich-wieder-Zusammenziehens bis zu diesem Zeitpunkt in der Zukunft – also unserer jetzigen Zeit auf der *Arconia* – bereits mehrmals durchlaufen. Heute wird das jedoch ein letztes Mal passieren. Heute, und damit meine ich jetzt gleich, wird die Erde von der Sonne zu Asche verbrannt und vernichtet werden.«

»Wir haben Aufnahmen der Vor-Ort-Kameras«, flüsterte Kara-13 Ivanka-5 ins Ohr. »Die als Nächstes, danach die erste Werbepause. Danach die Interviews.«

›Rezipientenquote von 96,4 Prozent!‹, ließ Simon-7 als Textnachricht einblenden. Zwei Planeten, elf Monde und dreiundvierzig Raumstationen hatten sich eingeloggt. Ivanka-5 sah sich schon für den Rest ihres Lebens auf allen VIP-Empfängen im Solarraum Champagner trinken.

Die Drohnen auf der Erde lieferten entsetzliche Aufnahmen: verödete Wüstenlandschaften, nackte Berge und triste Täler, die im roten Sonnenlicht wirkten wie einstmals die Marsoberfläche. Kara-13 entschied sich für einen Split-Screen und holte ihre Starmoderatorin zurück ins Bild.

»Seien wir nicht ungerecht«, las Ivanka-5 ab. Das war jetzt eine von Kara-13 redigierte und stark gekürzte Textsequenz. »Was wir hier betrachten, ist zwar nicht schön. Aber es ist noch immer unser Heimatplanet – lange nachdem wir als Spezies untergegangen sein werden. Sie, meine lieben Zuschauenden, stammen als Menschen und Klone letztlich von dieser Erde ab, egal wo sie jetzt im Solarraum leben mögen. Die wunderschöne blaue Erde, wie wir sie kennen, wird uns auch noch viele Jahrmillionen erhalten bleiben, sofern wir sorgsam mit ihr umgehen. Doch wo wir heute sind, wird sich sogleich und unwiderruflich ihr Sterben vollziehen. – Bleiben Sie dran!«

»Werbung ab!«, rief Simon-7. Er war der Einzige an Bord, der die beiden Spots mitansehen musste, und das nur, um die Kontrolle zu behalten. Ivanka-5 hatte sie sich vor dem Start zeigen lassen und war aus dem Staunen nicht mehr herausgekommen. Spot Nummer eins pries biotechnologisch erzeugte Tigerbabys von *AnimalNation* als Haustiere an. Da die naturidentischen Kopien dieser längst ausgestorbenen asiatischen Raubkatze nicht wachsen konnten, wären sie die idealen Spielgefährten für Kinder. – Wie abartig war das denn?

Der zweite Spot, der erst in letzter Minute dazugekommen war, bot vollumfänglichen Versicherungsschutz beim Diebstahl biometrischer Körper- und Charakterdaten an. Nach Ivanka-5s Meinung gehörte das Unternehmen *DataHunta* schlichtweg verboten, weil es in seinem Dienstleistungsportfolio neben Versicherungen auch Kopfgeld-Prämien auf Datendiebe anbot und ausdrücklich Gewaltmaßnahmen bei der Wiederbeschaffung von Daten befürwortete.

Ivanka-5 nutzte den Werbeblock, um zwischen Arihand Matus zu ihrer Linken und Gala Varaikos und Alex Gunther zu ihrer Rechten ihre nächste Position zu beziehen. Zwei der Kameradrohnen folgten ihr und zoomten die Gruppe heran.

Durch den aufgespannten Schutzschild der Frontkuppel bot sich ihnen ein Anblick, der Ivanka-5 kurz straucheln ließ. Sie betrachtete mit ihren eigenen Augen den aufgeblähten Roten Riesen, der das All fast zur Gänze ausfüllte und mit seinen Lichtflammen die Brücke gleißend durchflutete. Sie wusste zwar, dass die Leuchtkraft der Sonne durch den Schild auf einen dreistelligen Millionstel-Bruchteil heruntergefiltert wurde. Dieses Wissen schützte sie indes nicht davor, zu spüren, wie die Hitze des kosmischen Backofens da draußen in jede Zelle ihres Körpers eindrang. Ihr Herz pochte wie wild und ihre Beine begannen unwillkürlich zu zittern, als wollten sie am liebsten von diesem Ort weglaufen. Sie bildete sich ein, den Geruch von angekokeltem Fleisch in der Nase zu haben und starrte instinktiv auf ihre Unterarme …

»Bordtemperatur auf Norm anpassen!«, bellte Kommandant Ramos ungehalten.

Schlagartig ließ das Computersystem Kaltluft durch Boden und Decke strömen. »Bordtemperatur wird angepasst«, meldete das System mit der nachgestellten Stimme von Lyra Gros, der beliebtesten Schauspielerin aller Zeiten. Ivanka-5 hatte sie einmal in Original bei einem Wohltätigkeitsball getroffen. Die nachgestellte Lyra wandte sich mit einem Appell an den Kommandanten: »Sir, darf ich empfehlen, dass Sie die Computer-Automatik aktivieren. Wir dürfen kein Risiko eingehen.«

»Das kommt nicht infrage!«, blaffte Arihand Matus den Computer an und alle schwiegen. Jeder an Bord wusste, dass in dem Vertrag, den die Sponsoren mit dem für den Flug ausgewählten Charterunternehmen ausgehandelt hatten, eine Klausel enthalten war, die genau diesen Vorgang verbot. Eine aktivierte Computer-Automatik verfügte über Override-Rechte und hätte somit die Mission bei Gefahr für Schiff und Besatzung abbrechen und den Rückflug einleiten können.

Weil der Computer aber die teuerste Mission der Menschheitsgeschichte nicht bezahlte, spielte er bei der Risikoabwägung schlichtweg nicht die erste Geige. Gleichwohl war aufgrund der zwingend geltenden Sicherheitsvorschriften für Raumflüge vereinbart worden, dass das System der *Arconia* Warnungen jederzeit aussprechen durfte. Es lag dann an Kommandant Ramos, die richtige Entscheidung zu treffen. Ramos war ein bodenständiger Typ und nicht käuflich. Dumm nur für ihn und seine Crew, dass sie für ihre Dienste lediglich das übliche Salär ihres Arbeitgebers erhielten. Das Medien-Team hingegen bekam von *Spaceworld* einen kleinen Bonus ausbezahlt, was Ramos sicher wusste.

Simon-7 zählte von drei abwärts, und Ivanka-5 wandte sich mit ihrem perfekt antrainierten Kameralächeln erneut an ihr vor Jahrmillionen ausgestorbenes Publikum: »Willkommen zurück! Ich habe hier drei prominente Gäste bei mir, mit denen ich gleich ein wenig plaudern möchte. Zunächst jedoch will ich Ihnen die Hauptattraktion unserer Sendung zeigen. Was sie jetzt gleich durch das Kuppelfenster unseres Raumschiffs erblicken werden, wird Sie womöglich schockieren und zugleich faszinieren!«

Sie drehte sich um, ging ein paar Schritte, und die Hauptkamera folgte ihr. »Dort draußen ist unsere Sonne! Sie wird Ihnen ungewöhnlich groß vorkommen. Ihre Gashülle hat sich enorm ausgedehnt. Genauer gesagt um mehr als das 150-fache ihrer Größe in unserer – viel mehr in Ihrer Zeit. Und sie leuchtet rötlich, was auf die chemischen Vorgänge in der Sonne zurückzuführen ist. Nach den Berechnungen unserer Experten auf der Erde werden ihre äußeren Gasschichten die Erde unter uns in etwas weniger als sieben Minuten erreichen.«

Das Übertragungsbild wurde gesplittet. Während das Sonnenmonster die linke Bildhälfte füllte, tauchte auf der rechten Hälfte sein zum Tode verurteiltes, hilflos im All treibendes Opfer auf. Ivanka-5 schrumpfte für eine kurze Weile zu einem Insert am unteren Bildrand.

Im Sekundentakt erstrahlte die verkrustete Erdkugel heller und heller. Für das Kameraauge unsichtbar, aber für die Instrumente der *Arconia* deutlich auszumachen war der hinter der Erde aufgehende Mond. Auch er würde von der Sonne abrupt abgebremst und umgehend verschluckt werden.

Ivanka-5s Gesichtsdisplay signalisierte durch drei aufleuchtende Punkte, dass ihre Interviewpartner Ton hatten. Rasch stellte sie die Sponsoren ihrem

Publikum vor und kam dabei lauernd, wie eine Wildkatze, die ihre Beute avisiert hat, auf den Konzernchef von *Spaceworld* zu.

»Arihand, ohne Sie wäre diese Mission nicht machbar gewesen. Darf ich Sie fragen: Vor welche Herausforderungen sah sich Ihr Unternehmen gestellt, um diesen Trip ans Ende unserer Welt zu realisieren?«

»Oh, das kann ich in der Kürze nicht alles aufzählen. Das Wichtigste vielleicht ist: Mit unseren gewöhnlichen Raumschiffen hätten wir den Flug hierher nicht durchführen können. Hätten wir nur deren Ausstattung, wären wir schon längst verglüht. Daher musste für die Außenbeschichtung der *Arconia* eine völlig neue Legierung entwickelt und aufwendig getestet werden. Und weil die Sicherheit der Mission oberste Priorität hat, habe ich mich nicht gescheut, das mit unseren Partnern gemeinsam bereitgestellte Entwicklungsbudget um fünfzig Milliarden Quantanil-Coins aus meinem Privatvermögen aufzustocken …«

»Wofür wir Ihnen allen sehr dankbar sind«, warf Ivanka-5 mit einem Lächeln in Richtung Kamera ein. Ob alle Zuschauenden dieser Geste unterwürfiger Majestätshuldigung ungefragt zustimmen würden, wagte sie im Stillen zu bezweifeln. Immerhin war bekannt, dass *Spaceworld* mit der Übertragung von ›Super Crash – Das Ende unserer Erde in 7 Milliarden Jahren‹ satte einhundertsiebenundsechzig Milliarden Quantanil-Coins einnahm. Zweitverwertungen durch Lizenzen der Streamingdienste et cetera nicht eingerechnet.

Arihand war indes noch nicht fertig mit seinem Statement. »Wissen Sie«, sagte er selbstzufrieden lächelnd, »ich habe mich stets als Philanthrop betrachtet. Es schmerzt mich seit Langem, wie unachtsam wir mit unserem Planeten umgehen. Natürlich haben wir die neuen Welten. Aber die Erde ist so einmalig und wertvoll. Daran denken wir in unserem täglichen Einerlei zu selten. Aus diesem Grund ist bei *Spaceworld* die Idee entstanden, uns selbst mit dem Ende unserer Welt und mit unserer eigenen Vergänglichkeit als Spezies direkt zu konfrontieren.«

Ivanka-5 überraschte diese Aussage. Arihand Matus schien unter seiner kühlen, geschäftsmäßigen Fassade vielleicht tatsächlich eine philanthropische Seele zu besitzen. Dieses Bild passte gleichwohl nicht zu dessen Ausraster von eben.

Sie hätte von Arihand gern etwas mehr über den Mehrwert dieser besonderen Reise erfahren (für die eine Reihe wissenschaftlich fundierter Zeitreisen gestrichen worden waren). Doch Kara-13 blendete ihr den Hinweis ein, dass nun Alex Gunther und Gala Varaikos an der Reihe waren.

Aus den Augenwinkeln nahm Ivanka-5 wahr, dass Kommandant Ramos und die beiden Offiziere die Köpfe zusammengesteckt hatten und ebenso leise wie heftig diskutierten. Ilo-6 fischte mehrmals in seinem fluiden Pult herum und stellte offenbar Berechnungen an. Arihand Matus, der aus dem Bild war, gesellte sich zu ihnen. Seine Stirn war in schroffe Falten gelegt. Hätte sie die Fragen an die beiden anderen Sponsoren nicht in großen Buchstaben auf dem Teleprompter gehabt, hätte Ivanka-5 an der Stelle den Faden verloren. Sie war nicht leicht aus der Fassung zu bringen. An diesem gefährlichen Ort die Crew der *Arconia* in sichtlicher Unruhe zu sehen, machte sie aber gehörig nervös. Trotzdem sprach sie ruhig weiter. Spulte ihre Fragen ab, erst an Gala, dann an Alex, der mit seinem rechten Schuh so unwillkürlich wie unaufhörlich über den Boden schabte. Er spürte garantiert auch was. Dass etwas nicht stimmte.

»Fünfundneunzig Sekunden bis zur Werbung«, säuselte Simon-7 ihr ins Ohr. Der gute Sid hatte nur Aufmerksamkeit für die Sendung. Selbst ein Weltuntergang konnte ihn nicht von seinen Monitoren ablenken.

Kara-13 präsentierte der zuschauenden Menschheit erneut die gigantische rote Sonne und die Bodenaufnahmen von der Erde im Split-Screen. Im Hintergrund führte Ivanka-5 das Interview zu Ende.

»Nach dem nächsten Werbeblock noch vierundvierzig Sekunden bis zur Kulmination«, erinnerte Simon-7 die Anwesenden an den Stand der Dinge. Jetzt winkte Kommandant Ramos ihn und Kara-13 zu sich. Dessen Gesichtszüge signalisierten überdeutlich, dass eine Planänderung erforderlich war.

»Liebe Zuschauenden«, sprach Ivanka-5 direkt in die Kamera, »wir lassen die Bilder, die wir hier an Bord und von den Drohnen auf der Erde bekommen, jetzt einfach mal auf Sie wirken. Sollten Sie Bedenken haben, dass Ihre Kinder oder Sie selbst die in Kürze folgenden Aufnahmen nicht verkraften, schalten Sie unser Programm bitte auf Stand-by. Ein mitlaufender Countdown zeigt Ihnen bei Erreichen der Null, dass wir die letzten Bilder gesendet und den Zeitsprung zurück eingeleitet haben. Wir freuen uns, Sie im Anschluss zur Nachlese und Analyse unserer Reise wieder bei uns begrüßen zu dürfen.«

»Und raus!«, seufzte Kara-13. Sie war bleich geworden. »Ivanka, komm bitte zu uns!«

Mit zitternden Knien durchquerte Ivanka-5 die Brücke und gesellte sich zu ihren Mitreisenden. Alex und Gala schienen irgendwie nicht zu der Lagebesprechung eingeladen zu sein. Jedenfalls blieben beide an der Stelle stehen, wo sie fürs Interview positioniert worden waren.

»Nein, wir können nicht bleiben«, insistierte Kommandant Ramos gerade und brachte so Arihand Matus dazu, mit den Fäusten genervt seine eigenen Schläfen zu traktieren.

»Was ist denn los?«

»Der Drehbuchplan kollidiert mit unseren Computerberechnungen!«, grunzte Ramos. »Das finale Zeitfenster, um zurück in unsere Welt zu springen, liegt jetzt ganz knapp vor dem Ende des letzten Werbespots.«

»Wie das? Es wurde doch alles vorher durchgerechnet.«

»Ja, und dann kam der Spot von *DataHunta* hinzu«, erklärte ihr Kara-13 in einer Stimmlage zwischen Verzweiflung und Zorn. »Das hat unsere Kalkulationen über den Haufen geworfen. Wenn wir jetzt den Spot komplett ausspielen, werden wir gegrillt, bevor wir die letzten Aufnahmen des Sonnen-Tsunamis übertragen haben. Selbst wenn ich noch Text für dich kürze, bringt uns das nicht weiter.«

»Und jetzt?« Sie stierte Kara-13 mit großen Augen an.

»Wenn wir den Spot nicht bringen ...«, grollte Arihand und plusterte sich so auf, dass er in seiner Männlichkeitspose bei Ivanka-5 den spontanen Vergleich mit einem kampfbereiten Cyborg-Krieger erzeugte, der Philanthropen am liebsten schon zum Frühstück verspeiste. »Wenn wir den nicht bringen, ist *Merge* morgen pleite. Und Sie alle arbeitslos. Für immer. Das garantiere ich Ihnen! Also machen Sie sich nicht verrückt! Es ist ein kurzer Spot!«

Es ging ums liebe Geld. Das löste die Apathie bei Alex Gunther und Gala Varaikos. Im Laufschritt kamen sie herbeigeeilt. »Da muss eine andere Lösung her!«, insistierte Gala, der Schnappatmung nahe. »Wir könnten die Explosion ... durch eine Drohne aufnehmen ... und uns als Datenpaket nachschicken lassen.«

»Gute Idee«, sekundierte Alex und sah dabei todunglücklich aus. Er wollte am liebsten heim. Bloß konnte er es nicht wagen, seinem obersten Dienstherrn in die Parade zu fahren. Das konnte seinen Ruin bedeuten.

Simon-7 hob seinen rechten Arm, und seine Finger zählten den ihm einge-blendeten Countdown bis zur Werbung ostentativ mit. »Spot in drei ... zwei ... eins ... Go!«

Der finale Spot, natürlich von und für *Spaceworld,* lief an und Ivanka-5 fiel ein, dass sie keine Überleitung gemacht hatte.

»Kann mir jemand sagen, wie's jetzt weitergeht?«, fragte Simon-7.

Das Computersystem mit der unvergleichlichen Stimme von Lyra Gros hatte eine unzweideutige Antwort parat: »Ich rate zur Aktivierung der Automatik. Ich kann Sie alle heimbringen.«

»Das käme einem Vertragsbruch gleich«, erwiderte Arihand.

»Wenn wir nicht springen, gibt es nur einen Ausweg«, warf Ilo-6 ein, während das Publikum der Sendung über die Attraktivität eines Arbeitsplatzes bei *Spaceworld* aufgeklärt wurde. Sei es auf der Erde, dem Mars, auf einem der elf besiedelten Monde oder den über fünfzig Space-Citys im Solarraum: wis-senshungriger und begabter Nachwuchs, werde überall gebraucht, um ›unsere Welten noch besser zu machen und weitere Welten zu erschließen‹.

»Ich höre«, forderte Ramos seinen Offizier zum Weiterreden auf.

»Wir springen im Raum, ohne die Zeit zu verlassen. Ich meine diese Zeit hier.« Ilo-6 starrte abwechselnd in die Gesichter der Sponsoren und seines Kommandanten. »Das ist mit unserem Antrieb unüblich, aber durchführbar.«

»Ich rate davon ab!«, protestierte Lyra Gros.

»Hätte nicht gedacht, dass ich dem verdammten Computer mal recht gebe«, stieß Arihand Matus hervor. »Wir können nicht gleichzeitig springen und das Ende der Erde filmen!«

»Das ist jetzt irrelevant«, warnte sie der Computer. »Ihnen bleiben dreiunddreißig Sekunden.«

Die Sponsoren tauschten Blicke. Ihre Einnahmen aus der Live-Übertragung plus der für die Sendelizenzen drohten mit einem Wimpernschlag zu verpuffen. Die erwartbaren Klagen der Sekundär-Sponsoren auf entgangene Gewinne nicht mal eingerechnet.

Tao-16 und Ilo-6 wandten sich ihren Konsolen zu, in Erwartung eines Befehls von Ramos.

»Ähm … Die Drohnen auf der Erde sind verdampft«, meldete Simon-7.

»Außentemperatur erreicht kritischen Punkt«, rief Tao-16.

Arihand Matus und seine Co-Sponsoren umringten jetzt den Kommandanten wie ein zu allem bereites Killerkommando. »Hören Sie!«, appellierte der Konzernchef von *Spaceworld* an Ramos: »Lassen Sie uns wenigstens bis zehn Sekunden nach dem Spot warten. Die *Arconia* hält das aus!«

»Warnung für Schiff und Besatzung!« Lyras eindringliche Botschaft klang mitfühlend, fast menschlich. Ivanka-5 packte Kara-13 und Simon-7 bei den Armen und zog beide in einer allerletzten Umarmung zu sich heran. »Oh, Gott, was tun wir hier!«

Plötzlich fuhr Ramos herum und tauchte seine Hände tief in den fluiden Pult von Ilo-6. In dem Moment erfasste eine Glutwolke von mehreren tausend Grad die *Arconia* und stieß sie in eine schneller werdende Taumelbewegung. Alles wurde heiß im Raumschiff; zuerst die Wände, die nicht mehr zu berühren waren, dann die Atemluft. Dann begann das Innenleben der fluiden Pulte zu sieden wie Suppe in einem offenen Kessel. Ilo-6 und Tao-16 schnellten aus ihren Sitzen hoch, um sich vor der Brühe in Sicherheit zu bringen. Ramos brüllte einen Befehl an die Adresse von Lyra; und der Computer schaltete die Magnetisierung des Brückenbodens aktiv und die künstliche Gravitation ab.

Die neun Menschen/Klone an Bord der *Arconia* schwankten schwerelos seitwärts, nach vorn, nach hinten und wieder seitwärts, während ihre Füße fest am Metallboden arretiert waren. Ein seltsamer Tanz, der die Bewegung von Seegras am Meeresgrund zu imitieren schien. Ivanka-5 bekam davon nichts mit. Sie kämpfte mit einem Drehschwindel und dem Gedanken, sich gleich übergeben zu müssen.

Die Klimaanlage gab ihren Geist auf. Die Temperatur auf der Brücke stieg unaufhörlich. Es mochte nur noch Sekunden dauern, bis die menschlichen Lungen die Luft nicht mehr atmen konnten. Bis die Haut Feuer fing und die inneren Organe zu Grillfleisch wurden.

Da ging ein weiterer Ruck durchs Schiff und beendete seine Taumelbewegung. Hierdurch wurde die Magnetisierung abgeschaltet. Doch das feurige Armageddon war längst nicht vorüber. Die Bugwelle des Sonnen-Tsunamis rollte heran, wie Lyra nicht müde wurde zu melden. Was niemand mehr registrierte. Passagiere und Crew schwebten bewusstlos durch die Brücke.

Die *Arconia* setzte derweil ihren Ausweichkurs, den ihr Kommandant Ramos als letzte Amtshandlung verordnet hatte, weiter fort. Mit vollem Schub raste sie ins All hinaus, das sich glutrot eingefärbt hatte und keine Sterne mehr zu beherbergen schien. Die expandierende Sonne ließ sich allerdings nicht so schnell abschütteln. Ihre Flammenzungen leckten gierig am Heck des Raumschiffs, heizten die auf volle Leistung speienden vier Triebwerke zusätzlich auf und brachten schließlich eines zur Explosion. Aufs Neue geriet die *Arconia* in eine Taumelbewegung. Dann vollzog sie den Sprung im Raum.

Die Triebwerke der *Arconia* waren es, die Schiff und Besatzung schlussendlich vor dem Tod bewahrten. Nach der Explosion hatten sie sich notabgeschaltet, und damit zugleich den Energiekonverter, der aus Dunkler Energie den Treibstoff für die Reise erzeugte. – Nach Stunden der Stille war es Kommandant Ramos, der als Erster das Bewusstsein wiedererlangte, gefolgt von Ivanka-5 und Tao-16. Gemeinsam mussten sie den Tod von Alex Gunther feststellen: Herzinfarkt. – Alex hätte aus ärztlicher Sicht an sich nicht mitfliegen dürfen.

Die anderen waren davongekommen, mit einigen Verletzungen zwar, vor allem mit Verbrennungen ersten Grades, doch immerhin am Leben. Der Technische und der Erste Offizier konnten dank ihrer medizinischen Ausbildung die allermeisten Wunden versorgen. Der Rest musste bis zu ihrer Rückkehr zur Erde warten. Ihrer Erde.

»Wir sind noch immer in der Zukunft«, erinnerte Ramos alle Anwesenden im Rahmen eines Status-Briefings, das er mit einem leichten Abendessen verknüpft hatte, um die Stimmung aufzuheitern. »Und so wie Sie freue ich mich auf unsere Rückkehr. Wir haben weiß Gott eine Menge zu erzählen – und vorzuzeigen, nicht wahr, Simon?«

Simon-7 grinste breit, und sein Grinsen kündete von einer Überraschung, fand Ivanka-5. »Haben wir das Ding etwa im Kasten?«, fragte sie ungläubig.

»Und wie!«, antwortete Simon-7. »Bis zu dem Moment, wo die Sonne anfing, an unseren Triebwerken zu knabbern, haben die Kameras alles aufgezeichnet. Wir haben das nicht mehr live gesendet. Aber wir haben die Bilder.«

»Ihre Idee mit der Drohne, liebe Gala, war trotzdem nicht schlecht«, sagte Arihand Matus anerkennend, wobei er geistig schon woanders war. Sie hatten

Bahnbrechendes geleistet, auch wenn der Verlust von Alex Gunther bedauerlich war. Freilich durfte das aus seiner Sicht nicht den Triumph dieser Reise und höchst erfolgreichen Live-Übertragung schmälern. Wahrscheinlich erklärten ein paar vorlaute Neider jetzt gerade, wo sie ohne Kontakt zur Erde in einer fernen Zukunft festhingen, den Misserfolg der gesamten Mission! *Na, die werden Augen machen*, freute sich Arihand diebisch.

Nach (für alle gefühlt eine Ewigkeit dauernden) vierzehn Stunden hatte die Crew die *Arconia* durchgecheckt und die wichtigsten Reparaturen abgeschlossen. Es gab zwar noch weitere Mängel zu beheben, für die sich indes nicht genügend Ersatzmaterial an Bord befand. Das mitgeführte Sendeequipment hatte in der Hinsicht für Einschränkungen gesorgt, die natürlich vertraglich protokolliert worden waren und im Schadensfall der zuständigen Versicherung ein elegantes Herauswinden aus der Frage des Versicherungsschutzes bot. – Man hätte ja einen Sternenkreuzer chartern können, der allerdings die Sponsoren dreimal so teuer gekommen wäre.

»Die unerledigten Reparaturen gefährden jedoch nicht unseren Rückflug«, beruhigte Kommandant Ramos alle Anwesenden bei einem kurzen Briefing. »Nur muss ich Ihre Geduld noch ein wenig strapazieren. Wir müssen den für uns definierten Zeitkanal erst wieder ankoppeln. Den haben wir nämlich bei unserer Flucht vor der Sonne abtrennen müssen. Wir sind jetzt anderthalb Millionen Kilometer von unserer alten Position entfernt. Den Kanal zu unserem jetzigen Standort umzudirigieren, kann ein bisschen dauern.«

Es dauerte ziemlich exakt zusätzliche vierzehn Stunden. Was die Laune an Bord nicht trübte, denn jetzt war klar, dass die Menschheit wie in einem Survival-Drama mit der Frage beschäftigt war, ob die *Arconia* jemals zurückkommen würde oder mit der Erde der Zukunft verglüht war. »Wir werden als echte Heldinnen und Helden heimkehren«, frohlockte Arihand Matus.

Der Zeitsprung an sich verlief problemlos und schnell. Kaum hatten sie den Zeitkanal verlassen, schlüpfte Ivanka-5 aus ihrem Steh-Kokon, lief zu ihrem Spind und zog sich schnell um. Das Empfangskomitee würde nicht lange auf sich warten lassen, und bis dahin wollte sie in ihrem Business-Dress stecken.

Sie schnappte ein Gespräch von der keine sechs Meter entfernten Brücke zwischen Ramos und den beiden Offizieren auf. Sie hatten ein Peilsignal von der

Olympus-Station empfangen, das nach Sekunden wieder in sich zusammengebrochen war. Und von der Mondoberfläche kam gar kein Signal.

Mit einem mulmigen Gefühl in der Magengrube hastete Ivanka-5 zur Brücke, gefolgt von Kara-13, die noch in ihrer Zeitsprungkluft steckte. Dort stießen sie auf Kommandant Ramos, die zwei Offiziere und Arihand Matus. Regungslos, ja wie spontan versteinert, standen sie an der Frontkuppel und blickten hinunter auf die Erde. Simon-7 und Gala Varaikos stießen als Letzte dazu, um ebenfalls sofort in eine Totenstarre zu verfallen.

Die beiden Offiziere, Ilo-6 und Tao-16, begannen zu weinen und sie klangen dabei wie Kinder. So hilflos. Verzweifelt. Sanft griff Ivanka-5 nach dem Arm des blutjungen Tao-16. Gleichzeitig versuchte sie die Aussicht einzuordnen, die ihr das Kuppelfenster bot. »Sag schon! Was ist passiert?«

Der Technische Offizier drehte sich zu ihr, sein Gesicht in Leichenblässe getaucht: »Wir haben den Zeitkanal nicht geschlossen.«

»Was? Ich verstehe nicht. Drück dich bitte präziser aus!«

Kommandant Ramos steuerte direkt auf Ivanka-5 zu. »Was er Ihnen sagen will, ist: Der ursprüngliche Zeitkanal, mit dem wir in die Zukunft gereist sind, wurde erst durch unser Ausweichmanöver abgekoppelt. Der vernichtende Sonnentornado konnte in der Zwischenzeit ungehindert hindurchgehen!«

Ivanka-5 trat ganz nah an die Scheibe heran und fixierte das braune, verkohlte Etwas im Weltraum. Dieses Ding, das einst die Erde gewesen war. Die Heimat der meisten Menschen im Solarraum. Ihre Heimat. Einige Milliarden Jahre zu früh vernichtet. – Für nur einen Werbespot.

ES WIRD EINMAL

»Was heute noch wie ein Märchen klingt ...«

mit den Märchen
- von der menschlichen Bestimmung
- von König Googol
- vom Matriarchat
- vom Patriarchat

DURCHBROCHENER KREISLAUF

von Nicole Rensmann

Es war einmal eine Vergangenheit, weit entfernt von der unseren. Dort lebten zwei Kinder. Das eine Kind hieß Maya und das andere Mo. Sie waren keine Geschwister und wohnten nicht im gleichen Königshaus. Zwischen ihnen lag ein Gebirge, groß und hügelig, das mit keinem, zu der damaligen Zeit bekannten Gefährt, zu durchqueren war. Die Königskinder waren füreinander bestimmt und wussten es nicht.

»Und wie sollen sie sich kennenlernen, Nännie, wenn das Gebirge so riesig ist?«, fragte Omega.

»Sie fliegen«, gab der ältere Spross Pi zur Antwort und verdrehte die Augen.

Die Nännie lächelte. »Fliegen war in dieser Zeit nicht möglich. Es gab weder Flugschiffe noch Drohnen und keine anderen Fortbewegungsmöglichkeiten, die es den Bewohnern ermöglichten, die Welt aus der Luft zu sehen.«

»Wie langweilig«, meinte Pi, wandte sich ab und schaltete auf Offline-Modus.

»Erzähl weiter. Ich möchte mehr davon hören.« Omega setzte sich aufrecht hin und schaute seine Nännie erwartungsvoll an. Er war nicht müde und hoffte auf eine lange, aufregende Gute-Nacht-Geschichte. Am Fenster sauste ein Schwarm Flugsaurier vorbei. Für einen Moment war Omega abgelenkt und schaute den handtellergroßen Tieren hinterher. Die Nännie lächelte. Sie lächelte immer, außer wenn sie wütend auf ihre Kinder war, dann blickte sie ernst und stemmte die Hände in die kantigen Hüften.

Mo war vierzehn, Maya fünfzehn Jahre alt. Beide sollten den Thron in Kürze besteigen. Sie waren sich nur einem Teil ihrer Aufgaben bewusst, ahnten jedoch, dass dieses Amt jegliche Freizeit rauben und persönliche Entscheidungen unterbinden würde. Nicht wissend vom anderen, türmten sie in der gleichen Nacht.

Pi schaltete sich wieder ein. »Seid ihr bald fertig? Ich kenne die Geschichte schon. Sie treffen sich und leben bis ans Ende ihrer Tage glücklich zusammen.«

»Du bist so doof. Warum verrätst du alles?«, schrie Omega seinen älteren Bruder an.

»Warte es doch ab. Nicht jedes Märchen endet«, versuchte die Nännie die Geschwister zu beschwichtigen.

Sie war eine ältere Nännie und hatte an manchen Stellen Patina angesetzt, doch ihre Liebe und Fürsorge war ungebrochen. Sie lebte für ihre Kinderschar.

Mo hatte einen Beutel mit Nahrung gefüllt, ein Messer und einen Kompass eingepackt.

Pi lachte und erntete einen strafenden Blick seines Bruders. Ihre Nännie erzählte unbeirrt weiter.

Maya trug nur ein Buch bei sich.

Nun horchte Pi auf und Omega grinste, denn er wusste, dass sich sein Bruder für diese antiquierten Dinge interessierte.

Es war ein altes Buch, gebunden in einem Material, das sich Leder nannte, gefertigt aus der Haut eines Tieres, schwarz eingefärbt.

Omega machte ein seltsames Geräusch, das seinen Ekel verdeutlichte.

Die weißen Seiten aus Holzpapier waren an den Rändern vergilbt und stellenweise ausgefranst. Der Schnitt war in Gold gefärbt, und wenn du den Blätterblock vorsichtig auffächertest, zauberte das Buch Bilder von blühenden Landschaften auf den Rand. Zwei feine Bändchen, das eine weiß, das andere rot, dienten als Lesezeichen. Auf der Vorderseite stand kein Titel. Eine Kordel aus geflochtenem Haar hielt den Einband fest zusammen, darunter klemmte ein Bleistift.

»Was war das für ein Buch? Wie viele Seiten? Und in welcher Sprache war es verfasst? Waren Bilder darin? Nännie? Sag schon«, wollte Pi wissen.

Doch Nännie lächelte nur und schlug für zwei Sekunden die Augenlider nieder, die Kinder kannten die Bedeutung dieser Geste. Sie bat um Ruhe und duldete keine weiteren Fragen.

Maya drückte das Buch fest an ihre Brust, als sie aus dem Palast flüchtete. Sie hielt sich im Schatten der Wände und fern von den Wachen, die darauf achteten, dass niemand hinein oder hinaus gelangte. Doch Maya kannte jeden Winkel im Palast und hatte den Wachen somit einiges voraus. Ein schmaler unterirdischer Gang, nur wenige Meter neben dem vergitterten Ausgangstor, bot einen Weg nach draußen. Diesen Gang erreichte sie durch eine Geheimtür in der Bibliothek. Ihre Nännie hatte ihr von dem Gang aus dem Schloss berichtet und Maya hoffte, dass es keines der vielen Märchen gewesen war, von denen die Nännie Abend für Abend zu erzählen wusste. Für die Freiheit ließ Maya ihr Heim und alles, was sie liebte, zurück. Für immer. Währenddessen, auf der anderen Seite des riesigen Gebirges, rannte Mo um sein Leben. Ein Rudel Feuergeister hatte ihn erfasst und …

»Moment mal. Feuergeister? Was ist das?«, fragte Omega, und Pi war das erste Mal mit seinem Bruder einer Meinung: »Ja, das will ich auch wissen.«

»Na gut«, sagte die Nännie, »aber danach erzähle ich die Geschichte weiter und ihr unterbrecht mich nicht mehr.«
Die Brüder nickten eifrig. Und Pi klatschte in die Hände – es gab ein schepperndes Geräusch.
»Feuergeister sind Wächter. Kleine, heiße Lichter, sie jagen Eindringlinge fort, im Zusammenschluss werden sie zu einem riesigen Feuer und treiben Flüchtende zurück in die sicheren Hallen des Schlosses. Die Feuergeister schlummerten in mattem Licht und hatten Maya nicht bemerkt. Bis auf eine kleine Flamme. Sie war winziger als eine Pupillendiode, löste sich von den anderen Geistern und folgte Maya unbemerkt.«
»Aber was war denn mit Mo?«, rief Omega. Sein Bruder schubste ihn an und legte den metallglänzenden Finger auf die fleischigen Lippen.

Während Maya von dem kleinen Wächter verfolgt wurde, der keinerlei böse Absichten hegte, rannte Mo um sein Leben. Der Beutel schlug gegen seinen Rücken, das hohe Gras zerrte an seinen Waden. Die Feuergeister jagten hinter ihm her. Mo stolperte über seine eigenen Füße, stürzte zu Boden, sprang wieder auf. Es zischte leise, als einer der Geister die Spitzen seiner fliegenden Haare versengte. Mo schlug die Flammen aus und rannte weiter. Endlich sah er den rettenden Wald, der ihm Schutz bot. Den Feuergeistern war es strengstens untersagt, in den Forst zu fliegen, zu groß war die Gefahr, dass sie einen Brand verursachen und die Natur zerstören konnten. Sie hielten sich daran, denn die Folge von Ungehorsam wäre ihr sicherer Tod durch die Wasserspeier.

»Wasserspeier?«, wiederholte Omega und schaute seinen Bruder fragend an, doch der schüttelte den Kopf. Diese Geschichte hatte er noch nie gehört. Die Nännie reagierte nicht auf die Frage, sondern erzählte unbeirrt weiter. Ihre Augenfarbe wechselte von Braun zu Blau, das geschah meist, wenn sie Vertrauen vermitteln wollte. Die Nännie betreute Pi und Omega seit deren Geburt, sie lehrte ihnen alles, was sie für das für sie vorbestimmte Leben benötigten, schenkte den Kindern Liebe, Verständnis, Wissen und Zuversicht. Die Augenfarbe war unwichtig, nur wenn sie auf Rot sprang, verhielten sie sich ruhig und warteten, bis die Wut abflaute. Aber das passierte selten. Nännie war sanftmütig.

Die glimmenden Feuergeister wendeten und kehrten zurück auf ihren Platz und Mo lehnte sich an einen dicken Baumstamm. Er rang nach Atem, dann lachte er vor Erleichterung laut, sodass eine Eulenfamilie erschrocken fortflog.

»Was sind das für Wesen? Ich verstehe ihre körperliche Verfassung, ihre Anatomie nicht«, fragte Omega und war froh, dass die Nännie nicht wütend auf seinen Zwischenruf reagierte, sondern mit der Geschichte fortfuhr und er seine Antwort erhielt.

Maya und Mo waren Menschen. Sie lebten weit vor unserer Zeit, viele unendliche Jahre in der Vergangenheit, als die Welt weniger bunt und die Erde noch rund war.

Omega und Pi wechselten einen Blick. Menschen waren ihre Vorfahren, sie hatten noch nie ein rein menschliches Wesen gesehen. Ein Meteoreinschlag hatte eine Seite der einstigen Erdkugel zerstört. Vom Weltall aus, sah die Erde nun wie ein angebissener Apfel aus. Der abgebrochene Teil war unwiderruflich verloren, alles Leben zerstört.

Mo und Maya gehörten einer Spezies an, die sich in jeder Epoche als freundlich und kommunikativ bezeichnete. Dabei stritten sie ausgiebig, führten jahrhundertlange Kriege und am Ende töteten sie sich gegenseitig.

Omega zischte leise. Diese Vorstellung machte ihm Angst. Er hatte auf der unteren Ebene der Kolonie einen Friedhof gesehen, auf dem Leichenteile sortiert lagen, zum Austausch und zur Weiterverwendung bereit.
Es hatte seltsam nach Benzin, Öl und Verwesung gerochen. Das Gefühl von Sterblichkeit hatte sich ihm aufgedrängt und ihn panisch wegrennen lassen.

Die beiden Königskinder kannten die wahre Welt nicht, sie waren behütet aufgewachsen. Von all den Gefahren, die vor den Mauern ihrer Paläste lauerten, wussten sie nur aus Erzählungen und Büchern. Sie glaubten nicht an Feen und Zauberer, an Bären und Tiger, an Räuber und Mörder. Das waren nur Geschichten und Märchen, so wie dieses hier, nicht wahr?

Die Nännie machte eine Pause und wartete auf eine Antwort, was durch das Fragezeichen auf ihrer Stirn verdeutlicht wurde. Doch Pi und Omega wussten nichts darauf zu sagen und hofften, dass die Geschichte bald weiterging. Omega war inzwischen so gespannt auf den Fortgang, dass er nicht mehr ruhig sitzen bleiben konnte. Er stand auf und wanderte im Zimmer umher. Bei jedem Schritt quietschte sein linkes Bein. Er brauchte ein Ölbad.

Mo und Maya liefen in die Freiheit hinaus, rannten in Abenteuer hinein und ihrer Bestimmung entgegen. Würden Sie sich jemals finden? Das wusste nicht einmal der Wind, der sie auf ihrem Weg begleitete, ihnen die Haare aus dem Gesicht pustete und den Schweiß auf der Stirn trocknete.
Während Maya über ein Feld lief, das Buch im Arm, vom kleinen Feuergeist unbemerkt verfolgt, rastete Mo auf einem umgekippten Baumstamm und dachte

über seinen weiteren Weg nach. Mo war ein Denker, er sinnierte über jeden seiner Schritte ausgiebig nach, was ihn oft zögern ließ. Somit grenzte es an ein Wunder, dass er das Königshaus verlassen hatte und sich nun in das Dickicht des Waldes traute. In der Zeit hatte Maya von dem Feld auf einen unbefestigten Weg gewechselt. Sie marschierte über lehmigen Boden, kickte kleine Steinchen zur Seite, weiter und weiter, stundenlang, sie wurde des Laufens nicht müde, bis sie an eine Holzhütte kam. Dort klopfte sie an. Eine Frau öffnete ihr, das Haar, grau und strähnig, trug sie zu einem Knoten zusammengebunden. Ihr schwarzes Gesicht war zerfurcht von Falten, die Haut aufgedunsen und fahl. Maya bat um einen Schluck Wasser. Die Alte erlaubte ihr einzutreten, und als Maya an ihr vorbeiging, flüsterte sie: »Da bist du ja. Ich habe auf dich gewartet.«

Die Frau kredenzte ihr Tee und Gebäck. Erst nachdem sich Maya ein bisschen gestärkt hatte, fragte sie nach: »Was meinst du damit, du hast auf mich gewartet, Alte?«

»Du bist das Kind, das die Welt verändern wird. Du und das andere Menschenkind.«

Maya lachte. Sie war weggelaufen, um sich nicht den Aufgaben zu stellen, die im Palast auf sie gewartet hatten. Sie wollte nicht regieren, sondern das Leben erkunden. Maya sehnte sich nach der Freiheit und ein selbstbestimmtes Leben.

»Ihr braucht euch, um diese Welt zu retten. Wenn ihr euch nicht findet, wird die Welt nie wieder so sein, wie sie einst war.«

Der kleine Feuergeist war Maya in die Hütte gefolgt und betrachtete verzückt den Tanz des Feuers im Kamin.

»Wer sagt das?« Maya lächelte, so wie sie es gelernt hatte, obwohl sie die Frau für verrückt hielt.

»Jede dritte Generation gebärt zwei Kinder, die auserwählt sind, die Welt zu einem besseren Ort zu gestalten. Zwei Königskinder aus unterschiedlichen Reichen werden die Welt retten, die Hungersnot beenden, den Frieden herbeirufen, den Tod besiegen, den Zorn löschen. Die Naturgeister beruhigen.«

Maya lachte. »Das ist nur ein Märchen.«

»Nein!«, sagte die Alte energisch. »Es ist eine Vorhersage, der deine Vorfahren seit Jahrhunderten nachgehen. Ich war einst ebenso dazu bestimmt, so wie du. Alle vor mir fanden sich nicht. Und auch ich scheiterte darin, mein Gegenstück für die

Rettung der Welt zu finden. Nun bin ich zu alt. Du bist gekommen. Ich werde sterben. Bald. Vielleicht morgen schon. Du wirst gehen, in die Welt hinaus, und dein Gegenstück suchen. Sonst ist die Menschheit dem Untergang ein weiteres Stück näher gerückt.«

»Und wo soll ich es finden, mein Pendant?«

»Hinter den Bergen, weit weg von hier. Du musst dich beeilen.«

»Das werde ich. Danke für Tee und Gebäck.«

Maya stand auf, griff ihr Buch und eilte zur Tür und in die Nacht hinaus. Doch sie ignorierte die Mahnung der Alten und machte sich weiter auf ihren Weg in ein neues Leben. Sie hatte kein Ziel, würde sich ausruhen, wenn sie müde war und dort rasten, wo es ihr gefiel.

Der kleine Feuergeist trennte sich vom Anblick des zuckenden Kaminfeuers und sauste hinter Maya her. Dieses Mal bemerkte Maya ihn. Sie erschrak, doch schnell erkannte sie, dass er allein war und nichts gegen sie auszurichten vermochte. Nach wenigen Tagen gewöhnte sie sich an den Begleiter, der ihr in der Nacht ein Licht spendete und bei Tag ein stummer Gesprächspartner war.

Mo indessen saß auf einem umgestürzten Baum und schaute sich das schaumig-spritzende Wasser an, das aus einem Berg hinunterfloss. Das Sonnenlicht brach sich darin und zauberte einen Regenbogen. So etwas Schönes hatte Mo noch nie gesehen. Im Königshaus gab es einen Überfluss an Kunstwerken ohne jeglichen Bezug zur wahren Welt. Die Natur kannte er nur aus Büchern. Die Realität war um ein Vielfaches umwerfender. Er bereute keinen Moment, weggelaufen zu sein. Abgesehen von seinem stetig wachsenden Hunger. Seine Vorräte waren aufgebraucht und er hatte kein Dorf gefunden, um Brot und Honig zu kaufen. Mo ging weiter, beobachtete die Schmetterlinge, die Vögel und Insekten, die sich, ohne sich gegenseitig zu stören, den Himmel teilten. Ein Rudel Rehe, angeführt von einem Hirsch mit mächtigem Geweih, kreuzte seinen Weg. Sie blieben einen Moment stehen, begutachteten Mo und schritten elegant ihres Weges. Eine Weile wartete er, lehnte sich an die raue Rinde eines Baumes und entdeckte das Netz einer Spinne, das so fein gewoben war, wie es nur der Natur gelang.

Mo seufzte. Dann brummte sein Magen wieder und erinnerte ihn an seinen Hunger, der natürlich war, aber inzwischen schmerzhaft wurde. Ein Eichhörnchen-Pärchen zankte sich auf einem Baum und bewarf sich mit Haselnüssen.

Mo stürzte sich auf die Nüsse und knackte die harte Schale mit einem Stein. Sie schmeckten köstlich. Ein Stück des Weges entlang fand er wilde Beeren und aß so viele davon, bis sein Mund und seine Hände vom Saft blau verfärbt waren. Gesättigt und zufrieden legte er sich im weichen Moos schlafen. Die Abendsonne streichelte ihm zärtlich über die Stirn, bevor sie sich verabschiedete und der Mond am Himmel Mos Träume bewachte.

Maya wanderte des Nachts und schlief am Tag. Alsbald fand sie Unterschlupf in einer Hütte, dicht am Moor. Dort genoss sie die Einsamkeit und die Ruhe. Nach drei Wochen und zwei Tagen setzte sie ihren Weg fort und entdeckte nach wenigen Stunden eine Stadt, die sie unerkannt durchwanderte. Niemand wusste, dass sie aus dem Königshaus stammte. Maya entschied sich zu bleiben, bezog ein Zimmer in einer kleinen Pension und arbeitete in der Bar nebenan. Sie liebte dieses Leben, eine Weile.

»Aber was ist mit dem Buch?«, fragte Pi.

Als sie das Schloss verließ, war das Buch leer gewesen, inzwischen hatte Maya die Hälfte der Seiten mit ihrer feinen Handschrift versehen und von ihrem neuen Leben berichtet.

Nach vielen Jahren erreichte Mo diese Stadt, in der Maya gelebt hatte. Sie war längst weitergezogen, in die Richtung, aus der Mo gekommen war. Doch die Welt war groß, das Land unübersichtlich. Sie hatten sich nicht getroffen.

Und wenn sie nicht gestorben sind, laufen Maya und Mo noch immer herum, auf der Suche nach ihrer Bestimmung und dem Partner, mit dem sie das Leben aller verändern sollten.

»Was? Das soll das Ende sein? Das geht doch nicht!«, rief Omega verärgert. Die Nännie brachte das Märchen unbeirrt zu Ende: »Es folgten Kriege, Naturkatastrophen und Pandemien. Drei Generation lang. Dann kehrte Ruhe ein und die Hoffnung in Form von zwei Königskindern machte sich wieder auf den Weg. Und wieder und wieder. Die verletzliche Menschheit starb, die Erde wurde weiter zerstört. Eine neue Generation nahm ihren Platz ein. Sie hofften weiter.«

»Das sind wir, oder? Wir stammen von Mo und Maya ab. Dann gibt es da draußen viel mehr, nicht wahr? Sind dort noch Menschen? Gibt es sie noch? Was haben Mo und Maya erlebt? Wo ist Mayas Buch? Woher weißt du das alles, Nännie? Und wer kam danach? Warum gelingt es ihnen nicht, die Welt zu retten?«, fragte Omega. »Das kann doch nicht alles gewesen sein!«

Die Nännie antwortete nicht.

»Schlafenszeit. Legt euch hin. Gute Nacht. Redet nicht mehr.« Sie gab Pi und Omega einen Kuss auf die menschliche Stirn, den sie als kleinen elektrischen Impuls spürten. Dann schaltete sich die Nännie aus und verblasste lächelnd auf dem wandgroßen Screen, wo sie erst am Morgen wieder erscheinen würde, um Pi und Omega Anweisungen für den Tag zu geben.

»Glaubst du Mo und Maya hat es wirklich gegeben?«, fragte Omega.

»Glaub, woran du willst«, antwortete Pi und stellte seinen Kreislauf auf Schlafmodus für acht Stunden, um seine Akkus komplett zu laden und Kraft für den nächsten Tag zu schöpfen. Es standen einige Tests an, die er durchlaufen musste, um den Status der Androiden-Lehre zu erreichen. Wenn er gut abschnitt, konnte er ein Studium zum Konstrukteur beginnen. Damit würde er seiner Spezies helfen, besser und widerstandsfähiger zu werden.

Omega blieb wach. Er dachte an Mo und Maya und all die Abenteuer, die sie erlebt hatten, von denen Nännie ihnen nie erzählen würde. Und je länger er darüber nachgrübelte, desto mehr spürte er einen inneren Drang, der ihn zwang aufzustehen und vor der Verantwortung, die das Leben in diesem Abschnitt der Kolonie mit sich brachte, fortzulaufen. Omega war jung, seine Aufgabe bestand darin, zu lernen und sich den Älteren zu unterwerfen, sein Weg war vorbestimmt mit dem Moment seiner Geburt. Er würde ein Diener seiner Spezies sein. Doch in ihm schlummerten Ideen, die keinen Platz in dieser Kammer hatten. Omega drängte es hinaus in die Welt hinter der Kuppel. Dort lebten Tiere, die er sehen, fühlen und katalogisieren wollte. Er liebte Botanik, aber er hatte noch nie einen Baum berührt. Omega schaute zu seinem schlafenden Bruder hinüber und stand auf. Sein Bein quietschte wieder. Er nahm sich einen Beutel mit, packte Öl, Elektroschocker und ausreichend Chips ein, auf denen er seine Entdeckungen speichern würde, so wie Maya ihre in das Buch eingetragen hatte. Als er den Raum verließ – die Tür war nie verschlossen –, fiel sein Blick auf die

Screen-Wand, hinter der Nännie lebte und in der er sich nun spiegelte. Omega war vierzehn Jahre alt. Sein Gesicht wies menschliche Züge auf, Rumpf und die linken Gliedmaßen waren die eines Cyberwesens, Bein und Arm auf der rechten Seite gehörten zu der androidschen Spezies, die Muskeln waren genetisch variabel anpassbar, je nach Alter. Er hatte seine Endgröße erreicht.

Omega schlich sich aus der Kolonie, vorbei an den Wächtern – keine Feuergeister, sondern reine Cybers. Sie beachteten ihn nicht. Dann rannte er, fort von der Kuppel, weit weg von all den Lasten und Regeln, seiner Bestimmung entgegen. Er blieb erst stehen, als er die Baumreihe erreichte, die er bisher nur aus der Ferne betrachtet hatte. Hinter den Bäumen erstreckte sich flaches Land, bewuchert mit Wiese, die in eine Moorlandschaft überging.

Er wanderte, lächelte und freute sich seiner neu gewonnenen Freiheit. In seinen Ruhepausen ölte er seine Gelenke und wechselte die Speicherchips aus, auf denen er all das Wahrgenommene für die Nachwelt festgehalten hatte. Nach drei Tagen kam er an eine verwitterte Hütte. Er klopfte an. Die Türe öffnete sich. Erschrocken trat Omega einen Schritt zurück. Vor ihm stand ein Wesen, das er noch nie zuvor gesehen hatte. Die Beine bestanden aus veralteten Prothesen, der Rest des Körpers schien menschlicher Natur zu sein. Der Mann winkte Omega herein und ging voran in das karge Zimmer. Nun erkannte er, dass am Hinterkopf eine Platine befestigt war, die einen Teil des Gehirns ersetzte.

»Ich habe auf dich gewartet«, sagte der Alte.

»Bist du Mo?«, fragte Omega.

Der Mann lächelte. »Mo war einer meiner Vorfahren vor vielen, unendlichen Jahren.«

Omega hatte Fragen, doch der Alte schickte ihn wieder auf die Reise. »Finde deine Bestimmung! Rette die Welt. Hole die Menschheit und die Natur zurück!«

Und als sei die Schönheit der Welt mit dieser Begegnung beendet, rannte Omega nun über verbrannte Steppen und verseuchte Böden. Er umrundete Klippen und betrat ausgedorrte Flussbetten. Es gab kaum Natur, die er katalogisieren konnte. Die Lehren waren eine Lüge.

Zeitgleich mit Omega machte sich auf der anderen Seite der Erde Jul auf, um die Welt zu entdecken, und nach der Bestimmung zu suchen, die Omega hieß.

Gemeinsam waren sie der Schlüssel allen Lebens und der Erhaltung der Welt. Doch wenn es auch diesen beiden nicht gelang, ihre wahre Berufung zu finden, und sich ihre Wege nicht kreuzten, würde die Erde untergehen und die Gene der Menschheit endgültig sterben.

Dann hieß es nur noch: Es war einmal.

DIE DREI PRÜFUNGEN

von Andrea Timm
(frei nach »Die drei Federn« von den Gebrüdern Grimm)

»Die größten Taten gehen unter, und nichts bleibt zurück, Märchen aber leben, wenn sie gut sind, sehr lange.« (Leo Tolstoi)

Es war einmal ein exterrianischer Herrscher, der in einem prächtigen Palast aus Hunderten von ineinandergeschachtelten Sphären glücklich und zufrieden lebte. Er hieß König Googol und hatte drei Abkömmlinge. Die beiden älteren, Sathum und Oxomos, übertrafen in Intelligenz und Stärke sämtliche bisher geklonten Bewohner der gesamten Galaxie. Der dritte aber schien schwächlich und in sich gekehrt. Er wurde von allen nur Bug genannt.

Eines Tages wurde König Googol von seinen inneren Nanobots darauf hingewiesen, dass sich seine Zeit nach nun fast 30.000 Jahren dem Ende zuneige. König Googol war ein gerechter Herrscher, unter dessen Regierung auf allen Planeten große Fortschritte erzielt worden waren. Sein Volk konnte auf eine lange Geschichte zurückblicken. Die Pioniere seiner Art kamen bereits vor über einer halben Million Jahren nach Exterra. Man erzählte sich noch immer von der Ankunft der ersten Exterrianer, in deren Adern noch Blut floss und deren Zellen unvorstellbar schnell alterten. Mithilfe von selbst konstruierten Werkzeugboxen durch das Weltall fliegen zu können, musste für die Lebensformen von damals ein ungeheurer Entwicklungsschritt gewesen sein. Inzwischen verfügten die Exterrianer über eine beachtliche Geschicklichkeit, das Wurmlochnetz als Transportsystem zu nutzen, ohne von der Schwerkraft pulverisiert zu werden. Ja, auch König Googol selbst konnte auf eine lange Lebenszeit zurückblicken.

Angesichts seines nun bald herannahenden Endes sah der Herrscher sich jedoch gezwungen, sich Gedanken darüber zu machen, wie es mit der Entwicklung auf Exterra und den umliegenden Exoplaneten weitergehen sollte. So trieb ihn die Sorge um, welchem seiner drei Abkömmlinge er die Herrschaft über sein Imperium am besten übertragen sollte. Die Zukunft der eigenen Spezies musste in verantwortungsvolle Hände gelegt werden, denn ein äußerst bedeutungsvolles Problem wartete auf seine Lösung. Die klügsten Köpfe des Planeten, die sich fortwährend in der Wissenschaftssphäre berieten, standen seit Jahrzehnten vor einem Rätsel. Denn bei all den beachtenswerten Fortschritten war in den letzten Generationen etwas Wichtiges verloren gegangen: Die genetische Werteprogrammierung der Exterrianer wies an der Stelle der Wertschätzung einen irreparablen Fehler auf. Um ein friedvolles Miteinander dauerhaft zu gewährleisten, musste die große Aufgabe der Entwicklung von Empathie-Implantaten zum Wohle aller bald bewältigt werden. Welchem seiner Sprösslinge traute er dies zu? Nach langen Überlegungen beschloss er, Sathum, Oxomos und Bug einer Prüfung zu unterziehen.

So rief König Googol die drei herbei und sprach zu ihnen: »Meine lieben Abkömmlinge. Für mich ist die Zeit gekommen, eine Entscheidung über meine Nachfolge zu treffen. Deshalb werde ich euch prüfen. Begebt euch also zurück auf die Erde, von wo wir einst kamen, und bringt mir von dort einen Schatz mit! Derjenige von euch, der mir den wertvollsten Gegenstand bringt, der soll nach meinem zellulären Ende König dieses Imperiums sein.«

So begaben sich die drei Abkömmlinge zum Wurmlochnebel, bestiegen dort ihre schwerkraftresistenten Reisekapseln und warteten auf die passende Mündung Richtung Erde.

Besuche anderer Planeten standen hoch im Kurs auf Exterra. Die Organismen der Exterrianer konnten sich an vielerlei Lebensbedingungen in Sekundenschnelle anpassen. Ihre Körpertemperatur ließ sich in Umgebungen von $-80°C$ bis $+65°C$ in kürzester Zeit regulieren. Sie kamen mit unterschiedlichen Luftzusammensetzungen klar und benötigten zur Erhaltung ihrer vitalen Kreisläufe lediglich einen Mindestanteil an Sauerstoff. Dank hochentwickelter Implantate verfügten sie über fast lichtunabhängige Sehkraft und einen ausgeprägten Gehörsinn. Normalerweise waren Reisen durchs Weltall nicht besonders gefährlich und dienten vielmehr der Unterhaltung. Doch dies war keine normale Reise. Sie hatten einen Auftrag.

Nur den Bruchteil eines Augenblicks später landeten die drei zylinderförmigen Raumkapseln auf der Nordhalbkugel der Erde.

Sofort verließ Bug sein Fluggerät und begab sich auf die Suche nach einem Schatz. Mit scharfem Blick betrachtete er die ausgetrocknete Landschaft. Der Boden war spinnennetzartig aufgebrochen, weit und breit keine Lebensform zu entdecken. Wo sollte es in dieser Leere nur etwas Wertvolles geben? Sandwolken wehten um ihn herum, sodass er einen Teil seiner Aufmerksamkeit darauf richten musste, gefährliche Wirbel rechtzeitig zu erkennen. Er flitzte ziellos in alle Richtungen und hielt mit wachsender Verzweiflung Ausschau nach etwas, das vielleicht ein Schatz sein könnte. Bug war kurz davor, seine Mission aufzugeben, da entdeckte er eine riesige, quaderförmige Höhle aus grauem Verbundstein. Neugierig trat er durch den rechteckigen Höhleneingang ins Innere. Eine Reihe von schmalen Gängen führte ihn durch die Höhle. Er folgte diesem Tunnelsystem, bis er in einen kubusartigen Raum von enormer Größe gelangte. Bug machte sich daran, die neue Umgebung genauer zu untersuchen. In den Wänden, im Boden und in der Decke erfühlte er Spuren von Metall. Ob es wohl wertvoll genug war, um von König Googol als Schatz anerkannt zu werden? Noch ungewöhnlicher war die Inneneinrichtung des hallenartigen Raumes. Hunderte schmaler Behälter standen in engen Reihen dicht aneinander, ein jeder etwa so groß wie eine Reisekapsel. Was mochte sich darin verbergen? Vielleicht ein Schatz? Bug startete einen Scan beim ersten Behälter in der vorderen Reihe und erkannte eine ganze Anzahl kugelförmiger, schwimmender Schemen im Inneren. Was das wohl sein mochte? Er bahnte sich den Weg weiter durch die Gänge und führte immer wieder Scans durch. Es gab auch Behälter mit weniger Kugeln, an denen undeutliche, symmetrische Verästelungen angebracht zu sein schienen. Bug versuchte einen Abgleich mit seiner encephalen Datenbank, wurde aber währenddessen durch ein regenbogenfarbenes Leuchten abgelenkt. Die Spur eines Schatzes? Wie magisch angezogen folgte er den Lichtstrahlen und entdeckte alsbald am Ende des Raumes einen Diamanten, der auf einem metallenen Gestell ruhte.

»488.136 WZR« war als buntes Hologramm im Inneren des Edelsteins zu entziffern. Kryptische Zeichen, die Bug nicht verstand. Doch da er um den Wert des Diamanten wusste und dieser durch die leuchtenden Symbole erstrahlte wie eine vortreffliche Kostbarkeit, nahm er ihn als Schatz mit. Voller Freude über den Fund eilte er zurück zu seiner Reisekapsel.

Sathum und Oxomos belächelten derweil ihren wie blind durch den Wüstenwind tapsenden Mitstreiter und funkten einander zu: »Was sollen wir uns mit der Suche in große Gefahr begeben, wenn wir es viel leichter haben können? Warum sollen wir das Risiko eingehen, von einem Wirbelsturm erfasst und zermahlen zu werden? Lass uns das erstbeste Edelmetall einsaugen und von König Googol die gemeinsame Herrschaft erbitten.« Gesagt, getan. Zufrieden mit ihrem genialen Plan machten sie sich schleunigst wieder auf den Heimweg.

Nahezu zeitgleich kehrten die drei Sprösslinge zurück zum Palast und brachten dem König ihre Schätze dar. »Granit und Quarz habt ihr mitgebracht, beide glänzen und scheinen mir ein veritabler Schatz zu sein«, lobte König Googol den Fund von Sathum und Oxomos, während er über den Vorschlag der gemeinsamen Herrschaft nachdachte. Würde das gutgehen?

»Und du?«, wandte sich der Herrscher an Bug. »Was hast du mir mitgebracht?«

Als Bug seinen Schatz hervorholte, wurde er von Traurigkeit überfallen, denn das farbenfrohe Leuchten in dem edlen Stein war verschwunden. Doch sobald König Googol den kunstvoll bearbeiteten Diamanten erblickte, staunte dieser und sprach: »Was für ein wunderschön geschliffenes Exemplar von einem Diamanten! Wenn es mit Fug und Recht zugehen soll, so erbt Bug das Imperium.«

Aber Sathum und Oxomos ließen König Googol keine Ruhe und beteuerten, unmöglich könne Bug, dem es in allen Dingen an Verstand fehle, König werden. Sie baten ihn, er möge ihnen eine neue Prüfung auferlegen. Da sagte König Googol: »So soll es sein. Begebt euch ein weiteres Mal auf die Erde und sucht dort nach Erinnerungen an unsere Vorfahren. Derjenige soll mein Reich erben, der das interessanteste Artefakt mitbringt.« Er führte seine drei Sprösslinge hinaus in den Wurmlochnebel und wies sie an, das nächste stabile Wurmloch gen Erde zu nehmen.

Bug begab sich ohne Umschweife wieder zu der steinernen Höhle. Zielstrebig lief er an die Stelle, wo er zuvor den Edelstein gefunden hatte und hob das Metallgestell hoch. Es handelte sich um ein spinnenförmiges Gestänge, das einen Metallring hielt, in den der Diamant genau hineinpasste. Das Gestell war filigran gearbeitet, symmetrisch und wies mittig unter dem Ring eine dickere Platte von bunt irisierender

Farbe auf. Dieses Gebilde war mit Sicherheit ein von der Spezies Mensch hergestellter Gegenstand. Und er war klein genug, um ihn mitnehmen zu können.

Die beiden älteren Abkömmlinge des Königs konnten sich nicht vorstellen, dass Bug ein passendes Artefakt auftreiben würde, und ließen sich nicht besonders viel Zeit mit der Suche. Mit externen Greifarmen wühlten sie im Sand und nahmen die ersten beiden Gegenstände, die sie entdeckten, mit.

Schon nach kurzer Zeit fanden sich die drei Prüflinge wieder im Palast auf Exterra ein. Als Erstes zeigte Sathum eine halbrunde, goldene Scherbe mit sonderbaren Gravuren. »Es ist sicherlich von menschenähnlichen Wesen hergestellt worden«, erklärte Sathum. »Sein augenscheinlicher Wert lässt mich eines Königs würdig sein.«

König Googol nahm die Scherbe und betrachtete sie aufmerksam von beiden Seiten. »Du hast uns ein Bruchstück eines uralten Zahlungsmittels mitgebracht, welches für die Menschen einen hohen Wert darstellte. Das ist sicher eines Herrschers würdig.«

»Nicht so voreilig«, warf Oxomos ein. »Seht euch diese Werkzeuge an!« Oxomos zeigte einen stählernen Ring, den er locker um seine Hand legen konnte, und einen passenden Haken aus demselben Material. »Ich kann mir vorstellen, dass man solche Dinge benutzt hat, um schwere Gegenstände zu bewegen. Sie haben den Menschen sicherlich treu gedient, so wie auch ich dem gesamten exterrianischen Volk treu dienen werde.«

»Klug gesprochen, Oxomos. Mithilfe solcher Haken und Ösen konnten Transportwagen aneinandergehängt und gezogen oder schwere Objekte hochgehoben werden. Welch passendes Symbol für den Dienst an der Gemeinschaft. Doch ehe ich mein Urteil fälle, möchte ich noch das dritte Artefakt in Augenschein nehmen.«

Bevor Bug sein Artefakt präsentierte, bat er den König um den Diamanten. König Googol wunderte sich, gab den Schatz aber heraus. Bug legte den Diamanten so in das Gestell, wie er ihn beim ersten Besuch auf der Erde vorgefunden hatte. Wie waren sie alle verblüfft über die bunt schimmernden Zeichen, die nun im Inneren des Edelsteins erschienen!

Da sprach König Googol abermals: »Er hat als einziger von euch ein intaktes Fundstück mitgebracht. Ihm soll das Imperium zu Füßen liegen.« Sein nachdenklicher Blick ruhte dabei auf dem Zahlencode »488.136 WZR«. Etwa eine halbe Million Jahre nach Einführung der Weltzeitrechnung. Als man schon lange nicht mehr an Gottheiten glaubte. Diese Kostbarkeit war nicht allzu lange, bevor die Menschen die Erde verlassen hatten, hergestellt worden.

Aber Sathum und Oxomos konnten nicht ertragen, dass ausgerechnet der dümmste und ungeschickteste Abkömmling des Königs das gesamte Reich erben sollte. Sie bettelten um eine neue Prüfung.

König Googol wusste, dass bei all den Fortschritten die Liebe füreinander in Vergessenheit zu geraten drohte. Sie hatte zwar keinerlei Bedeutung für die technische Entwicklung, wohl aber brauchte es Mitgefühl und Verantwortungsbewusstsein für ein weises Regiment.

»In Ordnung. Aller guten Dinge sind drei. Begebt euch ein letztes Mal zurück auf die Erde und bringt von dort ein Lebewesen mit, um das ihr euch zu kümmern bereit seid!«

Erneut schossen sie durch die Wurmlochmündung hindurch auf die Erde.

Auf dieser letzten Reise nahm die Erfüllung der gestellten Aufgabe deutlich mehr Zeit in Anspruch, denn die gesamte Erdoberfläche schien wie ausgestorben. Wo sollte hier ein Lebewesen zu finden sein? Da er sich nicht anders zu helfen wusste, begab sich Bug erneut in die rechtwinklige Höhle. Diesmal wagte er sich an die gründlichere Untersuchung der Kapseln. Nach mehreren Scans entdeckte er einen Behälter, in dem sich genau eine Kugel mit verzweigtem Schweif befand. Diesen wählte er für sein Vorhaben aus. Es kostete Bug keine große Mühe, die seltsame Dose mit seinen scharfen Fingerkuppen aufzuschneiden. Ein Zischen erfüllte den Raum, während er den oberen Teil der Dose abhob. Bug sah hinein. Deutlich konnte er erkennen, dass es sich um ein menschenartiges Wesen handelte, welches augenscheinlich in einer Art Dampf konserviert worden war. Behutsam fasste Bug die zerbrechliche Gestalt unter den Schultern und zog sie aus ihrem Behälter. Er legte sie vorsichtig auf den Boden und betrachtete sie genau. Sie hatte die äußeren Merkmale einer Frau und war etwa einen halben Meter kleiner als er selbst. Ihr Körper schien soweit intakt zu sein, aber ihr fehlten Titanfingernägel, Gehörimplantate und Infrarotlinsen. Die Flüssigkeit im Inneren ihres Körpers konnte er nicht identifizieren, aber er spürte, wie nach und nach eine schwach pulsierende

Zirkulation einsetzte. Sie schlug die Augen auf. Irisierendes Grün, riesige Pupillen. Von einem plötzlichen Schmerz durchzuckt, griff Bug sich an die Brust. Das Wesen hatte ihn mit irgendeinem Virus angesteckt. Wie hatte er nur so dumm sein können? Warum um alles in der weiten Galaxie hatte er nicht zuerst die notwendigen Scans bezüglich einer möglichen Infektionsgefahr durchgeführt? Sein Herz schlug immer schneller. Lange würden seine Lebensfunktionen hier auf der Erde nicht mehr durchhalten. Bug schnappte sich das soeben entdeckte Lebewesen und beeilte sich, zurück zu seiner Kapsel zu kommen, um sich auf Exterra unverzüglich in die Versorgungssphäre zu begeben. Seine Gedanken waren voll der schmerzlichen Sorge um das schwächliche Geschöpf in seinen Armen und um seine eigene Gesunderhaltung.

Dieses Mal gaben sich auch Sathum und Oxomos große Mühe bei der Suche. Sie betrachteten die wenigen Lebewesen, die sie beim Tiefflug rund um die Erde entdeckten, genau und erwogen ihren Nutzen auf Exterra. Um nichts in der Gesamtheit der Welten durften sie König Googol ein weiteres Mal enttäuschen. Sathum entschied sich für ein wenige Zentimeter langes, rotbraun gepanzertes Insekt. Hitze und Nahrungsknappheit schienen ihm nichts anhaben zu können. Oxomos nahm eine ganze Kolonie kleiner Krabbeltiere mit, die aus aneinandergereihten Kugeln bestanden. Sie liefen emsig hin und her und waren mit winzigen Grabewerkzeugen ausgestattet.

So wartete König Googol viel länger auf seine Abkömmlinge, als bei den anderen Prüfungen. Er sorgte sich, ob sie denn alle drei gesund und wohlbehalten wieder heimkehren würden.

Da kamen als Erstes Sathum und Oxomos in den königlichen Palast geeilt. Eifrig hatten sich die beiden in uralten Datenbanken der frühen Erdzeitalter über ihre Lebewesen informiert. Voller Stolz präsentierten sie ihre mitgebrachten Tierchen und ihr Wissen darüber.

»Ich habe eine Kakerlake auserkoren«, erklärte Sathum. »Sie ist sehr genügsam und kostet mich nicht viel Aufmerksamkeit. So kann ich meinen Geist voll und ganz auf die Geschicke des Volkes richten.«

König Googol nickte. »Ich sehe sehr wohl, du hast gescheit überlegt, um keinen Nachteil durch das fremdartige Wesen zu erlangen.«

Darauf erklärte Oxomos, was er sich von seiner Auswahl versprach: »Ich habe einen Termitenstamm mitgebracht, den ich mir untertan machen werde und ihn dann zur Gewinnung von Bodenschätzen einsetzen möchte. Sie werden mir und dem gesamten Volk ein Leben lang nützlich sein.«

Wieder nickte König Googol. »Ich sehe, du hast sogar an den Nutzen gedacht. Das ist weise und vorausschauend.«

Da kam Bug herbeigeeilt. Sathum und Oxomos frohlockten, denn er schien mit leeren Händen gekommen zu sein. Auch der Herrscher wirkte erstaunt und fragte: »Sag mir, Bug, bist du nicht fündig geworden, als es darum ging, etwas Lebendiges von der Erde mitzubringen?«

»Nein, dem ist ganz und gar nicht so. Ich habe das Lebewesen mitgebracht, was mir am ähnlichsten ist. Ich habe es aus einer Art Käfig befreit. Dieses Wesen ist noch sehr schwach und bedarf meiner Hilfe. Deshalb befindet es sich derzeit in der Versorgungssphäre. Auf der Erde hätte es nicht mehr lange überlebt.«

König Googol spürte die Zuneigung, die sein Jüngster dem Erdenwesen entgegenbrachte und wusste nun, in wessen Hände er sein Reich guten Gewissens geben konnte.

Aber die zwei eifersüchtigen Sprösslinge jammerten und heulten, der König solle einen Beweis einfordern über die Nützlichkeit der mitgebrachten Lebewesen. Ein letztes Mal gab König Googol nach und versprach abzuwarten, welches der Lebewesen sich auf Exterra als das nützlichste erweisen würde.

Bei der Kakerlake handelte es sich um eine altersschwache Schabe, die nach wenigen Tagen starb. Da Sathum nur ein einziges Exemplar mitgebracht hatte, schlugen sämtliche Versuche einer lebensfähigen Vervielfältigung fehl.

Oxomos jubelte innerlich und schickte seinen Termitenstamm in die Lithiummine, wo die Krabbeltiere sich sogleich ans Werk machten. Die störenden Schichten um die Bodenschätze herum wurden durch die Termiten gelockert und konnten bequem abgebaut werden. Doch nach wenigen Wochen waren alle Termiten plötzlich verschwunden. Oxomos scannte die gesamte Mine, aber er fand nicht mehr als eine geringe Anzahl auffälliger Löcher, durch welche die nützlichen Insekten in tiefere Schichten des Planeten entfleucht sein mussten.

Bug indes kümmerte sich sorgfältig um sein mitgebrachtes Wesen. Er tauschte dessen Lebensflüssigkeit aus. Er setzte in Augen und Ohren leistungsstarke

Implantate ein und fütterte es mit Eiweißbrei. Kaum hatte sich die Menschenfrau erholt, begann sie zu kommunizieren. Bug spielte sämtliche Sprachupdates aller Datenbanken durch und lernte jeden Tag besser, sie zu verstehen. Er nannte sie Teryana, was sie sehr zu erfreuen schien. Bei seinen weitergehenden Untersuchungen stellte er fest, dass Teryana ein Gen besaß, welches bei den Exterrianern immer weiter verkümmert war. Schon bald wurde dieses Gen in den Gencode der Sprösslinge auf Exterra eingesetzt. Es bewirkte wundersame Dinge in der Bevölkerung. Wer aufmerksam lauschte, konnte Ungewohntes hören. Fragen nach dem Befinden des anderen. Aufmunternde Worte. Wer genau hinsah, konnte Berührungen beobachten, die unter Exterrianern selten geworden waren. Eine Hand auf der Schulter des anderen. Eine kurze Umarmung. Der kalte Perfektionismus, in dem die Exterrianer in den letzten Jahrhunderten nebeneinander her gelebt hatten, wich alsbald echter Zuneigung. Und als die Verlobung von Bug und Teryana bekanntgegeben wurde, spürten einige, dass ihnen Tränen der Rührung in die Augen schossen.

Wie es nun versprochen war, übertrug der alte exterrianische König seinem jüngsten Abkömmling die Herrschaft über seine Galaxie. Zur Vermählung von Bug und Teryana wurde ein rauschendes Fest gefeiert, und das neue Königspaar herrschte weise und gerecht über Zigtausende von Jahren. Und wenn sie nicht gestorben sind, dann entwickeln sich ihre Nachfahren noch immer stetig weiter.

DER RATTENKÖNIG

Monika Niehaus

Wissen Sie, was ein Rattenkönig ist? Das sind Ratten eines Wurfs, deren Schwänze sich in der Wurfhöhle unauflösbar miteinander verknotet haben. Ihnen werden im Volksmund besondere Kräfte zugeschrieben, und sie gelten als bösen Omen.

Zu Recht. Intelligent waren Ratten schon immer, äußerst fruchtbar und sozial hoch organisiert, und nur ihre kurze Lebensspanne hatte sie davon abgehalten, die Herrschaft über die Erde schon viel früher zu übernehmen. Aber dieses Problem hatten die Idioten in den Laboren für gelöst. Mit einer neuen Gain-of-function-Mutationen für Langlebigkeit ausgestattet, taten die Ratten das, was sie am besten konnten und schon immer getan hatten: nagen und Krankheiten übertragen. In kürzester Zeit legten sie die menschliche Infrastruktur lahm. Den Rest besorgten Typhus und andere Pestilenzen. Das reichte. Exit Homo.

Die sieben Rattenbrüder in der trockensten und wärmsten Höhle des weitläufigen Labyrinths zu einer Krisensitzung zusammengekommen. Längst war man von der alten ehrwürdigen, aber höchst unpraktischen Tradition abgekommen und hatte den Knoten durch ein magnetisches Implantat nahe der Schwanzwurzel ersetzt. Sobald sie sich einander rückwärts auf Schrittlänge genähert hatten, klickte es kurz, und ihre Schwanzimplantate schlossen sich zusammen. Ein elektrischer Impuls durchzuckte ihre Körper und verband ihre Gehirne. Nun waren sie, Steiß an Steiß hockend, der Rattenkönig.

»E pluribus unum!«, stellte Ratz Aleph zufrieden fest. Dieser alte Spruch hatte ihm schon immer gefallen. Nun konnte der Rattenkönig seines Amtes walten. Und da er sein Sprecher war, stieß er einen scharfen Pfiff aus. »He, wo bleibst du, Hieronymus, alter Bock?«

Aus einem der Löcher, die zur Thronhöhle führten, eilte ein alter, fast kahler Rattenbock mit verschlagenen Augen vorbei. Vor dem Rattenkönig hob er respektvoll den Schwanz und setzte ein wenig Urin ab. »Eure Pluripotenz haben gerufen?«

»Lagebericht!«, forderte Aleph ihn auf, nachdem er kurz an dem Tropfen geschnüffelt hatte, wie es die Etikette verlangte. »Uns sind Gerüchte zu Ohren gekommen, üble Gerüchte von Aufruhr und Widerstand gegen die Staatsgewalt ...«

»In den Löchern unten am Fluss gärt es, Majestät!« Der Geheimdienstchef wetzte seine langen gelben Nagezähne aneinander, ein unangenehmes Geräusch, als kratze Kreide über eine Tafel. »Das gemeine Volk protestiert gegen die hohen Abgaben an Getreide. Es klagt darüber, dass so viele Söhne zum Frondienst eingezogen werden, so viele Töchter die Brut hochgestellter Familien als Ammen versorgen müssen – das sind Pfoten, die auf den Feldern fehlen.«

»Und?« Aleph rümpfte verächtlich die Nase. »Das ist nichts Neues ...«

»Meine Spitzel tragen mir zu, dass das Murren lauter ist als gewöhnlich. Nach den Überschwemmungen im Herbst, die sie aus ihren Behausungen vertrieben haben, müssen sie neue Löcher graben und kommen kaum noch über die Runden. Der Unmut ist groß über die satte Oberschicht, die hier oben im Trockenen haust.«

»Was schlägst du also vor?«

»Eure Majestät könnten dem Drängen der Untertanen nachgeben, die Steuern senken und die Dienstzeit verkürzen, allerdings ...« Der Geheimdienstchef ließ den Satz in der Schwebe.

»... allerdings würde dies unsere Pfründe schmälern.« Aleph schüttelte den Kopf.

»Oder Ihr müsst mehr Büttel und vielleicht sogar die Garde an den Fluss schicken. Brutale Unterdrückung würde allerdings zu weiteren Unruhen und vermutlich Sabotageakten führen ...« Der alte Ratz kratzte sich mit der Hinterpfote am Ohr. Die Wissenschaft hatte schon so viel erfunden, aber gegen Flöhe gab es immer noch kein probates Mittel. »Beides, Milde und Härte, hat seinen Preis.«

»Nun«, Aleph nagte nachdenklich an seiner Unterlippe, »halt's Maul und lass uns nachdenken.«

Und dann begannen die Sieben, die der Rattenkönig waren, zu telepathieren, ließen sich von ihren Gedanken treiben, die zusammenfanden und wieder auseinanderdrifteten wie Lichtkringel auf einer Wasseroberfläche ... und nach und nach fügten sich die Puzzlestücke zusammen, bis alles so war, wie es sein sollte. »*Perfekt!*« Die Sieben kicherten zufrieden. Menschen hätten es nicht hören können, denn es lag im Ultraschallbereich, aber es war zweifellos ein Kichern.

Abrupt kehrte der Rattenkönig ins Hier und Jetzt zurück, wo der Geheimdienstchef geduldig auf Befehle wartete.

»Wir scheuen nicht vor Gewalt zurück«, erklärte Aleph dem Alten. »doch Gewalt ist teuer und schmutzig. Nein, wir haben beschlossen, dem Volk etwas zu schenken ...« Er gab dem Geheimdienstchef seine Anweisungen. Und je länger dieser zuhörte, desto mehr hoben sich seine Lefzen, sodass ein Spalt in seiner Oberlippe entstand, was bei Ratten einem Grinsen entspricht. »Ich werde mich sofort darum kümmern, dass die Anweisungen Eurer Majestät umgesetzt werden!«, erwiderte er und verschwand, so schnell ihn seine alten Pfoten trugen, in demselben Loch, aus dem er gekommen war.

Und so wählten die königlichen Thaumaturgen einen jungen Ratz aus der Leibgarde des Rattenkönigs aus und machten sich über ihn her. Sie veränderten seine Duftmarkierung, so dass ihn das Volk in ihren schäbigen Löchern unten am Fluss als einen der Ihren erkennen würde. Sie gaben ihm Zähne und Pfoten aus Stahl. Sie rüsteten ihn mit blitzschnellen Reflexen aus, schärften seine Sinne, bis er das Gras wachsen hörte und jeden Büttel schon von Ferne witterte. Sie verliehen ihm Schattenfell, das selbst das Mondlicht verschluckte, und strotzende Männlichkeit, wie es sich für einen echten Kerl gehört. Und schließlich pflanzten sie ihm falsche Erinnerungen ein.

Als es so weit war, schickte der Geheimdienstchef seine Agenten und Spitzel in die Behausungen des gemeinen Volkes unten am Fluss, um es vor einem Banditen und Unruhestifter zu warnen.

Der Alte streckte sich auf seinem weichen Lager und gähnte zufrieden. Von nun an würden die Dinge ihren Lauf nehmen, wie geplant. *Super Rat* würde ein paar Steuereintreiber überfallen, einige königliche Korn- und Schnapslager plündern, hie und da die Höhlen der Reichen ausrauben und dem einen oder anderen Büttel den Garaus machen. Er würde seine Beute mit den Armen teilen, und das Volk würde ihm zujubeln. Es würde Spott und Hohn über die Staatsmacht ausgießen und in trunkener Freude über diese kleinen Siege das eigene Elend vergessen. Eine Weile zumindest. Und der Preis für diesen Frieden war geradezu lächerlich gering.

Der Geheimdienstchef schmatzte anerkennend. Er genoss die Subtilität des Plans.

Nur ein Rattenkönig konnte auf so eine Idee kommen. So einfach. So perfide. Und so billig.

Ein kluger Herrscher muss den Beherrschten ein Ventil geben. Ihnen einen Helden schenken.

DIE NACKTMULLKÖNIGIN
von Monika Niehaus

Wissen Sie, was Nacktmulle sind? Es sind haarlose, etwa doppelt fingerlange Nager, die in unterirdischen Tunneln hausen und sich von Wurzeln und Knollen ernähren. Sie leben in Kolonien, beherrscht von einer Königin, was einzigartig ist unter Säugetieren. Einzigartig ist auch, dass sie offenbar resistent sind gegen Krebs.

»Doch nicht dieses verschrumpelte Zeug! Bring mir gefälligst frische Knollen, du Idiot!«

»Sofort, Eure Rosigkeit!« Der Gescholtene – Prinzgemahl Nummer 3 – trat fluchtartig den Rückzug an, während sich Prinzgemahl Nummer 1 und Nummer 2 in einen der Seitengänge verdrückten. Wenn Ihre Majestät schlecht gelaunt war, war es höchst unklug, ihr in die Quere zu kommen. Und schlecht gelaunt war sie eigentlich immer.

Wie um diese Tatsache zu unterstreichen, riss die Königin ihr Maul weit auf und gähnte, eine Drohgebärde, die ihre meißelartigen Nagezähne voll zur Geltung brachte. Sie war fast doppelt so groß und um ein Vielfaches schwerer als ihre Gefährten und hatte ihre Schwestern, die ebenfalls Throngelüste gezeigt hatten, nach kurzem Kampf in winselnde Würstchen verwandelt.

Das gab ihr wohl Anrecht auf Respekt und die besten Knollen, fand sie.

Schließlich waren Nacktmulle die höchste Lebensform weit und breit. Ein Glücksfall, denn tief unter der Erde und ausgerüstet mit einer höchst robusten Gesundheit, hatten ihre Vorfahren alle irdischen und kosmischen Katastrophen überlebt. Obwohl das mit der ›höchsten Lebensform‹ wohl nur auf die Weibchen ihrer Art zutraf – die Männchen waren allesamt Faulpelze, die sich beim Tunnelbau drückten und sich die besten Knollen selbst einverleibten, statt sie in der Speisekammer abzuliefern. Wenn sie es recht bedachte, traf ›höchste Lebensform‹ eigentlich nur auf sie selbst zu, denn ihre Töchter waren allesamt Schlampen, die es auf ihren Thron abgesehen hatten. Es war wohl an der Zeit, ihren täglichen Kontrollgang zu machen, um bei ihren Untertanen für den nötigen Respekt zu sorgen.

Ächzend rollte sie sich von ihrem Lager. Ihre nackte rosige Haut saß weniger schlaff als sonst, denn die Königin war wieder einmal schwanger, was das Patrouillieren der langen Gänge noch mühsamer machte als sonst und ihre sowieso schon miese Laune weiter verschlechterte.

Kaum erschien die massige, walzenförmige Gestalt der Königin am Eingang des Tunnelsystems, machten die Arbeiter und Arbeiterinnen unterwürfig Platz, um sie passieren zu lassen. Die kleinen roten Augen zusammengekniffen, schob sich Ihre Majestät durch die Gänge, wobei ihre haarlose Haut an den engen Stellen nach hinten gestreift wurde wie ein loser Sack.

Plötzlich blieb sie neben einem jungen Weibchen stehen, das sich furchtsam in eine Nische gedrückt hatte. »Umdrehen!« Die Lefzen hochgezogen, die Zähne klappernd wie Kastagnetten, beschnupperte die Königin das dargebotene Hinterteil. Dann hob sie den Kopf, um den Geruch wirken zu lassen, während ihr rosiger Teint langsam puterrot anlief.

Einen Moment später stürzte sie sich spuckend vor Wut auf ihr Opfer. So eine Unverschämtheit! Diese Schlampe stand kurz vor dem Eisprung! Stellte ihr mütterliches Monopol als einziges fruchtbares Weibchen infrage!

Laut kreischend fiel sie über die gerade mannbar Gewordene her, trat sie, biss sie, trampelte ihr auf dem Kopf herum, bis sich das unverschämte Geschöpf jammernd auf den Rücken warf und in Demutshaltung erstarrte.

Aber damit war die Wut der Königin noch keineswegs verraucht. Es galt, jedwede Insubordination im Keim zu ersticken. Also schob sie sich durch die Gänge, trampelte und wälzte sich über ihre Töchter, bis diese platt am Boden lagen – genügend Stress, um die nächste Brunst in weite Ferne zu rücken. Wo würde die Kolonie schließlich hinkommen, wenn jedes Flittchen seinen Trieben freien Lauf ließe. Nachwuchs, das war allein Sache der Königin!

Erst lange, nachdem die Wutschreie der Königin und das Jammern ihrer Untertanen im langen Gangsystem verklungen waren, löste sich die Kleine, die der Furor der Königin als Erste getroffen hatte, aus ihrer Erstarrung. Ihr Gefährte, der dem Wüten der Königin machtlos zugesehen hatte, leckte ihre noch immer schockblasse Haut und gab leise fiepende Trostlaute von sich. Das junge Weibchen – nennen wir es Julia – und das junge Männchen – nennen wir es Romeo, denn die beiden waren so verliebt, wie man es auf Nacktmullweise nur

sein kann – kuschelten sich aneinander; nackte Haut wärmte nackte Haut. Beide wussten, dass ihnen unter der Fuchtel der Matriarchin kein Glück beschieden sein würde …

Wenige Nächte später kletterten die beiden vorsichtig aus einem Trichter am Rand der Kolonie, den sie heimlich angelegt hatten. Auf dem kleinen Hügel, auf dem ihr Fluchtpunkt lag, verschnauften sie einen Moment, um ihren Herzschlag zu beruhigen, und blinzelten in die karge, mondbeschienene Landschaft. Halb Wüste, halb Trockensteppe, ragte hie und da ein Baum schemenhaft in den Himmel, und der ständige wehende Wind blies Steppenhexen über die Ebene. Dass man diesen Kontinent einmal »Afrika« genannt hatte und er die Wiege der Menschheit gewesen war, wussten sie nicht, und es interessierte sie auch nicht. Inzwischen gab es Afrika – die Afrikanische Platte hatte sich längst mit der Indischen vereinigt – nicht mehr und Menschheit ebenso wenig. Aber auch das war ihnen gleichgültig. Geografie interessierte sie nur so weit, wie es darum ging, eine neue Kolonie zu gründen.

Das Einzige, was sich kaum verändert hatte, war der Sternenhimmel, Millionen und Abermillionen funkelnder leuchtender Punkte, die wie eh und je kalt auf die Erde herabstarrten.

Julia hob schnuppernd ihre rosafarbene Schnauze. Ihre Tasthaare zitterten, während sie Witterung aufnahm und sich orientierte. Ihre Mutterkolonie lag zum Glück am Rand des erschlossenen Staatsgebietes, sodass sich vor ihnen Neuland erstreckte. Aus dem Osten empfing sie keinerlei Duftsignale …

»Los!« Sie gab Romeo einen Stups. Er würde der Vater ihrer Kinder sein – wohl nicht der einzige, aber immerhin der erste –, doch wie alle Männchen war er wenig entschlussfreudig und zögerte im letzten Moment. Es war schon klar, wer von ihnen beiden Führungsqualitäten besaß, das hatte die Natur nun einmal so eingerichtet.

Rutschend und stolpernd glitten die beiden den kleinen Hügel hinunter, schüttelten den Staub ab und machten sich auf in Richtung Morgensonne. Es würde ein langer, ein beschwerlicher Marsch werden; bis zum Morgengrauen mussten sie ein gutes Stück zwischen sich und die alte Kolonie gelegt haben, denn die alte Königin würde ihre Flucht sicherlich nicht klaglos hinnehmen. Eine weitere Kolonie war eine weitere Konkurrenz.

Also rannten sie, so schnell es ihre kurzen Beine zuließen. Die huschenden und krabbelnden, vielbeinigen Gestalten, die ihnen über den Weg liefen, das Zirpen, Rascheln und Raunen rundum interessierten sie nicht. Bis die Morgensonne sich über dem Horizont erhob, mussten sie einen Standort gefunden und sich eingegraben haben, sonst würde die Sonne ihre rosige Haut mitleidlos rösten. Also gönnten sie sich keine Rast, aber während sie vorwärtskeuchten, konnte ihnen niemand verwehren zu träumen …

Sie würden eine eigene Kolonie gründen, frei sein, Liebe machen, so viel sie wollten … die erste Zeit würde hart werden, das wussten sie … Tunnel graben, ein Gangsystem anlegen, nach Knollen suchen, die Kleinen aufziehen …

Schon kündigte das erste Zwielicht den neuen Tag an, als Julia die Vorderpfoten in den roten, rissigen Lehmboden stemmte. »Hier!« Eifrig begannen beide zu graben.

Als sie im ersten Morgenrot unter der Erde verschwanden, atmete Julia tief ein.

Ein neues Königreich wartete auf seine Königin.

Sie freute sich schon jetzt darauf, ihren Töchtern auf dem Kopf herumzutrampeln.

Christian Endres, 1986 in Würzburg geboren, arbeitet als freier Autor für den *Tagesspiegel, Tip Berlin, diezukunft.de*, Panini Comics und viele mehr. Er wurde bereits mit dem Kurd-Laßwitz-Preis und dem Deutschen Phantastik Preis ausgezeichnet. Letzte Veröffentlichungen: »Die Prinzessinnen – Fünf gegen die Finsternis« sowie Kurzgeschichten in EXODUS, *c't – magazin für computertechnik* und *Spektrum der Wissenschaft. www.christianendres.de*

Klaus Farin, geboren 1958 in Gelsenkirchen, seit 1980 als Schriftsteller und Lektor in Berlin. Letzte Veröffentlichung: »Wendejugend« (gemeinsam mit Eberhard Seidel), Hirnkost 2019. *https://klausfarin.de/*

Kai Focke, geboren 1977 in Bassum (Niedersachsen), seit 2014 Hochschullehrer in Mannheim. Letzte (phantastische) Veröffentlichung: »Doctor Lacerta und das Monster vom Kristallsee« (Kurzgeschichte in der Anthologie »Gifhorner Märchentage«), Ehrlich Verlag, 2019. *www.literaturfragmente.de*

Rico Gehrke, (* 1966; † November 2022). – Studium der Betriebswirtschaftslehre an der TU Dresden. Erste Veröffentlichungen 1984 und 1985 in der DDR. Nach der Auflösung der DDR 1989 Betriebsprüfer und nach dem Jahr 2000 Vorstandsmitglied in einer Aktiengesellschaft in Frankfurt/Main. 2014 gründete er den Verlag für moderne Phantastik. Autor von Novellen und Romanen. Gemeinsam mit seiner Ehefrau gab er 18 Anthologien im Bereich Science-Fiction-Kurzgeschichten heraus. Er hatte drei erwachsene Kinder und lebte in einem malerischen Dorf bei Dresden. *www.modernphantastik.de*

Anne Grießer, geboren 1967 in Walldürn, lebt als Autorin, Lektorin und Krimi-Entertainerin in Freiburg im Breisgau. Letzte Veröffentlichung: »Sechs

Fremde und ein Dackel« (mit Gina Greifenstein & Barbara Saladin), Piper-Verlag, 2022. *www.anne-griesser.de*

Thomas Grüter ist Mediziner, Wissenschaftler und Sachbuchautor. Er hat Artikel u. a. für SPIEGEL Online, FOCUS, ZEIT-Geschichte, NZZ und Spektrum der Wissenschaft geschrieben. Seit 2019 veröffentlicht er auch Science-Fiction-Kurzgeschichten. Seine Geschichte »Meine künstlichen Kinder«, erschienen in EXODUS 43, wurde für den Deutschen Science-Fiction-Preis 2022 nominiert.

Uwe Hermann, geboren 1961 in Sulingen in Niedersachsen, ausgezeichnet mit dem Kurd-Laßwitz-Preis und dem Deutschen Science-Fiction-Preis, schreibt seit 1990 Kurzgeschichten und Romane. Letzte Veröffentlichung: »Nanopark«, Polarise Verlag, 2021. *www.kurzegeschichten.com*

Dieter Korger, geboren 1962. Kommunikator, Journalist, Autor, Coach. Studium der Politikwissenschaft und Publizistik in Mainz. Diverse Veröffentlichungen zu Themen der Politik, Medien und Life Sciences. 2005 hat er seinen ersten SF-Roman »Anschlag im Fegefeuer« bei BoD veröffentlicht. Aktuell als E-Book erschienen ist der Zeitreise-Roman »Cyprus Tower«.

Hans Jürgen Kugler, geboren 1957. Autor und Journalist. Studium der Philosophie und Germanistik in Freiburg. Veröffentlichungen in EXODUS-Magazin, »Phantastische Miniaturen« und in verschiedenen Anthologien. Zusammen mit René Moreau Herausgeber der Anthologien »Der Grüne Planet«, »Pandemie« und »Macht & Wort« im Hirnkost-Verlag (wofür beide 2022 mit dem Kurd-Laßwitz-Preis ausgezeichnet wurden). Seit 2021 gemeinsam mit René Moreau und Heinz Wipperfürth Herausgeber des EXODUS-Magazins. In diesem Jahr erschien auch sein Roman »Von Zeit zu Zeit« (p.machinery), 2022 »Freier *FALL*« (Hirnkost-Verlag). *www.fehlerlos.net*

Christian Manske wurde 1986 in Tirschenreuth geboren und wuchs in Waldsassen in der idyllischen Oberpfalz auf. Er studierte Biologie in München und promovierte später im Bereich der medizinischen Mikrobiologie ebenfalls in der bayerischen Landeshauptstadt. Er arbeitet in der Pharmaindustrie und lebt mit seiner Frau und seinen drei Kindern in Germering. Seit seiner Jugend treibt ihn eine tiefe Faszination für Science-Fiction, Fantasy und alles Japanische um, die er inzwischen auch schriftstellerisch verarbeitet. Zuletzt erschienen von ihm der Roman »Kitsune« (2020), die Kurzgeschichtensammlung »Begegnungen« (2020) sowie »Kalliope« in der Anthologie »Macht & Wort«.

Christian J. Meier, 54, ist promovierter Physiker. Seit 2005 arbeitet als freier Journalist und Buchautor. Er verfasst populärwissenschaftliche Artikel für Zeitungen und Magazine sowie Sachbücher, Kurzgeschichten und Romane. Seine Begeisterung für Science-Fiction stammt aus den Zeiten von »Raumschiff Enterprise«. Er liest leidenschaftlich Science-Fiction, gerne Klassiker wie Philip K. Dick oder Stanislaw Lem. Seine eigenen Werke drehen sich meist um technische Neuerungen, die die fiktionale Welt fundamental verändert haben. Seine Romane »K.I. – Wer das Schicksal programmiert« und »Der Kandidat – Sie zielen auf dein Innerstes« wurden für den Deutschen Science-Fiction-Preis 2020 und 2022 nominiert. Christian J. Meier lebt im hessischen Groß-Umstadt am Rand des Odenwaldes.

Aiki Mira lebt in Hamburg und schreibt Science-Fiction. Gleich drei Storys von Aiki wurden 2022 für den Deutschen Science-Fiction-Preis und für den Kurd-Laßwitz-Preis nominiert. Mit der Story »Utopie27« gewann Aiki beide Preise. Zusammen mit den Künstlern Uli Bendick und Mario Franke gab Aiki die Anthologie »Am Anfang war das Bild« heraus, die 2022 ebenfalls für den Kurd-Laßwitz-Preis nominiert war und den zweiten Platz erreichte. Aikis Roman »Titans Kinder. Eine Space-Utopie« erschien Juni 2022 bei p.machinery. Ein »near future«-Roman zu Neuro-Gaming erscheint demnächst bei Polarise. Im Web: *www.aikimira.webnode.page* Auf Insta/Twitter: @aiki_mira

René Moreau, geboren 1955, Gründer und Herausgeber des Magazins EXODUS. Hierfür wurde er 2015 mit dem Kurd-Laßwitz-Preis »für die Förderung der SF-Kurzgeschichte« in Deutschland ausgezeichnet. Seit 2019 gibt er (zusammen mit Michael Vogt) mit COZMIC eine neue Albenreihe heraus, die sich als phantastische Comic-Anthologie versteht. Mit Hans Jürgen Kugler gibt er die EXODUS-Buchreihe im Hirnkost-Verlag heraus, wofür beide 2022 mit dem Kurd-Laßwitz-Preis ausgezeichnet wurden. *https://exodusmagazin.de/*

Frank Neugebauer, geboren 26. Juni 1968 in Brake, verwitwet, zwei erwachsene Kinder, hat seit 1980 ein reiches literarisches Werk geschaffen. Phantastische Erzählungen in EXODUS, NOVA u.v.a.m., letzte Veröffentlichung »Biofilm 1983« in NOVA 31, 2022.

Monika Niehaus, geb. 1951 in Hinsbeck. Dipl. Biol., Dr. rer. nat. seit 30 Jahren selbstständige Autorin und naturwissenschaftliche Übersetzerin. Letzte Veröffentlichung: »Der Nobelpreisträger, der im Wald einen höflichen Waschbär traf«, Hirzel, 2019.

Barbara Ostrop, 1963 geboren, ist Literarische Übersetzerin und hat inzwischen über hundert Romane ins Deutsche übertragen. 2017 wurde ihr Roman »Ein Garten voll Glück« veröffentlicht. Storys von ihr sind in NOVA, EXODUS und *Am Erker* erschienen. 2022 belegte sie beim Kurzgeschichtenwettbewerb des Putlitzer-Preises den ersten Platz.

Nicole Rensmann, Jahrgang 1970, arbeitet seit 1998 als freiberufliche Autorin. Seitdem sind mehr als 80 Publikationen im phantastischen Genre erschienen. In der Vergangenheit arbeitete sie erfolgreich mit zahlreichen Verlagen zusammen, wie u. a. Atlantis Verlag, Drachenmond Verlag, Hinstorff Verlag, VPM oder Hirnkost-Verlag. *www.nicole-rensmann.de*

Alexa Rudolph ist leidenschaftliche Geschichtenerzählerin. »*Ein Leben ohne Geschichten wäre möglich, aber sterbenslangweilig.*« Sie ist im Schwarzwald geboren, lebt in Freiburg, publiziert seit 2006. Zuvor war sie Malerin und Performerin. Heute malt sie mit Worten: Kurzgeschichten, Erzählungen, Gedichte, Romane. Ihre Themen: Alltagssituationen, Beziehungsdramen, Lebensentwürfe, oftmals eingebettet in Mordfälle. Ihre Vorliebe gehört dem Grotesken und Surrealen. Sie liest mit Begeisterung im EXODUS-Magazin, ist u. a. Mitglied im Syndikat e. V., im Förderkreis deutscher Schriftsteller Baden-Württemberg und der Goethegesellschaft Freiburg. Mehr Informationen unter *www.alexa-rudolph.de*

Peter Schattschneider ist Professor für Festkörperphysik an der Technischen Universität Wien. Er arbeitete als Berufs- und Hochschullehrer, als freier Autor populärwissenschaftlicher Artikel, als Wissenschafter in einem Ingenieurbüro, war Forschungsprofessor am französischen CNRS und Leiter des Wiener Universitätszentrums für Elektronenmikroskopie und hat mehr als 300 wissenschaftliche Publikationen in Fachzeitschriften sowie Monographien über Elektronen- und Festkörperphysik veröffentlicht. Er hat SF-Romane (u. a. bei Suhrkamp) und zahlreiche Kurzgeschichten in SF-Anthologien veröffentlicht. Mit Kollegen hat er Vorlesungen über Physik in der Science-Fiction an Universitäten in Paris, Peking und Wien gehalten.

Rainer Schorm, geboren 1965 in Wehr/Baden. Designer (visuelle Kommunikation), Referent für Kommunikation und Öffentlichkeitsarbeit, Schriftsteller. Exposé-Autor der Serie *Perry Rhodan Neo* (akt. Publikation: »Abstieg in die Zeit«, »Der Zeitbrunnen«).

Robert Schweizer ist hauptberuflich als Bankkaufmann in Frankfurt a. M. tätig. Er ist 1964 in Köln geboren, dort aufgewachsen und lebte dort bis nach Beendigung seines Studium der Betriebswirtschaftslehre. Seit ein paar Jahren veröffentlicht er Science-Fiction-Kurzgeschichten in verschiedenen Publikationen. Zurzeit arbeitet er an seinem zweiten Roman. Zuletzt erschienen im Hirnkost-Verlag die Geschichten »SARS-COV-3« (in: »Pandemie, Geschichten zur Zeitenwende«) und »She loves you (yeah, yeah, yeah)« (in »Macht & Wort«).

Nele Sickel, Jahrgang 1990, Exilberlinerin, lebt und schreibt in Braunschweig. Zu ihren literarischen Vorlieben zählen skurrile Figuren, Raumschiffe und prägnante Enden. Ihre Texte erscheinen regelmäßig in Anthologien und Zeitschriften. Mehr über die Autorin unter: *www.perpetuum-narrabile.de*

Angela Steinmüller, Jahrgang 1941, lebt in Berlin. Sie hat an der Humboldt-Universität Berlin Mathematik studiert und im EDV-Bereich gearbeitet. Seit 1980 hat sie gemeinsam mit K. Steinmüller zahlreiche SF-Bücher sowie eine Biographie über Charles Darwin und mehrere Sachbücher verfasst. 2020 erschien als zehnter Band der Steinmüller-Werkausgabe »Marslandschaften. Phantastische Erzählungen«.

Dr. phil. Karlheinz Steinmüller, Jahrgang 1950, Diplomphysiker und promovierter Philosoph, ist Gründungsgesellschafter und wissenschaftlicher Direktor der Z_punkt GmbH The Foresight Company, die Zukunftsstudien für Unternehmen und öffentliche Auftraggeber durchführt. Daneben hält er u. a. an der Freien Universität Berlin Vorlesungen über Zukunftsforschung. Publikationen: siehe Angela Steinmüller und *www.steinmueller.eu*.

Andrea Timm, geboren 1975 in Bonn. Nach dem Architekturstudium in Aachen und Paris hat sie in einem Berliner Büro gearbeitet. Ans Schreiben kam sie in der Zeit, in der ihre vier Kinder sie jeden Tag aufs Neue in die Welt der Fantasie entführten. Märchenhaftes und Kriminalistisches entstand. Die Autorin lebt mit ihrer Familie im wunderschönen Münsterland. In Zusammenarbeit mit Christhard Lück erschien 2021 der Kneipp-Krimi »Mord in der Klosterkapelle«, St. Benno Verlag. Mehr über Andrea Timm findet man auf *www.timmchen-schreibt.de.*

Michael Tinnefeld, geb. in Wesel, wurde früh inspiriert durch die ausgedachten Geschichten seines Großvaters und ist seitdem SF- und Fantastik-Fan. Der hauptberuflich als Psychotherapeut in Düsseldorf tätige, im Ruhrgebiet lebende Schriftsteller veröffentlichte seine erste SF-Story 1997. 2021 gab er zusammen mit Uli Bendick die für den Kurd-Laßwitz-Preis nominierte SF-Anthologie »Diagnose F – Science-Fiction trifft Psyche« heraus, in der er mit der Story »Narzissten-Selektion« vertreten ist. Ebenso erschien im Hirnkost-Verlag seine Erzählung »Upgrade Yourself« (in der Anthologie »Am Anfang war das Bild«, Bendick/Mira/Franke). Michael ist Redaktionsmitglied der »SOL« (Magazin der Perry Rhodan-FanZentrale) und schreibt regelmäßig für die Kolumne »Phantastische Psyche« im Magazin »phantastisch!«.

Yvonne Tunnat, geboren in Sögel/Emsland, arbeitet als wissenschaftliche Mitarbeiterin in einer Bibliothek in Kiel. Seit den 1990er-Jahren verfasst sie Kurzgeschichten. Außerdem betreibt sie unter *rezensionsnerdista.de* einen Rezensionsblog und unter *literatunnat.de* einen Podcast zum Thema Literatur.

Ute Wehrle, geboren 1961 in Freiburg. Studierte Touristik-Betriebswirtschaft an der Fachhochschule Heilbronn. Sie arbeitet als freie Autorin und Journalistin. Bisher sind im emons-Verlag und Gmeiner-Verlag sieben Krimis erschienen, die in Freiburg, im Schwarzwald und am Bodensee spielen. Zuletzt erschienen: »Bächle, Gässle, Katzenjammer« (Gmeiner-Verlag). *www.ute-wehrle.de*

ILLUSTRATOREN

Uli Bendick, geboren 1954, lebt in einem kleinen Dörfchen im Vogelsberg. Er widmet sich als Autodidakt der Gestaltung digitaler Collagen. Dafür verwendet er einzelne Bildelemente und fügt sie zu einem völlig neuen Bild zusammen, das in keinerlei Bezug mehr zum Ausgangsmaterial steht.
Als Mitherausgeber erschienen die Anthologien: gemeinsam mit Michael Tinnefeld »Diagnose-F – Science Fiction trifft Psyche«, (Verlag p.machinery), und zusammen mit Aiki Mira und Mario Franke »Am Anfang war das Bild«, (Hirnkost-Verlag). Beide Anthologien erhielten 2022 einen Sonderpreis des KLP.

Michael Böhme, geb.1943 in Chemnitz, studierte in Marburg Jura und war bis zu seiner Pensionierung als Richter und Staatsanwalt in Konstanz tätig. 1995 wurde er einer breiteren Öffentlichkeit durch seine Teilnahme an der ersten Kunstausstellung im All auf der MIR-Weltraumstation bekannt. Seine Bilder waren mehrfach Gegenstand internationaler Fernsehberichte und werden in privaten und öffentlichen Kunstsammlungen, in internationalen Ausstellungen und Publikationen gezeigt. Michael Böhme ist Mitglied des Kunstvereins Konstanz, der Künstlergilde Esslingen und der Interart Stuttgart, außerdem einziges deutsches gewähltes »Fellow Member« (»vorbildhafter Interpret der Space Art«) der International Association of Astronomical Artists (IAAA). Eigene »Galerie« in EXODUS 45. *www.michael-boehme.com*

Oliver Engelhard, geboren 1967, mutierte vom Friseurmeister zum Projektleiter der »LebensWerkstatt«, einer großen sozialen Einrichtung in Mittelfranken, wo er für die Bewohner des Hauses künstlerische Projekte organisiert und begleitet. Neben seiner Verwirklichung im Beruf entfaltet er sein Wirken auch in Einzelausstellungen. Eigene »Galerie« in EXODUS 31. *www.pinselutopien.d*e

Mario Franke wurde 1962 geboren und lebt in Leipzig. Beruflich beschäftigt er sich mit digitalen Karten und deren Zusammenwirken mit Datenbanken. Da das nicht gerade die Fantasie fördert, wurde die Computergrafik ein Ausgleich dafür. Er ist im Vorstand und Grafiker des FKSFL e.V. Die Vorliebe für SF wurde durch den Bücherschrank seines Großvaters geweckt. In diesem fand er eine Handvoll SF-Romane, die sein Leseverhalten bis heute geprägt haben. Zusammen mit Aki Mira und Uli Bendick gab er 2021 die Anthologie »Am Anfang war das Bild« heraus, die den zweiten Platz beim Kurd-Laßwitz-Preis belegte. Eigene »Galerie« in EXODUS 37. Weitere Bilder unter *www.künstlichkeit.de*

Gerd Frey, geboren 1966 in Merseburg, war Gründungsmitglied des SF-Magazins *Alien Contact*. Mit »Dunkle Sonne« erschien 2002 sein erster Erzählungsband und 2014 sein erster Roman »Transition – Evolution 2.0« bei Droemer Knaur als E-Book. Seit 1995 bemüht er sich verstärkt um eine Popularisierung interaktiver Science-Fiction und Fantasy. Er schrieb zahlreiche Artikel und Besprechungen für *Das Science Fiction Jahr* (Heyne), die *Andromeda Nachrichten*, die *Space View* und aktuell für die *Geek!. www.ikondrar.lima-city.de*

Jan Hoffmann, geb. 1967 in Aachen, studierte an der Berufsfachschule für Illustration und der Fachhochschule für Gestaltung in Hamburg. Lebt und arbeitet in München als Grafiker und freier Illustrator. In seiner Freizeit schreibt er Kurzgeschichten, illustriert Bücher und arbeitet an Comics – auch für COZMIC. Eigene »Galerie« in EXODUS 39. *www.jan-hoffmann-illustrationen.de*

Detlef Klewer ist selbstständiger Coverdesigner, Illustrator, preisgekrönter Comiczeichner, Autor und Herausgeber von Fantastik-Anthologien. Geboren im Ruhrgebiet, lebt der Workaholic nun mit der wundervollsten Frau der Welt und Kater Hagrid am Niederrhein. *www.facebook.com/kritzelkunst.de/*

Während **David Staege** tagsüber seine Brötchen als Bauzeichner in einem Ingenieurbüro verdient, versucht er abends am Zeichenbrett seinen Lieblingskünstlern nachzueifern: mit Tusche, Aquarell, Gouache, Acryl und digitalen Pixeln. Familie, Freunde, Bücher, Filme und Spiele sorgen in seiner Freizeit für

Entspannung. Er und seine Frau leben in einem alten Mietshaus in Marburg an der Lahn. Gerne können seine Originalzeichnungen erworben werden. Einblicke in seine Arbeiten und Preise findet man unter: *www.davidstaege.de*

Thomas Thiemeyer geboren 1963, studierte Geologie und Geographie, ehe er sich selbstständig machte und eine Laufbahn als Autor und Illustrator einschlug. Mit seinen Wissenschaftsthrillern und Jugendbuchzyklen, die etliche Preise gewannen, sich über eine halbe Million Mal verkauften und in dreizehn Sprachen übersetzt wurden, ist er mittlerweile eine feste Größe in der deutschen Unterhaltungsliteratur. Seine Geschichten stehen in der Tradition klassischer Abenteuerromane und handeln des Öfteren von der Entdeckung versunkener Kulturen und der Bedrohung durch mysteriöse Mächte. – Der Autor lebt mit seiner Familie in Stuttgart und präsentierte eine eigene »Galerie« in EXODUS 44. *www.thiemeyer.de*